总主编 李相银

江苏省一级学科重点建设学科中国语言文学学科经费资助
江苏省品牌专业汉语言文学专业经费资助
淮阴师范学院优势学科文化传承与文化创意学科经费资助

诗文趁年华

——淮阴师范学院文学院学生佳作选

主　编　李相银
副主编　孙　辉　杨　颖　王　毅
编　委　田　祝　徐向顺　赵　青　朱立芳
　　　　刘　青　孙高顺　葛志伟　刘尚云

南京大学出版社

目　录

下编　在校篇

总序

阅读·写作·做人及其体系构建

2012 年 7 月，我开始任淮阴师范学院文学院院长。暑假两个月，我一直在思考学院的办学理念与人才培养问题。随着思考的深入，我的思路逐渐清晰明朗起来：既然是文学院，就应当围绕"文学"二字做文章。在学校办学转型的背景下，加强高素质应用型人才培养已成当务之急，我要赋予"文学"二字新的含义。在 2012 级新生开学典礼上，我开始将"文学"拆分为"文"与"学"两个字，将"文"阐释为"文以化人"，将"学"阐释为"学以致用"，并将"文以化人，学以致用"作为文学院的人才培养理念。在这里，"文以化人"强调的是提升学生的人文素养，"学以致用"强调的是提升学生的职业能力，而这正是我们这一类师范院校中文专业人才培养的两个基本点。

那么，如何落实"文以化人，学以致用"这一理念呢？文学院对学生的要求是六个字："阅读、写作、做人"。后来，每一年新生入学时我们都会强调这六个字，并要求他们大学四年学会做三件事：学会阅读、学会写作和学会做人。我们认为：只要这三件事情做好了，文学院毕业生什么工作都可以胜任。

关于阅读，我们要求学生先弄明白三个问题。一、为何阅读？福楼拜说"阅读是为了活着"；苏东坡说"腹有诗书气自华"。对于文学院学生来说，"阅读"是必修课和首要任务，是积累知识、提升修养的必由之路，更是一种高贵的精神追求。我们相信阅读能够使高贵的灵魂更加高贵，能够使神圣的信仰更加神圣，因为文学是永远的精神食粮。二、阅读什么？当然是阅读经典。关于经典，意大利 20 世纪最著名小说家，也是诺贝尔文学奖十大遗珠之一的作家卡尔维诺曾说："经典作品是那些你经常听人家说'我正在重读……'而不是'我正在读……'的书。"可见，经典作品不仅值得阅读，还值得再三咀嚼与玩味。经典的恒定性与典范性是其最重要的艺术魅力。三、如何阅读？笛卡尔说："我思故我在。"这是笛卡尔提出的重要哲学命题。其含义不是说由于我思考，所以我存在。而是指通过思考而意识到了（我的）存在，即由"思考"之状态而知道"存在"之本质。简而言之，思考能让主体意识到存在的重要性。因此，读书的目的不仅仅是为了记住，更是为了思考，亦如中国古人云"学而不思则罔，思而不学则殆"。我们认为，在阅读中提出问题、质疑与反思、求证与批判，比能记住多少知识更为重要。

关于写作,必须明白的是:它不等于文学创作,还包括读书笔记、创意写作、文学评论与应用文写作等。"读书破万卷,下笔如有神。"写作可以将阅读中的思考转化为文字,就此而言,写作是阅读成效最有力的展示,也是创新意识、创造能力最直接的体现。文学院提倡写作并非为了培养作家,而是希望通过写作训练使学生成为一个具有良好文字功底的人。文学院的学生若都能写得一手好文章,何愁没有立身之本?

关于做人,应该清醒地认识到它与阅读、写作有着紧密联系。阅读能使学生明白自己应该做一个什么样的人,今生才更有意义。写作则让别人明白自己是一个什么样的人,自己将带给这个世界怎样的精神与惊喜。做人则意味着要用一生对自己的阅读与写作做出回应与总结。那么,文学院的学生应该做一个什么样的人?文学院的要求是:一、做一个有点"文学"的人。期待每个学生都学富五车、满腹经纶并不现实,但起码可以做一个博览群书、学养丰厚的人。二、做一个精神高贵的人。1929年陈寅恪为王国维撰写的纪念碑文是"独立之精神,自由之思想"。王国维已成历史之绝响,而此后的顾准、林昭、遇罗克、张志新等人前赴后继,用生命再次昭示独立、自由、民主、平等之可贵。做一个坚守公平、正义与良知的人,应当成为中文专业学生的自觉追求。三、做一个懂得感恩的人。在我们成长的路上,有人是桥,有人是路,有人是船,他们扮演的作用或大或小,但无疑都是最应该珍惜的人,理应受到受惠者的尊重与感谢。感恩是一种素养,也是一种文化乃至文明。这样的认知,在阅读中可以获得,在写作中则可以传承。

"书到用时方恨少,事非经过不知难。""文以化人、学以致用"是一个系统工程,不仅包含理念的更新,还包含实践路径的选择。为有效地推进阅读与写作计划,文学院积极实施"十百千"工程,为学生成人成才铺设路径。"十",即要求每个学生大学四年至少有十次讲台(舞台)经验,或演讲,或朗诵,或表演,或汇报,形式不拘;"百",即双百方针,要求每个学生新增背诵百篇优秀诗文、写作百篇优秀短文;"千",即要求每个学生新增阅读千篇(部)以上经典文学作品。

2013年上半年,学校修订新一轮人才培养方案,文学院党政班子经过深入研讨,最终达成共识,将上述思考体系化,并融进文学院2013版人才培养方案。我们的主要做法有:

一、构建立体的阅读体系

在课程设置方面做出重要改革,在保持原学分学时不变的前提下,将"中国古代文学"改成"中国古代文学史"和"中国古代文学作品选"两门课,将"中国现代文学"改成"中国现代文学史"和"中国现代文学作品选"两门课,同时增设《楚辞》精读、《论语》精读、《史记》精读、《文心雕龙》精读、"鲁迅精读"、"沈从文精读"、"张爱玲精读"、"钱钟书精读"、"西方现代派文学经典精读"等课程,旨在通过课程设置引导教师利用课堂教学主渠道,强化中文专业学生的阅读理解能力、文本分析能力。与此同时,文学院还积极利用课余时间推进课外阅读,一是编写《阅读经典,放飞梦想》读书指南与《文学院学生必读书目》引导阅读;二是编写《优秀诗文经典名篇必背》引导背诵;三是举办"雅好诗书"读书笔记大赛、"经典诗词四六级大赛"、"风雅颂:我爱记诗词"等活动,以检测阅读的效果。

二、健全多维的写作体系

一是将原先开设的"基础写作"课程改成"写作理论与写作训练",将"文献学"与"研究方法与论文写作"两门课整合优化为"文献检索与论文写作"。理论讲解有其必要性,但写作能力的提升关键在于训练，课程改革的目的即在于强化师生的这一认知。文秘系教师编写的教材《写作理论与写作训练》即将投入使用，今后的写作训练会更有针对性。二是将"百篇短文写作"技能训练纳入人才培养方案中的实践环节，并给予学分认定，以此强调写作能力提升的必要性与不可或缺性。三是创建"博雅园"文学网络空间，资助出版《涟漪》《起兮》等社团期刊，鼓励学生文学创作，并使之常态化，最终结集出版《诗文趁年华——淮阴师范学院文学院学生佳作选》，以实际举措激发学生写作兴趣，形成良性循环。四是规范学生论文写作，以"文献检索与论文写作"等课程的课堂教学引导并培养学生的论文意识，掌握论文写作的必要知识，通过小论式作业、学年论文和毕业论文写作来锻炼和检测学生的论文写作能力和水平。同时遴选培育一些优秀学年论文，鼓励学年论文毕业论文一体化，支持学生公开发表学术论文，并出台论文发表奖励政策，资助出版《初涉集——淮阴师范学院文学院学生优秀论文选》，使论文写作及教师指导更具目的性、更加规范化，也更具可操作性。

三、建立全方位的育人体系

针对中文专业学生的个性色彩、心理特征和发展趋势，文学院特别制定了全程育人的导师制度，如在大一阶段配备新生导师制，主要引导学生尽快适应大学生活；在大二阶段配备职业规划导师团队，主要引导学生规划职业生涯，比如考研、考公、考村官或者直接就业等等；在大三阶段配备考研导师制，指导学生复习考研，帮助学生实现考研理想；在大四阶段配备就业导师团队，帮助学生分析市场与理性择业。

四、打造全员化的第二课堂

人才培养不能仅仅依赖于课堂教学，一般而言，教师在课堂上更多地提供给学生的是方向、方式与方法，只有把这些充分运用到课外活动实践中，才能更加有效地激发学生的创新性思维，从而有益于人才的培养与发展。近几年来，我们一是根据中文专业特点举办相关校园文化活动，如"四月的思念"、"翰墨春秋：汉字听写大赛"、"风雅颂：我爱记诗词大赛"等文化活动，借以塑造学生品格，丰富课外生活，取得很好反响。二是根据学生个性特点成立中文特色鲜明的学生社团，如"采菊诗社"、"起兮文学社"、"翔宇戏剧社"、"燃灯剧社"等。其中，"采菊诗社"为学校明星社团，多次赴台湾地区交流演出，在大陆具有一定影响力，已成为本专业对外交往的重要名片。"起兮文学社"、"涟漪诗社"等文学类社团也已成长为学校著名品牌社团，定期出版刊物如《苏北青年》、《翔宇论坛》、《语言艺术报》、《涟漪》、《起兮》等。戏剧社团则及时排演话剧并公演，2015年12月，"燃灯戏剧社"排演青春版话剧《雷雨》，在校内外引起很大反响，得到省内外诸多兄弟高校同行的赞赏，主要演员一举成为校园明星，并被淮安市有关部门选入话剧《少年周恩来》的主演阵容。通过主编刊物、剧本创作与话剧演出，激发学生的写作兴趣和协作精神，锻炼学生的写作能力，提升学生的文化素养，这是文学院对学生社团的基本要求。三是开展多管齐下的技能训练，如：建立健全训练机制，由院行政负责总安排，教师负责总指导，院团总支负责总实施；建立"小老师"队伍，形成"传帮带"机制，以评比促进训练，采用"每周一练"方式训练中文专业学生"三字一话"等基本技能。

五、精心打造品牌活动

一是高端前沿的"翔宇论坛"，自2009年创办以来，目前已开设90余讲，张炯、黄修己、吴福辉、陈思和、刘勇、吴义勤、周勋初、钟振振、王钟陵等著名学者；王安忆、毕飞宇、范小青、赵本夫、阿成、徐则臣等著名作家；六小龄童、沈铁梅等著名演员先后做客"翔宇论坛"，进一步拓宽了学生的专业视野。论坛成果《翔宇论坛名家讲演录》即将出版。二是深入浅出的"名师讲堂"，创建于2012年，旨在借助国内一流名师资源，紧扣课程教学内容，深化作品阅读，培养学生的作品解读能力，陈思和、莫砺锋、萧兵、周建忠等先后为学生开设公开课，令学生获益良多。

当然，上述思路与做法的形成非一日之功，而是前后几届文学院党政班子共同智慧的结晶。近五年来，由施军副校长和我共同主持的课题"高师中文专业课程体系改革与创新型人才培养研究"、"应用型本科院校汉语言文学专业双基多能人才体系建构与实践研究"先后获得江苏省高等教育教学改革课题立项；由施军和我领衔申报的教学成果"高师中文专业学生能力培养体系的建构与实践"获江苏省高等教育教学成果奖二等奖（2011年），"汉语言文学专业'双基多能'应用型人才培养模式的构建与实践"获淮阴师范学院优秀教学成果特等奖（2016年），即是最好的证明。

总结过去是为了更好地面向未来，值学院制定"十三五"事业规划与修订新一轮人才培养方案之际，将既往的想法与做法略作总结，将有助于我们进一步深入思考。"筚路蓝缕，以启山林"，我们相信每一次精心的付出，都会在文学院的办学历史上留下印记，以启示后来者。

在"淮师翔宇文丛"即将付梓之际，写下这些感想，是为序。

李相银

2016年4月28日于淮阴师范学院

与写作有关——代序

徐则臣

从神经衰弱开始

往回数，让我觉得跟写作有点关系的事，应该是高二时的神经衰弱。那时候心悸，一到下午四五点钟就莫名其妙地恐惧，看到夕阳就如履薄冰，神经绷过了头，失去了回复的弹性，就衰弱了。完全陷入了糟糕的精神状态中，没法跟同学合群。那种自绝于人民的孤独和恐惧长久地支配我，睡不着觉，整天胡思乱想，恍恍惚惚地，经常产生幻灭感。写日记成了发泄孤独和恐惧的唯一方式。从高二开始，一直到1997年真正开始写小说，我写了厚厚的一摞日记，大概就是在日记里把自己写开了。日记里乱七八糟，什么都记，想说什么说什么，怎么好说怎么说。后来回头看看，很多现在的表达，包括形式，在那些日记里都能找到差不多的原型。然后看小说，开始尝试，就这么顺下来了。高二时写过一个短篇，几千字，模仿的东西，名字也学生腔，都想不起来为什么要取那样的题目了。接着高三，压力大，情绪更加低落，看张爱玲、苏童解闷，又开始写。好像写了一个中篇一个短篇，还给一家杂志寄去一个，当然是石沉大海。眼巴巴地盼了一些天，就老老实实去看书了。

我一直想当个律师，高考的志愿一路都是法律，只在最后的一个栏目里填了"中文"。填得很随意，觉得若是落到了这个地步，学法律大概也没什么意思了。哪壶不开提哪壶，就这么一个"中文"，还是进来了，所有的"法律"都不要我。进了中文系我颇有点悲壮，整天往图书馆跑，看了一大堆小说，但到底想干什么，心里没数，小说也写，那更多是习惯，觉得应该写点东西而已。

正儿八经开始写小说是在大一的暑假，1997年7月。

阳光与阴影

1997年夏天，我的大一暑假，社会实践活动结束后我一个人回到学校，校园里空荡荡没几个人。学校为了安全和便于管理，把假期留下来的学生集中到一栋宿舍楼里，我和几个其他班级、系科的男生成了邻居。那个时候我如此迷茫,不知道将来要干什么,只能看书。我的大律师梦,在法庭上纵横捭阖,把死人说活,让稻草变成金条,显然没戏了。我对自己很不满,对念的大学也不满,整个大一我读书和学习都像赌气,因此成绩很好,书也读了不少。但这样的读书跟文学无关,而是与中文系有关,既在中文系,不读文学书又能干什么。我几乎是为读而读。

那个夏天的黄昏,我读完了张炜的长篇小说《家族》,穿着大短裤从宿舍里跑出来,很想找个人谈谈。我想告诉他,我知道自己要干什么了——我要当个作家。当时校园里安静得只有树上的蝉在叫,宿舍楼周围的荒草里飞出来很多小虫子。夕阳半落,西天上布满透明的彩霞,水泥地上升起看不见的热气,这个世界热烈但安宁。如果当时有人看见我,一定会发现我的脸和眼睛都是红的,跟晚霞没关系,我激动。非常激动,找不到人说话,我在宿舍楼前破败的水泥地上转来转去,想大喊几声。当一个作家竟如此之好,他可以把你想说的都说出来,用一种更准确更美好的方式。刚开始读《家族》,我就发现我的很多想法和书里的很像,读到后来,越发觉得这本书简直是在替我说话。一个作家竟然可以重现一个陌生人,我感到前所未有的神奇,这个行当突然对我充满了不可抗拒的诱惑。为什么不当个作家? 此前的文学阅读和启蒙,以及作为文学爱好者经历的诗和小说的写作训练,在合上《家族》的那一瞬间共同促成了我的决定:当一个作家。

就这么简单,1997 年夏天我有了明确的未来,此后的十二年里不曾中断和放弃。现在回头想那个黄昏,也许不乏矫情,但你若能理解一个心高气傲的年轻人像困兽一样失去方向地绕了一年的圈子,并且一直摆脱不掉梦想破灭的失重感,你就能理解他在获得一种深深地契合他的方向时的激动和真诚。《家族》不是张炜最好的小说,那之后我也再没有重读,但它对我很重要。

一个说话的人都没找到,宿舍楼里空空荡荡。在这栋楼里,我的隔壁,住着一个同年级的中文系同学,姓潘,我一班,他二班。我们偶尔会串门聊天,隔壁之前我们从没说过一句话。他假期留在学校为了做家教挣钱,人很老实,如果做朋友,会相当可靠。我对他的了解就这些。我很想跟他说一说,只有他可以分享一下我的幸福。可他不在,那会儿应该是他做家教的时间。但他永远嵌在了那个黄昏,一想到我的文学之初,他就会梳着很不讲究的分头胖墩墩地出现在我的回忆里。

我想说的是后来,几个月后他死了,被三个二流子活活打死在离校门口五十米远的当街上。那个傍晚天刚刚有点凉,校门口正对的那条弯曲的小街这时候总是弥漫着烟火气。所有小饭馆都开着门,小老板在饭馆门前的火炉上亲自掌勺,烤肉串的、油炸里脊肉的、卖酒酿的、做水煎包子和辣汤的摊子乱糟糟地摆在路边,还有各种小物件小玩意的架子安插在空隙里,本来就不宽的小街更窄了。潘同学家教回来,骑着自行车穿过小街,不小心擦着了一个女孩的手臂,女孩惊叫一声。潘同学赶紧停下,一条腿支地问伤着了没有。没事,女孩子不过是胆子小了点,一只蚊子擦着胳膊飞过去也会尖叫。但和她同行的三个小伙子不答应,一脚把他连人带车踹倒在地,然后六条腿同时往他身上踢。围观者说,辩白的时间都没有,我暑假时的邻居就被活活踢死在路中间,内脏破裂。二流子们喝多了,刚从酒馆里出来,他们请了个拳师吃饭,准备拜那人为师学武艺。也许他们认为自己功夫在身了,应该提前施展一下拳脚。

出事的时候我刚从家里返校，一路车马劳顿有点累，正躺在宿舍里想歇一会儿。同学急匆匆告诉我潘出事了，那时候他躺在地上蜷成一只虾米，一动不动。我记得那晚宿舍的灯光昏暗，我床在上铺，睁开眼的时候一点不觉得光线刺眼。

围观者说，前后就几分钟。就那么几分钟，一条命没了，一个同学、邻居和兄弟没了，几个月前的一个黄昏我迫不及待要找他说说话，告诉他我决定当作家。他还在做家教。他死后，我对他的了解多了一些：家在农村，很穷，父亲做工时摔坏了腰，长年卧床，母亲精神不大好，弟弟不务正业到处游荡，潘同时做几个家教，挣的钱一部分支付学费和日常开支，剩下的寄回去补贴家用。他妈听到噩耗当场就昏过去，他是潘家的顶梁柱。

这些年我常常想到潘，想到人之恶、生离死别、无常和幻灭。他与它们和我和文学和我的文学息息相关。好几个小说里我都写到了潘之死，我想象自己以不同的身份返回那个现场，我想看清楚潘这一生最后的细节。这个总是做家教的兄弟，黄昏时我没找到，傍晚之后再也找不到的邻居。

阅读、理论和写作

我是那种喜欢一条道走到黑的人。既然要把小说当成事来做，那就心无旁骛，做得很认真。那时候的阅读量现在看来，几乎是可怕。看完了就写，很受马尔克斯影响，大二开始写一个长篇，年少轻狂，打算揭示鸦片战争以来整个民族的心路历程，并为此激动得常常睡不着觉，半夜想起来一个好细节，没有灯光，就趴在床上摸黑歪歪扭扭地写，第二天誊抄。没写完，只有几万字。现在还保存着，依然喜欢那个题材，以后应该会接着写出来的，因为现在回头看，还觉得挺有点意思。后来到了南京念大三大四，所有时间都用在读书和写作上了，写了不少，也开始发表小说。慢慢就上路了。

也仅仅是上路。小说是个跟年龄有关的艺术，像巴尔加斯·略萨说的：没有早熟的小说家。2002 年我到北大读研，开始"悔少作"，觉得二十四岁之前写的东西实在不值一提。那些小说还很虚弱，现在重读，总觉得当时没使上劲，也不太知道怎样才能使上劲。完全是稀里糊涂地写，"写"成了最重要的事。写作的速度也比较快，除了发表的，现在手里还堆了二三十万字的旧稿，前些日子我把它们翻出来，有的还有点意思，但是懒得修改。只能废了。

在北大的三年，学到了很多东西，北大给我的，北大的先生们给我的，我的导师给我的，还有一些作家朋友给我的，不仅对深入理解文学大有裨益，更重要的是找到了自己面对世界的方式。我的写作慢下来，慢得心里踏实，一步一个脚印，逐渐体会到了创造的乐趣，而不是车间生产的快感。

此外，也解决了一直折磨我的问题，就是理论和创作之间的矛盾。这是两种不同的思维路数，刚进北大的那一年，我很为此痛苦。写小说和散文，要感性，要形象和细节，睁开眼你得看到大地上一片鲜活的东西；但是搞理论却不是，你要逻辑，要推理，要论证，那东西本来就不是个好啃的骨头，而且理论更替的速度又比较快，要跟着大师跑，想着他们是怎么把这个结论捣鼓出来的，再考虑怎么把它化为己有。刚开始我真不适应，觉得自己的眼光放出去都是直的，干巴巴的，脑子也是，一条直线往前跑，整个人都有点侧身走路的味道，反正从里到外都被抽象过了。大概一年半后，情况有了改观，在两种思维和文体之间的转换相对轻松、容易了，想写小说就可以写小说，该写论文就写论文，基本上感觉不到有多大冲突，说到底它们不过是面对世界和表达自己的两种不同形式而已。基本上解决了两者的对立状态，生活又重新好起来。写一段时间小说，停下来看看理论、做做批评，既是休息和积累，也是补充和提高，接着再写。创作和理论之间有了一个不错的互动，逐渐进入了一个良性的循环。

很多人认为作家主要靠感性和想象虚构能力，不必看什么抽象的理论书籍，其实是个误区。作家只是长于感性和想象，并非不需要逻辑思辨能力，必要的理论修养和思辨能力对作家非常重要。它能让你知道你想干什么，你能干什么，你能干到什么程度，它能让你的作品更宽阔更精深，更清醒地抵达世界的本质。能让你高屋建瓴。这些年的诺贝尔奖得主，大多都兼善理论，都有自己鲜明独特的看待世界的方式，或者说，都能形成一套自己的美学体系。而且，其中大部分都在高校做过教授。他们的宽阔和精深都得益于他们的理论修养，他们有足够高超的能力将大问题说透。小说不仅是故事，更是故事之外你真正想表达的东西，这个才决定一部作品的优劣。当然，进去了出不来的不可能是好作家。最好的作家一定是感性和理性都擅长，并且能互动相长。

在　北　京

除了故乡，北京是我目前住得最久的地方。研究生毕业以后，我留在了这个已经待了三年的城市。在我想也许我得在这里生活之前，生活已经开始了，海淀、北大、硅谷、中关村、蔚秀园、承泽园、芙蓉里、天安门，有一天我无意中回头，发现它们正排队进入我的小说。最早的一个北京小说，《啊，北京》，我没有任何关于"北京"的野心，甚至都缺少要写一个北京故事的明确意识。它是我在北京大街上走过之后，自然而然留下的足迹。生活主动找上了门。我在念书，不上课的时候蜗在万柳学生公寓的那间分不清方向的宿舍里。北京生活对我很抽象，故事来源于朋友和虚构。我想象如果我和他们一起走在那条路上，一起见到某个人一起做某件事，我会如何。我只能把他们放到我熟悉的地方，我的地盘上我才能做主。然后是《三人行》、《西夏》、《我们在北京相遇》等，我知道我在写北京了。《跑步穿过中关村》、《天上人间》、《把脸落下》、《逆时针》和《居延》都是以后的事了。

能写，就得好好写。我想象可能发生的故事，可能有的感受和发现。这个时候，我于北京，很大程度上符合那句绕口令似的的术语：缺席的在场，或者在场的缺席。学院与切实的北京某种程度上是隔绝的。我的感受和发现纯属虚拟，没有经过实实在在的生活来证明。2005年毕业，大夏天我一头扎进北京火热的现场。楼房像庄稼一排排长出来，宽阔僵硬的马路，让人绝望的塞车，匆忙、喧嚣、浮躁、浩浩荡荡、乌泱乌泱、高科技、五方杂处的巨大玻璃城。我有点懵。这些场景我在小说里想象过很多次，但那只是纸上谈兵，远远没能想周全，更没有想明白。没吃到梨子，永远不会知道真正的味道是什么。一个愣头青，下嘴发现梨子不是甜的。他早知道不可能是甜的，但甜是唯一的，不甜却有无以计数之多。我只能从细节入手，一个个分辨个中三昧。

身份。这不是你从哪里来的问题，而是：你是谁？在过去，我可以理直气壮地告诉任何人，我是学生，我是老师，有案可稽。身份证，档案，学生证，教师证，每一个硬硬的都在，它确认你是你，这地方你可以合法自在地活下去。但现在，北京要求你这个外来人拿出户口、编制，证明你有可靠的来源和归属。一种机制在要求，机制里的人也在要求，拿出来吧，给你自由。如果你拿不出来，你只能不自由。从抽象的到具体的，大家看你的眼神就不对。好心人担心大家都有时你没有会伤害你；不那么懂得尊重别人的人，会在撒酒疯时指责你算哪根葱，一边凉快去。

我不知道北京是不是全中国最需要身份的地方，我也不知道那张纸竟如此重要，反正很多时候我被它搞得很烦。我决定买房子时，有关机构跟我说，外来人员必须捏着暂住证才能办手续。我屁颠屁颠去办暂住证。这个派出所不行又跑那个派出所，这里不办必须到那里办，这个时段不行必须下个时段，材料不齐今天办不了，今天不行因为还有十分钟我们就要下班了，明天早上来拿吧。为了这个暂住证我跑了五趟。制度化当然是好事，但是当它成为不停地向你证明你不是你的契机，就相当不可爱了。

很多朋友已经在受此困扰时，我待在学校里念书。我知道身份对他们的重要性，也理解寄人篱下和流浪的甘苦。当我原封不动地一一领受，才知道先前的理解和体贴只能是隔靴搔痒。这种事没法总结和概要，必须贴着皮肤一寸寸地触摸和刮擦，才能真切体味到渗进骨头缝里的那种怪分分的感觉。

身份。依然是：你是谁？这回是你与北京的关系问题。现实身份确证的琐碎细节烦了我好一阵子，好在我没有顾影自怜的癖好，习惯了就视若等闲。生活能玩出多少花样，该做的做，不该做的遵纪守法听通知，随它去吧。但我依然为身份焦虑。弗洛伊德说，人的精神焦虑可以分为现实焦虑、神经焦虑和道德焦虑三种类型。我搞不清一个人没事就茫然算哪一个类型。这感觉是我坐在公交车上穿过北京和站在天桥上看北京时的基本状态。

很茫然，那么多人，只能用"乌泱乌泱"来形容，这个词里有种黑暗和绝望的东西在，我怎么就孤零零一个人躲在一辆车里。人周围是人，车周围是车，车和人的周围是人和车，是无数的高楼和房间，房间里有更多的人。一个人深陷重围，完全可以忽略不计，是一滴水落在大海里。在天桥上看得更清楚，尤其是上下班高峰，你看见无数辆车排列整齐，行驶缓慢至于不动，这个巨大的停车场中突然少了一辆车、一个人，你知道吗？这个世界知道吗？他为什么要待在这个地方？北京。你，我，我们为了什么要待在这里？北京。人之渺小，车之渺小，拿块橡皮轻轻一擦，碰巧一阵风来，干干净净地没了。我站在天桥上常常觉得荒谬又悲哀。咱们都是谁啊。我觉得自己很陌生，北京很陌生，这个世界也很陌生。

在这样一个地方，你是谁。像一枚钉子，随便就被深埋掉；要么可以轻轻拔掉，你盯着它看，它就放大，孤零零地放大，如同一座摩天大厦，外在于这个城市，随时可以消失。这就是我一直感觉到的，我外在于北京，跟单位、编制、户口、社会关系等统统无关，只和自己有关。这种"外在"孤独、寒冷，让我心生不安。

的确，在北京我常常不安。

可是，有让我心安的地方吗，心安得让我有扎下根的踏实和宽慰？好像也没有。即便故乡，苏北的那个小城和乡村，我也逐渐心有不安。我在一天天远离那里，熟悉的人陌生了，旧时的田园和地貌不见了，像生在我身上的血管一样的后河都被填平了。故乡仿佛进入了另一种陌生的生活轨道。我回去，如入异地；料想很多人看我，也是不识的异乡人。待在家里，偶尔也会没着没落，父辈祖辈的故事听起来都远在梦里。我不知道哪个地方出了问题。

　　所以我想，我写了北京，也许仅仅因为我在这里生活，我心有不安。因为我要写，所以就潜下心来认真挖掘它的与众不同处，它和每一个碰巧生活在这里的人的关系，多年来它被赋予的意义对生活者的压迫和成全，一个城市与人的关系，其实也就是一个人与世界的关系。北京的确是个独特的城市，有中南海、天安门、故宫、长城和十三陵，有北大和清华，有中关村和硅谷，有"京漂"、外来人口和已经结束的奥运会。

　　如果我碰巧生活在上海、广州，或者香港、纽约和耶路撒冷，时间久了，我想我的写作也会与它们发生关系，即使我可能在哪儿都很难有生根发芽之感。这也许是常态，在哪里你都无法落实。唯其如此，此心不安处，非吾乡者亦吾乡。只能如此。

上　编

校　友　篇

徐则臣／个体、世界与当代文学

徐则臣，1978 年生，江苏东海人，曾就读淮阴师范学院、南京师范大学，北京大学中文系硕士毕业。淮阴师范学院起兮文学社首任社长，在淮阴师范学院中文系教书两年。现为《人民文学》编辑，上海作协专业作家。代表作有长篇小说《午夜之门》、《夜火车》，中篇小说代表作有《跑步穿过中关村》、《苍声》、《啊，北京》、《西夏》、《人间烟火》、《天上人间》等，短篇小说代表作有《花街》、《最后一个猎人》、《伞兵与卖油郎》、《纸马》、《我们的老海》等，散文随笔集有《把大师挂在嘴上》、《到世界去》等。曾获春天文学奖、西湖·中国新锐文学奖、华语文学传媒大奖·2007 年度最具潜力新人奖、庄重文文学奖、《小说月报》百花奖、

《中篇小说选刊》2008—2009年度全国优秀中篇小说奖、滇池文学奖、上海文学奖、第八届茅盾文学奖提名奖等。根据中篇小说《我们在北京相遇》改编的《北京你好》获第十四届北京大学生电影节最佳电视电影奖，参与编剧的《我坚强的小船》获第四届好莱坞 AOF 国际电影节最佳外语片奖，《跑步穿过中关村》英文版入围 2015 年全美文学翻译奖短篇名单。2009 年赴美国克瑞顿大学（Creighton University）做驻校作家，2010 年参加爱荷华大学国际写作计划（IWP）。

作为 70 后代表作家，他被认为是"70 后作家的光荣"（《大家》），其作品"标示出了一个人在青年时代可能达到的灵魂眼界"（华语文学传媒大奖授奖辞）。部分作品被译成德、韩、英、荷、日、蒙等语。

淮安是我的第二故乡

这是我的母校，我在这里当过学生，也做过老师。我不算外面来的人，我是自己人。

我的故乡是连云港，但淮安是我的第二故乡，因为除了我自己的故乡，淮安几乎是我每年必来的地方。同时在另一个意义上，我把淮安当作我文学创作的第一故乡，因为我作品中最早让大家知道的一些非常具有标志性的地名，比如花街、运河、石码头，都是淮安的地名。很多评论家在评论我作品的时候，都说我是在写自己的故乡，其实不是。淮安虽不是我故乡，但在我的故乡系列小说中我把所有的场景都安排在了淮安，安排在运河沿线。我特别喜欢花街这个名字，所以在小说中，我就把我故乡的人和事，把我在这个世界上所见识到的人和事，都放在了这个地方。花街在我的笔下，可能会越来越长，直到最后它成为整个世界，容纳整个世界，从这个意义上来说淮安对我的写作恩惠很多。这么多年，从淮安出去以后到北京，我写了一批关于北京的小说，比如《跑步穿过中关村》《啊，北京》等，虽然把场景放在了北京，虽然有我对北京的一些物象、环境的具体描述，但是我笔下的生活在北京的许多人物，其实也是从花街、石码头、运河边来的。这就是我怎样又把花街，把我所理解的、所见到的淮安的人和事，包括自己故乡的人和事转移到了北京。这也是作为一个个体，是怎样逐渐认识、描绘和发现这个世界的。

文学是个体与世界之间的独特关系的呈现

在我看来，真正有意义的作品是指那些对文学史提出了新东西的作品，而不是一些所谓完美的著作。有很多的作家，写了非常多、非常好的作品，但最后被文学史淹没、淘汰了。原因就在于这些作品写得好，只是常规意义上的好，是把一个陈旧的东西用一个完美的形式表达出来。我们应该警惕"完美"这个词，如果一个作品非常完美，它便成了一种自足的东西。完美是符合任何人要求，是老少皆宜的东西，它不会冒犯任何人，八十岁和八岁的人读了以后都觉得很舒服。这样的作品是很可疑的，这样通约的东西往往是最普通的东西，是大家都能想得到的东西，这说明我们的思维，我们想要表达的想法可能陷入了常规的思维，所以千万不要认为一个八岁到八十岁通吃的作家是个好作家，最好的作家从来就是小众的。经过时间的淘洗后剩下来的经典作家，如托尔斯泰、陀思妥耶夫斯基、卡夫卡，还有中国的鲁迅，他们的经典地位是不可撼动的。他们无论是风格上，还是他们对这个世界的认识上都是完全不一样的，包括他们的文本。也就是说他们提供的都是非常个体的、个人化的经验认识，他们的作品都是无法复制的，他们和世界之间建立一种非常独特的联系，所以他们的作品才有价值。而当下很多所谓好的作家，虽然他们写出了很完美的东西，但是这个东西可能是完美的赝品，真正的好东西很可能是那些残缺不全的、纠结缠绕的、分裂的东西。所以文学归根到底就是个体和世界之间的一种非常独特的关系的呈现。

未来文学的希望在"学院派"

今天很多文学作品对当下这个世界的理解或在呈现这个世界的时候有点捉襟见肘，因为今天的世界在迅速变化，这种变化对当代文学产生了巨大影响。这个时代跟陀思妥耶夫斯基那个时代、托尔斯泰的时代、李白的时代是不一样的。他们那个时代是一个非常慢的时代，慢到了很多年基本上是不变的程度。而在当下，尤其是 90 年代以来所谓的全媒体这样的时代的到来，世界发生了翻天覆地的变化。这个变不是表象在变，可能内在的东西也在变。即使作家有托尔斯泰的天分，也无法再用托尔斯泰那种整一性的小说完整地阐释这个世界，等你觉得你看到了这个世界的真相的时候，这个世界已经变了。现在网络这么发达，信息量极大，这个世界已变得非常平面、无限透明，大家的经验开始趋同了。外面发生的任何动向，大家可以足不出户就一清二楚。另外，对真相的把握，也没有像过去那么确切，真相和假象掺在一起，对这个世界很难提供一个肯定性的判断。一部作品好不好，在于它能否给我们提供陌生经验、出乎我们意料的对这个世界的认识和想象。如果我们的经验变成了一个公共的经验，日常生活都一样，而我们的大脑智商都差不多的时候，我们的作品就趋同了，一个作家所具有的能够编一个非常吸引人的故事的特有的途径就消失了，当代文学在表现这个瞬息万变的世界的时候就面临着极大的难度了。所以这不是一个能够产生托尔斯泰或曹雪芹这样的作家的时代，不是作家没有才华，而是因为作家在这样一个时代，必须用另外一种方式来表现世界。阎连科曾坦言他们 50 年代作家陷入了"集体主义"写作困境，实际上我们这一代作家现在也同样面临相似的困境，甚至我们陷入的"集体主义"写作的负担、沉重度、艰难可能比 50 年代作家更厉害。

怎样从这种"集体主义"写作中跳出来呢？我个人认为，以后文学的希望在"学院派"。"学院派"受过高等教育，当然受过高等教育未必是非要拿到硕士文凭或博士文凭，而是接受过非常系统的学术教育、思维训练，对这个世界逐渐形成了尖锐、独特的认知，这样的人才可能非常好地处理当下这种问题，因为这样的人不纯粹依靠故事吸引人，他们有充分的能力通过整合，把破碎的、碎片化的、假象的东西，就是我们直觉上的去伪存真，把那些跟这个世界、跟它的本质关系非常远的信息剔除掉，然后通过作家的那套记忆把它整合起来，才有可能写出比较有效地表达我们当下世界的一些作品。比如近几年甚至近十年的获得诺贝尔文学奖的作家，大多是能文能武的，能写也能做学问，而且 80% 是大学教授。在当下这个时代，靠会讲故事而成为一个大作家可能非常困难了。以后出现的大家，不是本能写作的大家，也不是用心写作的大家，而是既用心又用头脑写作的大家。

（本文由张碧寒、费佳园、周荣宝、汪洋梅等根据演讲录音整理，并经徐则臣本人审阅）

徐则臣 / **则臣小传**

　　"自传"是个危险的词,在我兴致勃勃地往前跑的时候,不打算过早地使用它。所以这是一个简历。但是每一回提供简历也很麻烦,我得为具体年份反复地推算,和高考做数学试卷一样焦虑——我数学不好,总是记不住一些关键数字;填了无数的表格之后,依然每次都要从头算起,哪一年到哪一年在哪里,哪一年到哪一年干了什么。当然,现在我学聪明了,尽量少写数字,这和毒品一样,都要想办法靠边站。

　　1978年十分重要,不是因为我出生了,而是这一年本身就很重要;我在苏北一个村庄里刚开始吃喝拉撒的时候,中国发生了很多大事。二十多年后我回头认真去看这一段历史,很为自己激动了一下,好像生逢其时了,尽管和我扯不上任何关系。那一年很多人出生,那一年更多的人没来得及出生,因为计划生育已经开始了。尽管如此,我还是在小学和中学的班级里遇上了越来越多的同学,中国式的竞争向来不进则退、你死我活,所以我的成绩随着年级渐升,越来越不能令人满意。这个我有心理准备,小时候我的理想是当一个卡车司机或者军人,在当时,这差不多算考不上学的农村孩子最好的职业了;我很清楚,成绩好了肯定实现不了理想,学不好反倒能成全自己。但我从村里小学考进镇上的初中,又从镇上的初中考进县里最好的高中,成绩没好得让所有人都满意,也没差到自己都觉得寒碜。1996年,我在饱受神经衰弱的毛病折磨之后,进了淮阴师院中文系。高考前我有了一生中的又一个理想,做个律师,所以高考志愿从上到下报的都是法律,最后填的才是中文,因为我最好的朋友正在师院中文系念书。上天有成人之美之德,我一头扎进了师院中文系。

　　现实和理想有了分歧,我有点蒙,突然不知道要干什么了。莎士比亚说,如果你什么都不能干,那就教书吧。在中文系,我的感觉是,如果你不知道要干什么,就当作家吧。大一暑假的一个黄昏,我从宿舍楼里跑出来,在空荡荡的校园里想找个人说说话,告诉他,我决定要当一个作家了。那个黄昏残阳如血,楼前的空地上荒草飞长,我十九岁。从那一天开始到现在,十四年,我一直在践行那个决定。开不了卡车扛不了枪,也当不成律师,总得把一支笔给拿稳当吧。这些年,从一个地方到另一个地方,由一个职业换到另一个职业,目的只有一个:把手里的笔拿稳当。可能人人都可以写,但不是人人都能写好;也许人人都可能成为作家,但不是人人都会成为好作家。

大一、大二结束,我去南京师范大学插班念大三、大四。感谢随园图书馆里的藏书,那两年我像个读书机器,胃口出奇地好,不挑食,20世纪以来的外国小说几乎是按着字母顺序一书架一书架地读过来。每学期末看着日记后面随手记下的读书单,我都有一种悲壮的成就感。大学里的读书和写作让我教书时有了一点底气,千禧年全世界都兴高采烈,我毕业,回到淮阴师院中文系教写作和美学。但这点底气根本不够,教了两年我就捉襟见肘,觉得不能再继续误人子弟,就考到北大中文系读当代文学专业的研究生,师从著名作家和学者曹文轩教授。毕业后进了人民文学杂志社做小说编辑,至今。其间曾在上海作协当了差不多两年时间的专业作家。时间飞流直下,一晃十年。若不怕唠叨,好听不好听的都不厌其烦地讲,可说经年;若简单历数,这些足矣。

经历实在乏善可陈,缺少想象中的作家必要的跌宕起伏的生活经历。不过在我的理解里,曲折复杂的社会经历对作家固然重要,更重要的该是波澜壮阔的内心生活;如果心里头一潭死水,把你放进火箭里整天在银河系的各星球间转来转去,也无文学可言。

这些年,断断续续地写,主要就围着三个地方转:北京、故乡和花街。花街在淮安,运河边上。除了生活的地方北京,几乎每年都要去的地方只有故乡和淮安。这些地方有我的亲人和朋友,有我的回忆和地气,它们是我的文学根据地。花街很短,运河很长。只剩下几十米的花街上还存着几间老屋和几棵老树,但它在我的小说里越来越长,长得足以容下整个世界;运河浩浩荡荡贯穿了半个中国,我只用它短短的一截,够了,因为天下所有的水都是水。

孙　官／**生死门**

孙官，男，1984年出生。淮阴师范学院
中文系毕业。获第三届梁斌文学奖全国
"新苗奖"、"鹿城清风"全国廉政小小说三
等奖、江苏省大学生"一字千金"优秀奖、淮
安市周恩来读书节二等奖、淮安市优秀著
作权文学类二等奖等二十多个国家、省市
级文学奖项。出版《炎黄英雄时代》、《风华
一代》、《大学红楼梦》、《用孔子的智慧照亮
人生》等专著。在湖南卫视、天津卫视、福
建电视台、四川德阳电视台、无锡电视台播

出《有偿结婚》、《不伦之恋》、《为爱出轨》、《孝心实验》、《经理裸奔》、《美女躺在后备厢》等
数十部栏目剧。编剧数字电影《开往天堂的火车》、《生命0.1》，2012年起，单独编剧导演
电影《江淮小镇》、《大学红楼梦》、《美女水果派》等。
现供职于淮安市文学艺术院文学创作科。

列车着魔似的狂奔着,像一个善解人意的母亲要达成子女的愿望那样,急切地想把旅客送到目的地去。天阴沉沉的,老天冷着脸不发一言,令四周的气氛紧张了许多。只有汽车摩擦空气发出的啸声,才令众人感到有一种生的气息。人们坐在座位上闭着眼,就如同太阳躲在云层里一样懒得理人。偶尔有一两个孩子的吵闹声打破了死一般的寂静。孩子的母亲便会赶忙睁开眼,孩子许是饿了?便从包里拿出零食哄孩子吃。

这下车子上终于有了人的声音了。如同本来单调无味的世界突然有了男人和女人,世界一下子才有了勃勃生机的景象。一位老母亲睁开她那其实并没有睡着的眼睛,眼神逐渐温和,望着孩子拿着零食的胖嘟嘟的小手问了一句:"孩子多大了啊?"

年轻的母亲一边为孩子削着苹果,一边回答道:"已经六岁了。"

"哦,孩子长的可真好啊。"

此刻车上一位发福的中年妇女在向旁边一位花白胡须老大爷抱怨着:"哎,人活着有啥意思啊,年轻的时候穷,和丈夫一起咬紧牙根苦拼着。偶尔有一块水果糖两个人也舍不得吃,争来争去,居然连糖都化了,两人到底谁也没有独吞。后来日子好了,正打算好好过日子,谁料丈夫又有了外遇,一翻脸就离了。还留下一句话,说:'二十多年看着你就如同常吃一道菜,能不腻吗?'我算是被他'吃腻'了,他是去换口味了。"说完,忍不住擦了擦眼睛。

"哎,"花白胡须叹气道,"我儿子也好不到哪去,辛辛苦苦拉扯他二十多年,终于找了工作成了家,可倒好,媳妇一句话,嫌我和老伴脏,坚决不让我们到儿子那里去。钱是给了点,可谁稀罕呢,我们只是想抱抱小孙女,也就知足了啊,这不老伴生病了,只能让我这个老骨头送她去医院了。"

听完这个,我并没有同情他们,没有为他们的遭遇叹一口气。我那冰冷的脸孔沉静得宛若小说当中的"活死人墓"。嘴角边只是闪过一丝冷笑。

我对人类所犯下的这些罪恶早已麻木不仁,早先的时候,我会愤世嫉俗,我会拍案而起,可后来这种事情太多了。

太多了,我渐渐已力不从心了。

现在我变聪明了,我再也舍不得浪费我任何一口唾液,花费在这无聊的争论当中。

"车到寡妇林了。"不知是谁叫了一句,再前面就是"生死门"了。

"寡妇林","生死门",我的心震动了一下,绝不亚于欧阳锋对《九阴真经》的反应。我的心再也静不下来了。我的思绪不由得回到了过去。

记得我第一次路过这里时,就有人提起这著名的"寡妇林"。

"十里桃花路,三十寡妇行。"

这是一个奇特的地方,路的两边有着连绵广袤的十里桃林,然而这里却基本上看不到一个成年的男人。看到的只是三十几岁的寡妇和她们尚未成年的孩子。这就是这两句话的由来。我当时好奇地打量着这路两边的桃花。好美啊,怎么也想象不到这么桃红柳绿、鸟语花香的地方却有这么一段辛酸沉痛的怪事。车很快就穿过一段石门,那是桃花路的尽头了。前面就是三岔路口,一条是高速公路,另外两条则是低低洼洼的土路。这一段几米长的石门就是传说当中的"生死门"了。在这里已经不知道有多少人被撞死在这里了。

听说这本来就是一块巨大的墓地。举目望去,数以千计的坟堆,孤零零地躺在那里。偶尔有一两只乌鸦会停留在那坟堆旁边的树枝上。坟堆旁杂草丛生,荆棘遍地。间或有老鼠和蛇在这里穿梭而行。若夫淫雨霏霏,则大有"新鬼烦冤旧鬼哭"的气氛。胆小的人是绝对不敢到这里的。终于有一天,这里被填平了,也不管当地的人怎么反对,车终于还是通了。

不过接下来这里连连出了事故,迷信的人说这是冤鬼无处安身,报复来了。接下来这里的男人不知不觉就会染上疾病或遇事故而离奇死亡。那遍地的桃花、那迷人的桃林正因为如此,始终也没有人敢去欣赏。

难道这里真的会上演这么多的悲剧吗,这是为什么呢? 这一次路过这里,我还是苦苦地思索。

"噗","咣当"! 两声巨响把我从想象中又拉回了现实。

一个三十多岁的妇人,骑着自行车刚从土路那边过来,她也没怎么抬头,就立刻撞上了汽车,车玻璃顿时碎了,那妇人被撞得飞了出去。妇人蜷缩着,看不清她的脸。只见她低下头,手好像抓了一下,就不动了。一个生命就这样在刹那间没有了。

"哎呀!"发福的中年妇女吓得大声喊叫起来。她坐在前面,亲眼看见了这场惨剧,她发疯似的喊着,车上的人一下子也乱了。

"赶快救人!""快打120","还有,拨110"。

然后又有人说,这车子走不了了。然后骂骂咧咧地下来,只有等下班车才能走了。

售票员慌忙拨了号码,不久110的人来了,司机赶紧被保护了起来送走了。如果要让她的亲人来,一时悲痛失去理智非得打死他不可。

大伙都试着接近那个可怜的女人。

"还有的救吗? 刚才还见她动了一下。"

"只怕没了,现在一动也不动地。"我没有心情去看那个可怜的妇人,我不忍心,也不敢看。人们常说"捏死你就像捏死一只蚂蚁那样容易"。可是讽刺的是,死神捏死人类何尝不是像捏死蚂蚁那般容易,甚至还要容易些。

我下得车来,正站在一株桃树下方。啊,好美的桃花,粉红色的,落英缤纷,这本是一块属于神仙的地方,只配仙女在这里歌唱,凤凰在这里起舞。我不由望了望那黑黝黝的"生死门"。门大开着,可我总觉得那是魔鬼的一张血盆大口,活生生地把人整个吞了进去。它刚好横在这三岔路口,令人意想不到。使人不由联想到一只活泼可爱的兔子活蹦乱跳地刚从家里出来,一只大灰狼已经扑向了它。

"干吗不推倒它,破了这该死的生死门。"

我生气地折下一枝桃枝。桃花啊,你能让我感受一下那妇人绝望前的所思所想吗,你能解释一下妇人绝命前的一刹那,痛苦地抓着什么吗? 我闭上眼睛,慢慢地,慢慢地,终于,我感受到了。哭泣声! 母亲的内心在哭泣!

她是一个去年刚失去丈夫的寡妇,心地善良,又非常漂亮的寡妇。她不忍心背叛丈夫,含辛茹苦地拉扯着自己的一双儿女。大儿子十六岁,小女儿十四岁。

　　没有男人的日子是极其艰难的,家里饥一顿饱一顿的,不过儿子和女儿也没有抱怨什么。直到那一天家里突然来了一个男人,男人看起来很苍老,老头子似的。但对他母亲很体贴,想要把他们一家都解救出去。大儿子立刻慌了,这老头子想要把母亲带走吗?他惶恐着,吃饭的时候死也不坐到桌子边。他感到太别扭了,他甚至发着脾气赶那老头走。母亲抹了一把眼泪,当场就给了他一巴掌,她怪他不体贴她,不体谅做母亲的难处。而他也委屈地哭了,像一只受伤的小鹿立刻跑出了家门。泪水撒满了一路。

　　儿子跑走了,母亲也哭了,母亲还从来没有打过儿子一次。她想起儿子跑走时的痛苦的表情,她想起来儿子是还没有吃饭的。她抓起桌上的两个馒头放在包里,她怕她的儿子饿着,她赶忙骑了自行车去追赶儿子,尽管她平时并不敢在路上骑车,因为她还不熟练,但为了儿子,她也顾不得这个了。

　　"儿子你在哪儿,快回来吧,妈马上就把那个老头轰走,妈只要你回来。"

　　她这样想着,直到一辆汽车过来,连人带车把她所有的想法都粉碎了,临死前她还用最后一点力气抓紧了袋子里的馒头,因为她怕她的儿子饿着……

　　我站在那儿,泪水也缓缓地流下来。

　　"你怕死吗?"内心深处有一个声音在问我。要是以前我会很潇洒地说不怕,是啊,我们这受儒家思想影响很深的人早就会背这些。孔子曰:"未知生,焉知死?"

　　庄子曰:"齐物我,等生死。"

　　子产曰:"苟利社稷,死生以之。"

　　所谓生又何欢,死又何苦。现在还有人说,当你刚生下来的时候,父母为你高兴而笑;当你死去的时候,儿孙为你悲痛而哭,生与死是多么平等啊,可是今天,我感受到了另外一种声音。

　　我站在生死门上极目望去,来来往往的人鱼龙似的穿梭于这道门中,多少亿万年来都没有终止过,然而我却惊诧地发现,几十亿年来从生门走向死门的人很容易,最简单,全都是!而想从死门走向生门的人,至今尚无一人!哦,原来生与死是根本不能对等的!

　　那一刻我顿悟了。

　　我承认我是个胆小鬼,我怕死,我怕得要命。因为我的心中还有牵挂,我不想一事无成,我还有好多好多事情要做。我更不愿意再看到类似的悲剧发生。

　　此后,我再也没有在这条路上走过。

　　　　　　　　　　　　　　　　(此文获 2007 年第三届梁斌文学奖"新苗奖"优秀奖)

11

孙 官 / **鹿太守新传**

鹿太守上任鹿城，车驾未到，鹿城奸商逃遁一半。

有巨贾马鸿贵者，约众盐商赌于望江楼，曰：十日之内，彼不堕落，某愿一日断一指。

十日后，马鸿贵尽断十指，悲愤至极，喟然叹曰：十商九贪，十官九贪，吾机关算尽，权色古玩，字画珍宝，莫能动其心也！其正何如此也?！言毕，吐血坠楼而亡。

有财迷刘守备者，得怪癖，终日不见银则心痒，覆之以掌，观玩不厌，至晚拥银而卧。冷落其妻十年矣。其妻愤恨，具告以事。鹿太守闻之，送银七千万贯，令其三日点校，错一毫辄斩。三日毕，刘守备终未完，负荆请罪，太守莫罚之。然，刘守备后观银辄吐，望银而逃，此疾终痊愈也。

有廉令张某，该岁饥馑，闻鹿太守名。沉吟久未决。其下有幕僚孙氏，曰：此事极易尔。吾一书当得太守十万之资。

初，张某弗信，孙氏挥毫立就。后鹿太守果拨银十万。观其书，盖一上联也，曰：某一介布衣心系天下苍生，哀两淮遍地饿殍。

或不解，问之。鹿太守曰：彼不落下联，其义自见。民之所需，舍吾命且相与，岂吝银哉！

后太守治鹿城五年，百姓安居乐业。离任数十载，余威犹存。贪官尝梦中闻太守，手执钢鞭，痛击其背，铿然有声，至明日后背隐隐作痛。遂不敢贪。

异史氏曰：马氏何罪，致惨怛之祸；孙氏何能，几字易千金？盖其明太守志，怀民也！咦！马氏之流，宜乎众矣！焉能知也！

是以作文以记之。

子虚年乌有月

（此文 2012 年 12 月获"鹿城清风"全国廉政小小说三等奖）

胡　浩/**九重楼**

　　胡浩，男，1989 年出生。淮阴师范学院文学院毕业。荣获第一届"包商银行杯"全国高校征文大赛小说类优秀奖、第二届"包商银行杯"全国高校征文大赛小说类三等奖、第七届全国大学生征文大赛一等奖、2012 全国散文作家论坛征文大赛一等奖、第一届江苏省创新创业大赛优秀奖、江苏省大学生优秀毕业论文。在校期间，任校涟漪诗社第十届、第十一届社长，2009 年 11 月开始在纵横中文网以"情殇孤月"的笔名发表《魔武风神》、《龙魂剑士》、《异武星尊》三部网络文学作品，总字数超过 350 万字。

　　现为中国散文学会特约创作员，江苏省作家协会会员，镇江市作家协会会员。现供职于民盟镇江市委员会。

　　我自幼就生活在这座城里，城不大却到处有着高高的殿堂，那些大殿上八道屋脊平分向上，雕作龙首的形状，每一道屋脊上赫然又雕刻着数只形态各异、栩栩如生的瑞兽。在这里，粉饰的是天下太平的神话。在这里，埋葬的，却是无数脆弱的青春。

　　我住的楼很高，也相当的冷清，院里稀落地栽着些花草。院中的那一扇微微发绿的铜门，几乎永远紧闭着。在门外是一条孤单的长廊，长廊后才是那些美轮美奂的建筑。

　　这里进进出出的只有龌龊循默的宫人，连马都只会走循规蹈矩的四方步。这里孩子的姓名是不会被提及的，只有编号。这里的人称我为：四殿下。

　　我在祭天大典上看见过我的三个哥哥。比我大整整二十岁的大哥，他是太子；二哥和三哥是同胞兄弟，比我大上十岁。

　　二哥和三哥的母亲是父皇的宠妃，而我的母亲，据说是一位亡国的公主，也有传说是一个普通的民间女子。

　　在我仅有的印象里，父皇是一个英明的君主，他威严却不缺乏仁慈。可是国家却并不稳定，南方是腐败衰弱却依然强大的晋王朝，北方是由符坚建立的方兴未艾的前秦帝国。在两大势力的夹缝之中求生，注定了这一切都是如履薄冰。

　　在我七岁时，有了一位启蒙老师，叫作傅桓。他是太史令的儿子，仅仅比我大上十岁却已经上知天文，下知地理。

　　对于这个唯一能自由进出我重楼的人，其实我更喜欢唤他做桓哥哥而不是傅桓。

　　他并不教授我孔孟之道而是带着我学《史记》，他对我说，"明史才能明志，才能做一个好皇帝。"可是他也许忘了，他曾经告诉过我，为什么没有人愿意亲近我，因为我是庶子，况且长幼有序，我是无论如何也不可能继承王位的。我的人生仿佛就只会在这重楼之上，默默诞生，又默默老去。

　　我九岁那年是一个多事之秋。前秦入侵，大哥战死沙场。没过多久父皇暴死宫中，传说是刺杀，也有说是急病骤发，总之父皇死前没有下遗诏，也未来得及册立新的太子。于是一个混乱的、用血和剑书写的年代从深宫中开始了。

　　我看到宫中的羽林卫在我的宫殿前集结。两队人马，一样的银盔铁甲，同样的威武雄壮。不知谁下了命令，两方同时爆发出撼天的呐喊。谁都不知道对方是谁，他们只是勇敢地挥舞手中的宽剑，决然地斩下。"乒乒乓乓"金属的撞击声响连成一片，锐器砍在铁甲上的声音也嘈杂不堪。

　　当时我和傅桓在重楼上并排站着，俯瞰着长廊里的一切，起初我以为是羽林卫在训练，可是我看到有血飞溅了出来，那如同大殿里朱红石柱的颜色。

　　一会就有人倒下了，两队人马踢开同伴的尸体在被鲜血染红的地上继续厮杀，直到羽林卫的尸体堆满了整个一条长廊。空气弥散着血腥刺鼻的味道，雪白的墙壁被喷溅的鲜血，如泼墨般染成了触目惊心的颜色。我低下头，呕吐了起来。

　　两天后傅桓告诉我，那天老臣们拥立二哥即位，我的三哥不服带领属下的羽林卫发动了兵变，包围了二哥的寝宫。然而二哥毕竟是皇帝，他让心腹混出城去，调来了城外准备进攻前秦的大军镇压了兵变。三哥在少数心腹的护卫下仓皇地逃出皇宫。

三哥与二哥打了一年多的仗，最后兵败自刎。

我不明白二哥与三哥为什么要手足相残，只是那一条汩汩流淌着鲜血、无数生命瞬息陨灭的长廊深深地烙在了我的记忆中。傅桓告诉我这件事，平静却有些悲伤地说，"成王败寇，这种博弈只接受生命这一件东西做筹码。你三哥输了，所以他就失去了生命。只可惜，百姓却无辜受苦。"我怯怯地握住傅桓的左手问道，"桓哥哥，那二哥会为了王位而杀我吗？我，我好怕。"傅桓顺势将我揽入怀中，左手搭在我的肩上，望着只抵到他胸前的我说，"四殿下，皇上不会杀你，因为你是旁观者而不是和他一样的赌徒。而且桓哥哥会尽力保护你的。"

二哥在三哥的血泊中巩固了自己的皇位，可一年之后的中秋节与民同乐的二哥中了隐藏在人群中刺客的毒镖，那些刺客是三哥生前的心腹，抱着必死的决心只为杀了二哥。

出乎我意料的是，在为二哥举行国葬的第二天，大臣们居然集体来到了我的重楼前。那发青的铜门，终于在长长的一声呻吟后被推开了。这仿佛意味着，我的那原本清闲安逸的生活已经离我远去了。

来接我的人中为首的是我的叔叔，他是一个眼神锐利的中年人，黑发之中偶尔夹杂着一些银丝，穿着并不奢华的服饰，在群臣前向我跪拜。

那放在重楼前的是一架金碧辉煌的龙辇。当龙辇穿过那条曾经溅满鲜血的长廊时，我仿佛又看到了羽林卫在这里厮杀的情景。可是，到了最后坐上这龙辇的人，不是二哥，也不是三哥，而是我。我的心中突然泛起了一种难以言说的感觉，有些受宠若惊，有些诚惶诚恐，还有些飘飘欲仙。

在叔叔的帮助下，十一岁的我登上了王位。傅桓被我封成了丞相，这也是我登基之后唯一一件由我决定的事。

因为我还没有加冠，按照惯例叔叔便成了辅政王。

睡在比我原来那窄小的重楼宽敞无数倍的寝宫里，每天早晨享受大臣的跪拜和三呼万岁，拥有后宫里的一些女人。我不禁感叹，难道这就是二哥和三哥不惜用生命做赌注来博取的头彩吗？

每天上朝总是叔叔第一个上奏章，而他所奏的只要合情合理我便也批了。其实我觉得叔叔也挺不容易的，水灾、起义、蝗灾乃至贪官他都要管。傅桓总是默默不语，站在我右手边的位置上，与叔叔的位置遥遥相对。

直到有一次叔叔上书请求为他自己加建府邸，我刚准备批准，傅桓却站了出来说王府附近都是民居，扩建王府的话百姓怎么办？要么所有迁居百姓的费用由王爷来出。

傅桓的话我一向都认为是有道理的，可是叔叔平时也常为我分忧，扩建府邸也是理所应当。最后我采取了折中的办法，允许扩建王府，费用一半由国库出，一半由王府出。

我下朝时，偶尔瞥见叔叔狠狠地瞪了傅桓一眼。

转眼间两年过去了，那一年是旱灾，庄稼几乎绝收，我采纳傅桓的建议下诏赋税全免，开仓济民。可就在这时，前秦趁火打劫在边境聚集了大军，号称二十万意图进犯。

我紧急召集群臣商议。

朝堂之上，叔叔第一个出列奏道："我国和前秦大仇久矣，虽然现在国内在闹旱灾，秦攻我,我为义,秦为不义,人心向我,聚集兵力发动奇袭定能全胜。"

在叔叔身后的大将军左道也附和道,"我国有精兵六万,羽林卫一万,可以一搏。"

"众位爱卿意下如何?"我看了看朝堂下的群臣问道。

群臣交头接耳后,赞成出兵的人越来越多。叔叔从袖中取出一本奏折递了上来,我取过了玉玺。

"臣,傅桓,认为不妥。"一个久违的声音在朝堂上响起,刚毅如铁。

是傅桓,他又站了出来,拱手对我说道:"民生匮乏,国库空虚,况且旱灾过后各地又流行了瘟疫,不宜用兵。"

叔叔对着傅桓冷笑道,"那以傅丞相之见,我们是要不战而降喽?"傅桓不卑不亢继续说,"现在百姓需要休养,即使打赢了这一仗也是生灵涂炭。我的意思是不战而屈人之兵。即派使节出使前秦,晓以利害,让前秦觉得难讨便宜而自动罢兵。"

左道哼了一声,争辩道:"敢问傅丞相,如果前秦决意入侵,增兵参战,这样一来不但奇袭的机会白白丧失还会打草惊蛇,那当如何?"

群臣一齐噤声,刚才还热火朝天的朝堂之上,霎时鸦雀无声。

叔叔向前一步,对着我作揖道,"此事还请皇上圣裁。"一时间我看到整个朝堂内所有的目光都聚集在了我的身上。我看着叔叔递上来的奏折,拿起了玉玺。

台阶下叔叔面露得意之色。

这时,我又看了看傅桓,想到他处处都在为百姓着想,而且他凡事没有十成的把握也不会草率去做,何况事关国家存亡,他更不可能乱来。

我握玉玺的手放了下来,将奏折推到一边说,"朕认为,傅爱卿的提议甚好,眼下国库空虚,民生匮乏,如若贸然动武,只会使民怨沸腾。还是不战的好。"这是我登基以来第一次驳回叔叔的奏折,我留意了一下叔叔的表情。

叔叔表情竟然异常地平静,他一句话没说,向着我拱拱手退了回去。

事实是,傅桓的计谋大获成功,前秦觉得这件事不划算,自觉地撤回了大军,一场干戈就这样被化解了。叔叔此后却一直托病不来上朝。

当我来到辅政王府邸时,每每看到的都是叔叔蜡黄的脸色,那本不该是属于青壮年的状态,倒像是一个风烛残年的老人。如是几次,我也实在不好意思去打扰叔叔的休养了。

约莫又过了一年,傅桓散朝之后留了下来。平时坦荡的他这次居然拘谨起来,低声说:"陛下,明日是小妹傅缘雅及笄的日子,请您荣临敝宅观礼。"

我淡然一笑,微微点头。恍惚之间,已经四年过去了,我已不是那个十一岁的青涩少年,傅桓的意思,我自然懂。

第二天散朝以后,我穿上了便服,带上十几名便衣的羽林卫来到傅桓府上。傅桓照例对着我行了大礼,站起身就示意管家去喊傅缘雅。我却制止了他,我示意管家带路,我十分好奇这位很有可能成为我伴侣的女孩究竟是什么容貌。

绕过了几条朴素的长廊,一处有着落地竹帘的书轩。隔着水榭,依稀可以看见竹帘里一个端坐抚琴的窈窕身影。我对着身边的管家做了一个噤声的手势,踮着脚,一步,两步,三步,我已能够清晰地听见书轩里悠悠的琴韵了。

我眉头微微皱起,因为这琴声中竟出现了一个杂音。

"小姐,都快午时了。您还不更衣吗?听说今天皇上要来呢。"

那个抚琴的身影依旧纹丝不动,仿佛沉浸在自己的音乐之中。

"小姐……"

如葱的十指捻动,这乐音如同柔波一般,飘荡开去,似乎是小溪流淌于草丛之间,泉声叮咚,呦呦鹿鸣隐约可辨……

而我,静静站在门外,聆听那门内的丝弦。好,好一首《忘机》。

一曲奏罢,她陡然对着我藏身的方向说:"这位阁下,既然来了,为什么不进来坐坐呢?"

我不知道她何时发现了我,但心中的一丝矜持与羞涩却下意识地让我选择掉头就走。

那天,直到当夜的酒宴阑珊,我还是没有再看到那个坐着抚琴的女子。话几次到嘴边,却又实在不好意思说出来。

我微醺,被羽林卫扶上了一辆马车。就在马车穿过曲折的道路,即将回到寝宫时突然从宫墙上跃下数十个穿夜行衣的杀手,握着剑朝我刺过来。我身边便衣的十几名羽林卫迅速将我贴身护住。

那些杀手的身手不弱,连羽林卫都很难对付。

打斗声惊动了守夜的其他羽林卫。整个皇宫像是被惊醒了,到处都是密集的脚步声。羽林卫举着火把从四面八方赶过来。

杀手们见逃脱无望几乎是同时举起长剑自尽而死。那剑上有毒,而且见血封喉。

这件事后虽然多番追查,可廷尉却始终查不出头绪。

一个月后的一个深夜,我批阅完奏折,刚刚准备就寝,猛地听见太监在门外喧闹着,"傅丞相,您不能进去,不能进去!"傅桓却急急忙忙地冲进了我的寝宫。

"陛下,臣傅桓有要事启奏!"

我对他的冒失有些恼火,"傅桓,有什么事不能明天说吗?朕要就寝了。"

"皇上,恐怕明天就来不及了。""究竟是什么事?"傅桓低声说,"内线密报,辅政王与大将军左道在王府密谈。"

我打了个哈欠说,"叔叔请左将军到王府里喝杯酒有什么大惊小怪的?""线人听到他们要搞兵变废黜皇上。"

我顿时一惊,"废黜朕?为什么?"

他想了想,看着已经长得与他比肩的我说,"因为皇上现在已经不是旁观者而是局中人了,自然也就有人来和皇上下那个用生命做赌注的博弈了。"

"傅桓,你如果诬陷皇室谋反可是欺君的大罪,是要诛九族的。"

傅桓的神色竟然有些慌张了,但他很快恢复了镇定,幽幽地说,"皇上可还记得一个月前的那次刺杀吗?"

我点头,"那些刺客的身手很好,而且剑上都淬了毒……""是啊,皇上就没有发现什么异样吗?当初先皇在世时曾颁布法令,禁止民间铸造兵器,所有的武器全部由官府统一铸造。我仔细检查过那些剑,都相当锋利,绝对不是民间作坊能够铸造的。"傅桓故意顿了顿。

我好像被人点醒,"也就是说那天刺杀朕的杀手全部都是官府中人?""不错,数量如此之多,身手极好的杀手以及数量同样多的好剑,在当今朝廷除了圣上您还有谁能够调动呢?"说完,傅桓伸出右手的食指缓缓地在桌上写了一个"左"字。

我倒抽了一口冷气,"那叔叔为什么扶我做皇帝而不是自己做皇帝?""因为你毕竟是皇子,依照惯例,只要先皇还有子嗣,王爷是不能即位的。"

"那他又为什么要废我?"我又问。"因为他发现皇上您已经不再是他的傀儡了,他怕哪一天自己失势……所以他先选择了暗杀,可是却没有成功。"傅桓回答。

"那他为什么不再组织一次刺杀?""皇上认为那些刺客还能够如上次那样顺利潜进皇宫而不被发现吗? 所以,他们选择了下下策,兵变。"傅桓的话语句句都分析得有理有据,让人几乎不能不信。

"那,依丞相之见,这件事应该如何解决?"我也觉得这件事情相当棘手,顿时睡意全消。傅桓站起身说,"请皇上先发制人火速派兵包围辅政王府。"

"可是,你的一席话仅仅是猜测,如果就这样草草抓了我朝的辅政王和大将军会不会让天下人耻笑?"我疑惑不决。

突然,傅桓跪了下来,悲愤地说道:"皇上还不相信臣的话吗? 那么臣愿意以九族性命担保,今晚所奏之事如有一句欺骗之辞,听凭皇上处置。"

他的眼中,分明写着坚定,写着无悔。我依稀记起了四年以前,在那座现在早已废弃的宫殿里,他将手搭在我的肩膀上,望着只抵到他胸前的我,对我说,"桓哥哥会尽力保护你的。"那情景恍如昨日。

久久,我问,"调动哪一路人马?""羽林卫。"

"如何调?"我又问。"郎中令墨檀是臣的挚友,只要皇上的一纸密诏,一万羽林卫随时可以调动。"傅桓把握十足。

我取过笔墨纸砚,在帛上写道,"辅政王,大将军左遒意图谋反,特命羽林卫一万包围辅政王府捉拿反贼。切记不能伤了辅政王性命。"我取过玉玺,颤颤巍巍地盖了上去。

当晚,羽林卫全部出动包围了辅政王府,王府亲兵与羽林卫厮杀了一夜后最终寡不敌众。叔叔在书房里服毒自杀,左遒被擒。

辅政王是皇室,免株连罪。三天后,左遒九族伏诛。

朝中从此无事。我采纳傅桓的建议与前秦结盟,自此边疆无事。朝中,傅桓是丞相,一人之下,万人之上。

又过了三年,满朝文武几乎都是傅桓的门生,而且百姓对他有口皆碑,他力阻干戈和深夜平叛的故事在民间被传为佳话。

没有了叔叔的束缚,我这时才真正感觉到,整个天下被一个人掐在手中,要方便方、要圆便圆的感觉,而不仅仅只是宫殿、名誉和美人。然而,二哥,三哥,乃至叔叔为什么会死? 我也明白了,只是为了这个皇位罢了。

我几次想召傅桓带着傅缘雅进宫见见我,可是屡屡话到嘴边又难以说出口。可是我迟迟没有立后,却是不争的事实。

宫里宫外,风言风语都说,如果傅缘雅被立后,傅桓贵为国舅,又是我的师傅,又是当朝丞相,必将权倾朝野。

可是傅桓,他是不是也想君临天下呢? 我想起了那次离奇的刺杀,当时因为精良的兵器和训练有素的杀手就草草认为是左道指使的。可是我忘记了,武器和高手除了军中,还有一处地方有,那就是——羽林卫。而墨檀和傅桓又是挚友,那么这会不是他导演的一场戏,而所谓平叛也只是他借我的手铲除异己的一个手段。那么他以往为国为民所做的一切也可能都是为了争取人心的假象。

我开始防备傅桓,我将墨檀封为左将军调离了京城去驻守边疆,将他的门生尽可能地调出京城。可是我仍旧对这个老师不放心,他已经有了功高震主的迹象,这让我寝食难安。

我难以想象,如果傅桓想要兵变,我该如何去做。

有一天晚上,我做了一个噩梦:傅桓带领羽林卫包围了我的寝宫,他逼我下诏退位于他。我猛然惊醒才发现只是一梦,可是浑身却被冷汗湿透了。终于我下定决心,坐到书桌前摊开一张空的诏书写上了,"丞相傅桓,勾结党羽,排挤大臣,蛊惑人心。按律……"我右手握着的毛笔却如何也写不下去了。灭九族?诛三族?凌迟?还是……最后我落笔写到,"念其平叛有功,处以免去官职,发配边疆。"

我取出玉玺盖了上去。

第二天上朝,我刚准备宣读诏书却发现傅桓迟迟没有来。我有些紧张地问,"傅爱卿何在?"庭下有一位大臣站出来回答,"禀圣上,傅大人昨晚在家中自缢身亡了……臣等也是今天才知道的。"

一时间我如遭电殛,竟是呆呆愣住了,手中握着的那份诏书无声地滑落在地上。

傅桓在留给我的遗书中说,他得到了我要流放他的消息,所以为了表示对国家、对我的忠诚,他选择了一死。我这才明白,自始至终傅桓都是那个爱我护我,如同兄长的桓哥哥,是我的猜忌害死了他。我忽略了他对我的爱,甚至错解了他。

傅桓还提及北方的前秦和南方晋朝,他说秦王苻坚虽然有吞吐天地的豪气,有雄兵百万却刚愎自用;晋朝虽然腐朽无能却有众多忠君爱国之士,所以倘若秦晋一战前秦必然元气大伤,他建议我届时再出兵攻秦就可以完成天下的统一……

傅桓死了,平静地死了,一辆黑色的马车也终于缓缓驶进了宫墙,在高台之上,我牵起了她的手,告诉别人,她傅缘雅,是我册立的皇后。

直到傅桓死后,我才理解到,我其实早已经深陷在那个以生命做筹码的赌局之中。皇族并不是最高贵的种族而恰恰是最卑劣的,因为权力那血腥的味道从我们出生之日起就会如经久不散的梦魇挥之不去。我们会为了自己去屠戮自己的亲人、挚友,只是为了皇位。

正如傅桓预料的,我二十二岁时(公元338年),苻坚的百万大军在淝水之战中被打得溃不成军。我亲领大军杀入前秦的国都长安一雪前耻。

深秋的长安城里,到处飘落着四散的枫叶,一如十一年前的那个秋天,我离开了冷宫的阁楼,来到高高的庙宇之下。

当年,群臣建议举行祭天大典,告慰天地和阵亡将士。而地点选在长安的九重楼。

九重楼,意喻九重天。

祷祝完毕,我端起一杯祭酒,缓缓地撒向地面。傅缘雅身穿华丽的皇族服饰,站在我的身后,五年了,尽管她母仪天下,她总是静静地在我身边,从来没有说过一句话,也没有笑过一次,仿佛我拥有的只是一具躯壳。

我抬起头,望着不远处山林中遍野的枫叶,如火似血,仿佛那一条溅满鲜血的长廊。眼中却折射出了傅桓当初的身影,白衣纶巾。

我摆摆手,示意其他人都退下,这时,我不希望被任何人打扰。

而缘雅,依旧站在我的身旁,直到侍卫与宫女都已经退下了九重楼,她依旧裹着霓裳,在寒风中站立着。

"缘雅,我等了五年,你终于对我动手了……"

胡 浩／**死 国**

　　两束蜡烛的灯火，惨白惨白地在风中飘动着，仿佛远处呜咽的箫声，不知道哪一刻就会断掉一般。

　　他是我的弟弟，也是我在这个世界上最后的一个亲人，默默地与我坐在同一张长桌的右手边，整个宫殿异常地空旷而寂静，安静地能够听到筷子在菜肴上起落碰撞发出的轻微声响，还有我越来越快的心跳和越来越沉重的呼吸。

　　现在，我恐怕要做出一个艰难的决定了……

　　……

　　我并不知道我究竟是如何来到这里的，但我唯一知道的是，我与其他人不一样，究竟哪里不一样，我却也无法言说，或者以我的认知来说，我是正常的，而他们是不正常的，可究竟哪里不正常，我却也无法确切地说出来。

　　我苏醒过来时就看到产婆搂着褓褓里的我，带到一个身穿黑绸的伟岸男子面前，恭恭敬敬地对他说："王，悯妃娘娘产下了一个男孩，是您的二王子。"

　　"嗯。"我清楚地记得他第一次看我的眼神，像是看见了一根即将送入火炉的木柴，带着不屑与绝望，但是后来我知道，这是我的父亲，他看谁的眼神，都是这样的……

　　当我从我睁眼来到这个世界起，已经有十八年的时间了，这些年里无论是在应该欢天喜地的婚礼还是应该悲痛欲绝的丧礼上，所有人都是那一副漠然而近乎死寂的表情，仿佛那不是一张脸，而是一张蒙在骨头上的皮，让人不寒而栗。

　　我记得我第一次想哭的时候，是在母亲的丧礼上，十岁的我拉扯着母亲遗体的衣袖，似乎是很想她再陪我说说话。虽然她的表情也和其他人一样都是漠然的，但是我读得懂她的语气，可以感受到是带着温度，所以我是十分喜欢跟她说话的，她总是将我的手放在她的手心里，让我可以依偎在她的怀中。

　　可如今那具躯体冰冷得像铁，我的眼泪终于在眼眶里打转时，一个人陡然拉了我一下，却是比我小一岁的弟弟。他看着我，低声说道："哥，你不能哭。"

　　"为什么？"我惊愕道。

　　"因为凡是会哭的人都会被送去黑崖。"

黑崖是我所知的这个世界里，最可怕的地方，只有犯了重罪的人才会被送去那里。

我似乎是被他这句话吓到了，站起身，冷颜道："没有，我只是眼睛里进了沙子。"我知道母亲有一个侍女叫作莺儿，她是会笑的，也会哭的，笑的时候特别好看，就好像会把周围单调的黑白两色都变成五彩斑斓的繁花簇锦一般，而哭的时候，就像是整个天空都落泪了一般。母亲很喜欢她，时常让她坐下来与我们一同吃饭，但很快莺儿就消失了，没有人再去提起她，就好像她从来不曾出现过一样，后来我们才知道，她被送去黑崖了。

从此我再也不敢在其他任何人面前表露出丝毫的情绪，有时候遇到实在想哭，或者想笑的事情，我就会躲进自己的宫殿里，关上门，一个人对着梳妆台上的铜镜垂泪欢笑。

时间流逝得像水，却凝固得像冰，自那以后，八年时间不过是白驹过隙。

在我的记忆里，我握过很多的手，却只有两双手是有温度的，一双的温度来自我的母亲，另一双手则来自我的弟弟。虽然弟弟小时候身体就一直不好，看起来弱不禁风，但皇宫内外都流传着对他不好的谣言，都说弟弟面容奇崛，颧骨很高，说话的声音像豺狼的叫声，是要吃人的模样。

我对于这些谣言一向都是不屑的，随着我们的逐渐长大，弟弟的十六岁成年礼后，他也搬了出去，住在离我隔得很远的宫殿里。

于是每个月一次去浮沉海畔吹风的机会显得极其难得。从弟弟记事起，他就喜欢去浮沉海畔，吹着从那苍茫的海中拂来的略带海腥味的风，有时候一整天都不会说话。

我曾经问他，海的那边有什么，弟弟淡淡地说道："那里是生国……生国的人是无比痛苦的。"

"为什么？"

"他们被各种各样的情绪所折磨着。被爱、被恨所纠缠，被恩、被仇所羁绊，被嫉妒、被贪婪所捆绑……为无意义的事情浪费着自己的情绪，这样的人生活着难道不累吗？"弟弟的语气带着不屑。

"那我们呢？"我摇了摇头，似乎想说什么，却欲言又止。

"你羡慕生国的人？"弟弟的脸上没有表情，我只能用他说话的语气来揣测他的想法，那是一种带着质问的语气。

"没有，也许你说得对，生国的人是痛苦的。"我低声回答道。

我乘着马车来到浮沉海畔，这里并不繁华，仿佛数万年来只有礁石默默地陪伴着海岸、海风，弥补着没有海鸟的遗憾。

我刚刚走下马车就感觉到了扑面而来的海风凌乱地挽起我的衣袂，那风里带着一丝淡淡的腥气。我感觉到那似乎是生国带来的气息，带着来自生国的喜怒哀乐。

片刻之后，一辆黑色的马车来到了海边，一袭黑衣的他，仿佛来自黑夜的使者，长袍缓带，缓缓迈下车，朝我走来。

他走到我的身边，在一块还算平整的岩石上坐了下来，任由海风将他的长发挽起又落下，他凝视着远方的浮沉海，我却看着这个仅比自己小一岁的弟弟，如果说一定要给弟弟的脸色做一个描述的话，我觉得，即便是一张白纸也不会比他更苍白，那种病态而不带血色的面颊消瘦到没有丝毫多余的肉，本来很高的颧骨在这抹病态的白色下就如刀锋一般刺眼。

以前我们来到这里,大多数的时间,都只是他与我一起眺望着浮沉海的波涛,有一句没一句地说着什么,而且又多半是我提出的话题,但是这一次,他却先开口了。

"哥,你知道吗? 我刚刚从父亲的寝宫回来……"

"怎么了?"据我所知,父亲没有紧急的事情不会召集我们进宫,而我因为长时间地把自己关在房间里,已经许久没有参加皇宫里的活动了,甚至连这样紧急的事情,我都没有被告知。

终于是被遗忘了吗?

他把海风撩起的遮住眼睛的发丝拨开,缓缓地说道:"哥,父亲的身体一直不好……"

"我知道。"我默默点头。

"这一次,父亲怕是过不去了。"弟弟的语气凝重了起来。

"哎。"我叹息了一声,身在死国,生死轮回早该看透,恐怕也只有我才会为此叹息吧。身为人子,我突然感觉到自己陪伴这位父亲的时间,实在是太少太少了。

"父亲其实更看好你……哥哥。"弟弟接下来的话,让我的心猛地跳了起来。

"这怎么可能?"我辩驳道。"我与父亲相处的时间都很少,倒是大哥他……"

"父亲说了,木强则折,兵强则灭,大哥的性格太过刚硬,只适合做一个征战沙场的武将,并不适合做一国的君主。"弟弟说着,转过头,看着我问道:"你难道不这样觉得?"

提到我与弟弟的大哥,那是父亲的第一个妃子怜妃所生的,比我大四岁,比弟弟大五岁,从他出生起就一直都被当作储君来培养。他十四岁入军,十六岁领兵镇压暴乱,破城之后,枭首三万,尸体悬挂在城楼上曝晒七日,死国全境,甚至是远在彼岸的生国都震慑于这个血手王子的凶名。自此之后,大哥在军中的威信日益高涨,为数不多的看到他的场合,他都是一身铠甲,随身佩戴着刀剑,虽然他的脸上也没有表情,但是那种盛气凌人,却是从骨子里传达出来的。

想到那种眼神,我就会不自觉地感到背脊心发凉,那是一种杀人盈野之后产生的,能够直达心底的恐惧感。

"我……我……"

"哥,你不觉得吗? 他不适合做一个王!"弟弟见我吞吞吐吐,接着追问道。

"我……我也这样觉得。"我似乎是拿出了很大的勇气才说了出来。

弟弟没有说话,若有深意地看了我一眼,随后说道:"哥哥,你太久没有去看父亲了……"

我惭愧地低下头,他说得对,我确实太久没有去看父亲了。

夜,深宫。

无数的人在宫里进进出出,深宫之内很久没有这么热闹了,我顺着走廊朝父亲的寝宫走去,迎面走来的人很多却都只是向我行礼道:"二殿下……"一句多余的话也不愿意说。

黑白两色的宫殿里,一个身穿黑色长袍的男子静静地躺在床榻上,在他的周围环绕着许多人,有的是站着的,也有的是跪着的。床榻上的男子,黑色的长袍上绣着银白色的龙,他微微阖眼像是在小憩,但宫殿里的气氛却压抑到像是灌了铅,随时会塌陷下来一般。

直到有人蓦地喊道:"王,二殿下来了!"那具已如朽木一般的身体陡然睁开了眼睛,仿佛刹那间就得到了活力一般。当我看到他时,他正要挣扎着从床榻上坐起来,却被旁边的两名近侍扶住，不得动弹。"王，您需要休息！"两名近侍面无表情地说道。

"滚开！我要跟我的儿子说话！"此时即便是在死亡面前，他这一刻也有着帝王的威严。

所有的人都没有说话，只是默默地看着这个即将死去的王，他把我叫到身边，握住我的手，似乎要说什么却开始剧烈地咳嗽了起来，我急忙伸出手捶着他的背，这时我听到父亲说的话，断断续续，却清清楚楚，但就让人担心下一秒钟就会突然停掉一样，"社稷……交给……你了……"

我感觉到在那一个刹那，几乎是所有人的目光都调转到了我的身上，那一双双似乎要洞穿我心思的目光，几如一把把尖刀朝我扎了过来，尤其是站在我身边的，我的大哥。

随后父亲所说的几个音节，含糊不清，后来父亲终于止住了咳嗽，被人缓缓地放了下来，就这样再也没有说话，也再也没有睁开眼睛。

随后，那一具已没有生命的躯壳被装进了精致的棺材里，整个过程没有人哭，也没有人说话，这一切让我想到了死。第一次知道在死国里发生的死亡，竟然可以安静到这样的地步。安静到不会让任何的人感觉到不安。

从父亲的遗体被送进灵柩起，大哥就俨然以一个王的地位自居了。他在自己的寝宫里穿上了早已准备好的黑白两色的龙纹长袍，那是属于王的服饰，王子不要说穿，即便是有都是犯了谋逆的大罪，实际上根据礼法，老王逝世到新王登基中间有七天的时间，因为死国的传说，死去的人在七天之内都有可能复苏，只有七天还没有醒来的人才是真正地死了，所以王子们要为老王守灵，到七天之后老王入土，才会宣读遗诏让新王登基，大哥现在还不是新王，根本不能穿龙纹长袍，但现在谁还会去管他呢？

夜，浮沉海畔。

傍晚的涨潮刚刚退去，就连海浪拍击礁石的声音都衰弱了许多，暮色下的浮沉海畔，耸立的礁石仿佛计数年轮的墓碑，而这里就是埋葬时间的墓地。

他站在那里，任由最后一缕夕阳把自己的影子拉扯成不羁的形状，海风从遥远的彼岸吹来，将那一头黑色的长发卷起逆风飞扬着。

我走到他的身边，找了一块还算平整的礁石坐了下来，把脚伸进冰凉的海水之中，随后抬起头，默默地看着他。也许是心情沉重，也许是对于父亲心存愧疚，他白天对我说的那一句"你该多去看看父亲"余音还在耳畔，傍晚时父亲却已经作古，这种难以言喻的失落感让我的心像被上千只蚂蚁啮噬着一般，痛不欲生。

所以我没有开口，弟弟却先开口了："哥，我知道你很难过，但是你知道吗？我远比你要难过得多。"

"我知道。"我垂下头，低声说道。

"不是因为父亲，是因为你！"弟弟的声音冰冷无比。

"为什么是我？"

弟弟并不回答我的话，而是继续问道："哥，倘若你还能最后活七天，你想去做什么？"

我看着他，语气惊讶："什么？为什么这样说？"

"大哥要杀你，所以你只能活七天了。"弟弟的话仿佛死刑的判决，配合他那苍白的脸色与木然的表情在那逐渐变暗的日光下显得诡异无比。

"为什么?"

他直勾勾地看着我,似乎是想从我的眼神里知道我是不是真的没有意识到这一点,片刻之后,他缓缓地说:"因为父亲说'社稷托付给你'。其实没有这一句话,你也一样会死,哥哥。"

未等我再发问,他已继续说道:"哥哥,你认为没有父亲的授意,我白天的时候会问你那样的话吗?父亲留下了两份遗诏,那一份新的遗诏上,写的……"

"写的是我?"倘若此时我的脸上有表情,那必然是一个惊愕的表情。

"不错,哥哥,那一份新的遗诏上,写的就是你的名字,这份诏书就藏在父亲床榻旁边的暗格里,他与我说话的时候给我看过!"弟弟看着我,似乎在等待着我继续问他些什么。

"大哥知道了?"

"如今宫里宫外,哪里没有他的耳目?"弟弟的话语似带着无奈与嘲讽。

"怎么办?"我低下头,两只手局促不安地相互握着。

"很简单。"弟弟说话时候张开嘴,我一眼就看见了他嘴边尖利的一颗虎牙,"杀了他,他又如何再能杀你?"

倘若这句话不是弟弟说的,我一定会认为是在开玩笑。

"他是武将出身,我哪里会是他的对手?罢了……"我看了看弟弟,用叹息的语气说道:"弟弟,你没必要牵扯进这件事来,真的没有必要……"

"我?"他看着我,玩味地说道:"我早已没有办法置身事外了……"他的语气一转,用冰冷刺骨的声音说:"哥,我帮你一起杀了他!"

"怎么杀?"就像是即将溺死的人抓住了一截浮木,不,哪怕那是一根芦苇,他也会死死抱住的,我不想死,所以我追问道。

"哥哥,你记得吗?我们要为父王守灵。"他看着我,缓缓说道:"今晚是大哥,明晚是你,后天晚上是我……第四天则是我们三个人一起为父王守灵。"

"你要在灵堂上杀他?"我的声音略微有些颤抖,连我都可以感觉自己的心脏扑通扑通跳动的声音。

他看了我一眼,继续说:"不错,他平时即便上朝都穿铠甲,刀剑不离身,想要杀他真是千难万难,但是守灵则不同,不仅要穿素服,不能穿铠甲,还不允许佩戴刀剑,侍卫随从也不允许上灵堂,正是我们下手最千载难逢的机会……"弟弟的话锋里仿佛隐隐约约透出了鲜血的腥味,"我们两个人联手,一起杀了他!"

我被他的说话时狂热的语气吓住了,似乎他察觉到了我眼神中的惊恐,而我明显地感觉到弟弟的眼神里隐隐现出一丝失望,刚刚在我心里暗暗发芽的种子刹那间又湮灭了。

"容我再想一想吧,弟弟。"我委婉地说道,他也没有多说,只是又再补充说道:"哥哥,有一句话叫'机不可失,时不再来',王位之争从来都是最残酷的角斗,胜利者与失败者只有一个人可以活着,另外一个人连跪的资格都没有,是死了,而且死得会很惨!"

日出日落,第二天很快就过去了。

我一身素服跪坐在蒲团上,看着灵柩前两侧方案上的白烛,在微微的夜风之中摇摆不定。

黑白两色的灵堂里,渲染的是谁的寂寞?

今天大哥说的话却在我的脑海里不断地重复着。

"该是时间让海对岸的人知道我们的力量了!"

"我要让生国的人解脱痛苦!"

他扬言要渡海出兵生国,他要征服生国,把死国的信仰带到生国去,让那里的人从痛苦中得到解脱,在死亡信仰下得到升华。

据我所知,在很多年以前,死国曾经向生国发动过战争,也一度占领过生国大片的土地,但后来却又不得不退回到浮沉海的这一边来。按照死国人的说法,生国的人生活在折磨与痛苦之中,是脆弱的,在没有情绪、悍不畏死的死国战士面前是不堪一击的,但结果竟然是这样的。随后这一段历史也就被湮没在了时间长河之中,只有宫中藏着的羊皮卷上记载了只鳞片爪。

我一直难以说出,我对于海对岸的生国,是一种什么样的情感,我想哭,也想笑,我也忍受着各种各样情绪的煎熬,这是我有别于死国人的地方,或许在我心里,我一直都把自己当成生国的一员吧。

如果生国,对岸的生国也变成死国这样,该是一件多么令人毛骨悚然的事情?

我听闻过大哥的恶行,只要他愿意,他就能够把生国变成比死国还可怕的炼狱,掀起血雨腥风,带来尸横遍野。而且我知道,战争带给两个国家的人民除了苦难,也只有苦难,我每次出宫时都会看到那些在田间劳作,腰佝偻如山脊的农夫,虽然他们也没有表情,但汗如雨下却是不争的事实,这样的一个把重担压在农夫身上的国家,绝对经不起一场旷日持久的战争!

那一个夜晚异常地漫长,又异常地短暂,只不过是白烛滚滚地流下眼泪,化成灰烬,点燃又燃尽,周而复始。

看着父亲那冰冷的灵柩,我感到莫名的悲伤,可是我不能哭,只有那些白烛可以哭,因为我是一个死国的人。

第三天是最血腥的一天,六名大臣弹劾大哥不遵从礼法,结果两个人被当场杀死,血溅殿上,另外四个则被送往了黑崖,那里虽然不会直接杀死人,但是生不如死,他们会被吊在黑崖上,任由饥饿的乌鸦啄食而死。

傍晚的时候,弟弟走了进来,坐在我对面的蒲团上,整个灵堂里,只有我们两个人,我甚至可以听见他心跳的声音。

他穿着黑色的孝服,陡然他伸出手,在我面前剧烈地咳嗽了起来,他用袖子捂住嘴巴,那可怕的咳嗽声接连不断,我简直以为他要把自己的肺都给咳出来了,当那咳嗽声停息时,弟弟抬起头,我看见他嘴边的血迹,以及那原本没有血色的脸上挂上的一抹病态的殷红,他伸出手用袖子慢慢地擦去嘴角的血迹。

"弟弟,你的身体……"我有些担心地问道。"你不要紧吧?"

弟弟摇了摇头,没有回答我的问题,而是对我说道:"哥哥,你自己都快活不长了,你还管我做什么?"

"怎么了?"我不禁问道。

"大哥说了,他不会亲手杀你,以免落下一个兄弟相残的恶名,他会送你去黑崖的!"弟弟又咳嗽了几声,看着我说道:"那里生不如死!"

"黑崖……"我在心里叹息了一声，随后我站起身，对他说："弟弟，我知道该怎么做了。"

"哥哥，成败在此一举。"弟弟微微抬起头，我从他的眼神里，看不到什么正常的东西，我感觉，那瞳孔里只有孤注一掷的狂热。

那是一股业火，可以焚尽这世间的一切。

第四日，日光迟暮，我与弟弟两人一同把灵堂里的白烛都点了起来，阴森的灵堂在蜡烛的火焰下才稍稍有了一丝暖意。这时，大哥高大的身影缓步走进灵堂来，他身材魁梧壮实，即便是穿着黑色的丧服依旧给人很大的压迫感。

"大哥……"我见他走了进来，低下头喊了一声，他倨傲地点了点头，并没有说什么，但我能清晰地感觉到他的不屑。就像是将军在俯瞰一个奴隶。

弟弟只是在我后面点了点头，权作对他的见面礼。

今天是父亲咽气的第三天，也叫作回三，根据惯例，今天的晚饭是要在灵堂上吃的，因为死国传说第三天的时候死者的灵魂是会回来与子女吃团圆饭，所以叫回三。

我们三人在灵堂两侧坐定，大哥与弟弟坐在一侧，我坐在另外一侧，三张方桌分开来排列着，桌上放着的是一碗小米饭，和几样简单的素食。

仆人们退了下去，接下来灵堂上的就是筷子碰在碗碟上的声音，以及将饭食放入嘴中咀嚼的声音，灵堂里传来窸窸窣窣的声音，仿佛黑暗中有什么东西在啮噬着什么，又好像夜风穿堂过殿的声音，在逐渐黑下来的夜色中显得诡异无比。

大哥警觉地抬起头，身为战士的他，对于周围一切的风吹草动，有着异乎常人的敏感，也有着比其他人重无数倍的疑心。我心里不禁为弟弟担心起来，这样强壮如虎豹、警觉如猎狗的大哥，身体不好，手无缚鸡之力的弟弟该怎么杀他？又如何杀得了他？

时间一分一秒地过去，一切都是那样平静自然，就好像弟弟放弃了暗杀大哥的计划一般，他用筷子拨弄着面前的饭菜，可惜的是，他的脸上没有表情，我根本不知道他此时的想法是什么。

"呼！"

陡然一阵疾风号叫着从开着的殿门席卷进来，整间灵堂里的白烛刹那间竟然全部熄灭，周围的一切骤然黑暗，我的眼睛都因为骤然到来的黑暗而短暂失去了视觉，就在这时，我听到大哥的惨叫声，以及"嚓"地锐器扎进肉里的声音！

当我视力恢复时，只见大哥的脖子上扎着一支前端削尖了的竹筷，仿佛一把短剑，一端扎在了他的动脉上，另外一端却还攥在弟弟的右手中，鲜血如泉水一般汩汩地从他的脖子上涌下来，而弟弟大吼一声，奋不顾身地扑了上去，两个人就扭打在了一起。

"啊……啊……"巨大的痛苦让大哥的情绪变得异常的暴躁，他已经意识到了发生在自己身上的是什么，自己这个手无缚鸡之力的弟弟竟然要暗杀他！

两人在桌子下面扭打，让我根本看不清到底情况发展到了什么样的地步，只是看到有鲜血不断地飞溅出来，以及膝盖撞击身体的闷响声接连不断。

陡然弟弟的头颅出现在桌子的上方，他的嘴里噙着血，牙齿也断掉了好几颗，含糊不清地对我喊道："哥，你快过来帮我，快过来啊！"

我看着满身是血的弟弟，陡然间却迟疑了，一个声音在我的心里大喊："别过去，别掺和这件事,他杀不死大哥的,掺和进去你就全完了!"

但另一个声音大喊道:"你不帮他,弟弟肯定会死的!然后你也会死!"

我伏在桌上的双手猛地抬了起来,微微直起身体,探头向对面桌子下面看去,似乎是想知道情况究竟怎么样了,却看见大哥因为暴怒,狠狠地用膝盖撞击着弟弟的小腹,弟弟虽然满嘴是血,右手那只插进大哥脖子上的竹筷却始终没有松开,两个人就在那一根竹筷上僵持着,而两个人的鲜血已经溅了满地。

我那原本应该撑起身体的双手却又鬼使神差地放了下去,我尽力调整自己那过于紧张的呼吸。要杀人吗?我居然要杀人……

心神恍惚之间就听见"咔嚓"一声竹筷断裂的声音,随后一个人影被狠狠踹中,跌了出去,那个满身是血的高大身影宛如一头暴怒的巨兽,咆哮着,摇摇晃晃地站了起来。

"哥,快杀了他!"跌倒在地上的弟弟大声喊道,这里的动静太大,我已经可以感觉到灵堂之外全副铠甲的侍卫们正在朝这里赶来的脚步声,这些侍卫都是大哥的亲信,毫无疑问,他们来了肯定会杀了三弟和我!

想到这里,我蓦地站起身,快步冲到大哥的面前,右手握拳,狠狠地对着他的面门打了下去。也许是因为我的突然袭击,也许是因为他已经失血过多,又跟弟弟搏斗时损耗了太多的体力,他竟然被我这一拳打了一个趔趄,连退了好几步跌倒在了地上,弟弟此时已经站了起来,解下自己孝服的腰带快步走了过来递给我,厉声说道:"快,用腰带勒死他!"

我几乎在没有意识的情况下接过他递来的腰带,缠在了大哥的脖子上,大哥的双眼一开始还是愤怒,两只手拼命地抓住那截腰带,脚也在拼命地蹬着。也许是失血太多的缘故,他根本没有办法挣脱那截索命的腰带,渐渐地他眼睛里那难以消弭的愤怒淡了,取而代之的是深深的惊恐,这个不断创造着死亡的人终于感到了死亡的恐惧,最后他一直抬着的头无力歪了过去,双眼却死死地睁着,只是永远失去了神采。

直到勒住大哥喉咙的腰带被鲜血浸透了,我这才如噩梦初醒,我哆哆嗦嗦地丢下那一截带走大哥生命的腰带,难以置信地看着那死死睁着眼睛的尸体,我根本不敢相信这是我干的。我杀人了!

就在我失魂落魄时,灵堂外的侍卫们才姗姗来迟,灵堂里的一切让他们目瞪口呆,原本素净的灵堂里,所有的蜡烛都熄灭了,黑暗之中,杯盘狼藉,掀翻的桌子下面是一摊可怕的血泊,而那个在他们心目中战无不胜的男人则倒在血泊之中,还有鲜血如汩汩的泉水从脖子上那个可怕的伤口里流淌出来。

弟弟一个箭步冲上前,却是拔出了一名侍卫的佩刀,手起刀落,已经斩下了大哥的首级,像扔一件垃圾那样丢在这些侍卫们的面前,那些侍卫像躲避瘟疫一样躲避着那一颗圆滚滚的东西。这时,弟弟的声音响起,森冷得像子夜里的北风,脸上没有表情的他,苍白的脸色那一抹被逐渐干涸的紫色血迹妖冶得像一朵盛开在脸上的紫莲,在漆黑的灵堂里显得诡异无比。

"他已经死了,如果你们不想造反,就不要轻举妄动!"

所有的人都沉默了,让寂静的夜变得更加沉寂,大哥的尸体被抬了出去,宫殿里的侍卫都是大哥亲信中的亲信,可即便如此,他们对他好像也并不像我想象的那么忠诚。很快,灵堂里又只剩下我和弟弟两个人了。

我们两个人都没有说话，按理说，大哥是对我们两个人生命最大的威胁，黑崖，死亡，死亡，黑崖……一直都是缠绕我心中的梦魇，这个想要攫取我们生命的人终于先付出了自己的生命，可是我心中却没有一丝一毫如释重负的感觉，反倒陷入了深深的愁苦之中。

弟弟取出火折，一个接着一个地继续点着灵堂上的白烛，待到烛光亮起，我凑近看时，才发现很多的蜡烛都是没有灯芯的，也就是说这些蜡烛会越烧光线越弱，以至于一阵风就能够熄灭，显然，这都是弟弟的设计，神不知鬼不觉地替换了灵堂上所有的白烛。难道今天灵堂上的一切，他都已经算好了吗？ 从烛火一起熄灭时大哥视觉暂时受限时出手用削尖的竹筷做武器偷袭，再用腰带把大哥勒死，一切似乎都是在预演他的计划，一切就好像是已经被他写好了剧本，所以我们如愿以偿地杀死了大哥。

我看着弟弟步履蹒跚地用火折点蜡烛的背影，陡然间觉得那不是一个人，而是真的如传说中的那样，是一头披着人皮的豺狼，他是要饮血的，也是要吃人的！

待到他点完所有的白烛，缓缓地坐在了我的对面，他看着我，没有说话，我也没有说话。一宿再没有只言片语，只有沙漏的声音静静地流淌到了天明。

第四天的清晨，大哥被我们在回三的灵堂上杀死的消息震动朝野，与此同时，这个消息如同长了翅膀一般，不胫而走，飞遍了整个死国。大王子被二王子和三王子杀死了，"谁来做王"这个问题顿时变成了争论的焦点。

我知道，那些文臣是赞成由我来即位的，因为他们认为长幼有序，而且也许我看起来更仁厚一些，更符合他们心目中内圣外王的要求，毕竟在这些墨守礼法的文臣们看来，死掉的大哥，没有登基就穿龙袍，又随便杀戮直谏的大臣，以后肯定是一个暴君，他的死对于整个国家未必是一件坏事。

但也有人持反对的意见，他们认为我太过懦弱，不能做一个王者，而弟弟心思缜密，而且心狠手辣，应该继承王位，持这个态度的是大部分的武将，他们被大哥熏陶出的，崇尚暴力、武力与强权的思想，根深蒂固，并不因为大哥的逝去而土崩瓦解。在他们看来，能够杀死他们统帅的人，只会是一个比他还要强大的存在，即便他看起来是那样的弱不禁风。

第四日晚，我独自一人为父亲守灵，弟弟没有来。在这间熟悉的灵堂里，我看着父亲冰冷的灵柩，陡然间就想起了父亲在临终时，拉着我的手对我说的话："社稷……交给……你了……"断断续续，仿佛每一个字说出来都要千钧之力，又随时可能戛然而止一般，这是何等的痛苦辛酸？

所以大哥想要谋害我，却被我与弟弟联手除掉了，难道这冥冥之中真的是天意吗？

我望着弟弟与大哥昨天坐着的方向，心里却是七上八下，惴惴不安。"弟弟呢，他是不是也想要这个君临天下的位置呢？"

第五日的黄昏，浮沉海畔，依旧是那些礁石，那是没有海鸟的海，那是沉默的海，缄默如同黑夜。我闻着海风里带来的腥气，用力地嗅着，似乎是借此来缓解自己这些天来紧张的情绪。

他站在我的身旁，顺着我的目光凝望着浮沉海，缓缓地说道："那些生国的人也许永远也不会知道，就在昨天，我们帮他们消弭了一场灭顶之灾。"

我摇了摇头说道："弟弟，你真的确定我们打得过生国的人吗？"

弟弟没有说话，垂下首，这不该是伶牙俐齿的他应该有的状态。

"弟弟,你想做王吗?"我终于忍不住问道。

大哥死了,王将会在我们两个人之间产生,我承认,在父亲选中我的时候,我心中本来就有的那一点期望就已经生根发芽,只是大哥强势的背影横阻于前,让我觉得希望渺茫,可如今,那个阻挡在我面前的高大背影轰然倒下,那一点期望就变成了渴望,甚至是如野草一般发狂地疯长起来。

弟弟想了一想,随后他对着我说道:"哥,我只想好好辅佐你,不是我的东西,我不会去抢的。"

我看着他那苍白的脸,没有表情的脸,极力想从他的眼神里得到一些线索,但他却陡然低下头,身体颤抖着,剧烈地咳嗽了起来,他抬起手,用素色的长袖捂住嘴,再把袖子拿下来时,半只袖子都被鲜血染红了。

我陡然间就觉得心疼了起来,弟弟的身子一直都不好,每天这样地咯血,身体已是如风中之烛,这样朝不保夕的人能够活下来已经是奢望了,怎么可能对王位产生一丝半点的觊觎之心呢?

我为自己以己度人的卑鄙行径而感到了深深的羞耻,低下头,我不再多问什么,只是对弟弟说道:"倘若有你的帮助,我相信,我们一定会开创一个最美好的时代。"

弟弟微微点头说:"农民的生活太艰苦了,他们支撑着整个国家,我们能够给予他们的却很少很少……"

"死国的土地太过贫瘠了,这也是原因之一。"我凝望着远处的浮沉海,看着海浪一波一波地卷来,继续说道:"但是,我会改变这一切的,我要让这些付出劳动的人也能够丰衣足食,不用饥肠辘辘,衣不蔽体。"

"但我不希望是战争这样的方式。"弟弟微微颔首说道:"我不喜欢战争。只要我还活着,我希望不要有战争。"

我也点头道:"弟弟,我与你一样不喜欢战争,我们当中恐怕只有大哥才喜欢以别人的痛苦打造自己荣耀的冠冕……"我沉吟了一下说:"只要我还活着,我就不会发动战争。"

我们两个人就这样吹着浮沉海畔的风,畅想着以后两个人共同治理国家的一切,从战争,到农民,到赋税,到贵族,甚至弟弟还建议我们可以与彼岸的生国互派使者,甚至是进行贸易,我则发誓要让他在有生之年就看到太平盛世的到来。

到夜色降临,我与弟弟两个人没有乘车,而是徒步穿过街市,走回了宫殿。今天照例应该是由弟弟来守夜的,因为今天是第五日,离父亲下葬的日子,越来越近了。

我真的以为,一切就像是我们在第五天傍晚,在浮沉海畔的礁石上坐着的时候,我们畅想的那样,一切可以自然到像浮沉海畔的潮水一般来去自如,但现实却给予了我最残酷、最致命的打击!

自从父亲死后,我几乎没有睡过一个安稳觉,就在我宽衣解带,准备就寝时,一名我的亲信却快步走了进来,对我说:"二殿下,三殿下晚上去亡殿了。"

亡殿,那是存放死国玉玺的地方啊! 弟弟不是应该守灵吗? 这么晚了去那里做什么……我顿时有些奇怪,却听到那名亲信低声说道:"三殿下会不会是去偷玉玺了?"

"什么!"我已经因为吃惊而无法控制我的语气了,弟弟去偷玉玺了,他想做什么?

当我尾随那一名亲信来到亡殿时,只见原本应该紧锁的大门却开了一道门缝,我屏住呼吸站在外面看里面的情景。只见一身黑色孝服的弟弟站在那一只存放玉玺的匣子面前,透过窗棂的月光,惨白地投射在地上,把弟弟的影子拉得很长很长。

而我也看到了他手中捧着的是什么,那是雕工精致的印章,背面是一条蟠龙,不是玉玺又是什么!他的双手颤颤巍巍地捧着玉玺,随后说道:"多好的玉玺啊,可惜过几天他就要换一个主人了……"

一刹那之间,我感觉自己的心降到了冰点,我再回想今天傍晚,弟弟对我说的话,字里行间却都充满了阴谋的味道,他告诉我说,他不想做王,是为了麻痹我,让我对他疏于警惕,然后呢?然后他再除掉我吗?

陡然我看到弟弟把玉玺收进了怀中,看了看四周没有人,就又朝着门的方向走了过来,我急忙退后几步,躲到宫殿旁边的一截石柱后面,大气都不敢出一声,直到我看见他的背影绕过了长廊,向着灵堂的方向走去,这才松了一口气。

"你这披着人皮的豺狼!你好狠毒啊!"我在心里暗暗骂道。"若不是父亲在天有灵,让我看到你居然偷走了玉玺,图谋不轨,我岂不是要丧命在你手里?"我微微抚了抚胸口,似乎是要平静自己的心情。

弟弟说过,第二份的遗诏上写的是我的名字,葬礼宣读的肯定是第二份遗诏,有这份遗诏横阻于前,他若是想当王,岂不是会竹篮打水一场空吗?那么他只有把我除掉了,父王的子嗣只剩下他一个人,他才能够坐上王位。

这时,他当初在浮沉海畔对我说的那句话又涌上了心头。"王位之争从来都是最残酷的角斗,胜利者与失败者只有一个人可以活着,另外一个人连跪的资格都没有,是死了,而且死得会很惨",这就是他在浮沉海畔对我说过的话,以前是一起对付大哥,现在却轮到对付我了吗?

回到我自己的宫殿里,我躺在床榻上,久久不能入睡。

"我不会让你如愿的,我不会坐以待毙的。"我猛地坐了起来,对自己说道:"父亲给我的,就是我的,你抢不了,也抢不走!"我咬了咬牙齿,又躺了下去,在我的心里开始酝酿着一个计划,我与他之间,终究是要分出一个胜负的。

第六日的晚上,是家人送行死者的日子,守丧期间原本是不允许喝酒的,但是山高路远,死者的灵魂将要跋涉千里前往冥府,所以送行的家人要喝酒,称之为践行酒。

在灵堂上,两束蜡烛的灯火,惨白惨白地在风中飘动着,仿佛远处呜咽的箫声,不知道哪一刻就会断掉一般。

我的弟弟,默默地与我坐在同一张长桌的右手边,这就是当初他与大哥坐的位置,只不过大哥换成了我。整个宫殿异常地空旷而寂静,安静地能够听到筷子在菜肴上起落碰撞发出的轻微声响。

我看向那张惨白的脸庞,突然意识到,他是我在这世界上最后一个亲人了,但是我没有退路,只能任由心跳变得越来越快,呼吸变得越来越沉重起来。

"弟弟,来我们干一杯酒,送父王一程吧!"我举起酒杯对着弟弟说道。

他点了点头,抬起头,饮尽了杯中的酒,我却只是小抿了一口就放了下来,右手腕一抖,就把酒液泼在了地上,随后又端起一杯酒,又与弟弟连续喝了好几杯,奇怪的是,平时不喜欢饮酒的他,这一回居然全部都饮尽了,待到又喝了三五杯,弟弟已是面色微微发红,

31

呈现出一种病态的红色，显然是酒劲开始发出来了，他也断断续续地对我，前言不搭后语地说着些什么，我道他是醉了，便又故技重施灌了他好几杯。

不过一会，酒劲上涌，弟弟就趴在桌案上醉倒了。我见他醉倒了，缓缓地将右手抖动着，那是一柄小巧的匕首，短小得就像一条毒蛇，徐徐地吐着信子露了出来，我蹑手蹑脚地朝弟弟走去，走到他的旁边，凑在他的耳边，试探性地喊了一声："弟弟，你醉了吗？"

没有回应。

"要不要我送你回去？"我再次问道。

回答我的依旧是沉默，而我也终于下定了决心，站到了弟弟的身后，这柄匕首如果从后心捅进去，弟弟甚至都不会感觉到痛苦就死去了。

我看着那张还略带稚气的脸，低声对他说道："不要怪我，要怪只能怪你自己不安分！"我正要把匕首刺下去，接下来发生的事情险些让我连匕首都抓不稳了。

只见他陡然抬起头来，侧过身，眼睛死死地盯住我手中握着的匕首，似乎是在确认着什么！

他玩味地问我道："哥，你要杀我？"

他装醉，他居然又欺骗了我！你去死吧！我在心里大吼了一声，双手握住匕首的柄，猛地朝前一推，"嚓"就像是一只水果被切开了一般，那匕首，连柄没入了弟弟的身体里。

他看着我，淡淡地说道："哥哥，我现在很高兴……你终于杀我了，我很高兴！"

"什么！"我听得这句话，只觉得毛骨悚然，弟弟说的话如同咒语一般，让我难以理解。

"哥，也许你会恨我的吧……因为我从一开始就欺骗了你！"弟弟看着我，再没有了睿智与深沉，只有澄澈无比的眼神，他如自白一般对我说道："因为根本就没有第二份遗诏，这只是我怂恿你跟我一起杀大哥的借口罢了！"

"什么！"我一直以为自己是被父王选中的人，就是因为弟弟说有第二份遗诏，但他却告诉我，遗诏不存在，根本没有所谓的第二份遗诏，我的脚步不禁退后了一步，弟弟却不依不饶继续说道："昨天你看到我去拿玉玺的事，也是我设计的，我是故意的……"

"为什么要这样做？"我大声问道。

"为了让你下定决心来杀我啊，哥哥！"弟弟看着我，玩味地说道："哥，你知道吗？你太懦弱了，不适合做一个王，反正我也活不了多久了，就让我的生命来塑造一个君临天下的王者吧！"

"什么！你说的是什么意思？"我越听越吃惊，双手松开了匕首，用力摇晃着弟弟的肩膀大声问道："到底发生什么事了，这究竟是怎么一回事？"

弟弟摇了摇头，用叹息的语气说道："大哥一直认为哥哥你是废物，但是他很忌惮我，所以他买通我的仆人，在我饮食里偷偷下了慢性毒药，当我发现的时候，我已经无药可救了，这就是你觉得我体质越来越差，经常咯血的真正原因……但是我对自己说，即便我死了，我也不会让你如愿以偿的！所以……我的哥哥……"他看着我说道："我看过郎中，他说我最多还有半个月的寿命，我然后就把他给杀了，除了我，没有人知道这个消息……在这半个月里，我怂恿你去做王，怂恿你去跟我一起杀了大哥。"他停顿了一下，从心脏里伤口流淌出来的血逆流了回去，顺着他的嘴角滴落下来，"现在，我用我最后半个月的生命，打造出了一个坚强的哥哥，一个心狠手辣、足以君临天下的王者，我很开心了，我真的很开心了……"话音刚落,他陡然抬头仰天,放声大笑了起来。

"哈哈哈……哈哈哈……哈哈哈……"

那近乎疯癫的笑声肆意地在黑夜下的宫殿上空回荡着,在寂静的夜中刺耳无比。

我从未看见他笑过,我到死国之后,除了莺儿,我也从没见人笑过,可就是弟弟那疯狂的笑容,就像是一柄利剑直刺我的胸膛。

他,居然也是会笑的!他竟然与我一样,都有着生国人的种种情绪,可是他为什么不说出来呢?他为什么不表现出来呢?是怕被送到黑崖吗?还是怕被人当成异类?

我一直以为,我是死国里,独一无二的一个,所以我总是把自己当成是生国的人,可是他,居然也是这样,他与我一样,在冷漠的外表下有一颗充满感情的、激越的心,也会哭,也会笑……

"弟弟!"我陡然心痛地大喊了一声,正要去拥抱住那一张脸,面前的这个人却不由自主地向着我倒来,无力地将头搁在我的肩膀上,渐渐停止了他脆弱的呼吸!

那疯狂的笑声就像是破除在整个死国上空的诅咒,在夜空中传播得太远、太远了。当我失魂落魄地从灵堂里走出来时,我看见无数的人跑出了房屋,各式各样的表情从他们的脸上飞掠而过,有不知所措的慌乱,有莫名其妙的疑惑,有的惊恐地大喊,有的则放声大笑,一刹那间就仿佛死国压抑了无数年的情绪在这一瞬间崩溃开来。

我终于知道了,死国里,每一个人都是与我一样的人!那每一张如皮蒙在骨头上的脸后面,都是一颗丰富饱满与生国的人没有差异的心,但是所有的人,都为了不让自己成为异类而戴着面具生活着。

此时,第七天的日光已经降临了,我从宫殿出来后,恍恍惚惚如梦一般顺着人潮不知不觉就走到了浮沉海畔。一个内心的冲动,陡然催促我快步走到水边,俯下身来。

十八年了,在死国十八年了,我再没有看过自己脸上有表情,我……笑起来会是什么样子呢?我哭起来又是什么模样呢?

可是,无论我是想哭,还是想笑,无论我如何想要把心里的情绪表现在脸上,那海水倒映下的一张脸,那一张十八岁,还略显稚气却苍白如纸的脸上,依旧是不起半点涟漪,就像是,一张蒙在骨头上的皮……

张馨月 / **白瓷私语**

张馨月,女,1988 年出生于江苏淮安,本科就读于淮阴师范学院文学院,有缘经陈树萍恩师引荐,于 2010 年始,在复旦大学攻读创意写作专业;两年间跟随王安忆老师学习,亦师亦友,并同时担任陈思和教授助教一年,受益颇多。三位恩师,皆系海上情缘,于是举家南迁,定居上海,现从教于上海市西延安中学。

茫茫大雾中,感谢那远方的灯塔始终亮着,走进了,原来不是塔,而是他。老者泰然地说道:这世上本没有光,于是我决定把自己亮成了一盏灯。于是,这,也成了她的追求。

昨日霜降,天地织了一天的细雨。

今晨醒得比平素早,拉开窗,便嗅出一股冷来,不由想起姨婆的叮咛。因窗是朝北的,没有遮掩的台阁,雨水亦是迎面。关窗的间隙,瞥了一眼窗面,上面还残余着几痕雨滴。我很想摸摸它们,但手指触不到,就忍不住轻轻地敲击。小小的雨滴,嗤溜一下,滑过白净的窗面,和新嫁娘脸上的泪痕一样,浅浅淡淡的。

白面,泪痕,都暗合了定窑白釉瓷器的特质。今夏去上海博物馆时,特意去看了明清家具馆,比起繁复错杂、龙蟠凤缠的清代家什,简洁疏朗的明代家具,更合心意。这次,则径直进了陶瓷馆。

陶器是全人类共有的,瓷器却是中国独有的。这一句卷首语,似乎开了瓷的宗义。顺着长长的幽暗小道进去,踏在绵软的地毯上,闹不出一丁点多余的声响;光,也只打在器物上。就着零星的余光,静静地,从胎体厚重的陶,到体薄釉润的瓷,几步之遥,几千年的造诣都翻过去了。一圈下来,最讨得欢心的,还是两尊定窑白釉瓷器。

一是定窑白釉印花云龙纹盘。定窑是宋代五大名窑之一,窑址在今河北省曲阳县。这件定窑盘胎体匀薄,釉色白中微微闪黄,外壁有定窑瓷上常见的"泪痕"特征,得俯下身仔细看才不会忽略。口沿包镶铜边,盘内印云龙纹,印纹十分清晰。

二是定窑殿宇式人物枕。此枕胎质细腻色白,有几分雪意。枕镂雕殿宇形,门窗斗拱、基址台阶极为精巧。殿前门掩闭,后门半启,一人峨冠博带,倚门以待。枕面呈如意形,上刻划缠枝花纹。

说白了,一个盘子,一个枕头,宋人却做出如此的工艺。再看这瓷器表面,色泽光润明亮,乳白如凝脂,像女孩子刚敷过面膜后的皮肤,又像煮七分熟的出水蛋白,奶白奶白的。但不知怎的,盯着这白瓷看久了,倒看出一种"硬"气:据说是刻、划的花纹缘故。眼前的印花云龙纹盘,线条精致,疏落齐整,留白的领地,也丝毫没有被比下去的意思,该空的空,当留的留。人物枕头,这点表现得更为明显:如意形的枕面,平整光滑,上面划着花叶枝条;而枕下,自是另一番桃源:有人,有窗,有拱门,有阶级,有峨冠,有博带,还有倚门以待的一番闲情。各有各的自在,整体看,又结成一器,这"豁达"的"硬"气,恰是我喜欢的样子。

偶尔,我会偷偷地想,这枕头下面,有着怎样的故事呢?

姨婆今年五十七了,听的人,都不信。肤如凝脂,形容年轻的女孩,一点也不过分,但对姨婆,几乎也是适用的。因为她白,长得好看,打小儿我就喜欢尾着她。空荡荡的大房子,只有她一个人住,一辈子也没能生过孩子。巧的是,她也有个白瓷枕头,老太偏爱她,没有把这宝贝传给奶奶,倒给了姨婆。听奶奶说,姨婆做姑娘的时候,串个门儿,都爱抱着这白瓷枕头呢!邻里大婶们逗她:"抱瓷儿,抱瓷儿,好像一个白瓷姑娘!"

此后,她逢人就自称"白瓷姑娘",这话传到老太的耳里,立刻变了脸,拉着她的手逼问,是谁下了这样的"毒口"?原来,在我们那,瓷姑娘有着别样的含义,即指不能生育的女子。老太是个传奇女人,一生有过十个孩子,最后孤剩下奶奶和姨婆,眼睛都差点哭瞎了,更听不得别人乱嚼舌头。姨婆不理,举案不离《红楼梦》,自学中医,做得一手好菜,爱情来了就结婚,人去茶凉也不惧。别人说她心硬,在我看,说她的人是红眼,嫉妒她哩!

可不是,电脑刚出道的那会儿,她是我们全家第一个买的人,有人滤不过眼,说她洋折腾;还有更酸的,说她没孩子,穷潇洒。她学会五笔打字后,还报了网上课程,钻研会计和股票,赚了一笔闲钱。那时我还小,在大人们的眉来眼去里,感知到更多人在她背后嚼舌头了。

有年夏天,我打算去告密。姨婆一开门,眼睛就肿肿的,见我来了,说是落枕没睡好,房间里有厚重的苦味,我随她进了卧室。原来,她之前在煮中药,那一枕白瓷,仍安放于床头。她见我眼圈重,用镊子撕下鸡蛋内壁的薄膜,给我敷眼袋,还拉着我的手,提醒我秋敛冬藏,顺应四季时辰作息。我也喜欢倚着她,头摩挲着她细滑的膀子,闻着她怀里的淡香。

后来据姨婆说,我也没跟她说什么,撅屁股爬上床,抱着白瓷枕头,呼呼大睡去了。告密这码事,也被抛到九霄云外了罢。

如今想来,姨婆的白瓷枕头下,是不是也有一个没做完的梦呢?

张馨月／重写《雷雨》之"故人相遇"片段

——以"梅侍萍"的角度

幕　起

从中门进去,就是周宅的客厅。抬眼的功夫,刚好碰见孩他爹,两年不见,乍一看鲁贵,更觉他是外人。四凤要给我倒一杯冰镇的开水,他两眉一挑,一副神气劲地说拿汽水来。还悠悠地来了一句,"这儿公馆什么没有?"那语气,好像这周公馆是他家的?!这老头子,两年不见,越发显得阔气了,但仅仅是显得,天知道私下里他弯了多少次腰!背也驼了弯了。那些柠檬水、果子露、西瓜汤再好,是咱自己的吗?年轻的时候,我不是没喝过这些金贵的东西,不是没戴过金银首饰,也不是没穿过绸缎的褂子,可那终究是一场梦!一场梦呵!

这是一间宽大的客厅,推开两扇棕色的大门,可以瞥见门廊四周,都雕刻着精致的西洋花纹。走进客厅,左右各有一门,一头通向饭厅,一头走向书房。中间的门开着,隔一层铁纱门,从纱门浅浅地望出去,花园的树木枝繁叶茂,绿树成荫。客厅右边是一个立柜,上头铺着一张黄桌布,上面放着一些精巧的摆设,都是些西洋之物,奇怪的是,旁边却放了一张古旧的相片。柜前有一张小矮凳,左角放了一张长沙发,整齐有序地搁置了四个绸缎的坐垫。沙发前的矮茶几,排置着烟具,偏右是两个小沙发和圆桌子,像是新置的,都很华丽。桌子上放着吕宋烟盒和扇子。

屋内的帷幔都是崭新的,并且透着一份雅致的古韵,但是很奇怪,这些家具,却都是老式的旧物。我死死地盯着眼前的这些,仿佛在哪见过,是曾经的曾经,抑或是在梦里?

"妈,你怎么老盯着家具看?可不是,这都是三十年前的老东西了,听说是从前的第一个太太,就是大少爷的母亲,顶爱的东西。您看,从前的家具多笨哪!"

三十年前……第一个……什么,难道……不,不会的,一定不会的。

不知什么时候,额头上渗出了细细密密的汗,我赶紧用毛巾擦了擦。屋内的确闷热,两边的窗户,也都是紧闭的,像是一个监狱。华丽的帷幔从半空垂下,郁热的气息,无处可逃。

"您觉得热是不,也真奇怪,这都是老爷的怪脾气,一到夏天,反倒要关窗户呢!妈,您是不是不舒服,我给你拿杯水解解暑……"

夏天关窗……多余的字句,已进不了脑子,我的意识,如今都被锁定在这客厅里:古旧的家具,异常的习惯。然而,这一切在我看来,却是那样的亲切,一点也不陌生,甚而连同屋内的闷热气息,都让我倍感熟悉。莫非这是从我内心走出来的吗,不然,怎会有如此熟悉的安全感?抑或是我的魂魄来过?啊!苍天,这次你又要和我开什么玩笑?

我重新打量着这间宽敞的客厅,想从中找出些破绽,努力想打消心中——那该死的、不该有的疑虑。人老了,眼花了,心不能乱!也乱不得啊!

我的目光再次环顾四周,触及那个立柜,"不能够,不能够!"我耳朵听到口中发出的喃喃自语,这眼前的立柜,怎么那么像三十年前,我在周公馆用过的柜子?!

"那——那是从前死了的太太的东西。"四凤见我这般着魔的样子,连忙解释说明道。

我感觉到脚底发飘,头沉重地有如被千斤的铁棒压着,无力抬起来。这一切,可怕的场景,都越来越像——那三十年前的噩梦。

三十年了,我一天都没忘记:那会儿的周公馆,还在老家无锡,我跟着姆妈在周家做佣,一直到十七岁。是呵!就在十七岁,那鲜花一般的年龄,我遇见了周家大少爷——周朴园!那时的他,青衫长褂,书卷气十足。早年去德国留洋,说得一口好外语,诗书礼仪,样样俱佳。那时的我,心是鲜活的,是美丽的,是梦幻的!那时的日子,像春阳下冰雪初融的小河,闪着光彩,无忧无虑。跟他在一起的三年,虽没什么名分,可我却真正享有了他的爱,享有了周家大少奶奶般的待遇。少有的憋屈和社会舆论,我都置若罔闻。那纯真的爱情之梦,正刚刚启航!他,周朴园,就是我心中的舵手,我心中的神——一个抛弃了等级观念,丢掉富贵贫贱,与我沉浸在爱河里的神。神人相爱,也孕育了爱的结晶。

年三十的晚上,那个清冷飘雪的寒夜,也正是我为周家生下第二个孩子的第三天。本是团聚恩爱的日子,那个口口声声说爱我的人,两个孩子的爹,就是他!为了早日迎娶那位有钱、有门第的小姐,连同整个大家族,硬是把我赶了出来!那个人的一举一动,都表明要对我负责的爱人,逼着我冒着大雪出去,要我离开周家的大门!周家老母见孩子奄奄一息,让我连同孩子一起抱走。风雪天,凄凉意,咆哮声声如孤雁的哀鸣。视爱如天地的我,却被他,不,是被他们,活活地赶了出来!连同那还在娇喘的褓褓之婴……

每每想起,那些不堪,都像毒虫一般,噬咬着我的心,最初是一点一点地啃,后来是一片一片地撕,带着血,淌着脓。原本柔软的心,浸在"恨"与"悔"的毒汁里,慢慢腐蚀,变得坚硬。

"妈,您都站不稳了,累了一天了吧。歇会吧!"见凤儿怜惜地望着我,焦虑的眼睛里,满是关切,心头渐渐回温。转念一想,刚才的那一幕,许是人生最惨淡的一页,还会有比那更惨淡的么?上天不会对我那么薄吧!

不,我要站稳了,四凤还在旁边呢!正好问问这家的情况。

"不要紧的,——刚才我在门房听见这家还有两位少爷?"我试探地问道。

"嗯,妈,都很好,周家的人都很和气的。"

"周,这家姓周?"

头脑一热,声音忍不住颤抖了。我急切地搜寻着,搜寻着一切可能相关的东西,内心渴望找到,却又害怕见着。猛地,我再次看到立柜上的老照片,停住了——哦! 不! 一定是看花了! 我走近了点,试图看清,四凤转眼走到跟前,拿起照片:"妈,您看,这就是周家第一个太太的相片","您看她多好看,这就是大少爷的母亲呢,他们说还有点像我呢。可惜她死了。"

哦! 天哪! 这是真的吗? 我已经是死了的人! 我活着吗? 我活过吗? 这张照片,这些熟悉的家具,关起的门窗——天下那么大,怎么容不得我一个藏身的地方。熬过许多年,辗转南北,命运又把我这可怜的孩子,放回到他——他的家里? 太太为什么要见我? 我还没糊涂到,她见我仅仅是因为,我也会读书、写字。难道,命运又开始新一轮的捉弄? 不可以! 不能够!

不,我要镇定! 我要带她走! 带四凤离开这,离开这个屋子,离开这股闷气,永远,永远不要回来!

"孩子,你现在就跟我回家。"顾不得凤儿拿上来的水,现在的我,是闷,是渴,但更深刻的感觉,是怕。我受过撕心裂肺的鞭挞,生怕这样的轮回,畏惧命运的嘲弄,不能再一次看着我的女儿,再置身于这样的水深火热里。我是老了,鬓角斑白了,可直觉没老! 为何不愿意叫女儿让人家使唤,我梅侍萍清楚! 我何止心里清楚,身体也清楚!

猛然间,我仿佛多了一股硬气,男子一般的硬气。这股硬气,三十年前,在一个人的身上见过,今天在大海身上闻到过,如今,该我使用的时候到了。

四凤还没转过神,只听得一个陌生女人的声音,不急不慢,有股派头。原来,是周家的太太在唤,询问老爷的雨衣放在哪里。凤儿急匆匆地去里屋找寻,我的目光又忍不住回到立柜上,回到照片上那张青春饱满的脸庞上。

这是夏季少有的闷热天气,除了偶尔的蝉鸣,四周静得出奇。突然,通向中门的花园小径上,传来了有序的脚步声。难道是他? 不,别自己吓自己了。可是,我为什么要害怕? 对不起的人是他。我喝了一口手边的凉茶,理了理耳边的乱发,整整衣角,把翘起的毛边按得服帖。接着转过身,不动声色地等候着。

"吱呀"一声,进来的居然是鲁贵。

"四凤不在? 你回头告诉太太,说找着的雨衣不用送去了,老爷自己到这儿来,还有话要跟太太讲。"

我定了定神,试探性地问了一句:

"老爷,他要到这里来?"

鲁贵驼着的背更加弯曲了,像是在代替脖颈说"是",松弛的下巴耷拉着,透出少有的局促,嘱咐我听清楚。说完转身欲走,果然是周家的大忙人。

试想,我何必要应这个景,见了太太麻烦,见了他更……理不清,总之不会那么简单。不如一走了之,去她的谈话,带着我的凤儿,走! 离开这儿!

正盘算着,忽见一个通身穿着黑的女人,像猫一样,从饭厅缓步而来。银灰色的花边点缀着旗袍,连同眼睛,也透出暗。虽然还年轻,但似乎缺了生机,断了兴致。原来,这就是四凤提过的周家太太——周繁漪。她的目光先落在凤儿身上,嘴角向后略弯,似乎在管制自己。她简单吩咐了拿雨衣的事情,目光落在了我的脸上。

很奇怪的,我一点也没有感到紧张和局促。一种不知名的力量,在我们之间升腾,默默地较量。虽然她年轻,拥有白皙的脸,鲜红的唇,却挑不起我的嫉妒;一副优雅的身段,被精致的衣服包裹着,却干瘦枯萎。看着她,寂寥地站在那里,身后是立柜,连同那幅旧照片。在这闷热的客厅中央,她绽放过吗? 还仅仅是一朵快凋零的罂粟,过了被采的吉时,渐渐萎蔫空瘦下去……我愣了神,以至于落座的邀请,都没听见。

"坐下谈,不要客气。"她伸出一只雪白细长的手,抬头望一眼阴鸷的鼻梁,高得有些寒意。眉目间的坚定,此时也更加深刻地显现出来。她要找我谈什么呢? 这样一个女人。

"我常听四凤提到过你,说你念过书,从前是个很好的人家。"

这样的开场白,听起来常见,我故作谦虚,"四凤这孩子傻气,不懂事,叫您多操心了。"说完抬起头,目光落在她的长睫毛上,屏着气,等待她接着往下说。

"不,她非常聪明,我也很喜欢她。这孩子不应该叫她当佣人,应当替她找一个正当的出路才好。"

我心里出了一身虚汗,难道问题真的出在"底下人"这个身份上,或者说,在这个深家大院里,凤儿做了什么不检点的事情? 我憋不住疑虑,有如这样有一搭没一搭,不如直入主题。

"是不是我这孩子,平时的举动有点叫人说闲话?"

我故意那么说,只是为了探听对方埋怨的深浅,虽然我相信我的女儿,相信凤儿不是那种"走到哪刮到哪"的性子。

眼前的女人,她微微地笑了,两颊的笑涡也显露出来,方才觉得,也是个孩子。她缓缓地倾诉很多,把家里的情形一股脑儿倒出来:

"老爷,两个少爷,除了我和一两个老妈子以外,其余都是男下人。"

这么一说,整个一个大家庭,只有四凤一个,一个花季的年轻女孩,周围却围绕着那么多男人的眼睛,莫非?

"四凤是不是有什么不检点的地方? 请您千万不要瞒我。"我说得极快,有些急躁,有如这样暧昧地推敲,为什么不直接点?

一阵含糊的笑后,终于等到了下面的话:

"我自己有一个儿子,才十七岁,是个不大懂事的孩子。有天,他忽然对我说,他愿意赞助她学费,喜欢四凤,还要娶四凤。四凤比我的孩子大,这种情形……是非常容易叫别人发生误会的。"

我彻底明白了。

少爷爱上使唤丫头,太太代表整个家族,力图阻止,这样的模式,对我何尝陌生? 最后,终究逃不过的,还是女人。谁让,女人的爱情,天生是仰望的——爱上比自己高几倍的人。

开始的时候,少爷对一个出身贫贱的姑娘钟情,恰是从云端伸下来的一只手,高不可攀,若真是拉上了,便满怀欣喜。被爱是普天下最最幸福的事,更重要的是,喜欢你的人,也恰好是你心仪的。身在高处,好像只显在别人的眼睛里。在外人看来,他是那样风度翩翩,英俊潇洒;私下里独处,那些小缺陷、小弱点,都只有你才能琢磨个透、理得清。年轻的时候,也觉得那是件稀罕事,当作个宝贝,捧在怀里,慢慢捂热,不断温习。那会的爱人,倒真像一只雄狮:挺拔的躯干,健硕的身体,满脑子的中西合璧的时髦理念。尽管在别人面前,他威严地大声咆哮;但我更贪恋的,是那只有在我枕边才可以听到的喁喁私语。那是柔柔的,私密的,专属于我一个人的。

三十年前的那一幕,又一次浮出水面,烙在心头。我自己,当初不就是因为身世背景、伦理道德这些世俗的理念,才被赶出周家的吗? 哎——

"今天我到这儿来,是万没想到的事情,回头我预备把四凤带走,现在就请您准了她的长假。"

多年的磨砺,让我的声音也变得坚毅,像是刀刻过的木雕,一字一顿。

"好的,有你这样一个知书达理的母亲教育她,一定比在这好。如果钱上有什么问题,尽管到我这来拿。"

我可怜的孩子! 妈一定尽力保护你,不让你早早终结——那如花的心。

初 相 遇

"蘩漪!"一声呼唤,掷地有声。我心中一惊,好像有什么力量,拉了一下。这声线,绕耳的熟悉。

书房的门,被推开了,缓步走出一位穿长衫的男人,是他! 朴园!

眼前的他,鬓角早已斑白,看样子,这些年活得也劳碌。眼眶子越发往里头凹陷,深深的眼袋显得很重,透着青黑。那英挺的鼻梁,高高地从鼻根拔出,仍保留着当年的印记。薄薄的嘴唇自然地下撇,好像动怒过多,容易苛责。

他似乎并没注意到我,他会认出我吗?

蘩漪站在对面,似乎双方在交战着。为了吃药而互相坚持,难道蘩漪真的像朴园所说,是个神经病? 看模样,她是娴静的,说起话来,也分寸自如。他高声斥责,叫仆人吩咐大少爷,陪着克大夫到楼上去给蘩漪看病。那副趾高气扬的样子,还是当年那个温润如玉的男人么?

见蘩漪上了楼,他擦着了一根洋火,悠然地点上了一支吕宋烟。他的目光游离着,最后停留在桌上的雨衣上,久久凝视。屋子静了下来,只有窗子那是明亮的,四周的墙壁变得冰冷,连同青布褂子里的身子,都微感凉意。他抬起头,深黑色镜框后的神色,变得模糊起来。

"这是太太找出来的雨衣么?"他吐了一口烟圈,目光仍定格在雨衣上。

"大概是的。"我仍看着他,三十年了,他会认出我吗?

"不对,不对,这都是新的。我要我的旧雨衣,你回头跟太太说。"说这话时,有几分倔强和固执,夹杂着几分怒意。

有了新的,却还要旧的。这表明,他在怀旧吗? 莫非一直都是这样? 难道,他还记得那年的下雨天,也是这般雷雨将至的季节,我们曾躲在同一件雨衣下的场景吗?

"嗯。"我支吾出一个简短的字,傻傻地定在那里,脑袋有些空白,空气里流动着暗潮,随时都能爆发出轩然大波。

"你不知道这间房子底下人不准随便进来么? 你是新来的下人?"

底下人,下人,这些字眼,针杵一般,刺痛了我的耳朵。游离的神思,瞬间回到了现实。

"不知道,老爷。我是来找我的女儿,四凤是我的女儿。"

不晓得内里头较了哪门子的劲,我重重地吐了"老爷"二字,年轻的时候在一起,若是闹了矛盾,自觉受了委屈,总是称呼"老爷"的,硬是从语言上把他推得远远地。不过如今不一样,那会带着娇憨,这会儿像是冷铁铸成的钢锚。

"那你走错屋子了。"他冷语道,声音不像刚才那么高扬,仿佛沉浸在另一个世界里,还没出来,有些晃神。

"哦,"我也迟疑地回应着,想着我理应走进另一个屋子,可是脚步硬是挪不动,或者说,不想动,"老爷没有什么事了?"难道他真的认不出我了吗?曾是枕边人,都记不清模子了……

他突然提了精神,好像受到了威胁,指着窗户,"谁叫开的?"

我很自然地走到窗前,深棕色的窗户透着幽暗的光泽,有些古意;两扇一并,闩上横阀,从透亮的窗玻璃里,我的面容清晰可见。我下意识地用手拨起耳边的碎发,撩到耳后,拉上金色的帷幔,房屋里顿时被封得严实。

"等等,你站一站,别动。"

看他愣了神,那眼神,好像在看一个奇怪的人,试图看透一般。

"你——你贵姓?"他不容刻缓地追问。

"我姓鲁。"

"姓鲁。你的口音不像是北方人。"他在怀疑,又像是试探。

"对了,我不是,我是江苏的。"

"你好像有点无锡口音。"

"我自小就在无锡长大的。"在他的步步紧逼下,我有些紧张,但更多的是兴奋。脸上渐渐回了血色,生了热力。

"无锡?嗯……"他说了几个字,又停住了,忽而又转脸问道:"你在无锡什么时候呢?"

此时的内心像一座火山,压抑已久的岩浆即将爆发,就等那一刹那的爆破!

"光绪二十年,离现在,有三十多年了。那时候,我记得我们还没有用洋火呢。"

"那时候我也在无锡,大概二十多岁的时候吧。无锡,嗯,无锡,是个好地方……"他显得有些迟疑,"三十年前,在无锡有一件很出名的事情——你知道么?"

"说不定,也许记得。"

"三十年前,在无锡,有一家姓梅的。"

"姓梅的?"原先喉咙里仿佛铺了干柴,听到这句话,像是擦着了火,遏制不了地呼出来一个问句。

"嗯,梅家的一个年轻小姐,很贤惠,也很规矩。有一天夜里,忽然投水死了。后来,后来,——你知道么?"

眼前的这一切,像是午夜梦回。听他的语调,像是很急切地想知道后来的故事。真的那么突然么,一个好端端的姑娘,就会突然投水死?! 哼。

"她是个下等人,不很守本分的。听说她跟那时周公馆的少爷有点不清白,生了两个儿子。生了第二个,才过了三天,忽然少爷不要她了。大孩子放在周公馆,刚生的孩子,被疑似快死了,也被指使着抱走,在年三十的夜里,投河死了。何况,她也不是什么小姐,只是无锡周公馆梅妈的女儿,她叫侍萍!"我努力克制着情绪,镇定地说完以上的话。

"对,说是被一个穷人埋了,你可以打听到她的墓在哪儿么,我跟这个人有点亲戚关系,想把她的墓修一修。"

呵!亲戚!他真的是认不出,眼前的我,难道是活死人么?这像是中了蛊,这场游戏,我要玩下去。

"她没有死,小孩子也被人救活了。"

见他忽地抬起头,眼睛一眨不眨地盯着我:

"你是谁?"

"我是四凤的妈,老爷。"我冷冷地回敬过去,闷热的屋子,此刻也冷下来了,气流被冻结住,不得抒发。

"她现在就在这,老爷,您想见见她么?"

"不,不,不用。"他连忙摆手,边说边后退,用的是小步,忽地又上前,微微前倾着身体。

眼前的他,怎么又如此懦弱!看似保留着旧时的习惯,古样的家具,事实上,人心不古了。我努力节制着自己的感情,尽量像看待一个旁观者,不动声色地诉说过去三十年的辛苦遭遇,包括我嫁过两次人,包括梦醒后的一次接一次的遇人不淑。在他眼里,我分明看见有些闪烁。为什么又会这样?眼前的这个人,你怎么不能像三十年前那样,狠心地抛弃我,决绝地走开?如今,反而这般怀念。

当他要找旧衬衣的时候,故意提及过去,那件带有丝线绣成的梅花补丁,当我说到"旁边绣着一个萍字"的时候,他徐徐站起,支支吾吾地:

"哦,你,你,你是——侍萍,是你?"

起先是高声的惊讶,到最后询问式的"是你",倒像是私语。他自然不会想到,有一天我的相貌,也会老得连他都认不出。眼前的他,一会望望立柜上的相片,再看看我,想是在作比照。

相片上的人,面如满月,巧笑嫣然。

忆 相 逢

十六岁那年,平静了许久的周公馆,忽地热闹起来,听闻是留洋的大少爷回来了。那天清晨,我穿着月白褂子,发梢松松在脑后圈成两个发髻,照常去花园浇花。我揉了揉眼睛,生怕自己看错了:花园的正中,多了一张矮几子,桌面上铺着笔墨纸砚,宣纸上印着瘦直挺拔的字,我被强烈地吸引了,竟不知不觉地迈出了步子。每个字,横画收笔带钩,竖画收笔带点,撇如匕首,捺如切刀,竖钩细长;有些连笔字像游丝行空,已近行书,却又楷正。

"你也喜欢这个字?这是瘦金体,是一个不爱江山爱丹青的皇帝——宋徽宗创造的。"

说话的人,眉目清秀,气宇轩昂,但没有一点架子。这字,连同人,都把我吸引了。

"喜欢瘦金体,是喜欢它的个性,这叫法,就有几分落寞的荒意,像秋天长水。"你继续说着,眼睛里闪着倔强,"你瞧这名字,金,有人世间最真实的沉重和亮色,日常的生活,因为负重,才变得有价值。"

"嗯,我更喜欢这瘦字,有山长水寒的凉意,且看这瘦字,和金站在一块儿,紧紧贴着,仿佛卑贱和富贵也可以携手,有种别致的情愫。"我忍不住插嘴道,抬起头,撞到了你的目光。镶银边的玻璃镜片后,清晰可辨眼里的诧异;深棕色的眸子里影印着我的笑脸,连同那天的骄阳,明媚照人。

夏日的晴空,爆出一声惊雷,像是鞭炮,庆贺着我们如火如荼的相爱!眼前的朴园,你还记得那段光景吗?你曾说过,爱对于你,是茫茫沙漠里仅存的一汪绿洲,给了就没了;而那时的我,正洋溢着春风,舒展着心声,山林水泽,郁葱的郁葱,滋润的滋润。

从此,在周公馆的别屋里,我们常常杯盏笑天明,谈诗论文,你教我写字绘画。你并不像封建家族的大少爷,相反长了一颗西洋的心。记得那夜,我喝得有些醉意,欲匆匆地回屋。你却拉着我的手,低着头,不哼声。我明白你的意思,却羞涩难耐。你吻我的额头,吻我的唇,口中的津液都是糯甜的。我就那样僵直着身子,也许是被吓到了,手紧攥着前胸的梅花扣。最后,你吻了我的手,吻了那个扣子,轻轻地凑在我的耳旁说:"这朵梅,我想要了。"

呼出的热气,快要把我融化,窗外的星子一闪一闪,为漆黑的夜拉开序幕。岸边的江水,拍打、回旋,一个浪头冲过来,湿润的水藻交缠亲吻,缱绻意长。月光下的柳条,宛若轻灵的仙子,摇摆着裙裾,左右舞蹈,时而贴近,时而抽离;柳条和柳条间,也举起了杯盏,趁着月光,觥筹交错。黑黢黢的夜空,一盏红红的灯笼,忽地被点燃;熊熊的火苗,激烈地燃烧着,伴着被吹灭的疼痛,却红得亮眼。记忆里,那盘旋在洞穴岩壁的风,轻轻地,柔柔地,还带着兰草的芬芳。

不久,我们就有了第一个孩子。

幕　　落

再提这一切,仿佛远的是上个世纪。过了半晌,眼前的他,忽然镇定。话锋严厉地说:"你来干什么?谁指使你来的!"

慌神里回忆起的过去,那残存的一丝美好,迅速地被剥离。悲愤之火,哒哒作响:

"不是我要来的,命!不公平的命指使我来的!"

我像是上了膛的枪炮,霹雳扒拉连珠炮似的,说了这三十年的苦楚。这三十年来,我没有一天好好地活过。人们的唇齿宛若利刃,刮着我的伤痛,骂着我的失贞。老天派人救了我,不让我这样逃避,硬是让我这样卑微地活着,像个游魂,早已丢了真心。余下的,就是必须生存。叹我遇人不淑,天底下的男人,谁愿意接受这样一个丢了身心,还拖了油瓶的女人,就连鲁贵这般卑微的小人,待我都如奴仆般吆喝训斥。多少年来,我只能以沉默来拒斥这个男人,在一次一次廉价的自卖中,践踏着残留的作为人的尊严。

这一生,早早地枯萎了,但为了孩子,还要做枯藤老树,屹立在风里,痴缠着命运。

我们谈开了,终于打开天窗说了亮话。

当他得知鲁大海是他的儿子,似乎不为所动;事实上,大海何尝会认这样的父亲?!

周朴园指着周围的家具,都是我从前顶喜欢的东西,这些年留着,只是为了纪念我;我的生日——四月十八,每年也总记得;甚至于我因为生萍儿受了病,总要关窗户,这些习惯也一直保留着。

可是,他又说,保留这些,为的是不忘我,弥补他的罪过。

这些原本动听的话,许是几分真;糊涂了一辈子,我早已不是当年不知轻重的傻丫头:他真正爱的,只有他自己!

如今的意图,听出来要赶我走,连同鲁贵和四凤。他拿出的支票被我撕得粉碎,穷得跳墙了,也不缺那份钱,那份带着血、含着泪的赃物! 伤也伤了,把伤口激活了再撒盐,这滋味,真不好尝。

张馨月 / **鞋文化三窥**

一 窥 成 长

闲暇中翻看小时候的照片，一张虎头虎脑的我映入眼帘：一双瞪得圆溜溜、宛若黑葡萄的眼睛，藕节般肉嘟嘟的小膀子小腿，脚上蹬着一双虎头鞋，许是刚学走路时拍的。所谓虎头鞋，实则为孩子求吉的绣花小布鞋：嫩黄色的布包裹鞋面，在鞋头缝制上一对炯炯有神的大虎眼，同时不忘在眉心添个"王"字，虎的大体神貌就勾勒出来；鞋末端还各加了一条虎尾巴，上抬30°到60°地竖起来，又好看又可以当鞋拔。长辈做这样的鞋子给小孩子穿，旨在借虎的阳刚之气和威武，成为驱邪、祈福的象征，还有兔子鞋、小狗鞋等。这张照片拍于端午节前后，奶奶说这和端午节辟邪也有关。

上小学时，最流行的是一种带香气和闪灯的"水晶鞋"。夏日里穿白纱裙的小女孩，长发飘飘，打扮得像洋娃娃一样，配上这样一双香香的、亮闪闪的水晶鞋，无论走到哪里都像小公主一样，把头抬得高高的；哪怕夜晚，鞋底的亮光无时无刻地提醒着别人，好像在说：瞧，我在这里——！实则那是一种特殊的软底塑料凉鞋，鞋底有电池，一踩下去就受力亮光，外观做成白水晶色，同时加上亮片和香包。十多年过去了，我至今仍然能回忆起，当年自己对水晶鞋的强烈渴望，也许是因为一直没能得到吧。鉴于我的过敏体质，家人对于一切有香气的东西，是不会给我买的。反而，这样的鞋在记忆中，倒变得尤为清晰。

初中高中的年代，个性发展同时也被强烈地压抑着，男女生清一色的校服，每个季节还发两套换着穿，无疑最大限度堵塞了追求时尚的可能性。鞋就成了一个可以变换的符号。布鞋，球鞋，运动鞋，高帮，低帮……女孩子们尽可能地选择能代表自己喜好的式样，跳着跑着，展示着自己的风采；穿着球鞋或跑鞋在运动场上叱咤风云的男生，无疑也成了瞩目的焦点，人不轻狂枉少年，操场上的男孩们追求速度、跳跃和无尽的游戏，甚而"红跑鞋"、"绿球鞋"也成了青春纪念册里的隐秘暗号，这些在六年"吃斋念学"的日子里，也成了唯一的调剂。

大学，这个名为学习的地方，对女生来说，更像是一场时尚的洗礼地。去年，很多小姐妹在本科临毕业时翻看起高中照片,都会情不自禁地感慨:当年,我怎么那么土! 是的,从什么时候开始,"咔嗒咔嗒"的声音替代了晨起的闹铃? 因为高跟鞋的时代已到来,它是上帝赐予女人的礼物,使女人变成尤物。那细细高高的跟,把女人的曲线美最大限度地演绎出来:挺胸,收腹,提臀,束腰……倘若没有高跟鞋,这一系列的动作,要算是高难度的表演了。一双神奇的鞋子就可以解救演技拙劣的"演员们",高跟鞋"提高"了女人,也使得她们的脚步放慢,变得优雅,不经意间成了城市中"移动的风景",如果赶上阳光明媚的日子,"哒哒"、"哒哒哒哒"的变奏,让过路人多了一份机会感受到时尚脉搏的跳动。诸如 *Gossip Girl*、《欲望都市》这些时尚美剧,推出了不同阶段女人的时尚品位,其中也不乏款式新颖、夺人眼球的鞋。

记得《人鱼公主》里有段这样的独白:每个女子至少要有一双心爱的鞋,它会伴随你走到你想去的远方,带你走近你要爱的人。故事中的人鱼公主疯狂地搜集各式各样的鞋子,她拥有整整一个房间的鞋,错落有致地摆放在鞋架上,灼热而耀眼。当她爱上一个人时,会选择高跟的尖头鞋,对着爱人,仿佛下了迷幻的咒语,鞋尖对着的恰是目标;当她亲吻心爱的男子时,会轻轻地踮起脚尖,一双黄色的系带凉鞋半裹着玉足,迫不及待中暗藏羞涩,清新的画面映入脑海,停留在印象中的少不了那双精美的鞋。

其实,探望我的过去,鞋何尝不是一种成长的暗示呢? 最初的幼年,穿着虎头鞋咿呀学语、蹒跚学步,那是人之初,为了需要而穿鞋;到了童年,一双"水晶鞋"可以让作为小女孩的我心驰神往,审美的花苞悄然绽放,无声无息地点缀于生活的角落,尽管"旗在飘,却不知风在吹";随后花季雨季翩然而至,青春年少,向往风风火火的活力和脉象,平底的运动鞋已然是奔跑的最佳合作伙伴,怡然自得的周末换上平底鞋踏青郊游,追求鞋的自由舒适;大学毕业时悄然进入待嫁年龄,深知二十五岁后优雅知性必定取胜于邻家小清新,一双高跟鞋是必修课之一,同时代表着欲望的苏醒。正如亦舒曾言:"女人的堕落是从高跟鞋开始的。因为穿着高跟鞋就不方便使用公共交通工具,她们只好打私家车的主意。"

二 窥 民 俗

悠悠中华五千年鞋文化的民俗,想在这里如数家珍,显然是不切实际的。挑了些感兴趣的民俗,多来自历代文学作品,包括民间歌谣和传说。

在古代,鞋常被视为定情的信物,这在不同地方的民歌中都有体现,现摘抄如下:

四川成都民歌(溜溜调):"黄荆溜溜树儿开蓝溜溜的花,我和溜溜姐姐是好耍(感情好),我的溜溜鞋底哪个溜溜的打? 我的溜溜鞋底姐姐打。我的溜溜鞋面哪个溜溜的扎? 我的溜溜鞋面姐姐扎。"

白族民歌:"月亮出来亮光光,到妹园中讨菜秧,哥我不给你泼水,你泼我一身脏。身上衣裳湿一件,脚上鞋子湿一双。衣裳浇湿我不提,要赔鞋一双(赔鞋表示定情)。"

笔者在搜集材料中,发现民谣中用鞋表定情的尤其多,汉族和少数民族都有这样的意象特征。京族民歌中有首《送屐歌》,其中男唱"托媒送去屐一只,渴望纳福成侣伴",女唱"屐已巧合成对偶,意合情投结凤鸾"。很显然,女子绣花鞋,男子送玉屐,多数是互赠情谊的代表,表定情。且鞋数为偶,取成双成对之意。当然,不排除在抗战期间,妇女同志做军鞋送战士的,比如山西浮山新民歌:"八路军去打仗呀,为的是咱老百姓……我们做军鞋呀……政府要夸奖。"这与前面所说的送鞋定情不同,是另一种示好的方式,表友好和支持。

主动送鞋表定情,要是强娶强要呢,就是偷鞋了,鞋,是不是代表了隐性的男女关系呢?

蒲松龄《聊斋志异》第十卷篇名为《胭脂》的小说中,王氏的姘夫宿强抱之求欢不成,改求信物,女不许,宿捉女足,解下秀屦而出。这里的"秀屦"自然就是女子的鞋;西门庆调戏潘金莲,也是从摸鞋、脱鞋开始的;著名的舞剧编导舒巧,在处理《胭脂扣》中"十二少"和"如花"初相遇的场面时,竟也选择了让十二少为如花穿鞋这个日常化动作,来表明二者是恩客和青楼女子的关系。

谈到这里,不得不把鞋跟女性的脚联系上。缠足之说,始于宫帏,盛于民间,具体源于哪已考据不清,在鞋文化中,传说是商纣王的爱妃为狐狸,貌美魅惑,把宫中女子比得花容失色,叹一双脚仍未成人形于是终日裹着不能见人,之后却传为美的标准。宋代缠足之风普遍,蒙古贵族入中原时本不缠足,可对于汉族的这样传统不排斥,反而抱着欣赏的态度,继而明代就有了"三寸金莲"之美的标准。清代的缠足之风已经盛行,为什么这样一种伤残的病态反而成了社会大力崇拜欣赏的"美物"?! 笔者作为女性不能理解。清代的文人李渔在《闲情偶寄》中公然指出,缠足的最高目的是为了满足男人的性欲,于是小脚也风情,可以"香艳欲滴",可以"魂销千古",简言之,在古代小脚是女人除阴部、乳房外的第三性器官。由此看来,绣鞋得到莫大的恩宠,就不足为怪。在男性主导的社会中,有"鞋杯"之说,笔者在搜集资料时,看见清代的一个陶瓷鞋,恰可以放得下三寸金莲一双;男性闲情之余,把女人的鞋当酒杯,尽兴地饮啄一番,也许饮的不仅仅是酒,亦包括那腔浓得化不开、越说越不明白的柔情。绣鞋也沾光,千娇百媚起来。

除此之外,鞋还可以占卜。

在《金瓶梅》第八回里,写潘金莲在等西门庆来幽会:"(金莲)盼不见西门庆来到,嘴咕嘟的,骂了几句负心贼,无情无绪,闷闷不语,用手向脚上脱下两双红绣鞋来,试打一个相思卦。"北方叫卜,这里的鞋卜,就是小脚女人的鞋,用平的鞋底和圆的鞋尖来问卜,根据圆面在上还是平面在上,就能得出神谕,女人用它来测试情人(或丈夫)是否会来。查到这个资料时,倒觉得鞋除了情趣之外,还多了一份神性,和寺庙中常见的用杯问卜相似。

鞋,在民俗中,有人性、神性,还有魔性。

我们MFA班的女生有六个住在七楼,我住在C室。有天早晨,我去敲B室的门,没人应,听得门里有哼唧哼唧的怪声,疑惑了良久猜测是在说梦话,便罢了。中午的时候,我还没忘这回事,悻悻然再次敲门,还是没有人答应,宿舍的其他女生也都跑来了,大家都知道住在B室的女孩身体弱,诚惶诚恐地担心会发生什么。我们就一直站在门口,敲门声的动作也越来越大,过了很久,连肚子饿得都没有知觉了,女友才没精打采地下床开门。见到我们都在,眼睛里熠熠有了神采,迅速地抱上每一个女孩,那种感觉像是久别万里、亲友相见的。

女友说,真的是鬼压床了,临睡前鞋尖对着床,小鬼小妖们就顺着鞋子尖儿,纵身跳到床上,跟人睡在一起,压住她不能动弹。

我问她,意识里清楚被鬼压床吗?

她迅速地打开门窗,把鞋子拿到阳台上,我有注意到鞋尖是朝外的。

"有,我知道你早晨来敲过我的门,那时候觉得气息难喘,很难受;到中午真的睡醒了,我才意识到被鬼压床了。幸好你们敲门的声音足够大,真的震醒了我。"

"那你是怎么做到扳动鬼,起床的呢?"另一个好奇的室友忍不住插嘴到。

"我念佛经,刚念完一句,身子就变轻了。"目光触及我们的眼光时,还特意地蹦跳几下,"我真的没什么了。"

朋友是浙江人,很在意风水伦常,看她平时就弱弱的,常年咳嗽咽炎,还常年奔波于沪杭两地,很是折腾。听闻鬼选择人,也是专挑阴气多的,阳气盛的人是断断不敢接近的。我的老家也有"狐大仙压床"之类,远房的一个舅奶奶,听闻就是被压床后没有劲起来,常年中风卧床的。

从那次之后,她每晚睡觉前都把鞋子检查一番,弄得我们大家也跟着小心谨慎;且各自的房门都不锁上,遇到突发异样的状况,大家至少可以破门而进;说来是真有趣的,大寝室中六人,有四人的体质过去都是不好的,两年后居然都健康起来,尽管朋友一直说,我睡的那张床上,横梁压身;我测量过它刚好压在我的胃上,索性就摇摇头,大叹没事。如此喜欢美食的我,要是能把胃压得瘦点儿,不得不说,还是件欢乐事。

这件事情的发生,让我进一步认识了鞋;也可以体察到每个朋友,多少都是受到影响的,住寝室的人越来越少,另一个朋友居然整理出一摞尖头鞋,都放在了宿舍之外。

每次回家或者是去别人家,大多都有进卧室前脱鞋之说,避免外界污气进入室内。我特意查了相关的文献资料,在风水学说中,外鞋进室内,的确会带来污秽之气,而卧室是一个清净地儿;还有说法是,一个门厅冷落的住处,倘若访客多是阳光大气、多少有几番成就的人,整个家的神气都会提升上去,有没有点"近朱者赤,近墨者黑"的味道? 书上还说,鞋柜的设计最好不超过五层,许是鞋的蛊惑作用吧。

三 窥 谚 语

选择谚语考察鞋文化,是因为谚语更古老,且自然融入日常生活之中,是百姓喜闻乐见、一听就懂的语言,这里解释些常见的:

嫖破鞋——指找不正派女人搞不正当关系;

给人家提鞋——指某人能力有限或者某方面不行,只配给别人做提鞋这类事;

鞋湿了就淌水——已经开头,就干下去;

借鞋,连袜子都脱——指有求必应,倾其所有;

穿新鞋,走老路——虽然表现形式变化了,但实质内容仍然老一套啦;

怕湿鞋就过不了河——比喻不做出一些牺牲,就达不到目的;

站在干岸上怕湿鞋——比喻冷眼旁观;

赤脚人赶兔,穿鞋人吃肉——穷人打兔子,富人吃兔肉,比喻劳者不获,获者不劳。

不难发现,常见谚语中的"鞋",一来指代女人和性关系,二来取其本意,日常生活里的鞋,虽然其中引出的深意是究其不尽的:如今看来是一种必需品,在古远的社会,只有富人才可以穿得起厚底的好看的鞋,不然怎会有"穿鞋人吃肉"呢?当鞋子成了一件普及物,才提倡说要"穿新鞋,走老路",若是新鞋走新路,恐怕鞋会源源不断地流出,路却走一条少一条了,毕竟人是只有两只脚的,人口过多,路也变得拥挤;什么?我听到您说的了,动物穿鞋这事,我是万万不会赞同。

　　每当看见一只泰迪的毛发被剃成平整光滑,脚上哒哒哒哒还蹬了4只鞋子,就觉得动物的灵性被束缚住了。乡郊野外才是它们的家吧,有如把它们设定成人自己喜欢的娇滴滴样子,何不放手让它们恣意奔跑于山间草莽呢?殊不知,脚上的鞋子,着实成了大束缚呵!才不是舒服哩!

　　谈毕鞋文化,翻看着古往今来的鞋图片,包括少数民族的鞋子,不禁喟叹古人的玲珑心思,现在的艺术家在哪里?前些日子去西塘古镇,买了水乡特色的蓝布棉衣和绣花高筒靴回来,姐妹们都大赞工艺精致,鞋子秀美。回来研究鞋文化时,看见一幅名为"清代王子靴"的照片,鞋面是青花浸染,犹如陶瓷古朴大方。刚买回来的布鞋是北京汉武的牌子,不觉惊讶二者如此相似,古人不在,要不然这侵犯版权的事,定是要打官司的,何况已经全国连锁。设计是个性化彰显的事,沿袭了古人的模子,却失传了那一针一线的制法,貌合神离,讲究凑合,好像也成了大众文化的特点。不谈,二十四岁,还轮不着我发言;坚持自己喜欢的,尽力做好所爱之事,一直是我奉为圭臬的,如鞋文化。

张馨月 / 去清江浦的路

清江浦是不用特意去的,出了家门,绕过一个大运河广场就是。

这些年旅行惯了,长假小节,背着包打张票就走。比起名川大山,还是美食圣地更馋我的心扉:欲了解一个城市性格,必先尝这一带的吃食,就好比去重庆,你可以不读虹影,但绝不能错过麻辣小火锅。嗯,火锅是红遍了大江南北的"名角儿",但清江浦的美食,还是待字闺中的女儿家,你未必尝过。

清江浦呵!具体也说不清是哪,老人们恐怕会不经意地一指:哎喂,那一带就是。乡音里饱蘸着骄傲,绵长且不浓稠,像清音。而我则是先喜欢上"清江浦"这个名字,一厢情愿地认定它是女儿家的闺房名字:个个都沾染了温软的水气,依傍着人来人往的运河,出落成灵秀亲昵的邻家女儿。

可不是!去清江浦的路上,你看到的不是高楼大厦、烫金招牌,而是青砖灰瓦、飞檐斗拱。街巷的道路,并没有为了拟古,做成青石板路,就是自然的样子。两侧呢,一边是名扬天下的淮扬美食一条街,另一边则是承载几千年风雨的城市文化馆。身处闹市,却闹中取静,要不是听人说,我还真不敢相信,这里曾是明清淮安城中最热闹的商圈。原来啊,自明永乐年间,漕运总督就置在淮安,清江浦也随之开始兴起;加之淮安盛产"井盐",当地的人们就地取材、生活富足,日上两竿前,就打点好了一天的生计。由此一来,清江(淮安古名)也进入了鼎盛时期,与扬州、苏州、杭州并称为运河线上的"四大都市",被白居易称为"淮水东南第一州"。

夸也夸足了,想必还是要端上有料的菜品,才能擦亮"清江浦之淮扬名菜美食街"这块招牌吧。

从美食街东门往西走,映入眼帘的首先是路北侧的"御马头食府"。据说这个店名,是依照不远处的康熙乾隆二帝南巡多次御驾的"御马头"命名;食府的招牌菜是蒜泥龙虾、金牌猪手等。话说这蒜泥龙虾,可算是金湖人的大发明哩!淮安有四县:盱眙、洪泽、金湖、涟水,这四兄弟中,盱眙龙虾那可是名声在外,尤其是十三香龙虾更是举国知晓。而淮安人嘴刁,不仅要吃好味,更关注佳品的食材,私下不用顾着情面,都称金湖龙虾,着实才更胜一筹。金湖是个小渔村,渔民们可以就着黄昏日落,"孤岛垂钓",亦可闻着袅袅荷香,

"荡舟采莲"。今夏又去了荷花荡,除观赏之外,那面积 800 多公顷的荷花荡,还养殖了大量的鲜虾螃蟹;湖区丰泽,水草茂密,所以龙虾养得肥厚肉紧。鉴定肥厚简单,只需看个头,而肉是否紧实,得掀起龙虾的"红盖头"才知道:肉紧的其实就是嫩的,在龙虾身的第二段,扭一扭,一捏,再一拉,可以拖出一整条肉,细香入味,滑滑的,有 **QQ** 糖的口感呢!而蒜泥只是去腥,虾的本味,方可显现,质好质坏,一尝就知道。食府的老板娘皮肤白细,腰板娉婷,那方言说得像苏州话,她告诉我,金湖人祖先原是苏州一富足的大户人家,为了躲避世仇逃匿至此。哦哟,咂巴着嘴巴,这手中的龙虾,似乎还真能品出一番"江湖"味道呢!

在"御马头食府"的对面,是淮安老字号名店"新半斋"。说话的伙计跟我差不多大,肚子溜溜圆的,可讲话的老派作风,让人疑似长辈。他拿菜单都不忘宣传,"本店创建于清末宣统二年,也就是 1910 年",我看了下价目表,心惊肉跳,幸好和家人同来,否则定是不敢下手了。菜品主营淮扬菜,其中不乏软兜长鱼、平桥豆腐这样家喻户晓的菜式。淮扬菜的特色是清淡,连主食都是,比如这家的汤面饺。别处的饺子,都是剥离水盛上来,然后蘸着醋吃;这里不同:饺子馅做菜,面主打,浇上煲好的汤汁,一起呈上。面,是"杠子面",是手工揉的面团,棒打敲击制成;再切段拉成细长条,煮好的面,细细长长,根根劲道,很有咬劲,又不像上海高庄馒头那么硬。这老店还有一段佳话:1949 年新中国成立的时候,周恩来总理邀请了该店的名厨参与了"开国第一宴"的制作。哈,周总理也是淮安人,我猜想,他是不是也到过新半斋,做过食客呢!

继续往里走,诸如此类的名店数不胜数:"兴盛园"的蟹粉狮子头,也绵延了一百多年的历史;震丰园的大馄饨,是按个卖的,早年在物价没涨之前,就是一元一个;而爱吃的淮安人,还是蜂拥而至,端着家里盛汤的保温钵,穿着棉袄缩着脑袋在寒风里翘首以待;更不用提——那从淮安楚州平移过来的"文楼汤包",虽创建于公元 1828 年,倒觉得格外亲切。仅为那一句"十月蟹子黄",小时候最期待的就属国庆节了!那蒸好的汤包,先用吸管吸汁液,浓厚的汤汁中有鲜的蟹黄、骨头汤的肉糜;不急,待汤包被吸瘦了,这会儿再蘸着醋,将包子一整个都放入口中——哇!还能吃到蟹肉哩!

话说啊,这名店大菜,多的是宾客宴请,而街边小吃,才是孩子们喜爱的吃食。跟着孩子走,才是会吃的主儿,不然定会被名字蒙骗:那鸡丝辣汤可不辣,而是出了名的鲜,不比山东的胡辣汤那么浓稠,以鸡汤做底了,海带丝和干丝就显得尤其爽口;脆皮臭干并不臭,而是外酥内软,咬起来"嘎吱嘎吱"可香啦!唐记臭干老板乐哈哈地吆喝着:"臭干?不臭!臭干?香咧!"他有意地睁大眼睛,脖子一伸一缩,像是表演,引得孩子们纷纷学舌……晚市一出来,这儿就一改白天的清净,成了平民小百姓的天堂。一家三口,顺大运河广场散步至此,吹着晚风,三五元钱便可果腹;欢声笑语窜走在街道上,华灯初上,光影交叠,扮靓了整个清江浦的夜空。

民族饭店对面,有个回族人开的露天烤肉铺子。老板戴着回民特有的方口小帽,留着两撇小胡子,明媚的炭火映着浓黑的粗眉,格外精神。他递给我烤好的十串羊肉串,浓眉向上一挑:姑娘,尝尝,亚克西!

我被他逗乐了,"嘿,叔叔,你喜欢这吗?"

"不喜欢怎么会待到六十岁还赖着不走?!我是爷爷咯!哈哈,清江浦,亚克西!亚克西!"

董源源 / 兵荒马乱的 2012

　　董源源，女，1989 年生于新疆石河子。本科就读于江苏省淮阴师范学院，硕士毕业于复旦大学创意写作专业。

　　一直不知道自己该做什么工作。很迟的一个夜，和久未见的朋友网上聊天，谈起自己的生活。冷不丁他问起我，你还记得你十七岁时候的梦想吗？我沉默了很久，在键盘上打下一连串省略号。他对我说，要不你去看看那年你写的日志。我打开了久没开启的页面，一页页翻了过去，直到翻到生日那天，大大的标题上写着：长大了，我要当个美女作家。我已经长大了，可我想我永远也说不出这样一句话了……

　　现为河北电视台编导。

2012 年有这么几件大事,美国总统奥巴马继续连任,莫言成了中国第一个获得诺贝尔文学奖的本土作家。2012 年还有点小事,坚挺的房价整体走势依然没有回落的趋势,租金价格比去年高了 10 个百分点;而高校的毕业生规模达到 680 万,研究生比例比前一年多 2.5 个百分点……这些或大或小的事,似乎都和我有不多不少的一点点的关系。

—

今年我 23 岁。忘记哪个名人说过,23 岁是一个人最好的年龄。

23 岁,在这个看起来很青葱的年龄里,不少人干了点惊天动地的大事情。公元前 239 年,23 岁的秦王嬴政在雍都加冕,亲自执政;723 年,23 岁的李白经三峡到江陵,开始他的游历生活,作《游峨眉山》;1664 年,23 岁的牛顿用了 10 个月的时间发现了光学力学理论;1964 年,23 岁的史蒂芬·霍金向 21 岁的简·瓦尔德求婚。一年前他被诊断患肌萎缩性侧索硬化症,据说只能活一两年。这场婚姻改变了他的一生。一年后他被剑桥大学授予博士学位。他的研究表明:用来解释黑洞崩溃的数学方程式,也可以解释从一个点开始膨胀的宇宙。而我的 23 岁呢?

生活对于我来说,像一层层向上的直通楼梯。上重点中学,再到读大学,再到上一个不错的研究生。我并不聪明,但还算努力,外加一点点的幸运,侥幸地没有在这一轮轮的游戏中淘汰下去。游戏?是的,游戏。时间久了,我越发地觉得这一路上所有的考试,走过来就像是我少年时超级爱玩的超级玛丽,你必须极其努力地吃掉蘑菇积攒能量,打掉老怪扫除障碍,稍若放慢脚步,只要时间一到,随着清屏,到了下一轮你就只能消失,只能再次地重复一遍上回所走的路。而别人则会在新的一场关卡里,领略你所无福消受的风景。

其实来到上海进入这所学校读研,真有点匹配出我能力的好来。两年前的这时候,我在校外租的一个小阁楼里奋力准备考试的时候,压根只是觉得自己在虚构一个缥缈的梦。每晚,房东太太和她的胖女儿嫌我亮灯影响他们睡眠,而奋力关门的时候。从声嘶力竭的解释,到关上灯的漠然,我都感到了一种无力感。我有种恍惚的感觉,似乎很快就无力再坚持这个游戏了。关上灯,我看着冷气一丝丝地从四周的隔板空隙里穿梭出来,眼前密密地织成了一个巨大的白色网络。我突然就觉得我一定得成。晚上我打电话给睿睿,我说,我觉得自己不能待在这了,如果这次我考不上的话,我就从楼上跳下去。第二天,他就出现在我面前,直到勘测了我房间的地理位置在二楼之后,他长嘘了一口气,"你就这么点出息。"和房东太太唇枪舌剑地过招之后,回到小屋,我们就莫名其妙地成了一对。从高中的同桌,到大学在一个省上学,恍恍惚惚地在考研的时候,我竟然接受了这份感情。我一委屈在电话那头哭泣,他就劝我,"别折腾了,回去找我爸,挑最好的学校当老师。"我知道他爸是教育局局长,能给我安排份蛮好的工作,可我不愿这样。他继续说,"不读也罢,没工作,每天早上我们就一起送报纸,然后你看你喜欢的书,写你想写的东西。"那一刻,我真真地感动了,我想我一定会嫁给这个人。

好在，我终于如愿地考上了心仪的学校。刚来这里读书的时候，每天早上我睁开眼睛，阳光越过窗户洒在珊瑚绒的毛毯上，我的心底，就会绽放起无数朵小花，生出了无限的美好来。我可以继续学我喜欢的中文，除了此刻的幸福，我依旧拥有的是爱情。于是，我觉得，自己成了世界上最幸福的人。

穿着卡其色的毛衫，橄榄绿的裤子，再蹬一双橘黄色的小鞋。骑着车子在校园里赶去上课。课堂上，我总会认真地盯着老师，睁大眼睛，却一刻也管不住思绪的跑神。这些本该在书本上出现的名字，原本离我遥远的人事，怎么突然就在我眼前动了起来。可我是有着自己的骄傲的，在波澜不惊的面部表情后面，我最多的动作是用左手狠狠地拧自己的右手手背，提醒着自己收回心思，保持镇静。以至于，最初的一个月下来，我右手的手面上，终日是一块久久不能下去的红。最初，睿睿还是经常给我打电话，一年前的考研，他失利了，回到家继续准备，不过没事，我想我们年轻，我依旧可以等他。想想也是奇怪，来上学的时候，在车站他给我说了一句莫名其妙的话，不管走多远，他都在原地等我来着。真傻，每当我遇到令我兴奋的事情都会告诉他，今天见到了哪个作家，看了场音乐剧，听了场交响乐，他总是应付着在电话那头哼哼着。他的反应先不能让我满意，发现的多了，我就不再提这些事了，只是有一茬没一茬地问些无关痛痒的问题。同样的话题重复多了，他所有的生活都像一张图谱一样清清楚楚地画在我面前，上午 9 点起床看英语做政治，中午 1 点要去帮奶奶买菜然后吃饭，下午 4 点去健身，然后看专业课，晚上 9 点半准时给我打一个电话。后来连买盒麦丽素都列入我们讨论的话题。聊多了，有时候就觉得有些漠然，也许过了热恋期了人都是这样，解决问题的方法很简单，减少点电话的密度和长度呗。

说忙也忙，说不忙也不忙。能继续读书的日子真的看似天堂，我没见过天堂，可我知道，晒晒太阳，读读小说，和朋友商讨着书本里人物的命运，再到蛮有野心的，写写画画希望能建立起自己的那么一个世界。相对于家的位置，我把这里叫作南方，一年四季你看到的树木，总是绿油油的，在这绿油油中，时间悄无声息地静止了，让人忘却了它的流动。

二

不知道为什么，临近硕士毕业的日子，唯一生活的高兴，只有睿睿终于到四川开始他的研究生生活。而我的大多数日子只有莫名的烦躁。在父母的心里，我似乎应该继续地读博，读了博就会有希望能够留在一所高校，安稳体面地生活。可我却不这么想，其实不是不想继续读书了，而是从小到大，听到最多的评语就是听话。真想脱离下爸妈的计划，活得有点新意来，于是我还是打算找份工作，一份能实现自己的工作。

谈到实现自己的工作就必须来说说理想。我有很多的理想，比如说幼儿园的结业典礼上，我当着全班面说了我想当妈妈的理想。这让坐在后台的妈妈在哄笑声中，把我拽下了台，格外没有面子。上学坐公车上学，我的理想换成了当一名售票员，拿一只两头都能写字的笔超级神气，可后来公车上都无人售票了，这个理想就泡汤了。接着我想到，要不去天桥上摆地摊卖衣服，价格不贵，我却可以穿很多种好看的衣服。这些理想在大大小小的镇压下结束了它们的生命。当然我也有过一些很高尚的理想，比如说我上中学的时候，最大的理想是当一个像居里夫人的物理学家。中考的时候，我物理还出其不意地考了个满分。我爸爸终于觉得我成功开化了，于是超级乐呵地在我不足八平方米的小房子里放了一张巨大无比的居里头像。可高中一入学，我的物理成绩就一路下滑地覆灭了。大人们都不知道原因，因为初中物理老师天天会换漂亮的衣服，而高中一入学就换上了一个秃顶的老头，每回只要坐在第一排，他就会指着我的脑袋说，"看这个球体……是这样转动的。"我烦透了他那双沾满烟味的大黄手。物理一夜间就成了我的噩梦。终于熬到高二我便急匆匆地冲进了文科班，当然也告别了自己的那个梦想。当然还有些理想，我从来不会说出口的。能守住不说出口的就是真正的理想，我怕说出来别人都会回我一个发神经的眼神。可我在秘密的角落里，挖好了树坑，一遍遍地往里说着我的理想，再悄悄地埋上。我希望长成参天大树的那一天，一阵风吹过的时候，树叶就会发出刷刷的声音，能够诉说着我所有的梦想。

　　好了，还是说一个现实的理想吧，那就是当个老师，这是我和父母妥协下来，唯一能往前走的方向。我爸爸当年能放手让我学中文，多亏了一档《百家讲坛》，他希望我能和于丹那样出现在电视上，然后他告诉所有人说，这是我女儿。读大学的时候他在我书包里塞了全套的《百家讲坛》。可我在电视上看过几眼，加上我也学了那么一点中文，说的对错不说，没出息的我永远无福消受别人众多的注视。作为一个智商不是很高的姑娘，我深知自己最大的优点就是自知。我的理想是当一个老师，最普通的那种就 OK 了。要放以前，父母绝对不会同意，看我无可救药地堕落下去，他们还是答应了，好在这毕竟这是上海呀，上海的中学老师。

　　我挺庆幸自己能找到中和的办法。合了大人的心，也如了我的愿望。

三

　　愿望仅仅是愿望，到了实施才发现，有着相当的难度。

　　好歹也在不错的学校读了个研，好歹也没怎么荒废光阴地在读书，好歹该考的证也都考过，好歹也参加了不少教学实践，好歹……

　　不说了，我参加了很多次的招聘会。大多是纠结在户口的问题上，进展总也不大。

　　我就没想通，我不要发大财，做高官，也不在乎钱多钱少，只希望留在城区里当个小老师，有这么难吗？在城区有这么多好看的花衣服，有这么多好玩的地方。我可以穿得体体面面地当一个大孩子王，我喜欢孩子，也爱这份工作，怎么就不行呢？这理想真的有这么高吗？高，总有人说理想太高。

　　大学同学小小陶，给我发了个微博，内容大概是哈尔滨有 3000 多个大学生应聘 10 个有编制的清洁工的岗位。说什么贪图体制内。我真真地翻了脸，我不知道别人怎么看我的，我就想做自己喜欢的事情，在一个我喜欢的城市里，安安稳稳地留下来过日子有错吗？小小陶，大学毕业后回了南京，在家里安排下进了学校做了一小老师。每回她最多的慨叹是，真不应该回来，出去看看就好了。她对我选择这样的道路，给了最多的回答就是否定。我不愿搭理她，随你怎么看吧，心里却有点委屈。

　　受委屈的事，其实多了去了。第一场招聘会，投了城区里的一级中学。入学前户籍签到了上海，就填了上海。一个戴眼镜的女老师，低头看着我的简历，把眼睛从眼镜框翻着往外看。"上海，你户籍是上海吗？""嗯，我们签的是集体户口呀。"紧接着她把手指迅速地在我眼前比画，"那也能填上海，你这姑娘不诚实呀。"我赶紧说明自己不知道。她更是怒得从凳子上蹭地窜了出来，"你可能不知道吗？就知道狡辩。你们这些小姑娘呀，以为我不知道呀，别以为自己精明呀。给你填一张表吧。"说着就扔了一份给我。在一群人的眼神里，我红着脸从人群中退了回来，我尽量保持着身体的笔直，我知道我不能哭。填完表，交给她的时候，她看了一眼我的名字，"记住你了，回去等通知吧。"

从招聘会上回来，我给睿睿打电话，没打通。这半年他似乎都不怎么接我电话了。只好一个人顺着立交桥走，越想我就越委屈，哇的一声，索性就哭出声来，我才不怕呢，反正这么大的城市谁认识谁呀。一会睿睿给我回了电话，我早已没什么诉说的心情，随便应付了几句就匆匆挂了。哭得窜了一肚子冷风，我就靠着栏杆擦眼泪。立交桥下车来车往川流不息地在我眼前晃动。转过身的时候，才发现一个卖饰品的藏族女人盯着我。"小姑娘，别哭了。怎么了，买个东西吧，心情就好了。"寒风里，虽然裹着头巾，女人的脸还是冻得红通通的。我想，她在这个城市已经生活很久了，脸颊上的黑慢慢地退却，还有了点白润来。只是从外表上还保留着少数民族的特征。我蹲下来，开始挑，红红绿绿的彩色珠子看得人眼晕。"试试这个。"早晨刚开张的生意，女人显然很用心，最后我花了十块钱挑了串绿松石的手链。我转身走的时候，那女人又追了上来，"小姑娘，告诉你这颜色是染的，洗手的时候要取下来，可你别给别人说呀。"我笑着点了点头。

"是不是想干两年跳槽就走呀？"

"你真喜欢这个职业？"

"是不是想要户口？"

"很抱歉，男生更适合这个职业。"

一个月我听到了太多的质疑……每个人都觉得自己很聪明，其实……也许真的没太多这样的想法。不自觉地我觉得我的心从一棵亭亭玉立的杨树，变成了一株垂柳。要不是还有课业，有时候我真有点想回家，随便找份工作干干得了。

四

"日子还是要过的，总不能找不到工作又什么都不干了吧。"这是小黄告诉我的。小黄是我的室友，一个浙江女孩。她有一颗巨大无比的脑袋，她说这里面装的东西叫作智慧。每回她说话的时候，我都会盯着她光线下白得闪闪发光的皮肤，生怕她张牙舞爪的比画，会让皮肤上那些蓝色的血管冲了出来。于是，我们一起安排着自己除了找工作之外的大把时间，以免耽搁在了胡思乱想上。听说系里今年新留下了一个年轻博后，长得蛮帅的，就背着书包，扎一歪辫子，装得青葱一点的去听他给本科生上的课。课上讨论的是路遥的《人生》，先是几个学生念了下自己的作业。然后大家讨论，说到高加林离开土地，回来，再离开，再回来，自然会说到大家各自的人生选择。大家从实现自己的人生目标，到发挥专业特长说的都很好。倒是一个穿着粉色外套的女生说了一段话给我留下了很深的印象："不是我现在不愿意回去，我回去我爸爸妈妈也不乐意呀，自己也拉不下脸呀。所以我只能留下来，我相信除了眼前的当下和苟且，还有诗和远方。"诗和远方，这姑娘的一句话成了支撑我之后生活的至理名言。

　　还有的时间，我和小黄最多的状态是背对背地敲击着键盘，写论文。看真的要比下手写起来难多了。宿舍里四个小间，大家天天紧闭着房门，只是偶然才能听到一阵键盘的敲击声。家人朋友打电话知道我在写小说的时候，都觉得我发了疯。其实这是我专业，我的毕业作品是写一部小说，讲一个南方小姑娘到新疆和自己的男朋友经营一家玉石店，在一次车祸中男友断了腿，她必须独自一个人去山里和其他人三次进山一起采玉。路上遇到了一个建筑工人，然后产生了感情。在两难的抉择中，她坐了火车去了远方。其实这个故事里的主人公有点像我自己，只不过地理位置发生了些许的改变。在相当长的一段时间里，我觉得自己没有烦恼，而在一次次不得不面对的选择里，却陷入了如此之大的困境。我蛮喜欢这份工作的，抬手哗哗一写就创造出了一个新的世界。据说写作的最高境界是可以保持一种匀速的运动，我妄图每天匀速地推进着我没什么意义的作品，在我世界观都处在崩塌边缘的时候，真不相信这小说还有什么可以进行下去的意义。论文写了一万字，就彻底地搁浅在了电脑里，成天在网上刷微博，八卦、社会现象、政治什么都看。某天，看到张海迪移民日本的消息，顺口说起："海迪姐姐的户口都到日本了。"背靠背打论文的小黄就转过身来，惊呼一声："户口，那叫国籍，你被毒害得有多么深了。"原以为自己要忘记了，其实有些事情打心底还是那么的在乎。

　　几个人约着去看音乐剧《水手之谜》的时候，除了避免不了地聊工作，最大的消息是知道萍姐去了新疆散心。时不时地听她讲着一路西行的见闻，她还发给我一张路过我家时候，看到拉着棉花的大卡车的照片，觉得心里一阵倍感亲切。听萍姐回来说了自己的故事之后，我也决定要出去一趟。

五

　　我看了看地图，11月的天气，最理想的就是南下。目的地定在了广东。

　　当然不是白去的，如果说最让我回忆的就是高中的生活，而我最好的朋友就是老巫婆了，她刚回国，找了份瓷砖场的翻译工作，先要在佛山培训三个月，再转而去迪拜，和她留学的男友汇合。这三个月一个人的生活，让她心情欠佳，我刚好去看看她。去上海的时候，我想了想还是没给睿睿说，算了，最近不知道他在忙什么，忙得没时间打电话只知道发几个似有似无的信息，连我打的电话也很少接了，索性我也不再打电话了。我买了张硬卧票，火车开出上海的时候，我感到一种莫名的释放感。下车我背着书包在车站口张望，不是说好来火车站接我的吗，可一个人影都没看到，只有一个穿着蓝色牛仔衬衫黑短裤的卷毛女人，在我身边晃悠。我有点害怕，转身就走，她却猛然拍了我一下，我定神一看，才发现就是她，割了双眼皮，垫了鼻子，我愣是没认出来。见面的一刹那，我觉得她老了，隐隐看出了几条皱纹来。还没等我感慨，她就直接地蹦过来说："五年没见，你怎么老成这样了。"半天噎得我说不出来话，我老了吗？

　　老巫婆帮我提着行李上了公交，四十分钟之后，才终于到了她所在城中村里。这一片都是卖瓷器的。"跟我走，别嫌弃呀。"拿着行李上了七楼，才看到一小屋子，除了一张小床，没任何东西。连卫生间都没有冲水的，要到楼道里去接水。我去接水的时候，看到一赤身裸体就穿着一短裤的男子在楼道里打太极,见我招手说着"靓女"吓得我一身冷汗。"别怕,他叫犁哥,热情就是说话有点跑火车,习惯了就好。"

到老巫婆那的第一夜,老巫婆在里屋冲澡,我在床上翻小说。一会电话响了,我低头一看,老巫婆的手机上是睿睿的名字。老巫婆冲了出来,结结巴巴地说着我在她这里,又随便支吾了两声,就匆匆挂了。他不是忙得都没时间给我打电话吗,这到底怎么回事?我坐在绿色革板上,随手拿着身边的几瓶啤酒,边喝边木然地吹着风,11 月顶楼里还是闷热得让人发疯。老巫婆也不好说些什么,只好也陪我坐在地上喝。喝多了,话就开始多了起来,舌头在嘴里搅着打起仗来。没人知道我会喝酒,大学时候在小小陶家的时候,她爸是一东北爷们,来走一杯,不好推辞地喝下几杯,我才发现自己喝了很多却原来一点都不会醉。尽管发现了这一点,我依旧是装作不会喝酒的样子,女孩子出丑是件很丢人的事情。可现在我却后悔了,我怎么就一点都不会醉呢。喝多了的老巫婆,话密了起来,给我分析利弊,一不留神的几句话,才知道这一年里很多我没意识到的事情都在偷偷地发生着。

更悲哀的是老巫婆说起睿睿的事。我才知道在漫长的思念恋爱里,他已经不爱我了,追逐的过程太长太累了,于是他放弃了。他给老巫婆说,我们的生活正在向两个方向奔去,很难再有焦点。说实话,上海和新疆有两个小时的时差,他给我打电话的时候,不是上课就是有人,而我给他打起电话的时候,也不知道他在忙活着什么。有些难过的时候,想倾诉他不接;有些欢乐想分享,他也不接,再打回来的时候我就真没兴头再复述一遍了。再想想,我才发现他去四川读书之后再没给我打过一个电话,有时我会打几个,永远的答案是很忙。我一直没注意,想着刚去读研,负担想必很重。而我忙着找工作,少了些关切。终是不至于,情况发生成这样呀,他留给我印象的是考研时候每天站在我家楼下拿着一笼包子、两杯豆浆在等我。帮我拎大包小包的行李。在我的威逼利诱下,每回我们见面分别他在所有人的注视下,在地铁站里高声给我唱歌。考研结束,他来学校看我,半夜把房东女儿的自行车扔到了学校的湖水里,说是给我出气,扔完带上行李买上当天走的火车票,一路狂奔一路大叫。他什么都听我的,从来没给我抱怨过什么。我真不知道什么时候我们渐渐地疏远了,我没想也没多问,所有的美好抵不过短暂的分离吗?我想起来到学校读研的时候,车站他给我说的那句话,只要你回回头就会发现我永远站在那里。我不以为然地笑笑,可当我回头的时候,才发现那个人再也没有能够在原地等着我。我想也许,也许我错过了一个人。而之后的日子里,还会有一个人这样喜欢我吗?

那一夜我没睡好,没想清楚到底错在哪,总有一些事情一辈子也很难想清楚。但我们都不吭气,早早地上床,紧闭眼睛。五年没见,一米二的单人小床,我的半个身子探在外头,她紧贴着墙皮。夜里她迷迷糊糊地醒来给我盖了好几次被子,我背对她默默地数着,一共五次。我想是该放手了,在他不愿伤害我的时候,我就没必要继续不知趣下去了。在这之前的日子,我只是远离了爱情,而之后的日子,我认真地知道,这段时光光辉地画上了一个圆满的句号。

六

第二天一起来,我们俩都挺着黑眼圈,谁也不再提昨天的事情。我就忽悠着直接去宾馆吧,她也没怎么拒绝。一路上这家伙没离开手机,一直在查地图,我看得出来她很紧张,可还是走了很多很多的弯路。我有种模糊的感觉,这个人不再是以前我认识的那个瞎闹腾的老巫婆了,那个不愿意坐电梯,永远爬15层楼梯去上课,和我谈最大的理想是要拍一部电影,关于我们高中生活的,包管票房红火的人到哪去了。走马观花地去了越秀公园,夜游了珠江,准备去看天河缥缈的时候,才发现没有能坐公交车的硬币。我和老巫婆两人去换钱,走过一个十字路口还没看到能换钱的地方有点泄气了。直到听到有一流浪歌手在唱《好久不见》,歌声有点忧伤,吉他也不怎么在调上。唱完一曲,我放了10块钱,从他前面的帽子里换了4个硬币。他看了我一眼,伸出脑袋,我摆摆手又一路跑回了车站。好在赶上了最后一趟车,上了车,老巫婆突然问我,为什么不直接投一个10元呢。我倒真有点发懵,一辆空空的班车,我们和高中时一样不约而同地坐在最后一排,窗外是迷离的风景。下车东拐西转地还是没看到人工瀑布,看来是彻底地找错了地方,我们就坐在小水池边上,一低头,才发现最喜欢的一双橙红的小鞋在路灯底下张开了大嘴,没法子索性就一跳跳地回去了。

上下九,茶餐厅……最后一天老巫婆硬是让我吃下了一堆东西,到了火车站,还是有点早。老巫婆执意要送我上火车,我没回头,直到上电梯的那一刹那。我看见她还在那站着。我模糊地有种感觉此生很难再有相见年了。车厢里人蛮多的,下床的小姑娘比我还小三岁,眉眼间长的有点小周迅的意思,顶着滚圆的大肚子,甜甜地姐姐长姐姐短的,我意识到自己已然告别少年时代很久很久了。火车缓缓开出站的时候,我有点伤感,我本想在这次的寻找里,能够追回到十七岁之前的那些时光,可我失败了,静水无声的流淌还是改变了很多。我发了个信息给他一切结束了吧。很久很久,短信回了两个字:谢谢。

和小黄八卦起这段生活,吃的,玩的,还有爱情,我觉得自己轻松放下了。而我真不想承认的是,一个和你在一起的男人,原来有那么多不能忍受你的。而我其实也不能忍受的太多,比如说每年过年买饮料,他都要拿一个箱子分开装满。而我不是。他比一姑娘还喜欢上街。我觉得自己挺尊重他的呀,他却认为我特别自我,没有把他放在心上。小黄亮着她的大脑袋说,其实男人和女人有两条思维系统。比如男人关注的是整体,而女人关注的却是细节。我们突然一拍即合,在男女的世界里,绝对有两条运行不一的轨道。而我们只有在不停的寻找中,才能找到轨道相同的人。一拍即合,小黄用一盒寿司让我暂时忘却了这些。谁知道未来的轨道会怎样发展呢,别做那么多的预想了。我想我的那个人用我妈妈的话说,你婆婆在家帮你调理好他才给你呢。我一直相信我会幸福的。

我开了微信,每天早上我们起来,还是和小小陶、老巫婆他们说着自己的生活状态,然后开始干各自的事情,好像离开很久而又从未离开。我知道时间还是慢慢地扯出了一条遥远的距离,永远弥补不清的,在风里轻扬飘荡着。而现在这些都不重要了。

七

近了年末,听最多的话是,今年就业形势严峻,政策上的,高校不断扩张,培养方式过于理论化,学生眼高手低。分析永远是分析,周遭也没传来很好的消息。

从广州回来,我才真心觉得上海的好,老巫婆带我夜游了一下珠江,我却直打哈欠地提不起神来，比起晚上的外滩，这些繁华似乎吸引不了我了。还有呀，上海人把没结婚的女孩叫小姑娘，听起来就很顺溜，而广州人叫靓女，我听的就全身不舒服起来。上海的街头多见的是长飘飘的布裙，到了广东满城的短裤黑丝袜外加高跟鞋，真不是我的 STYLE，我倒真心地打算回到上海来了。难怪这个城市叫作魔都呢，我觉得这个城市默默地给我们施了奇怪的魔法，心甘情愿地期望留下，也许这个想法足够我努力一辈子的。

回来后的日子，我继续找我的工作，接到面的有三家，一家蛮有名的文学杂志，在没出门的时候，我看着一沓博士简历和出版的书的时候，我就感觉到自己已经败在了路上，不过我终于看到了传说中的爱神花园，在看到的那一刻，我感受到了麦兜所说的那种暖流，叫作感动。一家学校，杀下了一群人，挤进三面，最后的表现真的是差强人意，具体的就不知道。还有一家去广州之前投的县电视台，但最终还是没去，我还是希望自己能待在上海。起码在 23 岁的时候，我是如此喜欢这个城市，说到底，我依旧没有找到，23 岁的生活挺兵荒马乱的。但我冥冥中有种预感。在反复的折腾过后，总有一个大大的惊喜正在不远处张开手来拥抱着我。在今后漫长的时候里，我所能做的只有积蓄能力的等待与等待，等待爱情，等待工作，等待每一次的机遇。而现在我还是会努力地过好每一天的。

有时我还是挺怀疑自己学到的东西，诸如理想、未来和文学。不知道我以后选择的会不会和文学有那么一点点的关系。真正的喜欢是需要时间检验的。有时幻想着，如果坚持学了什么理工的专业，或许会给我带来物质上的优厚，我就可以早点让我衣柜添满各色的长裙，但是文学还是带我进入一个曾经所未知的世界，渐渐地在这个过程里，我一点点地建立起自己的规则，开始向内地审视起自己。也许文学真是奢侈的，这是我在翻阅了一沓小说选刊，核实作家身份的时候，得出的一个结论。只有吃饱自己的肚子才能够去谈我所谓的理想。无论得了诺贝尔文学奖的莫言，还是开讲座时候在离我两米远地方的莫言，真正的喜欢还是因为，他是那个讲故事的人。我越来越意识到，在我心底滋长的那棵树上，唰唰响着的就是这些文字的声音……我希望它能一直一直地响起着。

青春这件事情，真的很紧迫很紧迫。尤其是在上海的这座城市里，就像暑假在一家报社实习的时候，我从来没敢停过，如果走慢了一步，我就赶不上公车，接着是赶不上地铁，接着我就永远地在别人的后面。上班迟到是小事，人生迟到就是大事了。女孩子要知道起自己的好来，青春这事真是一过去就回不来的。我想起了简嫃说的那句话，"我必须要努力，要不我很快就会长大。"

小小陶最近打电话给我，约我从南京回家，一年半前她新买了辆车，把父母给的小房子重新装修了一下。想让我小住一下。或许以前我无法原谅她，但我想她也是希望我能快点找到工作，别心烦。看人要看本质，这也是小黄告诉我的。我想有空我会去的。小黄去了家报社实习，每天早上我迷糊糊地看到她一个背影，又迷糊糊地看到她回来，时不时给我带瓶酸奶，日子还好，只要有酸奶真让人满足。隔壁的陈小凡疯狂地跑了趟西安看男朋友，到了地方就又折回来，因为有场面试，希望结果不错。蕊姐姐在复习着公务员，成天戴着眼镜，悄无声息在宿舍里出入，闭关看书。萍姐从新疆散心回来默默筹划着她的大事业，准备自己单干。还有的呀，我就不大知道了，很少能见到大家的身影，只知道患难见真情，我们班默默成就了一对。

玛雅人预言着世界末日的到来，我静静地等着末日来临的那一刻，要是一起死了也挺好的，不就没这么多烦恼了。遗憾的是地球还没毁灭，日子于是还是要继续过。别人的生活，自己的生活。

午后天光真好，骑着单车投了场招聘会回来，我和陈小凡、蕊姐姐躺在草地上。我看见海蓝色的天空里，一大朵蒸气球一样的白云从天边飞过，变成了一座山，然后是一片海，然后不见了。

23 岁的我，真真就那么突然长大了起来。

韩 骋/女 孩

韩骋，女，爱文艺。钢琴、油画、摄影，滥而不精，难免有些无奈。喜欢塞着耳机，四处闲逛，喜欢上海的独立书店和诸如武康路一般静谧的街道。

我时刻都在图像、音符、纪录片中去寻求留存记忆的方式，而文字，会是最别致的那款。

在我的小宇宙中，文字有种恒温的力量，就如搁置在窗台的一壶茗茶，慢慢吞吐，慢慢飘香，慢慢打磨滴滴答答的雨露晴光，它教会我把沉积的时光稀释调匀，把恍惚的日子抽丝剥茧般细细吞咽，最后打开一扇能看见自己绯红脸庞的彩色玻璃窗，猛然发现那个躲在角落呜咽，迎着阳光奔跑，抑或是做着狂悖梦想的自己。这种将心情符号编录成往事索引的习惯，便是人生最大的富庶。

获复旦大学创意写作硕士学位，现供职于南京某省属机构。

　　从面包店出来,才发现外面下起了渐沥沥的雨,我收起脚步,三两下躲进店内,叫了杯热可可,又坐回临窗的位子上。观景玻璃像张瞳孔般渐渐晕开了水雾,聚集、升腾,汩胀起一颗透亮的泪球,它仿佛抖抖索索地抵着下颌,咬住泪,可还是很不争气地滚落下来。我用指尖的余温抹干一片,街道被雨淋得像幅幻影,若即若离地抽动绵软的身子,滋生出滑软的青苔。一个踉跄,顶着红雨衣的孩子就闯入了这黏稠的雨季,她玫红的胶鞋踩着淤积的污泥,迈着小心又谨慎的步子,深一脚浅一脚地踏进街道的拐角。我抹开整块玻璃的水汽,将脑袋抵在玻璃窗前,她一直向前,却终究没有回过头来。

　　她的脚步带着某种隐约的刺耳,走向我。我撩开迷雾,看见她疲倦的双瞳淹没在蝉声如雨的巷口。

　　现在也只能是偶尔翻阅旧相片,才会看见爸爸年轻的风华,把我扛在肩头,穿过密集的人流,游梭在秦淮琉璃的灯会中。世界再繁杂、再琐碎,孩子的眼眸中依旧是不畏乾坤的绚烂。粉嫩的手腕被紧握着,骄儿骄儿地轻唤。会倦了睡着,奋着脑袋听朦胧的耳语,会在恍惚间醒来,搂着他的脖颈,醉心于灯光火影下曼妙的河床。没有一处比那厚实的肩头更显安然,想着世界之大也不过如此,谁还能夺走孩子在爸爸肩头亲昵的权利呢。

　　后来由于工作原因,他常年在外,信誓旦旦地许诺他魔法师的灵气。真的就在某个大雪封门的夜里,裹着长袍的绿军衣,出其不意地站在门边,朝我脖颈里哈上一口热气,没等卸下包,就掐着我的腋窝,将我顶上了房檐。待洗去一天奔波的疲劳后,抱我团坐在膝头,翻一宿的画册,哼一晚的歌谣,絮一夜的梦话,直到我酣然入睡。时至今日仍恬念那个冬日,无论屋外有多么蚀骨的黑暗,浑壑的狂风,仍吹不灭心中的灯影,温存的记忆。即便它早已被光阴割裂成拾不起的碎片。

　　四岁那年的秋季,碰巧逢到他在家调休,屁颠屁颠地跟去机械厂房。满屋子污腻的机油味,缭绕在这个阴暗又嘈杂的厂房里,搅拌机团着漩涡,电焊棒冒着星火,天窗棂卷着灰土的脸。爸爸换上了藏青色的工作服,抱着我坐上操作间缓缓升腾的吊车,紧紧地攥着他,蜷坐身前,怯生生地探头张望,那些平日够不着的桌椅,锈迹斑斑的器械,车间阿姨头顶的辫花儿都尽收眼底,还有二胖那张傻呆的脸,我白了他一眼,哼,让你总扯我辫儿。我紧紧地抱着爸爸,依偎在他怀里。老爸帅帅地啃着半截生萝卜,清辣的汁溅落我满脸的酸涩,我抬起肥厚的小手打在他直挺的背脊上,他装出一副可怜样,哦哦直叫,一脸正经地恐吓我,打老爸的闺女往后很愁嫁。我被逗得嘎嘎直笑,甩着辫子说,一直跟着爸爸岂不更好。

　　那会儿,奶奶家还住在干部大院,他骑着28的老式自行车带着我走街串巷,我伏在横杠前,带着野孩子的邪乎,望着他硕大的脚掌交替地踏上踩高,歌声剪碎在稻田谷穗,芳香满径。街上闹腾地恰逢农庙会,我大摇大摆地把蓝色的猫眼链戴在手上,碎花的束发绳系在辫儿上,浑圆的酸枣塞进嘴里,他就跟在后面付钱,让我慢些走。跑得远了,就上前逮住我,一呼噜把我扛上肩。回来的路上已逢霞光垂日,奶奶家门前的桂花树开了花,香气扑鼻。爸爸抱着我站在水池边,洗净了手,跟着他一起摘桂花。那是一株银桂,开淡黄色的花,没有金桂的芳香浓郁,兜在手心才会有种若即若离的鲜香,三四瓣纤嫩的花蕊紧挨着,泛着茸茸的光亮。我踩着凳子摘,花很娇嫩,握在手心不多会就蔫了色泽,等展开握紧的拳头,就只遗下汗湿的晕香。爸爸将摘落的花洗净后放入大口的玻璃罐,用蜜糖水腌制起来,约莫一个月的光景,打开瓶口,淡雅清逸和着浓腻的甜腥味扑鼻而来。花儿退去了淡黄,经历了时间的熏染,呈现出雅致的褐红色,被这般蜜意酿出了汁水的甘怡。爸爸匀开糯米粉,搓成团,把桂花馅儿裹进糯米皮儿,米团在沸水中翻滚,涨得浑圆,浮在水面扑腾扑腾地冒泡。甚至连糯米皮烫破了嘴唇,我还一个劲地吮吸那甜蜜的负担,望着他呵呵地傻笑。

爸爸要回南京的那天早晨,他牵着我的小手送我去幼儿园,在路上我低着脑袋,嘤嘤地哭了一路。路上几乎没有行人,街旁的梧桐树干瘦得只剩下枯虬的树枝,它们也低着头看我,聊以沙沙作响的慰藉,我一仰头,泪水就在通红的脸颊划出一条温热的水痕,流到唇边,泛着涩涩的海水味,它一层又一层地把我剥离,带走身边微醺的暖流,我望着爸爸,泪水又疼疼地塞满眼眶。那条南北走向的长街像个回声廊,灌满了我拖沓的脚步和万蚁噬心的离愁别绪。到了门口,我终于趴在他的肩头大哭,爸爸当年安慰的话,现在已经完全忘了。只是我会惦念那次彻头彻尾地哭号,不是任性的无理取闹,不是虚空的矫揉造作,我真的真的不愿面对分离。

或许吧,女孩被呵护的感觉简单得就像一块伸手可得的糖果,一次撒娇哭闹就可以达成的夙愿,一种躺在妈妈怀中安稳的梦游,一个伏在爸爸背弯就是全世界的暖洋。而云淡风轻的日子就这样飘忽地飞快,恍惚间,又度一年春秋。谁的脚步在悄悄倒数,一点点地没收散落的光辉。谁,那么轻盈,如此无迹可寻地带走了孩子的欢乐。

五岁那年,能躺在妈妈身边许一个夜晚的安稳已成为奢望,通常是夜难成寐,摒弃凝神地听着爸爸房里的动静,蜷缩在浅浅的暗夜里。那些异样的声响,扭曲的鬼魅,都会在任何一个时间点发生。爸爸将原先的一切都错乱了位置,失了身份。他像挣扎的红鲶鱼上岸的无助,频频喘息,抽搐,口冒白沫。再小的房间也无法隐匿我的恐慌,爸爸扭曲的脸,起伏的癫狂,再不是发头热汗就可以醒来的梦境。妈妈托着他的脑袋,拥着沉赘的身体,掐点他僵硬的人中。我似乎已经忘了最初的恐慌是如何被平复的,这个陌生男人让我固化在彻头彻尾的悲凉里。现实就这样赤裸裸地摊在面前,以强烈的画面感把既有的坦途凿出凹凸的低洼,一不小心踏进水里,也不会有人理会,是迈开步子朝前走,还是撒手离去就在一念之间。

有一夜,爸爸抽搐得厉害,我频频向妈妈递上拧干的热毛巾仍无济于事。妈妈托着他的头,抬起眼望着我,她眼眸浊得厉害,快要把周围淹没了,绝望孤寂,仿佛陷入了迷途,忘记回家路的幼童。

"快去叫大人!"

她胡乱地、游离地向我嘶吼。我木木地杵在那儿,踮着脚够开了门锁的插销,啪嗒啪嗒地拖着鞋子,敲打邻家的铁栅门,没人应,我的眼泪就簌簌地下来了,带着哭腔,拖着鼻涕,左顾右盼地张望。爸爸怪异的抽搐声在身后鞭打,我抓住铁栏,使劲晃动门框。多希望这是一场梦,却始终没有醒来的机会。多年后,我依旧一直心悸于当时黑凉的楼梯口,写满广告语的墙面,蒙尘的细纱门,惨蓝的牛奶箱,它们对着我撕心裂肺地咆哮。门在打开的那一瞬,顷刻,汩着泪滴,哇地哭了出来,紧拽着邻居的衣袖往家里去。那晚全幢楼的人都冒着初春的寒凉将爸爸送到了医院。单位的大卡车停在巷口,妈妈在关上车门的刹那愣神地望着我,风吹落了她的耳语,我站在路口,哭干的泪痕迎着春蕾潜滋暗长,开始了流离的年月。

虽然表亲们对我很是照顾,却远不比家中来得自在。清晨醒来,担心会搅到熟睡的表姐,我睁着眼呆望着屋顶的霉斑,吊灯的黑钨丝,窗口那藏不住的光晕;热腾的饭桌前,瑟瑟地夹拣眼前的汤菜,改掉了碗边掉米粒的习惯,安静得好似一只被驯服的幼猫,生长期就抹掉了爪尖的锋刃;平日里,再也不会和其他孩子一样,逗留于放学回家的路边摊,因为一块橘子砂糖向大人撒娇了。踢着石子,倚在大院口,坐上石梯,等小姑叮咚的永久自行车,偶尔撞见脸熟的,就远远躲开,谁也不理睬。每当晚睡前,眨巴着眼睛,看见藏在窗帘后的半个月亮,就好想妈妈,不知她今天是否也疲惫得,不愿说一句话。

后来,不久便听闻了可以去南京看望爸妈的消息,而心头反倒莫名地揪生出畏惧,一路上寡言寡语。两个月的离别或许只是一段序言,比起未来的变化,那时的我甘愿一直待在滞留的时间里,隐藏在没有被裁决的幻想里。而浓重的药剂味终究还是扑鼻而来,我牵着小姑的手,踏上碎石印花的楼梯,推开乳白的门,病房煞白的墙面泻出门缝。爸爸头上缠着纱布,晕开零星的血渍,见我来了,愣愣地挤出嘴角的笑。

那是我的爸爸!

我扭头躲进姑姑怀里,不再看他,本该大哭一场的自己,憋红了眼眶。那个躺着的男人,何时才能再轻轻地用他健硕的臂膀环绕我,用嬉笑的鬼脸逗引我,用满脸的胡碴轻吻我?细细算来,那其实应该是女孩最后的私心、最后的奢望。往后,悄悄地就被时间偷走了孩童的疯癫,在啪嗒啪嗒多雨的五岁。

磕磕碰碰十七年来,再回首那场噩梦的时候,总会怀念那对停留在1995年的母女,妈妈经常会翻看我们三人1995年初去玄武湖的照片,她常念叨:"那时候,你爸身体还好好地,回来后不久就出事了……"惋惜、不舍和她错别小女人后千疮百孔的日子也只能在茶余饭后拿来自我消磨了。当年的一切摆在一个新婚妈妈和五岁孩子的面前,确实有些不堪重负。而面对跳跃的、毫无定数的明天来说,面对难以捉摸、无法掌控的前途来说,时间会抚平一切悲恸。生活裂开的伤口,让我看清谁愿意不离不弃地流着泪舔舐伤口,谁可以在风霜刀剑下与我相互依偎共生温暖。时间会记录它的轨迹,也同样会把曾经的伤口酿成胸口的梅花印。

现在仍会时常梦见,有个女孩,穿着长长的睡袍,怯生生地躲在光阴的褶子里,探出脑袋,在黑色的眸子里找寻通往光亮的坦途,岁月啊,请你待她温柔些。

韩　骋／梦里花

地铁坐到了老西门，原本计划去文庙看深衣展，误打误撞地进了梦花街。我大半是被这名字所吸引的，梦笔生花，有这番意味。

天气晴好，正逢晌午。老街弥散着茶余饭后慵懒的调调。红棕色的木板门呀开缝隙，逼仄的木梯，静候吱吱呀呀的变调。绸丝乳白帘羞遮住透亮的玻璃窗，帘缝间探出双瞳剪水的柔情，恍惚间，一袭阴丹士林的蓝旗袍卷走了半个世纪的姿色。我坐下小憩，头顶葱郁的爬山虎只消一缕，横亘于底楼的屋檐，绵延出一弯弧线，不偏不倚，恰到好处，迎着烈日的光晕吐露出老街的记忆。

巷口狭长，顶楼的晒衣杆晾满了花绿的衣物和床被褥，碰见粗心的女主人，就得绕着过，扑面淡淡的碱皂香让人觉得生活在挽留你驻足于她细微的毛孔里。水池边的少妇在洗刷碗具，池面布满褐绿的青苔痕，汩汩的水流声敲击瓷碗的边沿，梳理酒足饭饱后的顺畅。她与樟木椅上叼烟的老人有一没一地絮叨绵软的上海话，我算是很喜欢沪语的，都说吴侬软语，胜似燕语莺声。

我站在石板地上，想抓住时光的尾巴，回响上海几载烟雨几载愁的腔调。那些藏在树荫后娇小的窗口会在清晨迎来怎样的光影，隐匿着怎样的囡囡，藏着她怎样思无邪的率性，在弧形的窗台下，捧本书，瞥着文字念着心结。

临街的杂货铺，摆放着日常的生活用品，微湿的衣物晾在店铺口，偏西的阳光隔着荫翳洒下深橘的棱形光束。铺里的女人咀着把酸枣，店内供着一尊菩萨，香烛寥寥的熏烟肃穆又平和。店面还是信件的接收点，卡黄的信封、淡雅的明信片、各地杂样的邮戳，无论奔波了多少路径，终究汇聚在巷口的帆布盒内，等待着主人那双温暖的手掌。店里来买烟的阿婆，就着店主的火光，点燃了猛吸一口，与女人话起了家常，不时一阵唏嘘，聊以自慰，大概在感叹世事须臾的变迁。

从梦花街穿几个弄堂口就到了尽头。一个孩子像泥鳅一样挣脱母亲的手，朝我们跑来。母亲拐着个菜篮，肚子里挺着老二，刚喊几声就累得泄下气来，孩子回望她臃肿的体态，便撒腿跑得更快。但终究还是会在某个弄堂口被母亲一把逮住，抢上一巴掌，挤出几滴眼泪也便没了记性，乖乖地被母亲攥着。童年的身影在这里忽闪出气喘嘘嘘的疲惫。

　　还没走到梦花街的老菜场,路边就已是污水纵横了。杀猪宰羊的血腥气卷着鸡鸭鸽鹅的屎臭味,烂菜叶裹着黑绿的萍藻被人们利落的鞋跟踩成碎片,浮在黑红的油水里,孩子点着脚,夹在人流黏腻的汗渍里,消失在夕阳的余晖中。

　　日暮昏黄,夕阳把斜影拉得细长,傍晚的老街融着晚归的人流,少妇们撩洗米菜,升起了炉灶。回头路上,看见一面涂鸦的老墙,几个孩子哄笑着,勾勒出单线条的夙愿。

李 雷/**超越蝉鸣的孤独**

李雷,男,生于1987年,江苏省淮安市盱眙县人,文学硕士。2009年开始写作,主要从事现代诗歌的写作,兼事小说创作。现供职于昆山市烟草局。

现有组诗《十二月里的一把火》发表于《杨树浦文艺》,诗歌《最后一次了》、《迷失的一代》、《麦粒》等入选《同济十年诗选》(上海文艺出版社),《小鸟的宣告》、《夕阳、泥道、破屋》等入选《中国青年诗人精选集》(中国文联出版社)。比较推崇诗人策兰、米沃什、曼德尔施塔姆、茨维塔耶娃、特兰斯特罗默、希尼、卡明斯基、多多、翟永明、麦城等。

人类的私事藏于宇内，
蝉将扩音器隐匿于树木的茂密之中。

抵挡史上最炎热的夏天不是人类勇气的问题，
是哪一只遥控器打开了蝉鸣，
全世界都躁动不安。

比蝉鸣更喧嚣的声源也不是没有。
它们出生于工地，暴露于
机械声、锤打声、叫喊声一同发泄。

还有更大的喧哗出自雷声。
如果仅仅是雷声，人类会嫌弃这场喧嚣过于孤独。
雨水如期而至，才会撤销所有聒噪的祈祷。

李　雷／**周末放歌**

公路，一条延伸的拉链，
紧紧闭合着美色。
汽车，行驶的拉锁，
势如破竹，撕大了口子。
绿色遭受分离，排山倒海袭击着玻璃体。
你们像刚刚出山的小兽，惊呼着，
迷路，孩子们的幸福童年又回来了，
将夏日狂欢为春天也绝非不可能。
墨绿的湖面，平静的高僧，深不可测。
裸露的绿意，筛选着日光，一览无余。
"上坡路和下坡路是同一条路"，
将我们藏匿，又将我们曝光。
重叠的耳朵，悬浮着，在风中淘洗，
世界的声音进进出出。

董 旭／**伟大的艺术**

董旭，女，江苏省连云港市人，生于 1989 年。2011 年毕业于淮阴师范学院文学院，2015 年毕业于同济大学人文学院，获文学硕士学位。

从事戏剧戏曲学方面研究。多次参加国内重要学术交流会议，并发表相关论文《〈白雪遗音〉中咏剧小曲的戏曲传播初探》、《现代光照耀下的都市男女》。

参与科研项目同济大学通识教育（公共选修课）建设项目"三国志与三国文化"，已被评为"精品课程"。

北风开始肆掠之前，
树木割下自己的耳朵。

一片一片，比凡·高
还要残忍。许多年后，

人们高谈凡·高。
几千年了，无人
懂得伟大的树木。

然而，更加伟大的是，
它从不以失意者自居。

董 旭／时　间

我们从时间的缝隙里钻出。
唯有独白，也只能再现逝去的轮廓。
像离乡那样，辗转、停留、告别
一出出短暂的戏剧。
又如还乡那般，偶尔回忆起人生的
某个节点。
它们之间的重叠部分，筑成了皱纹。
如海浪翻滚，翻开崭新的一页。
也会有复辟，教会了我们如何
谦卑，缓和。
时间呵，一往无前的帝王，
我们无须以硬碰硬，更
不必以卵击石。

李文静／与鲁迅相遇

　　李文静，女，1988 年生于江苏省徐州市，高中毕业于江苏省运河中学。2012 年毕业于淮阴师范学院汉语言文学（高级文秘）专业，2015 年毕业于同济大学中国现当代文学专业，获文学硕士学位，现供职于徐州某本科院校。

　　喜好看各类图书，偏爱老舍、鲁迅、余华、苏童、莫言等作家。平时喜欢慢跑、羽毛球、乒乓球等运动，本科期间多次代表文学院参加校运动会。始终相信"态度决定高度"，一直在努力让平凡的生活变得充实。

　　清明赋闲于校，便和好友相约到多伦路的文化名人街转转。

　　这条著名的小街距我们学校并不远，出了地铁口走了约一刻钟，古色古香的街道风光便映入眼帘。"美女，朝左边看，哎对对，保持现在的姿势不要动。"循声望去，一位旗袍浓妆的民国俏佳人进入我们的视线，原来是对新人在拍婚纱照呢！刚想收回羡慕的眼光往前走，女子身旁的几尊塑像吸引了我，那个瘦骨嶙峋、略带笑意的"说话者"不正是鲁迅吗？他微扬着头，眉间似有心事，对面有三个年轻人探身朝他坐着，安静而信任地在听他讲着什么。这个场景让我遥想到几十年前，鲁迅怎样在他的寓所里迎来送往，鼓舞着文学青年和革命斗士们。

　　穿过狭长的老街，我们看到了后人仿造的内山书店，店门口立着谦卑迎客的内山完造先生的塑像，我忍不住上前和这位国际友人合了个影，重温他和鲁迅的伟大友谊；短发齐耳的丁玲"坐"在街道的拐角处，或许正是通过观察从四方走过的路人，她的创作中才会迸发出那么多灵感吧！一路走来，我们遇到了立于树荫后英朗俊逸的叶圣陶，以及持书斜坐在草丛里儒雅风趣的郭沫若……小街的每一个地方都氤氲着淡淡的文化香气，以至于我们每走一步都要向四周回望，生怕错过一处美妙的风景。这些作家们带给我们的震撼还未平静，一座更具神秘气息的寓所又出现在我们眼前。虹口区山阴路 132 弄 9 号，就是鲁迅去世前最后的居所，我们几次问路循迹，都与它擦肩而过，最后终于在热情的海上人的指引下，来到了这里。

　　红砖白墙，儿童在巷间嬉戏，乍一看完全是现代气息，但那方红墙上低调而郑重地刻着的"鲁迅故居"，又在向我们暗示屋里定是另一番天地。伴随着导游的解说，我们从故居的一楼开始缓步前行。整齐的桌椅，洁净的碗碟，墙上一家三口的合影，无声地向来者透露着屋子主人生活的点滴。来到二楼，我的心里不禁泛起阵阵涟漪，因为我一眼就看到了那张多次被众多认识鲁迅的文人所提起的躺椅。椅身已被磨得斑驳破旧，可以想见鲁迅曾多少次躺在上面，静默地思考。梳妆台、花瓶、大衣柜、莲花吊灯，这些溢满女性气息的家具一一告诉来访者，一向严肃苛刻的鲁迅先生也生活在凡人的世界里。他疼爱妻儿，还精通服饰搭配，并不是某些人口中不认人间烟火的冷血动物。

　　三楼专为海婴设的卧房也让人感受到了鲁迅的慈父情怀，这是整个居所采光最好的一间房。宽敞明亮，空间也很大，正适合年迈多病的鲁迅居住，但他们夫妻甘愿挤在嘈杂的小房间，爱子之心拳拳。正是"横眉冷对千夫指，俯首甘为孺子牛"的真切写照。

　　有趣的是，一位日本游客也走在我们五个参观者的队伍中，他虔诚地细看了房间的每个角落，眼里尽是庄重与崇敬。他用不太流利的汉语和我们交谈，语中透出对鲁迅的好奇与友好。走出旧居，他礼貌地和我们说了声"拜拜"，然后围着故居长久地仰望着，生怕错过什么。我和好友相视一笑，看来鲁迅对中日友谊所作的贡献，也是不容忽视的。

　　回校的路上，我们聊起了参观的细节，突然想起在一楼的橱窗里摆了不少旧时流行的玩具，像连环锁、小沙包、小自行车等等，有几个像是手工制作成的，其中大概也有鲁迅的"杰作"吧！想到他们父子二人在院中嬉闹的景象，我不禁一笑，如今他们一家三口重聚于地下，过得一定很幸福吧！

李文静／另一种生活

　　虽然奔波了一天累得连一句话都懒得说，但我还是忍不住要粗粗地记录一下这难忘的一天。

　　世上有一类人，他们的外形和同龄人没什么两样，甚至还要更魁梧、结实一些，但智力却在出生后的某一天停止了生长，他们和常人的差距在这以后慢慢显露，成为特殊的一群。我们在骂人时常提到这个名字："你白痴啊！"医学上给他们的称谓是"智障"。

　　第一次听说要去"阳光之家"开展慰问活动，我还以为去的是一个幼儿园或者残疾人团体，听到班长具体的介绍后，陌生和恐慌一下就涌进了脑海。在我所接触过的几个不正常人物中，大多是比较野蛮和呆板的，和他们交流不到几句我就不得不赶紧找个借口躲开，而马上我要面对的，竟然是一群大龄问题人员，还要和他们聊天、做游戏，内心不由得忐忑起来。尽管努力提醒自己保持微笑和镇静，但当"阳光之家"的第一个成员出现在我面前时，我还是下意识地退后了好几步。当时我满脸写的一定是惊恐和尴尬吧！我面前站的是一位阿姨，但她却亲切地叫我"姐姐"，还热情地挽住了我的胳膊。她看起来至少有四十岁，两个大而无神的眼珠子突兀地嵌在深灰色的眼窝里，像极了鲁迅笔下的祥林嫂；再看她的牙齿参差不齐地堵在嘴边，让我瞬间想到了鬼片中的厉鬼，完全不敢和她对视。她呢，丝毫不介意我怀有敌意的观察，开心地拉着我问东问西，还向我展示她刚刚做好的手链，这让我渐渐放下了戒心，反而为刚才自己的行为自责起来。

　　接下来我又遇到了几个年轻人，他们像孩子似的争先恐后地拉住了我，挽着我的胳膊做我的免费导游。他们你一言我一语地争论着，主动告诉我他们自己和家人的名字，有人还迫不及待地向我展示背十二生肖的才能……有好几个瞬间，我的泪在眼眶里打转，几乎要哭出来了，一种强大的生命张力深深地震撼了我，让我看到了自己之前是多么的愚蠢，多么的杞人忧天。我只把他们当成弱者来同情，却没看到在这片被外人忽视的小世界里，他们正创造着属于自己的另一种快乐生活。

　　回来的路上，我一直在想，这些成员的亲人们怎么会忍心把他们送到一个几乎被外界隔绝的小地方。后来，我突然想通了，在正常人都尔虞我诈的社会环境里，这些人的存在或许只会被别人所耻笑和捉弄，养育他们的亲人也会遭受众多的非议，并且承担更多的精神压力。但在"阳光之家",大家的智力相似,人人平等,唯一的争吵可能只是为了得到喜欢的糖果。他们整体上活得无忧无虑,还结交了不少的好朋友。这种生活在常人看来虽然简单、无聊,但对他们来说,或许是最好的选择吧!

孙茜蕾／**碎碎念二三事**

孙茜蕾,1989 年生于江苏省连云港市。本科就读于淮阴师范学院中文系。2015 年毕业于同济大学中国现当代文学专业,获文学硕士学位,现供职于上海市某中学。

二十三岁,我觉得自己老了。这个想法冒出后,照了照镜子,噗地一笑,戏谑地骂了自己一句神经病。

二十三岁觉得自己老,那三十二岁该怎么办?

相信时光会带走青春,但同样也相信时光会带来美好。

　　这个季节，街道梧桐、校园水杉的苍翠让多年生活在北方城市的我无从相信现已深秋。而待天暗下的时候，凉凉的空气逼退车水马龙的喧嚣，我方能真正理解"天凉好个秋"。

　　"空灵"一词属于夜晚，正如"疏影横斜水清浅，暗香浮动月黄昏"。喜欢在凉凉夜晚到楼下花园散步，听白发老婆婆给小孙女讲小草什么时候睡觉什么时候换新衣服，看父亲带着儿子跑步，女儿挽着妈妈手听着音乐快走，这样的静中有动，让我感受到生活的平和、美好。偶尔散步也会倦，便不再去花园。又不愿待在房间，便约朋友一起去 129 礼堂看看话剧、听听交响乐。有一个晚上，去听了德国汉堡 Christianeum 人文高中合唱团的专场音乐会。那一场演奏的是勃拉姆斯的《德意志安魂曲》，总指挥是一个高俊的德国金发男人。演奏前他介绍说，勃拉姆斯在创作《德意志安魂曲》时，失去了生命中至亲的两个人，其中一位是他用一辈子怀念的好友。

　　大提琴沧桑、沉重的旋律总容易让人的思绪游离在音乐之外。我想到了拉，曾经的好友。

　　我和拉的相遇，让我相信人世间存在注定的缘分。那是一个下午，我从市区搭坐公交回学校，恰好拉也乘坐在那辆公交上。我们并不相识，但同样的学校文化衫，让我们清楚知道我们来自同一个地方。因此在人际混乱的车厢中，显得亲切起来。印象中，相互还打了个招呼，有聊过几句话，但内容早已记不清。直到我转入拉所在的班级，在课间的时候拉坐到我的身边，跟我说："你还记得吗。去年夏天的一个下午，我们在公交上遇到过，那个时候我们都穿着红色的学校文化衫。"于是那年夏天的情景，就这样在拉的叙述中浮现眼前。也因为这样的一段过往，我和拉成为很好的朋友。

　　爱情，就是两个人在一起。如果在爱情前冠上"校园"一词来修饰，那就该有图书馆、草坪、单车。完整的校园爱情就是一切简单到快乐，快乐到美好，而拉却让我看到爱情的另一幕，恰如《第一炉香》里葛微龙的那般，"我爱你，关你什么事？"

　　作家创作的爱情故事常常惨烈到触目惊心，伤痛搅拌苦涩，即便阅读时心情郁郁，但合上书本便也只是作者写写、读者看看罢了。若有一天，同样的剧情投放到生活中，即便你是旁观者，即便对方与你无半分瓜葛，你也会为其感到惋惜、遗憾，甚至是悲恸到不能自胜以致去叫嚣生活的不公。我常常在想，为什么会出现这种现象。后来得到了一个答案：发自内心为他人的爱情不幸而难过，究其缘由，在承认人性本善的基础上，我认为其根源虽不曾有类似爱情经历，但在爱情领域之外，我们每个人或多或少，曾经都是一个 Loser。所以我们同情别人，其真正意义是同情自己。

　　拉说，她在读高一那年生了一场大病，常常在学校与医院间往返。没有什么朋友，课间的时候喜欢站在阳台边看整个校园。就在那个时候，一个戴着白色网球帽、背着网球拍的男孩走进她的视野。他是海吟，拉初中时的同班同学。后来她发现，每天下午的第二节课后海吟都会以同样的装束出现。每次站在阳台边她都会找寻海吟的身影，找的有些刻意，见不到的时候就会平添几分失落。拉一个人将这种"相遇"坚持了很久很久，久到她自己都不知道到底有多久。而她的日记本首页却多了四个字,她精心描绘的四个字:且听海吟。

女孩子总是这样,决定喜欢一个人的时候,因为在意,常常把许多事情弄得刻意,在不自然中让自己变得身不由己地慌神。拉说那个时候,因为海吟,她活在盼与失落的循环中,忘记了高考,忘记了身体的不适。只是在心里深切地思念一个人,待与之见面后又选择沉默不语。她默默地为海吟做了许多事,在他感冒生病时递上感冒药,为他整理整个学期的英语笔记。虽都是小事,却每每投入百分百精力。后来,拉跟海吟告白,海吟拒绝了。他说,以后我是哥哥,你是妹妹。拉说好。在这样一份兄妹友谊的包裹下,拉持续着对海吟的喜欢,比以前更加艰难的喜欢。

读了大学,他们之间的距离跨越了两个省份,即便是乘火车也需要两天一夜的时间才能到达。距离虽远,拉却每天都惦念着海吟,似乎还是高中,他们还在一所学校。每一个无法忘记,都会有无法忘记的理由。那个时候我们都不明白拉为什么忘不掉海吟,直到海吟有了女朋友,她还是喜欢海吟。她说她要去看他们,看他们过得好不好。从不跷课的拉跷了课,买了票坐了两天的火车去了他的城市。在去之前,拉说去是为了告别,看到他们过得幸福,她就会死心。可是回来后,却说,从此以后她要喜欢两个人了:海吟和他的女友。那个时候她会哭,问我们为什么先认识海吟先喜欢海吟的是她,陪在海吟身边的却是别人。

大学毕业,原以为繁忙的工作会搁浅拉的少女情愫,却有一天,收到拉的短信,说她联系不上海吟了。再后来,接到拉的电话,海吟走了,永远地走了。

在海吟走之前,拉请了假,用两个月的工资买了往返上海的机票。到医院的时候,海吟因为化疗整个人枯瘦得如同槁木让她心疼地总忍不住流泪。我问她,海吟的女朋友是否去过医院。拉说,那个女孩在海吟刚住院的时候去过一次,后来就只有电话。即便是电话,往往也是在抱怨什么。再到后来,那女孩忙着自己出国的事情便无音信了。拉说,她不喜欢那女孩了,海吟病得那么重,她不懂心疼却要海吟反过来安慰她。

我常常想,那女孩是真的喜欢海吟的,她不常出现,是因为她害怕面对心爱男友病重的事实。她常抱怨,是因为她习惯了海吟对她的宠溺,习惯了去依赖海吟。是的,我愿意相信那女孩是真的爱海吟,而海吟也接受那女孩爱他的方式。若不然,在爱情上,海吟岂不是如拉般。

世间的感情大多是千疮百孔的,就事论事,他们也只能如此吧。

在拉要离开上海飞回重庆的时候,她与海吟握别。海吟握她的手很紧很紧,眼里含有泪花。他说,如果当初在一起……海吟的妈妈听了,劝道:"傻孩子,等你好了,把这媳妇娶回家……"

海吟走了。拉始终记得那句,"如果当初在一起……"我也常常会想,如果当初他们在一起。拉说愿有来世再相遇,却又说海吟早走那么久,即便有来世他们也不会遇见。

愿在另一个世界的海吟安好。

人生若只如初见,可爱的莫过于萍水相逢般。可几人又会将真感情、深感情投给萍水相逢之人。

来上海的一年多,见到许多作家。他们写着不同风格的文字,但在提及爱情与婚姻时,却有一致性的回答:爱情在左,婚姻在右。对于他们的话,我没有想过要去相信,也没有想过要去怀疑。人的经历总会有惊人的雷同,但我更相信在雷同背后会有不一样的特质存在。急于回答的那个问题,可能你用一辈子找寻也不会得到真正的答案。爱情是什么,婚姻又是什么,可能两者本身就是一个伪命题。因为拉和海吟,才懂得这个世界有些东西是你永远无法告别的。看到爱情此般不如意,生死更是无法跨越,愈发觉得浮生可爱,活着真好。

人性本身复杂,待天黑时,路尽了,罗愁绮恨便也睡了。罢了罢了,却又心有不安。

有一朋友,长得美丽,虽称不上惊艳,但人群绝对无法将她淹没。初见时,她坦言经历过几段爱情,累了,只想找一温和人过余生。一年后,她在德国留学交一男友走遍欧洲。回国后,她母亲对其男友很不满意,生气之下逼她分手,否则将和她断绝母女关系。忽略其间事情发展的曲折过程、种种误会,父母养她二十几年,总不愿意寒了父母的心,便与男友说好分开一阵子。关了手机,不再上 Q,电邮也不接收。短短几个月,下巴变得尖瘦,见面后朋友都以为她在国外做了基因改造。为伊消得人憔悴,原不是唬人。

从没想过父母会成为孩子的对立面,换作是我,也会让步、妥协。

最最苍白的是安慰,最最无力的是劝放下。

朋友哭了。她说她答应妈妈分手,可是却无法放下。她怕错过,她不愿放下。她给我讲了一件事,这件事成为她想坚持这段爱情的理由。

她去参加外公的葬礼,去之前认为外公九十多岁了,高寿离开外婆应该可以平静接受。可是她看见外婆流着眼泪亲吻外公遗体,吻到泪流不止,紧紧抱着外公遗体不肯离开。而那后,外婆更是常常穿着外公的衣服,坐在地板上,伏着床沿,头枕在外公生前睡觉的地方,自言自语、流眼泪。八十岁的老太太平日精神矍铄,现在嶙峋的身骨愈发凸显老伴衣服的宽松。魂是跟着走了,几天之间,老得恍如隔世。

她说:"爱人,就是有一天你失去他时,你会痛到撕心裂肺。生,你可以和他生活在一起。死,你可以和他埋在一块。与他生死相依,你才会觉得来人世走一趟不觉遗憾。"

爱情不是方生方死可以道尽的,而人又岂可以用顽梗和技术主义甚至是数字主义去操控感情。

上帝造物,留光影、形线于人世之间,而一切有生终将陆续失去意义。在书中读过这样一句话:太多的关注感情,人性就会少些高贵。人生须臾,还是铭记先人之道,做一虚烛,返照人生吧。

孙茜蕾／舀起一池回忆

"倘若这个世界还有原先，还有旧时的月色，还有过去的时光，这个地方便是江南。"这是茅盾先生在《故乡杂记》里写下的一句话。故乡，每个人的内心都会有这样一个满载着自己原始成长记忆的地方。

十九岁，两个半小时的车程，将我带到另外一座城市。大学，从军训时的百般劳累到毕业季学士服照的各种摇摆。匆匆四年，它也终成了我的原先，成了旧时月色、过去时光，成了我的一个故乡。

添一杯新茶，一本旧书，倚着阳光，舀起一池回忆，喧闹竟也变得可爱，缕缕恬和。

那个时候，宿舍在五楼。阴面的阳台下，种着大片大片的夜合欢。桃粉点缀着白色的粉嫩羽状花丝，绒花满树，清香雅致。每到饭点，男孩女孩三三两两，成群走向食堂，笑声、吵闹声瞬间在空气中铺溢开。最爱三毛的那首诗"记得当年年纪小／你爱谈天／我爱笑／有一回并肩坐在桃树下／风在林梢鸟儿在空中／我们不知不觉睡着了／梦里花落知多少"。十九岁，刚入大学校园的我们也似那般天真烂漫。没有早读课，肆意地睡着懒觉。没有考试压力，空闲的时候开始用电影打发。突然一日，我们遇到一位Z老师，课堂上她怒嗔道："你们这些孩子，不好好学习就是坐着等死！"时间久了，发现"坐着等死"竟是这位老师的口头禅。西汉有首乐府诗《枯鱼过河泣》，诗云"枯鱼过河泣，何时悔复及"，做了枯鱼才悔不当初，即便河水近在身边，命运也只能像咸鱼那般惨淡。或许老师正是想用"坐着等死"给我们这般同样的劝诫。

"坐着等死"委实给了我很大的震撼力，我也因此而愤愤一个礼拜读掉二十六本书。只因原本我就是一个不求甚解的人，所以至今也没有为那时的囫囵吞枣感到难过。而Z老师在我的印象中永远成了一个女圣斗士的形象，我甚至无法想象她不穿革命装、不拿红旗呐喊的模样，虽然这些事情她都没有做过。想必是受了Z老师真传的缘故，后来我也学会在别人问"学习这么认真"之类的问题时，反问一句："要不干吗，坐着等死？"

有些习惯，不管过了多久，它都会像强迫症一般隐隐缠绕着你。就像是盛夏、寒冬，潜意识中总会觉得来一场盛大的考试才会轰轰烈烈。而这般认知正是准师生活给我的"后影响"。

　　谈在淮师时的考试,总要想起那里的图书馆。就好比论螃蟹的时候,要说起大海一般。图书馆并不大,每到学期结束前的寒暑假考试,因为僧多粥少,冷暖空调更是显得势单力薄,仅是早上七点图书馆门前排的长队足以让校长、老师欣慰小半年。让人忍俊不禁的是有一日电梯中竟张贴了"占位从速,五百一月"的广告。从此以后,我也常想学校应该辟块地扩大自习室规模,而这毕竟不是我所擅长的,这样的问题实在让我捉襟,学校的地好比上海的土,寸土寸金,怎么找也找不到合适的地新建自习教室。还好后来食堂经理愿意在闲时开放食堂空调供学生学习来解决一时之急。虽然如此,图书馆的大门还是因学生占位拥挤而碎了数块玻璃。

　　到图书馆占过位的同学都说,占位是一件体力活。一天两天是撑着,三天四天扛不住。通常一伙人会自发形成一个小群体,分组轮流占位。有一天轮到我室友占位,当天晚上她与伙伴们密谋占位计划,旁听的我们吓得毛骨悚然。只见她睡觉前换好第二天的行头,凌晨三点多宿舍灯没亮胡乱洗漱一番就打着手电筒与盟友出发。宿舍大门每天五点正常开门,至今我都无法想象她们是如何翻过两米高铁门出去的。仅仅为这,我得崇拜她们一辈子。我是懒人,四年都没有加入过占位队伍,图书馆二楼的期刊阅览室人少清寂是看书的好地方,我最爱去。前两年我都是每天七点起床,吃过早饭带几本书就去期刊阅览室,通常到达图书馆还要等上十分钟左右期刊阅览室才会开门。但阅览室有规定不可以带书籍进入,为了能够成功越狱,不管冬夏我都多带一件衣服抱在怀里把书藏在下面。后来,管理员竟也与我们打起了游击,时不时走到座位间查书。迫于无奈我转战六楼,竟遇丹尼斯一伙人,从此有了福利,他们每天都会给我留固定座位。看书累了,就听听他们聊先秦讲明清,好不惬意。

　　丹尼斯一伙都是有梦爱学习的好孩子,厚厚的诸子百家他们翻看了一遍又一遍。有时候看着他们男男女女为一个问题争得面红耳赤的模样,笑得我都想用黑墨给他们画上眉毛胡子。喜欢他们为梦拼搏的那股劲,他们的朝气蓬勃更是让我觉得年轻是一件幸福美好的事。

　　人都是需要梦想的,而这个梦想与年龄无关。用最落俗的话来说,梦想就像黑夜中的灯塔,可以照亮你的世界,可以给你指引前进的方向。顾城说过:"一个彻底诚实的人是从不面对选择的,那条路永远会清楚无二地呈现在你面前,这和你的憧憬无关,就像你是一棵苹果树,你憧憬结果子,但是你还是诚实地结出苹果一样。"同意顾城的观点,梦想就是那般的神奇,有梦,什么样的诱惑都不会让你停下前进的脚步。

　　最爱校园里的广玉兰,沉迷于它的清幽与怒艳。听,有一个声音在说,要做一个神智清明、灵魂放光在黑夜也要健步如飞的梦想者。

下 编

在 校 篇

故 乡 追 忆

透过历史的风尘,聆听古诗悠扬。"露从今夜白,月是故乡明。"如此熟悉的歌声,总在不经意间,将游子带入故乡的回忆。每个人的心灵深处,都珍藏着一个故乡的背影。它独一无二,亲切而又陌生。魂牵梦萦的土地,伴着永远回不去的碎时光,就成了一段难以割舍的情怀。

文学院 1002　朱佳睿／**曾　经**

曾经，有一个背着书包蹦蹦跳跳的身影；

曾经，有一个挽着朋友有说有笑的身影；

曾经，有一个骑着单车飞驰而过的身影。

曾经，这一抹抹身影都属于我。

曾经，我以为，它们会一辈子跟随我，不离不弃。

可如今，我才明白，不仅人在长大，影子也在变化。它们在阳光下幻化为不同的形态，它们是耐不住寂寞的，不可能坚持一辈子那么久。

蜕变是这样一发不可收拾的事情，它不仅拨开了心里困扰的杂物，而且种上了一颗种子，从此即使不灌溉不理会，它也会一刻不停地迅速猛长。

曾经的我们以为的种种都已成为忆念。当这些影子消失时，我们才懂得珍惜。可是，我们再也留不住它们，只能在脑海里搜寻那离去的脚步。我们不管愿不愿意都必须面对长大的事实。它不会因为我们停下脚步，所以我们只能面带微笑坚定地走下去，不管是天寒地冻还是路陡山险。幸运的是我们不是孤军奋战，我们还有好多好多的朋友陪伴着。我们都是青春路上不断奔跑的孩子，前方是滂沱大雨，我们一起躲避；前方是烂漫阳光，我们一同沐浴。我们曾经形影不离，如今，虽身处异地，却隔不开我们长长的友谊之线。这条线从这头连接到那头，牢牢地，永远那么坚定。

不想长大，却终究要长大；不愿分离，却已然分离。开始时，心里总是怅然的，一个人的时候总会有落寞的恐惧感。再委屈，再受伤，也没有人安慰，只能学会坚强，学会一个人承受所有。渐渐地，竟发现周围也有那般美好的事物，静静地蔓长，滋生进心里，开出温暖的一片。一个人的机会少了，越来越多的人填补了那块空虚之地，将我的心情侍弄得明朗鲜活。

原来，曾经以为的那些并没有消散，它们只是在我们成长的岁月里被深深埋藏进心底，伴着我长大。它们也会在不经意间出现，勾起我美好的忆念。既然长大不可避免，就用最美的姿态优雅地迎接它的到来。长大并不可怕，每个人都有蜕变的刹那，虽会遭遇孤独的袭击，但只要足够坚强，总是能抵抗的。所以，从明天开始，做一个笑对生活的孩子，让阳光弥漫我们一路的青春年华。

行走在青春路上,阳光灿烂,洒满一路,天蓝蓝的,纯澈明晰,仰望那一抹蓝,我们的嘴角已划开自信的弧度。向前走,一路的旖旎风光。向后看,影子斜斜地散落,汇成最美、最好的一片。

曾经,我是蜜罐里的公主,以为可以这么甜甜的一辈子;

后来,我不想长大,因为长大的过程会有苦涩的味道;

现在,我微笑着拥抱青春,走了这么些路,我已习惯了苦乐相伴的日日夜夜。

我知道,前方,崎岖的路仍存在,但有她们、他们的相伴,再难走的路又何妨?

文学院 1003 程 丽／**故 乡**

　　古隆中很小，小到故乡相守相忘的一片小山丘；古隆中很大，大到历尽千年，依然牵引着无数人仰慕的目光。我的故乡不比古隆的沧桑，它没有留下多少文人墨客的笔稿，少了一份承载历史的厚重与坚实。正是少了这样的喧嚣浮华，我的故乡才显得如此的动人与美丽，不失温婉的气蕴与包容的襟怀，我的心也被故乡的那山、那水、那人牵引着。

　　我的故乡没有沈从文笔下湘西茶峒那么的细腻和婉约，但它却有如羞女峰似的广阔与柔美。它也有黄澄澄的麦穗、一望无际的稻田，有坑坑洼洼曲曲折折的乡间小路。在暖日和风的日子里，可以闻到泥土的馨香，糅合了庄稼人的汗水，甜甜的、淡淡的、暖暖的。天地间充斥着原始村庄的柔和与美丽。朱自清笔下被六朝金粉涂抹的西湖有一种凄艳的美丽，虽说故乡的湖泊不能与之媲美，甚至涓涓潺潺的流水只能称得上是一条小溪，但它却把童年的梦流向远方。梦里是孩子们的欢声笑语，那种永不会被时间搁浅、能随着记忆飘向远方的东西。

　　我任凭思绪飞扬，情绪蔓延在寂寞的雨巷，邂逅了一位结着愁怨如丁香般美丽的姑娘。思绪里一朵云的飘浮，没有怅惘，只有追忆。只有印象派的画师才能捕捉的光影，只有《无题》才能诠释的绵密情思。于是，我想做一只鹰，盘旋在故乡的上空，恣意翱翔。

　　秋天的故乡是最美的，大自然毫不吝惜地将收获的希望撒向麦地。只听拖拉机"突突突"地响着，敲打着金色的梦。无论是男人还是女人都拿着镰刀欢快而矫健地收割着。瞧，那位六十多岁的老奶奶依然弯着已经伛偻的腰，利索麻溜地割着麦子，一把又一把，直到麦子已经堆叠成一摞一摞的，像小山丘一样。老人古铜色的皮肤在阳光的照射下显得更年轻、更健康。老奶奶的小孙女扯着高妙清脆的嗓子喊道："奶奶，妞妞也要割麦子、拿镰刀。"小女孩不顾扎脚的麦埂，向奶奶的镰刀奔去。此时村子里的男男女女都紧锣密鼓地张罗着、忙碌着。男人在地里忙活着，女人更闲不下来，在家里把饭做好，拿给在庄稼地里干活的农人，一切都笼罩在收获的喜悦当中。邻家的老伯、大妈笑得合不拢嘴，尽享天伦之乐。

　　故乡的小河是孩子们欢乐的伊甸园，几个小男孩光着脚丫，穿着短裤在河里追逐打闹。有的拿着树枝在河里搅动，不经意间带起了淤泥，河面也变得浑浊起来。或许他们只是觉得好玩,不需我们穿凿附会,想到黄河之类的。也许孩子们就是在河面的起伏与平静的交替之间,接受了最初的人生启蒙。随着暮色的降临,河面又平静下来。

不是有位文人说过,"他乡亦故乡"。故乡有时候真的只是一种情结,是精神家园。静静地独处一会向往一下故乡,原来故乡只是我的一个梦。

文学院1003　贾玉琳／**车杠上的父爱**

　　记忆里，那辆乌黑锃亮的28大杠自行车总与爸爸联系在一起，而车前那不粗也不太细的横杠子，便是我儿时的专属坐骑。

　　自打上幼儿园起，妈妈就和爸爸商量谁接送我上学的问题。由于妈妈工作很忙，爸爸工作还算清闲，所以这重任自然就落到了爸爸的肩上。

　　第一次坐上爸爸的大杠车，感觉却没有想象的那样舒坦，那根圆筒形的杠子咯得我屁股很不舒服。那天回家后爸爸第一件事就是让妈妈找块软和的海绵，爸爸把海绵剪剪裁裁，再用棉线把它牢牢地裹在了车前的横杠上，虽不如妈妈做的整齐合适，但也算不错了，一个大男人做这种技术活实属不容易，第二天我便老老实实地舒舒服服地坐在了我的坐骑上。

　　慢慢地，我学会了自己跳上大杠车，侧身坐在横杠上，胳膊趴在爸爸的车把上，两只眼睛贪恋地获取前方的精彩世界，那感觉别提有多棒了！每次看到别的小朋友坐在爸爸妈妈的后座上时，而我坐在前面，总是有一种不一样的感觉，也许就是那种被爸爸保护在胸间的温暖与幸福，这是别的小朋友所享受不到的。到了放学的时候，当我走出校门一眼就发现爸爸和他的大杠车时，总会高兴地一蹦一跳地跑过去，然后熟练地双手抓住车把侧身一跳，便稳稳当当地坐在了横杠子上。

　　日子久了，已经习惯了坐爸爸的大杠车，抑或是习惯了那种被爸爸保护在胸间的感觉，只要出门总是离不开爸爸的大杠车。即使是下雨天，爸爸也会骑着大杠车去接我，我躲在学校对面的小店里，伸头张望着远处希望看到爸爸的大杠车，雨珠哗啦啦的如筛豆子一样从天上往下掉，打碎了学校旁小池塘如镜的河面。小店里的小伙伴被陆陆续续地接走了，豆大的雨珠像横冲直撞的飞虫一般无序地打在人们的身上，人们在雨中缩着头，表情也随着这越下越大的雨水变得焦躁不安，匆匆地蹬上车离去。雨越下越大，向远处看去仿佛一块灰幕，整个世界灰蒙蒙的，什么也看不到，就在这时，一个红色的雨衣进入了我的视线，离我越来越近了，我认出是爸爸，我踮起脚尖伸长脖子向那个红雨衣招手呼喊。爸爸缩着脖子推着车向我跑过来，雨衣上的帽檐根本遮护不了下面那张因被雨水击打而有些扭曲的皱巴巴的脸，在那一条条的褶皱上挂满着雨珠，两只眼睛因为雨水的缘故勉强地挤出一条缝，头发一块块的乖乖地紧贴在脑门儿上，爸爸把车前的雨衣掀开，甩了甩手上的雨水，小心翼翼地把裹在海绵上的那层塑料袋一点点地揭开，我用手摸了摸那海绵竟一点儿也没有被雨淋湿，我一个侧身利索地跳上大杠车，舒服地坐在了大杠上。车轮缓慢地转动起来，从爸爸脖子处灌入的雨水一滴一滴地打湿了我的后背。躲在爸爸的雨衣里，什么都看不见，却看到脚下被爸爸蹬得飞快的车轮，那早已被雨水浸湿的裤管和那双溅满泥点的旧雨靴。

爸爸就这样每天骑着他的大杠车，载着我一起走过了我的童年。在这十年的时间里，我一年年地长高，而爸爸和那辆大杠车却一天天地老去。爸爸的背已不像当年那样的挺拔，而那辆承载着我儿时美好记忆的大杠车已不再崭新，开始吱吱呀呀地叫个不停，像老者一样身子骨已不再健壮。

如今爸爸虽然早已不在，但在我们成为父女的那刻起，我和爸爸的心便已紧紧地拴在了一起，爸爸始终在离我不远的地方看着我，保佑我。我时常搬着凳子，坐在院中，望向那辆停靠在院角的大杠车，那一刻我仿佛闻到了爸爸的味道，脑海里浮现出的爸爸的面孔，依然是那样的清晰，从不曾模糊。

文学院 1105 吴菁菁／**城南小调，请留下**

朱雀桥边野草花，乌衣巷口夕阳斜。

旧时王谢堂前燕，飞入寻常百姓家。

黄昏时的日光，散发着氤氲的气息。站立在这座古老厚重的城市，心中顿时被它的沧桑触动。遥想当年，金戈铁马，气吞万里如虎的阵势如今已灰飞烟灭，这座十朝都会让我的心沉静下来，一遍又一遍，去思索历史带给我们的意味。

在这座并不张扬的城市，我领略到了深沉的文化韵味和诗性的历史记忆，望见了无数瑰丽夺人的风物，听到了余音绕梁的华美辞章，感受到了它卓尔不凡的独特气质，更有那波澜壮阔的成就。

手触着浅灰的明城墙，一步步慢慢踏上石阶，闹市里待腻了，这儿便成了心中的一处最爱，但也是因为爱它才更加忧思。在这个物欲汹汹的大社会下，鳞次栉比的高楼大厦已经逐渐将这个城市吞并，不断拔起的高楼，耸立在我眼前，混凝土坚硬、冷峻的灰色，如死寂一般，毫无生息，我不爱这单调的墙壁，即使它在夜晚散发出璀璨的光芒也只是表面的光艳。真正蕴藏在一座城市深处的精髓是任何一个这样的建筑都无法体现的。

可是，施工队还是夜以继日，每天加班加点地铺马路、挖地基、建高楼……前一阵子竟还要大张旗鼓为所谓的修地铁除障碍而炸高架、砍梧桐。此刻我身处异地，可是唯有此时才倍思乡，我远离那座城，在另一个地方遥望，我抬起头，看着天空的白云，幻想着能有一阵风将它吹去故乡的土地吧。我心系这家乡，我会担心、会忧虑，正是我深爱着这座城，尤其是那老城南的旧时光……

我悄悄地，悄悄地穿过一条巷，东南西北的大门上刻着座座仿古牌坊，坊额上"老门东"三个大字提醒你已经进入老城南的生活，告别了昔日的喧嚣，走过一间房，大大的"拆"字映入眼帘，那用红漆刷出的字仿佛在滴血，曾经的这里，每一条街巷名字的由来，都有它的历史，都汇聚了南京百姓对这座城最淳朴、热烈的爱，夕阳西下，老城南在日暮中拉长了背影，在一个城市新旧更迭之时，难道它们不可以永生吗？我真是百般忧心，倘若老城南开发变成了拆迁再盖那么多无用的高楼之举，那恐怕不光是老城南，整个城市的心都要在滴血了吧！

没有了犬吠，告别了儿童在院里巷外的欢乐嬉戏，这里安静了许多，淡黄的日光将房屋都映射得昏黄，孩提时的童趣和记忆，一幕幕浮现在眼前，也许我并不是怀念当时的建筑，只是那时的沧桑和情怀，如今都无法再拥有，只是对再也无法回到旧时光而一遍遍慨叹，若能让承载满满回忆的老巷、街坊都保存下来那该多好，可如今面临改造。也许正是越到此时我才更加爱这里的一砖一瓦、一草一木，我的念旧情结依旧没有改变。推开一扇门，随处可见一些印有岁月痕迹的旧物，尤其是每家通往阁楼的那架木梯，日积月累，梯子早已变得光华如洗。樟木摞厨，生锈的铁制门牌，都静静地躺在那里，默默地诉说着历史。

站在明城墙中华门段往城内看去，左边是沈万山故居纪念馆，青砖小瓦马头墙，右边是拆迁完毕荒废了数年、杂草丛生的空地，仅仅是一墙之隔，两边的风景大相径庭。我望着那像废墟一般的空地，内心由忧虑转为一丝的忧伤，它们是否也在无声地哭泣，在这座城市的角落里，成为人们渐渐淡忘的回忆。

城南承载了金陵太多的故事。十里秦淮，城南旧事，早已成为南京的代名词。然而岁月沧桑，繁华淡去。正如"乌衣巷口夕阳斜"，夕阳余晖下的城南如暮年老者，容颜苍老。老城改造给城南注入了新的活力，然而夕阳下的故事也将逝去……

只是，面对物是人非事事休，我们能做的，当真，仅有欲语泪先流而已吗？既然明知时间强悍悄无声息地逝去，既然明知岁月不等人，那为何不在拥有之时便好好地珍惜，而非要等到失去的时候悔恨交加，尝遍满纸辛酸泪的苦果呢？纵使青春易改、红颜易老、亲人易逝，只要拥有的时候，一切能做到的，做到了，没有留下遗憾，便已足够了。

老城南，你是我内心的一首歌，却因为思虑而多了一抹淡淡的挥之不去的忧伤。城南小调，莫消失，我还想闭上眼，慢慢欣赏与回味……

文学院 1105　厉子琪 / **河塘纪事**

我八岁到十三岁的五年，家里有一方河塘，不很大，也不很小。

这本身是一间小船厂，后来破败了，爷爷便住在了这儿。一起的有奶奶，那时单身的叔叔。对了，还有几双鸡狗猫鸭猪牛羊。

我很爱这里。

几乎每个周末，我都会骑自行车去。途经水泥路、黄土路、石渣路，差不多屁股磨得微微发烫的功夫，就到了。

爷爷和跟我一起长大的狗"球球"总在门口迎我。他疼我，我总跟着他。爷爷残疾，一米五的个子。他爱骑着破旧的凤凰牌载我，那几年，我长高了，学会了载他。

荷塘边的空地很多，爷爷打算种些我爱吃的蔬果。我们一起去集上买种子秧苗、樱桃（后来结果了，都被鸟儿偷吃了）、菜瓜、番茄、西瓜、韭菜、黄瓜……分了时节，爷爷跟我约好。他跛着脚拄着锄头，我挎着篮子，里面有种子，在荷塘周围开了地，几次，我们便完工了。而我只做了一件事，捣乱。从石头边上捉一只蜗牛，偷偷搁在爷爷的帽檐儿上，盯着它爬一周，无比别致；戳倒一只蚂蚁窝，想看它们在动画片里惊慌失措的表情，后来发现，那都是骗人的；捡一块石子儿，扔向水面，练习一串打好几个水花，但胳膊都甩掉了，就是练不成！

爷爷忙上一阵，就会坐下来抽根烟，锄头撂在身旁。我就踩它铁的那头，往下，另一端就会向上翘，一松脚，木棍儿便又躺回地上了。过瘾，好玩儿！猛一使劲，"啪——"木棍迎面而来，直打在脸中间。"哇——"号啕大哭，力拔山兮。那一刻，我真的觉得自己要死了。爷爷含着烟嘴儿，笑得又咳又喘，还不忘用沾满泥巴的袖为我揩脸。我不理，爹呀妈的乱叫。爷爷无法，把我丢在一边，埋在草丛里，又跳出来，举着用狗尾巴草编的小兔子，对我说："别怕，眼睛鼻子嘴都在哩，没拍平！"我伸手一摸，虽然麻，但果然都凸着，这才放了心。

看我乱作一气，爷爷便给我派活儿，他刨坑，我往里丢种，用脚驱土把坑盖上。我决定洗心革面，但终归是干得不像样子。左右脚开弓，纵横交错只管乱踢，泥蛋子混着种子纷纷飞上天，又雨似的砸我俩一身。爷爷一见大事不妙，立即改变战略："停！用手！"被"住脚"了，我只得不情愿地蹲下，一个坑一个坑地盖，挪窝儿，盖，挪窝儿……夏天到了，用脚种的那块地就像刚刚遭受了一场轰炸，茎叶七零八落，旮旯里零星散着几个畸形的小瓜，喂鸡了，可用手种的就不一样了，长得像爷爷的牙，齐整整的，果子很好，一家人吃了。

我与奶奶的交集总是少的。但去那儿，我总算也是看她。以前只知道她从小癫痫，勾着手，也跛着脚。头发一直白着，牙很少，也很小，她发病的时候自己咬断过。我见过她发病，瘫坐在地上，嘶吼着叫娘，眼里充满血丝，盯着前面又像是什么都看不见，摇摇欲坠的几粒牙，磨出碎的声音。大人们只能同情地看着，听，我却吓得像是见了鬼，直抖。后来习惯了，不怕了，就心疼。奶奶最乐意的就是背上半口袋米或面，去娘家，不挑日子，撒腿就走，比平常利索得多。回来时总笑得很神秘，把我叫到身边，用黑而脏的手从口袋里摸出两块融化了的冰糖，黏糊糊的，递给我，我摇头，不要。她又往我怀里塞，我逃一样跑开，回头看，她缓缓地缩回手，举到嘴边，用两片嘴唇夹起一块黏在手指上的冰糖，送到舌尖儿，昂起头，在晚霞里眯着眼，孩子一样，很幸福。

她为我做过玩具，至今都感觉不可思议！在荷塘边的矮树上，掰断一长一短两节儿，短的略粗，两头削尖，手拿长的去打短的一头，短的就会翻个筋斗跳起来，"啪嗒"落地。那时的我觉得好神奇，拿回家跟小伙伴炫耀好久，比谁弹得高！

偶尔，我也会在那住，等叔叔傍晚回来。他总是一身泥，满脸晒得黑黝黝。远远看见他踏着夕阳走在石渣路上，我就兴奋地乱叫，惊走两旁树上的鸟儿。他总会笑着跑向我，一下把我抱起来，举得高高地又放下来，再扛在肩上，把我弄得晕头转向，大喊救命，他才罢休。他兔子牙，浓而稍下塌的眉毛，标准的中国男人鼻子，有种坚毅。我喜欢看他笑，好玩儿。十二岁时，叔叔为我称过体重，用杆一米左右长的秤。我是出了名的傻大个儿，可是他竟然单手把我拎起来了！经过严密构想：我双手攥住铁钩，他叫"一二三"后，我缩脚离地，与此同时，他勒住绳子的右手往上提，先暂定80斤，若失衡，他会在千钧一发之际调整，秤平，左手稳住砣的绳，轻轻把我放下。当时我激动得都傻了！86斤，手指都勒出了深深的血色印痕，他却捏我的脸，毫不在意："哈哈，胖妮子！"

那时的我便有一个梦想：要嫁给一个能单手拎起我的人！好吧，现在的我不禁觉得，这想法未免有点奢侈和可怕。

老爹也是经常来的，我乐意这样叫他。常是夕阳西下时，裹着一身疲倦，和妈一起去荷塘里。他撑篙，妈妈坐在船头，他脚边。我会跟着去，弟弟也去，坐在船舱的木条上。爹动作很静，只听手与篙上下摩掌时撸下来水花的声音。妈妈话不多，在爹停下把篙插进河底泥土里的当儿收"地龙"，看有无大的龙虾、螃蟹和鱼，能卖上好价钱。若有，就收，没有，就去下一站。妈妈手很轻、准，捏一个，柔柔扔进舱里，红的灰的青的黑的，举着大钳子，横行霸道，扑通乱跳，吓得我和弟弟跷着腿，不知哪里放脚，鬼哭狼嚎。可妈妈只笑，爹骂我们胆小、没用。

这里还有我们几个小孩儿的回忆。我和弟弟，姨哥姨弟，春天在大人的带领下，在池塘周边的荒地上种上树，希望看到它们长高、抽芽。暑假会摇桨采莲花，抢莲蓬，刚开始技术不佳，船只在水中打转。一次弟弟调皮，船一歪，掉进了水里，命大，手抓着船沿儿，被救了起来，浑身湿透，在风里哆嗦了半天。他们还想着法儿玩，脱了衣服，只留条内裤，在岸上的泥水里扑腾，说学游泳。我只能站在一边看，急得心痒痒，真想脱了跳进去，爹不让！可他自己下水了，游到芦苇丛后面，我们看不见，哭着喊，也对"170斤的爹会不会沉下去"

做了"科学性"争辩,后来他平安归来,谢天谢地!

如今,我明白了,男孩女孩真不一样,而且,其实"胖子"和"淹死"并不画等号。

虽游泳的事让我耿耿于怀,但掏龙虾螃蟹的大事儿我可参与啦!跟在他们后面,哥帮我选好洞,叫我跪下,撅着屁股,侧身,脸贴泥,"胳膊伸进去,摸着赶紧捏住,快拔出手,就逮着啦!"可我害怕,在中途,手感觉凉乎乎时,就头皮发麻,触电似的弹起身来。结果一只没逮到! 后来,他们因为鄙视我,就不带我玩儿了,我屁颠儿地拎着桶,帮他们保管战利品,这样很骄傲,而且会吃得更心安理得。

我承认那时自己怂,但哥有必要把动作设计得那么纠结么? 至今没说清……

后来,那方池塘被水淹了,记不清哪一天呢,因为靠近一条湖,我没听过名字,小船厂自然也没了模样。

爷爷他们搬出来了,家禽牲畜卖了,"球球"和树苗死了,没能和我们一起长大,虾、蟹和鱼儿们也不知去哪了。

虽记忆永存,但很多琐碎讲不好,便仅以其中的一些笑与泪祭奠我的童年。

文学院 1105　王文文 / 妈妈与爱犬们

爱我就爱我的狗。

——西方谚语

村子里有很多狗，村头有，村尾有，甚至没有人足迹的地方也有它们的身影，比如冬季盖三层雪的麦田里，欢快地捕获着野兔、野鸡呢。走在路上，路过人家门口，门口的狗必然朝你汪汪大叫，弄得你毛骨悚然，直至它的主人怒目责备："狗！"然后狗突然很快"识相"，耷拉着耳朵离开，像极了一个知错的孩子。夜晚就一般不是那么称心如意了，夜深人静时，行走于街头巷尾，只要一只狗被惊醒朝你大吠，不一会儿，三两只，四五七八只，只一会儿，整个村里的狗都大叫，它们的主人们大都早已闭门休憩，别指望有人帮你喝住狗叫。想想"柴门闻犬吠，风雪夜归人"就知道此因此状了，鸡犬相闻的桃花源，还是不那么尽善尽美的哩。

真搞不懂，为什么几乎家家都养狗，有的人家甚至不止一个。

我的妈妈就喜欢狗，脏兮兮的白狮子狗、体格矮小健壮的橘黄色狗、茸毛黑黑的大狼狗、黄白相间的不知名的狗，等等，我家都养过，给予了它们许多关爱。妈妈没什么大的爱好，简简单单的寻常公民，但看得出，她是爱狗的，爱养狗，每次看着狗晃动着尾巴吃食时，她总是满脸笑意，有时还带着疼爱的语气说一句："小样儿！"家里有什么吃的，妈妈都会毫不吝惜地拿出来喂给狗狗们，其实大都是残羹剩饭，对待它们，妈妈也是"只要我有一口饭，就不会饿着你们"，不像村里其他家的狗，饥一顿饱一顿的，周围好多狗都跑我家门口蹭饭，家旁边的狗就自然多起来。我被狗咬伤过，"一朝被蛇咬，十年怕井绳"，不喜欢狗，这让我恼火了好久。

"养狗，好看门"，妈妈出于对狗的热爱，曾这样回答过我。

一位作家曾这样说过，人对狗的热爱，大概缘于对人的失望吧。在物欲横流的经济社会，已经没有永恒不变的亲情，也没有永恒不变的友情，人与人之间的亲疏冷暖，都可以用金钱和现实利益来量化了。而狗和人却不会，永远不会，它爱你，爱得永远是那么专一，那么执着。即使你顷刻之间一贫如洗、众叛亲离，还有你的狗追随着你，不离不弃，难割难舍,它是你最后的朋友。

它们也很爱妈妈。

妈妈到哪,它们大多也跟到哪。去菜园种菜,到邻居家串门,到亲戚家玩,去集市上买东西,它们总是一蹦一跳地追着妈妈,刚才还在后边呢,眨眼功夫,已经跑到十米开外的前方了,给妈妈欢笑,给妈妈爱,有时去超市买东西,它们也会跟进去,弄得售货员哭笑不得,狗会把货物弄得卖不出去的。有一年,大约年近三十,妈妈去镇里澡堂洗澡,正穿衣服准备出来时,竟发现家里的那只白色狮子狗正蹲在浴室门后,还朝我妈抛了几个媚眼呢,呵呵! 此事传开后,连村里缠足的老奶奶都跟着捧腹大笑。

一年夏天,我们还在吃晚饭,有近一个月没回家的大黄狗突然出现在家门口,静静地站在那里瞅着妈妈好一会,狗是有人性的,它爱妈妈。

文学院 1104　季　微／**曲　线**

　　像小时候一样对着太阳,举起手中的小圆糖,却无意间瞥见与圆糖弧重叠的奶奶的背,我的心不禁抽搐了一下。

　　妈妈刚把我送到奶奶家时,我又哭又闹。奶奶就从屋梁上悬挂的小竹篮里拿出一个包裹得严严实实的塑料袋,一层层地打开,从里面拿出一粒小圆糖给我。我迫不及待地把糖剥开,扔到嘴里,甜甜的香味在唇齿间弥散开来。我贪婪地吮吸着糖汁,忘记了啜泣,接受了留在奶奶家的事实。

　　奶奶是个地道却不平凡的农民。她能听到每棵菜的浅吟低唱;能听懂风儿的轻轻吟诵;能理解昆虫的密语私谈;能辨清时令的复杂变化。在她的呵护下,菜儿们快乐地成长着。

　　每次奶奶去田里劳作时,我就坐在田边的大石头上,摆弄着奶奶给我的小圆糖,惊讶于它光滑的表面、完美的曲线和香甜的滋味。我淘气地对着太阳,举起小圆糖,却无意间瞥到与圆糖弧度重叠的奶奶的背。我像发现了新大陆一样,兴奋地大叫:"奶奶,你的背和小圆糖一样弯呢。"

　　"傻丫头,奶奶在干活呢,当然得弯腰了。不然就听不见菜儿的话了。"

　　"真的? 菜也会说话?"

　　"真的! 只要你仔细听。"

　　我好奇地跑到田里,与奶奶一起倾听。太阳渐渐西移,在落山前贡献自己全部的光芒,把我和奶奶的背影勾勒成幸福的曲线。

　　炊烟很快升起,一缕缕清白的烟雾犹如一根根琴弦,在苍蓝的天幕化成一把竖立的琴,奏着古老的乐。我仰起小脸,木木地看,苍蓝的天,晕黄的霞,清白的烟,灰黑的瓦,脑子里蹦出两句不太明白的句子"暧暧远人村,依依墟里烟",什么都不知道的小心肠竟被一种情愫紧紧攫住,好像有什么东西在喉咙里要激动地跳出来,却慢悠悠沿着曲线跑了几圈,最后从眼睛变成液体跑出来。

　　夜幕降临,月亮露出它害羞的脸庞,柔柔地照着奶奶的小院。我躺在奶奶的怀里,静静地听她讲故事。听着听着,院儿里的花花草草都睡了,任由轻柔的夜风摇着它们。听着听着,我也睡着了。一滴露水不安分地滚来滚去,终于顺着叶面的曲线滚下来,落进水洼,打破了水面的宁静。

妈妈要把我带走了。于是,我告别了小圆糖,告别了会说话的菜宝宝,告别了红墙黑瓦,告别了那个充满故事的小院儿,告别了奶奶……

坐在车的后座上,注视着那轮赶来送我的夕阳,注视着没有炊烟陪伴的天空,好落寞。

我很快投入紧张的学习,生活、闲聊、电视、电脑……很少再去奶奶那儿了。奶奶和关于奶奶的回忆不经意间跌到了记忆的谷底。

当我再次推开那扇门,奶奶脸上绽放出惊喜。我看着奶奶费力地爬上凳子,摘下篮子,然后掏出一方洗薄了的手帕,一层层地,小心翼翼地打开——犹如在揭开一层层时光的蒙尘。整个过程她拒绝我的任何帮助,仿佛是在完成自己人生的一次仪式,那般庄重而虔诚。

皱缩的掌心托着的,还是小圆糖。我犹豫了一下,接了过来。是那种很劣质的糖,绚丽得失真的糖纸,剥开一粒放到嘴里,甜得直辣嗓子,趁奶奶不注意,我赶忙吐了出来。我疑惑地低头,是和小时候一样的糖啊,怎么……我又像小时候一样对着太阳,举起手中的小圆糖,却无意间瞥见站在门口的奶奶,瞥见与圆糖弧度重叠的奶奶的背,我的心不禁抽搐一下。

我整日忙于自己的生活,早把奶奶抛到脑后。奶奶却在风声蛛网的寂寞里,孤独地守候,守护,守候……

暖暖远人村,依依墟里烟……墟里烟……小时候的那种心灵感触好像离我很远了,可是内心却好像有一股劲不服输地拽着,要穿越时空把当时的我拽回来,和现在的生命重叠。

屋后的菜地已经缩减成很小的一方。隔壁人家为了建车库买下了奶奶的大部分地,奶奶的身体也不能再照顾那么多的菜宝宝。

小院似乎还是原来的样子,只是再不会有一个孩子在里面奔跑嬉闹,再不会有一个慈祥的声音讲着月亮上的美人,再不会有一阵阵均匀的呼吸随着夜风在她的怀中响起。

厨房里添了煤气灶和微波炉,但那方老灶还在,默默地坚守着一个角落。我看见堆在灶边的枯柴,灶膛里好似依然跳跃的火苗,把奶奶也照得红光满面,然后在揭开锅盖的一刹那被迎面带着烟火香的雾气包围,润开了奶奶的皱纹,也模糊了我的双眼。

也许,我抛到脑后的不只是奶奶,还有一种诗意的生活。

也许,把这种生活抛到脑后的不仅是我。

然而奶奶就这么等着,等着我们回头,看一看那当年在记忆刻下痕迹的那些符号。

一种如风的东西从远方吹来,轻易地打破了我的防垒,泪不自觉地滴下来。

"小丫头,怎么哭了?"奶奶看着落泪的我,不放心地问。"没事儿,奶奶,你看!"我举起手中的糖纸,阳光透过糖纸,滤成一缕浅浅的粉,点在我和奶奶划出曲线的嘴角。

终于明白,时间的行走也是沿着曲线的。它匆匆飞逝,把一些东西带到顶峰,也把一些东西沉入谷底。我们要做的不是忘记,而是把那些沉入谷底的记忆带出,加些许感恩,些许反思,或许还有歉意,酿成一杯清醇的美酒,愈久愈浓。酒香萦绕,伴我走过人生的曲线。

文学院 1105　陈　鹏／**舌尖上的土锅菜**

　　一间屋子＋一口铁锅＋一捆稻草＋一方菜园＝原汁原味的土锅菜

　　家里以往烧的菜,大多数都是自家种出来的。青菜是一年四季的重头戏,少了它,桌上也就少了那一抹绿。在冬天里,菠菜也是多的。一旦打了春,天气暖和了,青菜、菠菜也就发了疯似的,拼命向上长,长得虽大,可是口味却大不如从前了,吃它们,要趁嫩。夏天里,丝瓜最多,并且是自生自灭的,不需你费什么力气的,唯一的难题就是,有时高高的树上,挂着修长的丝瓜,你怎么把它摘下来? 大多数时候,只能眼睁睁看着它们从小长到大,最后病死。可是却又无可奈何。还有就是韭菜,一排一排,不需太多打理,就能长得生机勃勃,绿意盎然。夏天晚上,炒上咸咸的韭菜,煮上一锅清水面,挑点韭菜和面条一和,绝配! 只有讲究点的人家,那才可以叫作真正的菜园,院子里爬满了黄瓜、番茄,但那毕竟只是过客而已,小的时候,它们更多成为我们的水果,而不是蔬菜。

最难忘的那道菜

　　有了大锅,自然少不了的是锅贴,通常都是家里煮鱼的时候,鱼将熟而未熟时,在鱼锅边上贴上一圈饼,盖上锅盖,架起小火,闻到鱼的香气时,揭开锅盖,用铲子把饼切成一块块,盛到碗里,迫不及待地拿起一块,蘸着浓郁的鱼汤,那一刻,那一瞬间,鱼的甜美,饼的厚实,融合到了顶峰。我想发明这道菜的人也是个偷懒的人吧。那一锅饼,对我而言,总是那么的充满诱惑的。同样是锅贴,可是不同的底菜,却能造就不一样的美味。我们这儿烧菜很简单,天然的食材加上朴素的烹饪就是一道美食。夏天,一眼望去都是豆荚时,这道好菜也就可以上桌了,丝瓜烧青豆。鲜! 很鲜! 自然的鲜! 那股诱人的清香味,从锅缝中洋溢出来,屋子里弥漫着这股香气,钻进我的每一个细胞里,直到迫不及待地张开我的嘴,咬住那块金黄的厚实的饼,在浓汤里,狠狠地泡上一遍,如镜面光滑的饼,比什么都香。这道低调简单的美食,却从来不缺少关注,好比素妆的女子,才是我们大众所喜欢的。只需一点盐就够了。好东西就是那么简单。如同生活,仅此而已。

最需回味的那道菜

就是这个味！每个妈妈烧出的味道都是与众不同的，又都是爱的味道，正如那浓浓的汤汁。红烧肉，就是这个味。人们总说一个人只有经历过磨难才能长大，同样的道理，肉只有经历过大锅的煎熬才能成为红烧肉。

儿时的猪肉才是猪肉，很香，不像现在味同嚼蜡。取一块猪前肋上的五花肉，切成小块。锅中倒油，放入少许生姜，简单煸炒，加水，加入酱油，盐以及味精，撒进冰糖。接下来就是熬了，锅下架进木材，大火煮沸，小火慢熬，半个小时吧，汤汁变浓，香味扑鼻的时候，就是要成了。这时可以的话，让肉在锅内慢慢地去靡，那股香，就是这么香，是谁都会上去夹两筷子，大饱口福的。最后起锅的时候，撒上细细的葱花，色、味、香样样俱全。好比雍容华贵的贵妃，也是人人爱的。要是用煤气灶烧的话，费事就不谈了，主要是锅中没有后劲，没有后劲，肉就不会美味，欲速则不达。往往在家的时候，我总是尝菜的那一个人，那种感觉真的很幸福哎，是什么也换不来的。

最香的米饭

米饭，也是世上最难煮的吧，火大一点的吧，糊了；小一点吧，夹生。就是这么让人为难，于是电饭煲就这样诞生了。于是这就成为我们的记忆，锅底那层锅巴，就再也不能遇见了。好多人，你看了一眼之后，有可能就是最后一眼，而我对于锅巴就是这样的情结。只有停电，并且又赶上饭期的时候，才能享受这一殊荣。最近一回吃土锅煮的饭也已经是初中时候的事了。香，不是浪得虚名的。吃过的人都知道。入口的那一瞬间，颗颗米粒，粒粒金黄，软而不黏，层次分明。每次煮的时候，大家都比平时吃得多好多。现在我们都离开农村，离开自己的家乡，我知道我们是为了自己的未来。可是，有很多已经融入我们的血脉……

文学院 1002　闵伟东／上　坟

　　不为了别的，只是为了上坟，父亲和我走在凛冽的寒风中，踩着泥泞的田埂。我走在父亲的身后，踩着父亲留在泥土上的鞋印。父亲压根不回头，我们两个就这样默默地走着。父亲抽着烟，风把烟味带到了我的鼻前，我咳嗽了几下。父亲回头看了看我，又转过身去，更加大跨步地往前走。

　　我和父亲一年未见，刚回到家，他就叫我来上坟，父亲不是强硬派，我自然可以拒绝他的要求，但为什么要拒绝呢，仅仅是因为外面冷酷的寒风吗，那我也太不值得一提了。老实说，父亲把上坟当成了他的习惯，不，我甚至觉得他把上坟当成了使命！他不是执着，只是老实。农民尊重他的土地，对于躺在土里的先人，他们感到由衷的敬畏。我的父亲不是农民，他早不是农民了……但是他还是农民。他走在我前面的样子，像是来沉思，又像是来躲避，却唯独不像来上坟。我则更不像，我更多地是与泥泞的土路在做斗争，我像一个莫名钻入田地的陌生人，我对土地一无所知。我并不知道父亲对土地是否也像我一样无知，但事实是他在狭窄且崎岖的田埂上如履平地。我感觉在远还没到达坟地的小路上，我拙劣的表演实在与小丑无异。

　　父亲终于停了下来，他驻足在小路的尽头，看着"艰难跋涉"的我，像是等我，又像是催促。从出家门开始，他就大步流星，现在他忽然停在那里，他似乎有些局促。他甩着脚上的泥巴，却又在寒风中拼命地点烟，他像是个疲惫的行者，前方在召唤他，可他却有所顾忌，只能止步旷野，却又焦躁异常。我赶上了父亲，父亲又是什么也没说，一头扎进了坟地的松林中，松林在空旷的田野里显得十分突兀，昭示着这里是生命的禁地。这里理应肃穆，一切人世间的嬉笑怒骂，进入了这里，便幻化成轻浮的尘埃，风吹尘散，不值一提。松林的端庄自然地把这里阻隔在人世的纷扰之外，远处村庄的熙熙攘攘，在这里显得无足轻重，父亲来自远处的村庄，却闯入得心安理得，他的堂而皇之，是因为他的至亲长眠在这里，长眠在这里最原始、最简陋的那座坟茔里。我看到过豪华的墓葬，坟头上砌上了沉重的水泥，坟墓的装饰雕梁画栋，亭台楼阁的琉璃瓦显耀着这个家族的殷实。可我的先人，劳顿一生，最后的安身之处，不过是一方小小的土堆。也许我的父亲，包括我，最终也都会占据这坟地的一方土地，容纳着我们留在人间最后的明证，接受来自后人的祭拜。而留于人世最后的信物，也就是这坟茔，到底也是敌不过似水的年华，风会削平坟尖，雨会侵蚀底盘，坟终究只是土的聚合，它终会散架，直至融于大地，成为新一座坟茔的聚合材料。所以，一座坟茔里长眠的其实不只是你的先人，也有其他人的祖先。你祭拜你的先人，其实也是在祭拜其他人的祖先。你的祭拜，确切来说只是对这一方土地的祭拜。祭拜，是我们对大地执着的热爱。

父亲当然不知道我在想这些，他自顾自地寻找，寻找他所熟悉的那个土堆。他很快找到了，我看得出他很熟悉这里，但是他还是对同来上坟的村上人说："很久没来了，你看，这是不是我老子的坟？"我的那个同样老实的同村人诧异地盯着我的父亲，微微地点了点头。我永远不会知道那个回答我父亲问题的人，怎么会回答得如此干脆。但事实是，我的父亲同样也熟知这片坟地中每一座坟茔的主人。他边烧纸边若无其事地向我介绍那一座座只剩满身杂草却无任何标记的坟，我猜想也许在父亲的述说中，他的每一句话都是一个人的一生。父亲说得很简略，我也漫不经心。我知道我所经历的一切在这里任何一位坟茔主人的面前，都只是转瞬一逝、白驹过隙的惊鸿一瞥。我还太年轻了，我在这里显得太生气勃勃、太耀眼了，包括在我的父亲面前。

上坟的程序并不十分冗长，只需烧点锡箔纸，再磕几个头罢了。父亲烧完了纸，便跪拜在坟茔前，他的跪拜似乎只是敷衍了事，稍稍的几下点头就算完成了整个祭拜。我则装模作样地摆出一副庄重样，结结实实地磕了几个响头。我的惺惺作态对我的父亲丝毫没有吸引力，他对我的花架子完全不感兴趣，他只是自顾自地抽烟，他早已过了对所有事都感兴趣的年纪。我的父亲，在这生命的洪荒之地，表现出了应有的神情，他吞吐的烟雾裹住了他沧桑的脸庞，使他的表情展现得真实而又模糊，但我能觉察到，父亲有些失落。

我的父亲，总是轻易地将情绪表现出来，他太不懂得隐藏了，可是他的情绪又不是单纯地向你呈现，他的情绪你尽可以看尽，却总是捉摸不透。他将心事洗尽铅华，干练地以最普通的表情发泄出来，然而仅仅是发泄，发泄过后却是更加灰色的讳莫如深。不客气地讲，他的情绪近乎气质，他当然不是艺术家，可他的演绎，在我看来，是一种更加可贵的艺术，那就是人性的真。他是我的父亲，但又不仅仅是我的父亲。

父亲掸了掸落在身上的烟灰，打算回家。他并没有叫我，我跟在了他的身后。穿出松林，我仿如重回人间，我轻舒一口气，看了看天，天有些灰蒙。走出好远，目力所及，尽是风光，田间小路的尽头，赫然新起了一个土堆，土新得发黄，像秃子的头颅，被铁锹拍得圆滑厚实，杂草的生命魔力还未蔓延到这里，在远处，它还可以勉强混入土色的田野，可到了跟前，它便再无所遁形了，一条生命的逝去，可以悄无声息不为人所知，但这土堆的隆起等于无声地告诉了人们，这是最坚实的讯息，最可信的证物，把一切将信将疑击得粉碎，人的传言在这土堆面前即会戛然而止。父亲走过这个土堆，他闷声地告诉我：那里还有好几个坟头，没有埋在刚才松林环绕的坟地里，居然耸立在一块又一块平整的良田里。父亲认为，村庄的集聚是祖先的选择，祖先是英明的，他早已为我们开辟了一块不同于良田的死后安葬之地，那就是刚才的坟地，那些不把自己死去的亲人埋进祖传的坟地的人太无知了，他们混淆了生与死的界围，模糊了生与死的界线。在父亲的眼里，田就是田，它没有任何理由成为一个又一个坟头的安身之处，散落在坟地外围的坟头里的人，注定是无家可归的冤魂，他们进不到坟地的世界，更进不来村庄的人世。

　　我看了看离村庄最近的那个坟头,它与村庄只有一路之隔,制造这个坟头的人太狠毒了,他将死直接摆在村人面前;但他又是最善良的,他忠告人们,我们赖以生存的村庄与人,与死不过一路之隔。生与死,本来就很接近,那块被松林包围的坟地,其实是我们自己为我们惧怕死亡而专制的遮羞布,人们用强制的意念,蛮横地隔开了生与死,他们用茂密的树林围住坟地,将死摆得躲躲藏藏,欲盖弥彰。可是谁都知道,那就是坟地,是人死后的葬身之地。我太感叹我们的先人了,他们将死集中,将所有的悲痛集中,化成这一片村庄的公用坟地,化成另一个世界,这里的死很多,人世间本来有的悲痛,来到这里,会平均地分配到每一个坟头的主人,我们面对太多的死,自然得到了安慰,悲痛也就在这里沦为配角,这里只接受祭奠,不接受泪水,这里理应肃穆,没有情感。生与死,因为坟地,豁然割裂。

　　我与父亲,面对坟地,面对那么多的死,父亲游刃有余,我不卑不亢,我们是英雄,只不过,我在上坟回来的路上,又开始进行着与泥泞争斗的闹剧。

文学院 1305　李　理／**小镇的理发店**

　　小镇的理发店老了。它像一只不起眼的麻雀，蜷缩在镇子上半个多世纪了。

　　母亲说，她的童年就是在这个理发店里度过的。那时候她还小，每天看到很多人过来理发。她还说，理发店以前叫作"理发服务社"，能去那里理一次发在当年是一件很值得骄傲的事情。

　　理发店外墙的正上方有一块脱了漆的木牌，上面还能看到"理发服务社"这五个字，不过那块木牌上除了字，还有许多深浅不一、长短各异的伤痕。

　　走进店里，最先注意到的是墙上的漆。曾经雪白的墙面，如今已经变成了土黄色，还多了不少脚印。墙面上的水泥早已剥落，一块块棕红色的砖裸露了出来，不过，露出的似乎还不止这些。每次看到它们，我总会联想到那块经历风雨洗礼，却仍不被更换的木牌。

　　天花板上有几个吊扇，很难弄清它们是什么时候装上去的。夏天，顾客们坐在一旁的椅子上一边等候，一边听吊扇转动时"吱呀"的声响，那是只有上了年纪的人才可能发出的声音。小时候，我从不担心它们哪一天会突然掉落，因为那时的我只想着躺在奶奶的怀里，听着古老的故事，度过每一个炎热的午后，从来不去考虑吊扇的转速，更听不出吊扇转动中的那份惆怅与哀叹。

　　理发店的师傅是我的爷爷。小的时候，我最害怕理发。讨厌冰冷的剪刀划过我的头发，讨厌落下的头发黏在脸颊、脖子上，所以我很怕爷爷。渐渐地，我长大了。理发店显得越来越苍老，爷爷额头上的皱纹越来越多，也越发的深了。爷爷为我理发的速度仿佛被流逝的时光拖住了脚步，不再像以往那么快速。但爷爷的手艺并没有随时间而去，来理发的人仍然络绎不绝。

　　十年来，这个小镇出现过很多家理发店，有的发展迅速，有的因种种原因经营不下去。由于竞争对手如雨后春笋般地出现，再加上年轻人追求时髦和个性，当年可谓一枝独秀的理发店，生意越来越惨淡。甚至连我自己都会偶尔偷偷溜到同学口中的好的理发店，剪一个时髦的发型，之后怕被爷爷发现，很久不敢去爷爷家。可不管已经过去多久，爷爷总会发现，然后默默叹气。

　　两年前的一天，正值冬末春初，春寒料峭。正是开学的前几天，我来看望爷爷。店里只有爷爷和一个小男孩，爷爷正给他理发。理了不到五分钟，我惊讶地发现，爷爷右手的指甲缝中流出了血。爷爷的手瘦得只剩皮包骨头,皱巴巴的手指裂出了小口子,这一切让我感到担心和心痛。爷爷看到后,马上装出若无其事的样子,背过身,到水池边洗手,留给我一个苍老的背影和一声沉重而又无可奈何的叹息。

走出店门,一阵寒风刮过我的脸颊,又卷起地上的几片落叶,大树的枝丫在风中颤抖起来。我心中不禁一颤,回头看看理发店。那些吊扇似乎倦了,一动不动地悬挂在天花板上;水池边的水龙头滴着水,仿佛在计算老店走过的岁月;墙上的两面大镜子,正呆呆地望着对方……再抬头看看那块木牌,上面的字仿佛被风吹走了似的,愈加模糊了。

回家的路上,我的内心无法平静,这个老店在陪伴我走过童年、少年之后,要如落叶般被风无情地吹走了吗? 爷爷或许真的老了,小镇的理发店或许也真的上了年纪了吧。

风过耳,我打了一个激灵。下一次,当我回来的时候,冬天应该就过去了吧。

文学院 1207　张国宇 / **房与邻**

门口的这条路，应该也能算是一条小街。我对它并不太熟悉。房子买了近五年，但因上学，我的家一直随着学校搬迁，所以，林林总总加起来统共居住了不到两年的时间。

只是最近突然接到通知，说要拆迁，便回家了一段日子。看着不远处的一幢已在拆的老楼，水泥钢筋，裸露无余。一种莫名的落寞感油然而生。

我们的房子是那种家家户户紧挨着的老式平房。以前一直没人管，所以大家伙也就肆无忌惮地扩建。等我们买那房子时，房子已经被扩建得很长了。除了五间住的屋子，还另置了一个小庭院，侍弄些花草，甚好。出了船厂大门，不远便是大运河了。逢年过节，船厂的大门上必定会挂上一对大红灯笼，十分喜庆。再往前，便是一大片斜坡土地，上面被种满了时蔬，邻居婶婶们可会利用土地了。要是哪家种了些新鲜的作物，必摘了来，东家分一点，西家塞一点，东西不多，尝鲜足矣。邻里之间，就爱分享自己的劳动成果。母亲也学着在家门口，在废弃的木桶里秧了些葱苗，不多，但日常吃已是富足得很了。

低檐窄户的后头，背静的小巷里，绵长的大运河边，有在追逐玩耍的毛孩儿，也有在河滩静坐看书的少年，这场景，似乎愈发不得见。

每日清晨，妇女凑在一块儿洗衣物，虽然每家每户都有洗衣机，但显然，她们更爱在一起边拉家常边洗涮。女人们在一起，难免东家长西家短的，她们也很世俗呢，不过她们并不势利。谁家有个事，打个招呼，帮起忙来是一点不含糊。

太阳出来了，家家户户开始拉绳子。晒衣服、晒被子。有时也挂些自家腌制的咸鱼腊肉之类。还有自家扎的布条拖把高高地倒挂在绳头的杆子上。上面还有些未绞干的水在不停地滴着，在太阳的光照下自有它的光芒。傍河而建的房子难免有些坡度，水也就一直顺着往下淌，下家却也不恼。

相对两排屋子间的那条路是邻里自己凑钱修的，所以十分爱惜，偶有船厂的大货车进出，司机必是十分小心，开得极慢。时间久了，居民们将这小路置成了一个小小的街面。每天都有小贩摆摊，鸡鱼肉蛋，算是齐全。老人们则愿意叼着烟，端杯茶坐在藤椅上晒太阳，抑或是对弈。放学回家的低年级孩子则从家里搬出方凳，在大人们搭的简易棚子里，拼在一起写作业。

这里的人们并不十分富裕,但生活得十分富足。

听过一句话:有你的地方便是家。很温馨。以前,一直幼稚地认为房子便是家,殊不知,房子,不过是个遮风避雨的地方。没有人情,没有温暖,没有爱,何以为家!

一直不喜欢住商品房,怎奈摆脱不了现实。总觉得,商品房就像是一个个小牢笼,将我们的心圈禁在了那百十平方米的密闭空间里。那里面的老人没有了侍弄花草、晒太阳的兴致,孩子没有了放肆开怀的欢声笑语,没有了追逐嬉戏的机会,妇女们再也无法凑在一起洗衣服唠家常。关上门,谁又认识谁呢? 吃棵葱,还得跑到固定的菜贸市场。这真的是生活环境、生活水平提升的体现么? 看似华丽的房子,为什么我竟觉得那是空巢呢。

之前与一教授聊天,无意中聊到房子,教授说:"我哪里还有房子啊,你看,我家的天花板是别人家的地板,我家的地板又是别人家的天花板,真是愈发什么都没有啦。"语毕,相视而笑。这才是大智慧。我暗服,受教也。

无论如何,家都是一个温馨的字眼,若得从前那式的邻里,生活该是多般充实有趣。毕竟,现在的房子,似空巢,生疏冷淡。

然,历史的车轮永远是向前进的,任谁也无法阻挡。

文学院 1302　葛志丹 / 老　屋

　　我记忆中的老屋只有那么一个,就是舅爹和舅奶家的老屋。这栋老屋,某一时刻、某一角落,勾勒着四代人的记忆。

　　小时候,老屋其实并不老。我曾仔细观察过它的身躯,是那种乡下人用的泥巴和稻草盖成的。倘若用手指抠一下泥墙,就会有成块的泥土脱落。老屋很平静,泥墙上到处糊着发黄的报纸,上面布满了密密麻麻的繁体字。看着那些不认得的繁体字,还得竖着读,年少的我觉得很是别扭。

　　舅爹在老屋里欢喜地听着地方戏。他年纪大了,耳朵不太好使,把黑白电视机的音量调得老高,生怕别人不知道他家里有台电视机似的。在这之前,舅爹常与村里几个老爷们打牌,大概是由于他的面部表情总是很严肃——一副公事公办的样子,于是,找他打牌的人也就渐渐地少了。想必舅爹年轻的时候,也是一个心高气傲的人。

　　我每次去老屋,都会在厨房里或是菜地里见到舅奶熟悉的身影——那是老屋里最忙碌的,也是最瘦弱的身影。舅奶起早贪黑,割菜、喂猪、做饭……辛苦地操持家务。即便这样,舅爹还是对舅奶百般挑剔,动辄训斥。舅奶只是静静地站在一旁,待舅爹训完话,一个人偷偷地躲到厨房里哭。那时,我不懂舅奶为何对舅爹事事忍让,极度包容,默默承受。

　　在老屋门后的破沙发上,有一个我从未与他说过话的长辈——患有老年痴呆症的小舅,他咧着嘴,笑也无声,嘴角边挂一串晶莹的口水。小舅早已说不出完整的话,我猜想他也想说话,就是表达不出来。我去看望他时,他能做的就是,微笑着看我许久。那笑容、那目光,传递出善意与关怀。我能够说话,可是话常常会堵在喉咙里,发不出声音来。

　　夏天,老屋外的蝉鸣像波浪一样地冲击我的耳鼓。舅爹祖露胸口,似乎身上还穿着让人辨识不清的白色背心,摇着蒲扇,坐在老屋门口的石凳上。我坐在老屋里的小矮凳上,头顶上绿色的老式电扇嘎吱嘎吱地,唱着破嗓子般的歌。屋子里年久的灰尘,欢喜地四处飞扬。屋子里上了发条的时钟,走呀走,嘀、嘀嗒、嗒,像一个老人,步履蹒跚地走向生命的尽头。

　　舅奶走了,是在我十岁那年走的。那个深夜,我们一家人睡得正香。妈妈被一个电话吵醒,她迷迷糊糊地接过电话,随后,猛然从床上坐起,抱头痛哭,嘴里还含糊地说着一些零乱的话语,能辨得出是"妈妈"二字。此后,她一直住在老屋,帮忙料理后事。当我再看到妈妈时,七天的磨难仿佛使她苍老了七年光阴,干裂的嘴唇已是紫黑色。就是那个时候,妈妈的嗓子坏掉了,声音永远地变粗了。舅奶的死因,我还是后来从母亲的讲述中知晓。那一天凌晨,舅奶像往常一样起床,给小舅换洗。舅奶摸索着下了床,谁知一不小心,额头磕到柜子的方角上,被撞出了一个大窟窿——生命就在这短短的瞬间成了再也唤不醒的永恒。

有一段日子,我不敢迈入老屋那破旧的门槛,不敢仰视老屋里悬着的发黑的钨丝灯。老屋似乎变得诡谲起来了,黑暗处仿佛有一双眼睛,直勾勾地审视着来老屋的每一个人。长大后,我分明看懂,那双眼睛饱含着对人世间所有磨难和苦痛的洞悉,是对人世间的恋恋不舍,那双眼睛会对这个世界温柔慈祥地笑,那是舅奶的眼睛啊!

人生怕遇不幸,更怕突如其来、毫无防备的不幸。不幸是隐形的放大镜。它将舅奶的不幸,放大成她七个孩子的不幸,放大成所有熟知舅奶的人们的不幸。舅奶去世后的一个月,老屋里又少了一个人——我的小舅。小舅妈在得知小舅患上老年痴呆症后,找个借口出去打工,就再也没有回来。后来听村子里的人说,她和一个木匠好上了,住的房子是那种两层小楼,不是这种越来越没生气的老屋。

小舅是个可怜人。他很小时,就被亲奶奶要过去,服侍那位贪图享受、心肠恶毒的女人。小舅没文化,没读过一天书,割菜劈柴浇田是她布置的"家庭作业"。可怜的小舅成了他奶奶长久的苦力,繁重的农活、欠缺的营养致使小舅的个头比同龄人矮了一大截。十七岁那年,替黑心的包工头打工,做了三年的瓦工,工钱被克扣了许多。二舅利用小舅秉性善良、遇事忍气吞声的性格,找个机会借走小舅三年劳资,事后则矢口否认,活活吞噬小舅的血汗钱!二舅是一只贪婪的白眼狼。而在舅爹面前,白眼狼却成了无辜的小白兔。作为大家庭最具话语权的家长,舅爹就像好心的"农夫",把二舅这条"蛇"小心翼翼地揣在怀里揣了一辈子,也使这件事不了了之。那一年的冬天,老屋冷眼旁观这一事实,原本是舅爹生的炉火,分明成了老屋的叹气唉声。

渐渐地,老屋老了,不能再为好人与坏人遮风挡雨。老屋原先的两个主人,女主人——舅奶在我十岁那年作别老屋,搬到坟墓里居住去了;男主人——舅爹在我十八岁那年,被他三儿子挪到老年公寓去了。那里的房子是没有温度的水泥砌的。到了冬天,我和妈妈去看这位老人,发现他竟然只盖着一层薄被,门外的寒风呼啦啦地吹凉他那光秃秃的脑袋,凹陷浑浊的眼睛干裂得难以张开,冻结了的嘴唇跟着冽风的节律蠕动、跳舞,手是那么的冰冷,皮肤粗糙得像干枯的树皮,摸不出一点点肉来……这些境况,只有舅爹的二儿子、三儿子装作不知道。老屋,不再埋怨舅爹,却开始可怜起这个老人。

在舅爹心里,老屋虽然奄奄一息,却还能苟延残喘地居住。老屋也曾无数次向他呼唤:"我的主人,你快回来吧,我想再见你一面!"可是,直至男主人永远地闭上双眼的那刻,也没能再见老屋一面——他的三儿子自作主张,把老屋男主人的葬礼办在了自家。葬礼仪式上,三儿子眼睛充血,一言不发,脸上大大地写着"哀痛"两个字。村里人见他那副模样,都称赞他是个"孝子"。可怜见,眼前这位"孝子",在榨干他爹身上所有的积蓄后,竟然也还舍得拿出一部分钱,应该说是拿出"自己"的钱,替亲爹办了一场风风光光的丧礼。那年,我十八岁,老屋八十岁。

　　老屋八十一岁时，我去看望它。主人不在的年岁里，它过得不好。老屋门口的那块菜地再也长不出绿油油的青菜了，蛛网编成的皱纹爬满了老屋的额头，身躯经不住岁月的磨难，已经倒了半边墙，不会有人再去开启老屋那扇门，只有不知名的昆虫替老屋唱着那无人问津的歌谣。

　　原来老屋的灵魂死了——我才发现。

文学院 1507　王卓雯 / **南乡慢**

　　行尽江南,陌上莺啼,斜阳古树,梦影依稀,一切还是旧时模样。故山隐隐,乌衣老巷,烟雾萦绕的村庄,一如当初的绿。时光惊雪,归去故里,旧时庭院还在,那些一生不曾离开故土的人,也只老去一点点,一点点沧桑。一切都很慢,慢在时光里,竹声新月似当年。

　　那是一个古老的南方小村庄,它有一个美丽的名字,叫作南乡。

　　鸿雁秋水,柳岸系舟,芳草斜阳,兰风桂露。南乡慢,赏得四时花木、山水风光。"小楼一夜听春雨,深巷明朝卖杏花。"小巷弄堂里见提篮老妪,提着茉莉、栀子、白兰花在叫卖。叫唤之声,穿越悠悠老巷,带回那段从前慢的时光。"数间茅舍,藏书万卷。山中何事?松花酿酒,春水煎茶。"烟雨出行,丛林繁盛,十里荷花,烟波舟楫,如至梦中。风翻一湖碧,绿荷翠盖,叶叶青阳,嘤嘤鸟鸣,红日将颓,凉风满亭。乌篷桨声摇渔歌,碎星影,悠悠地南去。长天夜雾,冬雪佐酒,明月作烛……南乡慢,慢成尘世桃源。

　　竹喧浣女,空山药翁,荷锄农夫,行露而出,踏月而归。南乡慢,过得岁月静好、半生简宁。"暧暧远人村,依依墟里烟。狗吠深巷中,鸡鸣桑树颠。"生于乡村的人,内心似乎总是多了一份朴素和坚韧。他们灵魂深处珍藏的永远是青山绿水。莲动渔舟风定也,落日摇帆映绿蒲,白云秋窜鸣箫鼓,何处菱歌,唤起江湖?空山云深,晨伴朝霞,暮随西风,水绕云萦,块石闲身,苍崖对立。杏帘在望,一畦春韭绿,十里稻花香。手把青秧插满田,花木成畦手自栽。待到清时无个事,掩门不问风和雨,尽日从容,打几斤老酒浮一大白。南乡慢,慢成世外人家。

　　昨日的平凡烟火,归于时间沧海。此时南乡的栀子花早已开遍山野,只是再无人有兴提篮采摘。小桥流水,烟雨如画,带着远意,令人内心怅然。以往明清时期的徽派建筑已被渐次拆去,只剩下几座旧院,不知在守护什么?青砖黛瓦,画栋飞檐,从前那么鼎盛,居住过四世同堂,而今人去楼空。画堂人家,红烛高照,已随水成尘,只余那几口废弃的古井,年年清波,所待何人?戏雨归来的燕子,亦不知衔泥去往谁家?

　　我心之所愿,南乡能一直慢下去,好风好水都在,故人故事依旧。纵使有一天远离南乡的我划倦舟归来却找不到停靠的岸,南乡亦会长在心脏的位置,南乡的慢亦会在我的身上长出繁盛的枝叶。

　　闲凝望,残霞瞑霭,依旧南乡慢。

文学院 1502　张　妍 / **记忆的闸口**

　　似真亦幻的梦境中,未见穿花的蛱蝶,我追;未见恰啼的娇莺,我探;未见那道记忆的大闸口,我决定追随风云流转,离梦渐醒。

　　冬天褪去它一身孤傲的雪衣,邀请百花赴一场空前的春日盛宴。于是,寒与暖交织着,纠缠着,春不语,静待着冬注定离去的结局,所有的安排,所有的匠心已经慢慢充盈整个世界。偏爱晨光熹微的时刻,那时候我能感知所有生命的萌动,能发现似曾相识、久违的美好。

　　晨露沾我衣,但使愿无违。故地重逢,那道记忆的闸口再也禁不住真诚的渴盼,倾泻出我所有的情思。伫立在那个我抚摸了、依偎了、亲吻了很多次的石刻前,岁月仿佛故意给了我们一种距离,却让我们在春天浪漫地相逢。我们永远无法想到"南船北马,舍舟登陆"的繁华盛景,我们永远无法经历那种繁华冷落后寂寞的等待与叹息,它只会静静地站在记忆的角落,不卑不亢,致使我们不能轻易将它忘却。所以我爱这一处的荒凉与深沉的隔世感,它会让我无比清醒,不沉沦,不迷恋,不贪一晌之欢。

　　我顺着记忆的河岸,寻找一种熟悉的气息。花还是那花,草木还是那草木,只是当年低矮的房屋和自行车铃铛的清音不见了。还好,那株泡桐树紧紧地扎根在原地,精致的小喇叭,像是在翘首以盼故人的归来,抑或是呼号漂泊迷失的孩子。而当我长久地与它对视,我竟能看见一些模糊的片段,但仅仅几秒,便又是灰蒙蒙一片了。我并没有感到意外,如今我站在这片土地上,远比虚无的梦境要好得多,是吧? 我继续往前走着,杨柳细长的头发,撩拨着缓慢迟钝的河水,想要它们为自己驻足。然而这一条人工运河似不解风情,是这春天最不和谐的音符,仍旧自顾自地向前流去。这看似孤傲的性子却酝酿出了别样的风味——慵懒。我不得不承认,春天绝不是肤浅的设计师,它已经进入了类似思想者的行列,有着自己最天才的创造力。

　　再往前走,于繁密的柳林中竟发现了三三两两的钓客,他们安静地端坐在石头上,天地万物都好像停止了呼吸,连我的脚步也变得轻之又轻,生怕打扰这一份难得的静谧。我隐约看见一滴汗水缓缓滑过其中一名钓客的脸,而他纹丝不动,一双眼睛直直地盯着看似平静的河面,他们像是世外的隐者,隔绝了人世的沧桑变换,摒弃了心中的凡尘杂念,他们又像是苦心修行的禅者,一生好像只为了一件事情,以至纯至净的心性坐成永恒。说到参禅打坐,修炼化缘,抬头之间便有一座金色的佛塔,那座富丽堂皇的塔楼让人不寒而栗,我明白那不是因为佛教圣地的肃穆,而是怅然若失的陌生感。记得早些年,寺庙冷冷清清的,扫地的扫地,敲钟的敲钟,念经的念经,一派古朴庄重。那种肃然起敬的感觉让我对寺庙保持着一种神秘感,我总觉得两个不同的世界会以淡淡的方式和平共处,一脚红尘,一脚红尘之外,它会让人活得格外清醒。金色的漆闪闪的,我的心也戚戚,微渺的梵音和喧闹的人声并无二致,那种穿透人心的力量淹没在无尽的人潮中。

沿着河岸又走了一段时间,眼见着天快黑了,我便折返。我感受到了风中那一丝春阳的余热,而河面也有了汽笛声,长型货轮以"世纪速度"行走着,船上的灯光格外刺眼,女主人似乎忙着准备一顿简单的晚饭,男主人用最温柔的目光看着他的妻子,掌控着整艘船,远行奔波的劳累也抛之脑后。他们不用刻意去感知什么,这一路,携着彼此的手将满眼春色尽收,把卷轴画式的山水慢慢唱进渔歌之中。恣意欢笑的还有那些乘坐着游船归来的人们,他们丝毫没有感觉到白天与黑夜的交替,他们很享受这场盛宴,若有酒,若有丝竹,便可成一篇故事。传语风光共流转,暂时相赏莫相违。

已经要到出发的地方,可我还在等待什么,在石刻前长久地徘徊。帷幕拉开,唱念做打,轮番上阵,石刻不远处的长亭里圆润如水的嗓音缓缓流进心间,一群热衷于戏剧的老人们激情满满地捧着戏文,跟在后面哼唱着,怀念着属于他们的岁月。他们不因暮年的衰朽而暗自感叹,他们正像春天蓬勃的草木,展现出这个充满活力与新生色彩的季节里最耀眼的光芒,春天让所有的人感受到一种无法抗拒的热情,老人们也会自感生命的跃动,只要还有一张能唱尽千百种风情、千百种滋味的嘴巴,只要生命还有可延伸的触角,只要时间还尚怀一丝宽容,还有什么不能尽力而为的呢?

我的心境也渐渐明朗,不必回首,当风把云推开,我就会踏着歌声回到记忆中的闸口。

文学院 1305　鲍湘佳 / 时间都去哪了

流离之所，许一片云淡风轻

时光，是个画家，那时，它本是花园，现在，它成了古巷。

我也不知道已经过了多少年，我又一次回到这里，模糊的记忆已拼凑不完全，只有那五彩斑斓的花海带给我的震撼深深烙在我的心头，我追着梦来到这里，不过还是没来得及说再见，就永别了。那些回忆久远地成了一幅画，忧郁宁静而美好。我知道我们终究会再相遇，只是，时光先把我带走了。

不知为什么，总觉得如果不用文字记录下来，很怕自己会忘记，会再也记不起田野的样子，会再也不在意那些欣喜若狂的庙会，那些一步一步走过的石子路，那些让我摔倒过无数次的"赵州桥"……

那是我最喜欢的地方，那是一座城堡，是一座宫殿，不过我更愿意把那座建筑称为，我家。那是一座真正意义上的家，从上到下，从前到后，统统都是我的，满满的都是我的回忆。日光倾斜的时候，我总是面对太阳，闭上眼睛，试图在温暖中回忆它的样子，还原那些纯白的记忆。

那年我九岁，记忆中那年儿时的夏，阳光是充满美好幻想的，蝉声也不似现在的聒噪。那时的我从未想过，有一天，我会连思念这个地方，都觉得是件奢侈的事。

我不相信，那些房子本可以留着的，不过为了所谓的城市化，它被卖了，是的。我的记忆，随着那轰然倒塌的砖瓦，一同碎尽，没有人知道，我和它们一样痛，或许更痛。

梦影回眸，踏一路春暖花开

认识了这么久，真的很想看看你的样子，这么骄傲的灵魂，怎么可能为谁失去自尊？

那是与我一同长大的儿时的路，那些路是我印象最深的，虽然不好走但是却很神秘，每条路都不长，都很小，但都不是笔直地通向远方。那些路，每一段都各不相同，它们没有自己的名字,但是它们有长相,有装饰,有魅力。它们吸引着我走向远方,也是它们,陪伴着我回家。我爱这些路,我爱那些路上的风景。记得有一段路很美,那是要从家里去市集上买菜所走的路,以前没有菜场和超市,从没有人烟走到热闹的市集需要走很久的路,先需要走过人家门口的水泥场,再过一座小桥,穿过一片稻田,抑或是转个弯走过一段地下隧道,尽头便会出现一条两旁栽满了松树的泥土路,然后从田埂上穿梭到另一个村子人家门口的路上,再然后就会从小路走进一条宽敞热闹的大路,这便到了。一路上,别提多开心了。那是一段我深爱土地的时光,说不出来为什么那黄土会让我这么迷恋,也许是它的颜色、它的质感和它的芳香,能让我得到前所未有的踏实感,抑或这是中国人的恋土情结,是炎黄子孙的命中注定。

云中寄书,梦一段明媚年华

原谅我对爱的渴望,用十年的时间来成长。

我的外婆是我这一生最要感谢的人,我爱她,就像有句话说的那样,没有人可以让我掉眼泪,但想起没有她我会止不住泪。我没有这么爱过一个人,小时候,随便谁送我上幼儿园,我都会很乖地说再见,但唯独她不行,我会哭,我不是害怕一个人,我仅仅只是舍不得她走。每次提到我的外婆都需要很大的勇气,因为她不在我身边,因为她藏在我内心最深处,因为我舍不得回忆起她与我的点点滴滴,我怕我有一天会舍不得离开。我想给她我的所有,即便我什么也没有。

在时间的缝隙里,我无数遍尝试偷窥那已经流逝的光阴。当她刚开始做我外婆时,她还很爱美,她会每年变换不同的发型,她的牙还没有掉,她会自己染发,不让那些白头发露出来。那些年,她没有老,那些年,她还很高大,高大得还能把我拥在怀里,还能把我背在背上。那些年,她种的菜还很好吃,她打的毛衣还很暖和,她会教我折纸、剪花。那些年,她会给我做麦饼、粽子和年糕,那些年,她会抱着我睡觉,那些年,只要我喜欢,她就不嫌烦。

我是总归要写这些字的,因为我怕不写的话,就没有人会再记起那些我爱过的人,那些我爱过的地方。我的记忆太零散了,就像我当初怕的那样,我在慢慢遗忘,遗忘那段已经爱到痛彻心扉的时光。

我梦见自己面对日光,一脸明媚地站在路的岔道口,周围那些曾经被遗失的美好全部在面前浮现。我仰望着日升月落的方向,带着不服输的眼光,自以为是地把这叫作成长。

文学院 1507   徐楠楠 / **补丁时代**

老家的屋倒了。

奶奶让还在上班的爸爸赶紧回家，带她回老宅。

"十几年没人的老房子，没人住，倒了就倒了呗，谁还指望回去啊。"弟弟一边拨着手机一边小声地朝我咕哝着。弟弟可以说没有在老家住过一天，算是个地地道道的"城里人"。我虽在老宅只度过了短暂的婴幼儿时光，但孩童时一瞬的记忆还是会时不时地蹦入脑海。有时候对于老宅的记忆我也分不清是真实发生过的事情还是梦境。我总会将这些记忆一点点地拼凑，拼凑出老宅的模样。

"我要回去，我还准备在家前那片地里种黄豆呢。"做了一辈子软弱农村妇女的奶奶在老宅倒后愈发倔强，回老家的欲望也愈来愈强烈。爸爸见奶奶这副模样也动了回去修一修老宅、清理清理家前屋后的念头。新想法冒出来的同时，必然会响起反对的声音。最反对爸爸的就是妈妈，每个月家里开销已经不小了，现在又要花钱去打理十几年没人住的老宅子，花了钱又能回去住几次呢。

"我去修屋你别管。"爸爸冒出这句话后便带着奶奶天天回老家修宅子，早出晚归。别说，这个时候的爸爸和奶奶倔得还真像。

炎炎夏日催落了初秋第一片落叶。很快，老宅修补好了。

"走，带你回老家看看，修得可漂亮了，走吧，手机里有什么好看的，带你去乡下逛逛。"奶奶冲着窝在沙发里的我和弟弟说着。奶奶笑得少女一般，像是想要把最心爱最漂亮的衣服穿出来给人们看看。自从爷爷去世后，我从没见过奶奶如此神圣的笑容。爷爷去世后，太公太婆也相继去世，奶奶被接到城里和我们一同生活，一住就是十几年。

车窗外的景象如此陌生又是那么的熟悉，老宅，我们久别重逢了。

"怎么样，这儿的空气好吧，看我们家多漂亮。"奶奶自豪地展示着她与爸爸这近一个月来的杰作，她的笑容如这里的天空，简单、纯净。我看不出奶奶眼中的漂亮，我所看到的只是一个简简单单的老房子，和周围人家似乎没有多大的区别。也许老宅的这份美丽只有爸爸和奶奶能够感受得到，他们是多么的幸运。

我们老家就像北京的四合院一般，四个屋子围成一个方，中间有个大院子。大门进去的屋子叫作前屋,正对大门那间屋叫作堂屋,西面的叫西屋,东面的是厨房,叫作锅屋。一进前屋摆着一张大方桌,我认得它,原来啊,家里只要来亲戚朋友,我们就会在这张大方桌上摆酒席。姑姑用筷子蘸白酒给我吃是在这张桌子旁,我将肉扔到桌子底下喂狗被长辈责骂也是在这张桌子旁。不过,桌子似乎变矮了,也许是我长大了吧。是它见证了我的成长,而现在,它却长满了"皱纹"。

往里走进入院子,院子里有四口缸高矮不一,大小也不一,这缸我也认得,夏天我会拖个大大的盆,脱得精光在它的旁边洗澡。闷热的夏夜,我无数次幻想,要是可以跳到缸里泡着那该多好啊,可是缸太高了,这个奢侈的幻想从没有实现过。在缸里,一个红色的塑料盆静静地躺在满缸的水中,正接受着天然井水的洗礼。红色塑料盆的表面似是趴着一条条的蚯蚓,但那蚯蚓却一动也不动。将盆拿出一看,原来表面全是补丁。还记得小时候,村子里总会来一些锅匠,他们背着工具为了生计走乡串寨地揽活。家里面坏掉的锅啊盆啊只要交给补锅匠,他们就可以将坏掉的地方又修补好。虽然不好看,但还是结实耐用的。那个时代,家家生活都比较窘迫,当然不能够像现在这样盆坏掉了就买个新的。爸爸从水缸里打了一盆水,刷着一个满是泥巴的盆,看这泥巴也是十几年前的泥巴难洗得很。在爸爸的不懈努力下,渐渐地,盆露出了它的真面目,白色的表面也爬满了黑色的"蚯蚓"。在那个时代,几乎所有的东西都要有补丁。补丁的衣服,补丁的瓢盆,补丁的屋顶,补丁的板凳……补丁仿佛成了那个时代的代言。

水缸的东侧便是锅屋,爸爸还保留着最传统的做饭工具。一大口锅砌在砖砌的灶台上,热量靠锅底烧柴火释放。弟弟拿着手机不住地拍着锅底的火焰,还抢着要往里面加柴火。火焰越烧越旺,饭菜的香味弥漫了整间屋子。

奶奶叫来了爷爷的姐妹们,来这老宅子里聚一聚,姑奶们在出嫁前都是一同你争我吵地生活在这老宅子里。几十年过去了,年迈的她们再回到老宅时,已物是人非。

傍晚,奶奶依然不舍离去,坐在古老的藤椅上,不知在望向何方。爸爸望着奶奶冷不丁地冒出一句:"这份感情,别人是不会理解的。"

我们不会理解的,那个时代的故事,只有那个时代的人记得。

修好的屋舍,留存的补丁,一片片的记忆。老宅,这一直都是补丁的时代。

文学院 1506 王亚梅 / 今年是暖冬

当秋日的寒风卷走了地上的最后一批落叶,雪第一次铺盖了整个大地,冬天真的来了,夜很静。

"咕嘟咕嘟",我揉开惺忪的眼,暗黄的灯光摇曳着,尽量散发出满身的力量,高高的背影在我的视线里晃动。

"面开了吗?"沉重的声音低低地压在喉咙。

"快了,快了,我再磕个鸡蛋,你把案板上的菠菜端来。"声音很温柔。

"来了,来了,"母亲迅速将锅盖掀开,热气袅袅上升,盘旋着,一丝丝,慢慢消失在天花板上。

小枣似的灯泡如风烛残年的老人,一根细绳吊着,小幅度地摆动着。

母亲的影子也跟着晃动,锅里的水依然在叫着,炉子里的火苗顺着锅底硬挤出来,窜动着,碳"噼里啪啦"地炸着。母亲拿着勺子,哈着腰,推着面,白气漫住了她的发丝,不知是时光的脚印还是白气的脚印停驻在她的鬓角,泛着白晃晃的光。

我躺在床上翻个身,故意哼了两声,母亲的搅拌声更小了。

风从外面嘶吼着,捶打着窗几,它似乎比我还熟悉我家的墙窟,吹刺着我的脖子,我裹紧被子。

"外面的雪还在下,真冷。"父亲把堂屋门插上,顺手拿条毛巾打着身上的雪。

"洗洗手,吃吧。"母亲拿着大白瓷碗,慢慢端到饭桌,我分明看到那鼓出来的水煮蛋,碗边浮着青菜叶,泛着油花。

我的视线被衣柜挡住了,只听见父亲吸溜面条的声音。

"这鸡蛋你吃吧。"父亲说道。

"没事,你吃吧,我什么又不做,锅里也还有。"

夜还是很黑,不知谁家的狗吠了,远处有几声鸡啼,不知谁家的车也一直没发动起来。

"把那头盔戴上,还有护膝。"母亲的身影一晃而过,父亲的摩托车发动了三次,大门开了,声音渐渐远去,我的视线慢慢模糊了。

天亮了,那已是早上九点钟了,明亮的太阳涂了一圈又一圈金色银色的光环,我揉开惺忪的睡眼,菜园里盖了一层雪,院子已经被扫得干干净净了。

母亲倚在门前,柔美,恬静。小花猫,蜷着身躯,憨憨地打着呼噜,雪白的毛色在阳光的折射下,如此亮眼!

俏皮的阳光绕过光秃秃的树干,斑驳地洒在地上,我趿着拖鞋到堂屋门口。金色的阳光如同美酒,甘洌,暖心。

母亲好像注意到我了,但未抬起头,手不停地打着毛衣。灰白色线条在母亲指间飞舞,挑动的针,忽上忽下。

"起来了? 天还早,再睡会去?"母亲的声音是那样的柔美,正如那散射的阳光,和煦,温暖。

"醒了,就难以入睡。"我应答着母亲,搬个凳子坐在母亲的身边,缕缕阳光异常温暖。抬头,望着母亲,一针一针,打着专注,打着温暖,似乎要将这撒下的阳光全部打进毛衣。

我凝望着母亲,阳光无拘无束地躺在母亲的额上,鬓角的光芒成了我最害怕看到的颜色。岁月的车辙过早地爬上了母亲的额头,那如刻刀般的痕迹,使我的内心泛起一种苍凉的悲壮,这荏苒的光阴为何来得如此匆匆? 她,我的母亲渐渐地老了。

"你为什么要打这么快,歇会吧。"

"不累,我得在你走之前打好,你好带走。"母亲的声音依然是那样的温柔。

小花猫似乎睡醒了,打了大大的哈欠,伸了个懒腰,母亲依然在打着毛衣,我依偎在母亲身边,让那久违的日光铺满了我的全身,感受这阳光的珍贵与温暖,一缕,一缕,正如那一根根的毛线。

四 季 感 悟

　　莫道日月不淹,休说浮生若梦。流淌的时光里,总会留下成长的印记。那放飞的梦想,执着的信念,带着我们看遍四季繁华。春有百花秋有月,夏有凉风冬有雪。纷纷扰扰的尘世中,熙熙攘攘的人群里,渐渐地,我们学会了在大自然静谧的怀抱里,欢歌笑语,聆听倾诉。

文学院 1304　余云洁／**最后一抹夕阳的余晖**

人世间有太多的变迁更迭，兴废盛衰，西施的浣纱池遭遇了浩浩时光的荡涤，吴王的响屧廊已被寒山寺的佛钟撞碎，无情的只有那一弯秀色田园，徒留一代江山，风光无限好。

沉浸于江南苏州的霏霏烟雨中，徜徉在平江路幽邃的巷道里，穿梭于精致的雕花门廊间，聆听小桥流水的絮语，诗意浓浓，古韵深深，恍若梦回春秋，时光也在这里驻足，偷闲。锦簇繁花，粉墙黛瓦，亭台楼阁，木栅花窗，卧波小桥，傍水人家，彼此借景，铺就成一幅长长的泼墨山水卷。平江路古朴清幽的环境自成一脉，开拓出另一片天空，充耳不闻咫尺外的喧嚣鼎沸。一路之隔，竟成两个迥异的世界。

蜿蜒迂回的长巷，一旁是沿街而过的潺潺流水，恰似一条玲珑晶莹的翠绿玉带伸展于大地之上，偶然一枝迎春斜斜地倚向河面，颇有拂波之意，树影投入水中，平添一份韵致；另一旁是低矮的门楼，门前的台阶被时光悄然磨去了棱角，打出了光晕。杂花溅满了阶边的泥土地，正向脚边碧绿的青苔涌去，浩浩荡荡。一边的古井被檐水滴出了洼坑，内侧还留着井绳深深勒出的痕迹，流露出历久弥新的苍老。桃花杏花在井台旁，一树一树地亮着，寂寞陌上花，越低调越好，越不张扬越美。

阴凉一寸一寸移下外墙，剥落成一片丹青。斑驳花白的墙角边，形容难辨的石墩旁，细碎的蔓草，零星的野花攀生成长，摇曳出灵动的风姿，似乎在埋怨着无人搭理的尴尬寂寞。偶有暖暖的、懒懒的阳光轻推门扉，飞燕喃喃，杨柳依依，墙内似有人语。

旧式的古宅透出历经岁月的沧桑，窗棂上洇湿的对联墨迹斑斑，散成一圈一圈的晕，隐约可见雨打的痕迹。透过纸糊的漆红窗镂，仿佛望见一个身着古装的少女正对镜梳妆，依稀的容颜，朦胧的背影，撩动起你心间的涟漪。旧时王谢堂前燕，飞入寻常百姓家，竟不知今夕是何夕。

微雨漫不经心地飘向绿荫处的厢楼，曾经张扬的外表已悄悄掩隐在破旧的木门之下，偶作一番历史的凭吊，也只能从精雕细刻的图纹中窥出端倪。一切似乎都趋于衰败，但仅仅残存的一隅，也足以证明那辉煌的过往，默默讲述着苏州当年的繁华。

一路过去，船屋，琴馆，书场，古戏台，曲水人家的洒扫忙碌，吴侬软语的家长里短，青石板上的铿锵足音，拨开了岁月的尘埃，唤醒了绵长久远的回忆。炊烟，琴音，书声，评弹一并氤氲在空气中,宛转悠扬地诉说着古城的前尘往事。那种声音静杳杳的,轻飘飘的,不知从哪里传来,也不知将去向何处,就这样跌落到书香世家的粉墙上、屋檐的青瓦上。像春天的杨花,娇柔飘絮,与纷然的红尘人世相依相恋,不舍分离,殊不知早已染上了人间的贪嗔痴枉。

庭院深深深几许,记忆中那一曲琵琶,飞越万水千山,清凌凌地撩拨着心弦,流连回环,余音绕梁。像是将要离家的游子,倚门回首,无语凝噎,好不容易走出门口,又悄然而归,偷偷打量,在你的窗前盘旋,那般恋恋不舍,又是那般愁肠欲断。

紧挨着枕河人家的丁香小巷里,细雨蒙蒙,清风习习。在这样一个烟雨朦胧的傍晚,潜意识里想要滞留等待,等丁香盛开的来临,等那个结着愁怨的姑娘,身裹绣花旗袍,娉娉婷婷、袅袅娜娜地从小巷深处走来,衣香鬓影,宛若一朵明媚的丁香花。手执一把江南水乡特有的油纸伞,牵引着身后一片霞光,独自体味寂寞,彷徨,抑或是惆怅。一敛眉,一蹙额,温润如玉,温柔似水,谱就一出江南雨中的梦,惊动三世十方。恍惚中,那渐行渐近的身影不经意在茫茫人海中一转身,一回眸,刹那芳华,已擦肩而过。

夕阳下的平江路,行人渐寂,静得听不见人语,这样的宁静中,更没有漏声迟迟。忽而一串细微的咳嗽声,似是老人家在恹恹说着什么,隔着水墨般的泥墙飞入人间,点亮了红檐下的灯笼,一直遥向灯火阑珊处。灯影憧憧,更鼓声声,舒朗淡雅,如佳偶天成,低调的华丽,开在暗夜里,守着这一堆黑暗的花,暗自妖娆。

古井、阁楼、竹屋、船桨,隐藏了多少逝去的风华,那朴素静谧的千米长街,与周围的车水马龙格格不入,仿佛夕阳的最后一抹余晖,横亘于纷纷扰扰的红尘间,散了千年芳华。我心自有明月,不改初衷。

文学院 1403　陈清莹 / **尽枕河**

　　人说姑苏人家尽枕河,这话不假。喜欢曲曲折折粼波荡漾的河么? 那样染尽了春天岸边杨柳的青碧,映透了夏日天空的澄澈的河,在九曲迂回的流动中赋予这座城市一份独有的灵气和韵味。也许你只是在这个日光正好的时节里偶然间穿过了临街的紫藤花架,一条素未谋面的波光粼然的河就在那儿静静地等着你。对岸,一枝正值花期的海棠压在院墙上,东风吹落了些许绯红的海棠花,落在一片波光中,而日光暖和得让人直想懒洋洋地坐在河边的石栏上不动弹,望着落花随流水渐渐远去。

　　喜欢古旧的青石板铺就的桥么? 那样飘落过秋季层层叠叠的红枫,堆积过冬天细碎剔透的落雪的桥,年复一年默默地连通河流的两岸。桥上石板并不平整,凹凸之处没有特意加以人工,这样也就多了一份自然。石板之间的缝隙中会探出几茎细瘦的不知名的小草,像是陪伴着石桥度过那些静默的岁月。桥边许有一个老爷爷,手边搁着台老式收音机,传出带着点无线电杂音的一段《玉蜻蜓》或是《牡丹亭》。沿河两边的巷子曲折幽深,有的窄得只容得下一个人,一把伞。

　　若是遇上多雨的季节,石边的青苔就显得愈加的翠绿。雨水积在石面上,小小的水塘里映着鸽灰色的天空和一小块临河人家的檐角。也许现在我们踩在青石板上的这一步,许多年前也有人在相同的地方踏过。在方寸大小的石板上,两段来自不同时光的历史被连通。

　　蓝衫布裙的船娘摇着橹立在船头,这样的景象再配上两岸的花木和船头的小红灯笼,便成了一幅画,运气好时,还能听见几声船歌婉转地传到岸上。年岁如河水一般潺潺流过,欸乃之声却仿佛从千百年前一直传到现在,静谧如初,安好如初。

　　人们每天都会经过这样的河,走过这样的桥,它们似乎成了我们生活的一部分。从这一岸到那一岸,人们的生活被连接,被延伸。姑苏城历经悠长年月的洗刷,却依然富有生机,这正是因为那些贯穿了整座城市的小桥流水打破了所有的凝滞,带来流动的生命力。

　　君若到姑苏,不必先急着寻那些园林古迹。河水如岁月静默着流过,有桥横架其上,世世代代,人流往复。或许这才是城中真正的风景。

文学院 1407　徐益荣／印象西塘

　　同乌镇的初次邂逅在一个夏日的午后，我在其曲折通幽的小巷中踱步，偶望斑驳的墙皮与稍显破旧的屋檐，正吴侬软语般诉说往昔的风风雨雨。偶进一处宅邸，便瞥见砖雕的考究别致。单匾额抑或小窗一景，就足以使人回味半晌。周遭恍若信手泼墨一挥而就的世界，写意下沁满浓浓淡淡情愫。

　　任时光荏苒，依然不变的是乌镇那小桥流水，茶香琴韵的音容笑貌。萦绕这里的似乎还有一股朦胧的愁绪。《似水年华》里的男主人公文坐在琵卓河畔，回忆心中的英，哭泣。传说，所有掉进这条河的东西，不管是落叶、虫尸或鸟羽，都化成了石头，累积成河床。假如人能将心撕成碎片，投入湍急的流水之中，那么，痛苦和渴望就能了结，而文，终能将一切遗忘，包括爱情……

　　诚然，水乡乌镇是柔情似水的，如若离群索居于此，的确能涤荡身心。但这里始终弥漫着忧伤。记得有人对我说过，乌镇是死的。

　　乌镇的街巷似扑朔迷离的棋盘，陌生人容易走失，但只要顺着河流，搭上乌篷船，便可溯流而下，直抵心之所向。如此浅显的道理，你我都懂，祖祖辈辈在乌镇生活的人家却已然淡忘了。镇上的年轻人纷纷跑去镇外定居了，就因为时常走失在乌镇？还是走失的是那一颗被俗世浸染的尘心呢？终不得而知。不知是上天有意的安排还是安土重迁，古镇上留下的多是些风烛残年的老人，在闲适里日复一日重蹈岁月的年轮，固守同样被世俗遗留下来的老屋，坐拥这道浑然天成的风景。那佝偻的背影，不免令人唏嘘。

　　乌镇是死的，然而西塘是活生生的存在。

　　西塘，犹抱琵琶半遮面的江南水乡女子，横亘在水烟缭绕中。夏风吹拂，熙熙攘攘的人儿在拱桥上驻足观望，静谧地遐想。瞧，街衢依河而建，居民临水而筑，家家户户都拥有古河埠和系船的缆绳。房屋上斜斜的屋檐，清一色屋檐青瓦，尽显明清时期水镇街市的遗风。有几处客栈随青石板砌成的台阶从岸边一直建到水上，伸手可触充满绿萍的河。几株生长在岸边的垂柳也不甘寂寞，飘逸下长长的柳枝垂饮河畔的清凉的水。河岸另一边酒肆茶楼林立。置身于楼上雅座，赏粼粼的碧波，观人影憧憧，品一壶浙江特有的杭白菊，茶香四溢，清新怡人。想远古雅士也不过如此，邀风流骚客，聚临河水阁，低吟浅唱，共鸣琴瑟。

　　我在幽深的古弄中恣意游弋。西塘古弄繁多，或明或暗，或长或短。于是我的目光便游离在小径中，我坐上古船，且听桨夫橹声咿呀，优哉游哉，毫不费力地穿梭于桥洞中。

　　天色渐晚，又孑然盘桓到月河。这里云淡风轻，皓月当空，水中的上弦月荡漾，二三渔火。只身一人穿梭在月河街，红灯笼高挂在商铺门前，怀旧之情溢于言表。我听着陈绮贞的歌，思考旅行的意义何在，是为了终结青春，抑或是在路上寻找真我。古镇中商铺可让你写明信片寄给未来的自己。也许五年十年后，我真的会收到一封来自过去的明信片，收不到也无妨，毕竟已将心境寄给岁月。

　　月河街现代化的酒吧林立。明明很具古典韵味的地方却建立了太多美其名曰风情的酒吧，泛滥了就突兀了。耽于纸醉金迷中，该有情怀也失了真。

　　所幸，比起乌镇与月河，西塘尚可是古色古香的。宁愿把印象留在古镇西塘。

文学院 1408　许黎颖 / **嘘，花开的声音**

> 最美人间三月天，乍暖还寒时节，天光和煦，清风温婉，让我相信一切都会有转机，时间的齿轮终会转向花明的彼端。
>
> ——题记

最近，淮安的雨渐渐沥沥，连绵不绝，丝丝入怀。心情在潮湿的时令里搁浅经年。

天气稍稍放晴，阳光尚眯着惺忪睡眼，无意从云间透出几缕白光。不管还清寒着的空气，我把宿舍铺盖全卷了，揭竿而起似的孤勇，只剩一张单薄的生硬的床板。"哼哧哼哧"，一把拖着整床被子，鼻子钻进莫名的蘑菇味道。"被子里长蘑菇可真不是妙事！"我自言自语。

今天，气温从寒冬一下子蹦跶到了炎夏，学校里有学姐迫不及待穿了短裙，回头率极高！我和她们一样，似春非春、阴雨绵绵的时候，我多么盼着阳光普照：好多话在心里百转千回，到嘴边却又醒来还是沉默更好。内心风起云涌却只能风轻云淡，我多么想在熟透了的明朗天空下自由奔跑大声呼喊，多么想在清池碧水里将心事的石子投进深处，嗓子喊哑了，出了一身汗，跑不动了，静静看石子晕开渐淡渐淡的涟漪，是不是就去留无意了？

今日阳光正好，长舒一口气，走吧！出门去吧！

到了悄悄打量着高跟鞋瞎臭美的年纪，可到底，朴素的平底帆布鞋才是出门踏青最轻便的宝贝。

还没进到公园里面，便瞧见了碧色无云的天空中飞得高远的风筝。一个扎着朝天辫的小女孩举着比自己的个儿还大的风筝跟踉着抵抗风的力量，一个不稳就会被春风带走了。她看到我拿着相机拍她，冲着我甜甜笑了，露出两排细细密密的小糯米牙，童真像柔软风儿湿润了我的心：好想放飞风筝呀！春天来啦，我要跑去和春热热烈烈打个招呼，让风筝飞上九霄代我招呼一声。从沉闷的罩子逃出去，看一看蔚蓝，追一追神仙，呼吸一下晴空与辽阔，住一住云端的好日子。

喜欢看杨柳，执念杨柳是春天最初的信号。在寒风中默默抽芽，一点一点的绿色氤氲在枝头，画成水墨。当天气真正转暖，人们才意识到春天真正到来，而杨柳早已有了勃勃盎然的样子，在暖风中优雅地摇曳生姿了！对盈盈柳条儿爱不释手，奈何抵不住春天的诱惑，明明知道不该摧残春的新生命，还是忍不住折了两枝，默默安慰自己：揪掉了柳树姑娘的两根头发，应该还会再长的！编了个绿色花环，手艺不好，却还能看，天然去雕饰的灵动生命幸好没被我糟蹋了，我把春天戴在了头上！离开的时候找了一片空草地，端端正正地安放它：折柳破坏了别人的风景，本就有些惭愧，走的时候还是留它在原来的地方吧。

这个时候绽放的花儿是不多：我只见到了灿黄的迎春花、攒簇盛开的梅花、初初点枝的桃花，还有，最值得一提的漫山的野花！——它们或许渺小如星，或许卑微得是花是草都分不清楚，或许没有名贵花朵的雍容大气……可是，吹面依寒杨柳风的时候，看看身边已成山成海的野花吧。如果你愿意，惊鸿一瞥时，不起眼的东西也能瞬间惊艳你的眼眸！

电视剧《何以笙箫默》里的赵默笙偷拍何以琛的照片让我印象深刻：清明的阳光透过绿意葱茏的树叶，打在倚在树下捧书沉迷的白衣衬衫的少年身上！默笙清铃般的嗓音犹在耳边萦回："这是我第一次把光影效果处理得这么好！"很多人喜欢捕捉阳光的踪迹吧，我亦不免俗，所以常拿着相机对着阳光找角度，用这样的方式寻找一个别致的角落，定格的风景常常醉人。

走累了在竹亭歇脚时，在亭柱上发现了几行字，闲情雅致如斯：德也狂生耳！偶然间，淄尘京国，乌衣门第。不知题此句的人是否有好友在侧，"以风雅为性命，以朋友为肺腑"，有纳兰的情怀，又遇梁汾般的知音，真真令人心驰神往。

古时文人墨客在亭间流连，泼墨题词被千古传扬，现在可能算是破坏社会公德了！不过，就是喜欢寻找边边角角，就是爱猜想不知名的人的故事，待我把字练成艺术，也来潇潇洒洒"破坏公物"留下我的印迹，让与我"臭味相投"的后来者如我今日一般一番遐想。

名为"湿地公园"的公园在这个时节其实有点名不副实，幸好误入的一片小湿地替它争回了点面子。我只顾抬着头沐浴阳光，径直走过去，忽觉绵绵软软地，脚向下沉了，我瞬时有点"惊恐"，这里不会有沼泽吧！小命不保啊！哈哈，幸好面积不大，幸好我一脚拔出来，危难之际跑得比兔子快啊……

回来整理照片时，我忽然发现一个现象：似乎拍出来的照片没有眼睛看到的生动动人，或许是设备不好、或许是人的眼睛就是最高端的镜头，或者——是因为眼睛看的东西被心情涂上了主观的色彩。美或不美，不是全在静物啊！

每一天，即使心里有郁郁的情绪，也对自己好一点：去看看明朗的风景，去相信命运的宽厚美好。跟我走吧，不必去远方，只是走到阳光下面去。

嘘！你听，花儿盛开的声音！

以此文，送给心有千千语的自己，送给一直心牵着的你。

——后记

文学院 1505　董一诺 / 最撩人春色是今年

　　天知道，这三个月以来，我是那么迫切地想念春天，那么迫切地想把那些被寒风禁锢的最温柔、最颤抖的相思捧给它看。我多想写一封信，叙写它昨日的美丽，可我又为每次努力靠近后仍旧描绘得差那么一点儿味道，而感到无能为力。

　　我只好等待，等它跋山涉水来见我。

　　终于，我感受到那一缕缕先来的春风，像青春里扑面而来的诗句，让我在连日怀念中焦灼的心，一刹风静。我尽情享受着这丝绒般的触感，却又渐生惭愧。年年春色，年年不同，春从不厌倦这周而复始，积蓄三季，倾其所有，我却眷恋去年好春光。此刻，我只愿我心似春心，去经历每一次发现它的喜悦，感受生命的流淌。

　　早晨春色未现，风含雾气，我站在操场等待朝阳的升起。天光乍破，云霞灿烂，当太阳眷顾大地，第一缕阳光洒在脚下的泥土上时，我仿佛听见了生灵起伏的呼吸。随它们一起在晨光中运动，呼呼微风中传来的满是蓬勃的朝气与笑意。

　　沿小路闲逛，大片整齐如画的农田中菜花泛金，在和风的反复抚摸下轻轻颤动，溢满嚣张的灿烂。春日长空下纸鸢斑斓云集，恋人在草地上追逐打滚，亲吻略显绚烂绵长，肆无忌惮的青春在他们身上流淌。

　　走累坐在公园长凳上，注意到小心翼翼捧花送给母亲的小男孩，稚嫩的脸上满是期待。母亲接过这最寻常的花朵，俯身在男孩脸上轻柔一吻，眼角泛着玫瑰色的光晕。我便想，春也如同这捧花的孩子吧。初入人世，迫不及待地想把一切美的事物分享给最爱的人，我们的欣赏和赞美就是它最想要得到的抚慰。

　　星野道夫曾说：不同的人，即使站在一个地方，透过各自的人生，看到的风景也会有所不同。也许我眼中的春色不只是春本身，还有我青春里那些害羞的、热烈的、谦逊的、疼痛的情感和他人身上鲜活的风景，所以我用尽一切华美的词藻，都无法描绘春的丰盈。我庆幸我所看到的都是春天的美，仿佛命运的宠儿，享受着岁月宽宏而慷慨的对待。于是，当今春来临，我该忘却去年春色。拉开一张空白画卷，不管红橙黄绿，我只知我心似春心；不管年年春日相同与否，我只知此刻春色撩人。而后与今春告别，把回忆当作生命里的花，静静盛放，飘落天涯。

　　夕阳西下,新月东升,日光月影相映成趣,优雅宁静。漫步河边,夜风袭来,吹乱了坐在河畔边老奶奶的银发。她的眼睛饱含深情,缓缓诉说着一生的幸福与坎坷。经过风浪后平静下来的老年时光,也许没有惊喜与失落,有的只是平淡与单调,却也是人生不可或缺的风景。

　　世间最珍贵的,莫过于眼前的幸福,对于逝去的记忆,我们只需放开手就能得到快乐,就像我已知晓我永远不可能将春色留于我的笔尖,但我将留下被春色渲染的心境,永远新奇,永远幻想,永远朝气蓬勃,永远热泪盈眶。

　　我言今年春色好,料春光见我应如是。

文学院 1403　刘家夷 / **读书，煮春茶**

夜似乎已经很深了，我却仍是没有丝毫倦意。拈上几片茶叶，嗅到一股新翻的泥土的气息，近闻，还似有一些淡淡的苦涩，倏地想起朱先生笔下的春天："山朗润起来，水涨起来，太阳的脸红起来。"春天真的来了，带着一股如茶叶般清新的味道，在这个夜晚，如此真实地靠近我。

掌中的茶叶蜷曲着，皱缩着，纠缠在一起，躲在自己的世界里，冷暖不问，斑斓不知。及其置于水中，依旧如故，一眼便可以望到底，这般的样子想来就是生命最初的模样吧。

我低下头，目光触及桌上打开的书。杜甫的《望岳》映入眼帘：这是怎样一种气吞山河、雄视古今的大手笔。连绵不断于齐鲁大地的青色，望不见尽头的奇异美景，山南山北，两处风景，层云迭起，远处传来野鸟归林的声音，怎能不叫人生出"会当凌绝顶，一览众山小"的感叹来。那时那景，年轻的杜甫必是挺拔却轻狂的模样，面对五岳之首，他有的，是倾其一生攀登艰险的坚忍，是心怀天下抚慰黎民苍生的坚持，是前途漫漫依旧不忘初心的坚定，从远望到近望，从俯视到凝视，他唇边的那一抹浅笑始终没有退去，我似乎能够看见立于泰山之巅的杜少陵，豪情万丈。

鼻尖忽地嗅得一股香气，淡而雅，飘而渺，若有若无，像极了飞天壁上舞者的丝带。原来那茶已俨然碧绿模样。透过玻璃暗花的缝隙，可以看见茶叶在水中不断地翻滚、舒展、追着闹着，玻璃杯壁上已攒出细碎的水珠，隐隐地似有白雾升腾，难道这茶也有子美先生的豪情？

一阵风过，书页被哗啦哗啦地卷起，最后定格的却是苏轼的《沁园春》。孤馆灯青，晨雾耿耿，想来那应是极幽静的日子，极深沉的景。野店鸡鸣，划破黑暗也划破桎梏的啼叫中，词人在前行，一路意气风发，一路踌躇满志，思及少年之事，纵然有万般情愫于胸，也只微吟吧。那时的苏轼，想必是欢喜的，却也是抑郁的，但是最可贵的恰恰是他所表现出的气度。抱负未了，故不平之气填塞于胸。壮志难酬，然胸襟愈加开阔。滔滔汩汩，气势充足。像此刻充盈于屋内的茶香，馥郁不失清冽，苦涩却意蕴醇厚。汲天地日月之甘露，沐秋月春风之洗礼，天下之大，能以区区叶子动众人之心，尽显山魂水魄者，我想只有茶了吧。

　　生命本初，纯净澄澈，不谙世事，故而只存清淡之气。年龄稍长些，血气方刚，雄姿英发，以天下为己任，故而更添几分豪气。而至于暮年，志存千里，却有着千帆过尽的淡然和豁达，故而愈见沉稳大气。由此看来，人的一生不过就是一杯由淡到浓的茶罢了。

　　啜一口茶，唇齿留香。暖色光芒，灯下诗词。若再有一场冷雨敲窗，自然再好不过，只是恰逢一轮皓月，清冷潋滟，却也别有一番滋味。时光静静地流淌，凉丝丝的，滑过我的静脉，像是风从远方带来的古老吟唱，缥缈虚无，却也是真实的存在。若说浮生若梦，不过一场虚无，倒也有理，那何不给自己留些闲暇，煮春茶，捧好书，品人生百味呢？

文学院 1403   袁　阳 / **梦里依稀菜花香**

　　一阵风儿拂过脸颊，轻柔飘过，似乎闻到一股在城市里少有的宜人的气味，就是那种混合着春天田野潮湿泥土的气息和淡淡花香的味道，淡淡的，鲜鲜的。搭眼望去，远方的田野，朦胧一片模糊的黄，此刻，那黄正在晕染着我的心房。

　　远方的目标是朦胧模糊的，却格外诱人；近处的景物清晰清新，却好像失去了令人品味的诗韵。刚经历过一场小雨的洗礼，路边，新柳舞弄着如发丝一般的柳条；田边，桃花笑意盈盈，缀满枝头，透着一股娇羞。

　　田埂边，开着小白花的荠菜散布四周，星星点点，随风摇曳。几只鸟雀鸣叫着，箭一般从头顶飞过，啁啾于刚刚长出叶片的林子里。极目望去，但见空旷的田野上，绿意荡漾，生气勃勃，满目的绿色交汇成一种力量，撞击着我们的眼球，撞击着我们的心胸，正是"莺飞草长三月天，拂堤杨柳醉春烟"啊！

　　"吹苑野风桃叶碧，压畦春露菜花黄。"黄花，黄花，田野黄花分外香。一个黄花的世界，一个油菜花组成的黄色海洋铺天盖地，滚滚涌来，那一刻，一下子就把我淹没了，淹没在这一黄色的花海之中。油菜花簇拥一起，连接成片，一眼望不到边，在蓝天白云之下，在微风抚弄之下，金灿灿的油菜花不时旋起波浪，送上一股淡淡的清香。这时候，在你的视觉里，那油菜花就是一个花海，就是一个整体，而不能用一株株来数的。

　　"菜花间蝶也飞来，又趁暖风双去。"金黄色的花田里，不时有蜜蜂和蝴蝶上下翻飞起舞，那扑入眼帘的美景，如梦似幻，绿色的花茎、绿色的叶片，托举着小巧而单薄的金色花瓣，令人啧啧称奇。"儿童急走追黄蝶，飞入菜花无处寻"，正是描述此景。坦率地说，如果单把一株油菜花抽出来观看的话，花姿花容都稍显质朴，而娇艳不足，没有特别吸引人的地方，然而，当一株株、一簇簇、一片片连成一体的时候，景色却大相径庭了，正如清朝一位诗人所说的那样，"黄萼裳裳绿叶稠，千村欣卜榨新油"。

　　"沃田桑景晚，平野菜花春。"远处，良田沃野，村舍俨然，一线河水与天际平齐，春色氤氲着周围的田野，菜花艳，菜花香，一片金黄晕染了我的思绪。那晚，梦见了油菜花地一片金黄，我睡得好香，好香。

　　啊，油菜花黄逝，梦里依稀几缕香。

连续两年了，我习惯向你倾诉。这次，是将濒临遗忘的，偶然想起，才于恐乱中执笔。确信你是不会介意的，但为何要将自己匿迹。

落 木 萧 萧

天涯无际无你，是窗台撒下寒意折影，你曾经掠过天穹，太过匆匆。

我是真的鄙弃身处最前的那樽，招摇又俗不可耐，只会束于那些鄪夔争艳还自以为有多么撩人。而你后面那尊我敬之爱之，只消受不起，不愿多言，只有对你，暗涌千言万语。

骤雨带你来，在迟钝的我还未挖开三度冰封的回忆前来了；又悄无声息地北移，在无言的我还未找到足以拼接过去的线头时就这样去了。因为你的豁达，险要的呼吸再一次归于平静，直到新家小园动工栽起了树，我不知为何树，只当廉价的秃枝残头伫立在那里寥寥地扎着我的双目，还伴有零落，待化尘泥的叶孤寂地摆动，旁边不知何树之叶还宽余盎然，一种枯意映入眼底、射进心扉，让我彻彻底底念起了曾经忘了的你。

念你已去，你可知我一直奉你？

残 阳 冉 冉

初润的寒露将残阳的血色漂上伤情，不可言其不可弭，只太过匆匆。

暮霭还未沉入水底，夜阑已尽，朝日的雾气染湿了我的发丝，如同你染红了一片林。你暗示残阳，要用你的提问紧紧环绕我温暖我，只是无知的我乏力地推开你的信使一径奔去。

你的伤感不会因我而生，我看到你的痴情流过，痴情洒遍的芳草竞相褪去。在早早地死死拉扯下，山巅的残阳就这样冉冉而落。那一晚的月是红的，红得触目惊心，正因为有你离别前挥洒的血与泪浸过，月下的狼嚎为你奏出今年第一支也是最后一支告别曲。

几日后的今日想被你的体温再度拥抱却只是一种奢望。

念你已去,你可知我一直奉你?

袅袅兮　祈二度桂菊

明白二度不会来袭,你是假的,我们都是,为何不摇醒我? 只是太过匆匆。

你不愿惊醒我的梦吗? 你知道么,自己从梦寐中清醒却更加措手不及? 你孤傲而去,我无法再赋予你过去那一大堆的赞美以及当年小小的心悟出的浅浅的理。你是我无法释怀的浓情,我能肯定死者中最钟情于你了。

无力的我,你有自己的道。

你轻喃:那么多的美丽者,何不赏之倾意? 你是对的,我的每阁窗里窗外都是诸多的亮丽,红褐色的地板照出穿过纱帘的景,木质的韵味低迷却厚积,冰冷的键盘渐渐和我冰冷的手掌融起化冰,房间旁的柠檬树的叶子落了,却铺起了整片的充裕,你不在,天空还是湛蓝的。

别忘记,对你一直都充斥着挥之不去的独特情愫,你会再来的。

念你已去,你可知我一直奉你?

几年来第一次错过了我钟情的你,我忙碌着,你闪过即离,恐我真正看到你的媚影也会无能为力,因为你就是这样,和你一样美的世间万物皆是如此,我豁朗了。

文学院 1506　赵小艳 / **淮师的冬**

雪花飘洒下来，银杏叶落下大半，是冬来。

许是品尝惯了南方的暖阳，当苏北冬日寒潮骤然袭来，我还是冷得无措。开学几个月来，我对淮师印象还停留在"平静"的层面。最初我认为，淮师是常有阳光的，冬天也该是一副温和的面孔。可是入冬里的一夜，让我感受到了淮师冬天背后所隐藏的"凛冽"。

首先，来看看淮师冬天的风吧，确是顽皮。

入冬后，漆黑的夜幕很早便会覆盖下来，我凭着路两旁微白的灯光，能看到湿湿的，粘在地上的金黄树叶。这时夜很静，路上行人，三三两两，互相碰面又笔直离开，互不干扰。我依然向前走着，渐渐有风吹来，我只好拿出伞，想要利用它为我挡住越来越刺骨的寒风。又有小雨飘洒起来，我拉紧衣领，却还是忍不住打了个寒战，手中的伞在越来越大的风中显得累赘。我的抵抗都只是徒劳罢了。

这玩性十足的风，始终与我的伞玩着迷藏，我只能用伞在风中胡乱遮挡，更增添几分狼狈。索性收了伞，疾步向前，踩到树叶上，它们已不会发出脆脆的声响，提醒着我秋天确实已经过去了。忽而吹来的寒风也使我更加明白这冬天的真实寒冷。

可是，淮师的冬天又这般具有迷惑性，第二天天明，又隐藏起夜里寒风凛冽模样，令我惊奇。

天明后，有缕缕阳光洒落，路两旁银杏依然闪着耀眼的金黄，苍劲的枝干坚定地挺立着。路面新漆一层金黄，想必是昨夜寒风的杰作。可是偏是那草坪，没有半点萧条模样，依然葱茏。落叶只是轻轻覆在草尖上。如此温柔祥和，路面水迹也被很好地隐藏，夜里寒风凛冽，白昼里竟被掩饰得如此完美，仿佛夜里的一切都只是梦境一场，可是倏而袭来的风，又恰到好处地暴露了夜里的真实。

雪与风时常做伴，接着几日后，一场雪，令人们更加清晰地听见冬天到来的脚步声。

一开始，雪下得挺大，雪花不规则地从天空飞舞下来，抬抬头看看，只能看到碎纸屑般的雪花落下。打起伞将出门的那一刻，随着雪带来的寒气从衣服脚下钻进来，根本无法逃离。这时的雪已不再是优美的花，而是夹杂着雨点砸下，砸在我的伞面，沙沙的声音分明。

这让我想起家乡的雪，那种温柔而磅礴的雪。大片落下，鹅绒般的雪花在天空中飞扬，只是微风与它轻轻周旋，轻轻托起，又轻轻送下，到地面静静融化。不久，天地便是一片白茫茫了。哪像这淮师冬天的雪呢，阴晴不定，变幻无常，逼人的寒气使人手足无措。

最后，该来看看这柔情的雨吧。

在我看来，淮师冬天的雨却是柔情的。它静静地来临，又悄悄地离场，并未有太多话语。冬日里的雨多在夜里来临，早晨便会结束，悄无声息。除了与雪为伴，确实很少会接连下上几天。并不像夏日里的雷雨肆虐，也不似春日里懒洋洋牵连成线的细雨。那是滴滴分明，却是落地无痕亦无声的柔情。雨来时灰蒙蒙的天空，不多久也会恢复空旷，着实没有打扰人们的好心情。

有着风与雪的顽皮追逐，时有细雨低吟，虽寒风刺得入骨痛，可这就是我眼中独特的淮师的冬。

文学院 W1301 李 媛/**生命的冬雨**

冬日的微雨,潮潮的,冷冷的,有一种雾里看花的朦胧感。

已经忘了上次的雨是什么时候降临,只是觉得此时的雨更加阴冷。天空很暗,像爱撒娇的少女突然阴沉着脸。如此灰暗苍茫的天空没有云朵,把无尽的忧郁与惆怅那么精巧地收藏又释放……曾经挺拔高大的女贞只剩下干枯的树枝与零零星星的任性的叶子,在风中依然是那么坚定,不失往日的风韵,大有一代巾帼英雄的色彩。远处,交通灯的灯光重影叠叠,与来来往往的车灯交织在一起,更加凸显天地的朦胧,顿感时间流走得更快了。小雨,路途,人影稀疏,连往日撑起的美丽的雨伞也少见。似乎人们更想体验一袭青衣雨中行的曼妙,或许吧。

雨,像离人的惆怅。短短的,静静的,更像一段悲泣的提琴演奏,充满了无尽的离别的忧伤。滴落在脸颊上,缓缓地流下,尽管不是直刺人的脸,却有一种比下针刀还要尖锐的疼痛与冰凉。不是冰凌,但比冰凌更加剔透寒冷的;不是雪花,但比雪花更加飘逸飞舞的;不是露珠,但比露珠更加圆润易逝的,是这冬日的微雨。离别,花落。已经忘了第一次与你相遇的欣喜,只是觉得这一次将是我们永久的分离。并不是我要刻意记住离别,而是人的一生,充满太多的奇遇。沿途的风景变幻无常,经过了这一站,下一站的我又该在哪里歇脚?罢了罢了,忘了我吧,原谅我的绝情,原谅我的一路向前……在拥挤的车站,在潮湿阴暗的傍晚,时间又该送走多少含泪离别的人?不必问,时间会做出与之正确的审判。就让它去吧,头也不回地去吧。

雨,滴落在栏杆上,似乎可以折射出栏杆的刻痕。像脸上的皱纹。

生命,是否也是这般沧桑?细数生命,又该有几多相逢离愁?无论是什么,只要经历了,都不该后悔,即使是错误。塞翁失马,焉知非福。就像这眼前的冬雨,尽管阴冷,但却能体现天地的朦胧。这是一种含蓄的美呀!春雨过于绵柔,夏雨过于激烈,而秋雨又过于凄凉,只有这冬雨,将含蓄拿捏得毫厘不差。这纷飞的冬雨,就像处于中国南北分界线区域的城市的姑娘,将北方的豪爽与南方的细腻两者糅合于一身,便更显得张弛有度,收放自如,更具风情。这么说,冬雨除了阴冷,是否又多了一份温柔,一份只可意会不可言传的柔情?

捧着冬雨,宛如捧着一个脆弱的精灵。它是水的女儿。重重的,它在我的手心留下思念的痕迹,将珍惜的意味娓娓道来,轻轻地,逐渐消失,滑落,我的心里留有一丝遗憾,渐渐地,我开始有点忧伤。这是大自然的艺术,然而,生命又是这么短暂,尽管华丽得出彩,却又是那般深沉。难怪法国作家米兰·昆德拉写出了《生命中不能承受之轻》,或许就是这个意思吧⋯⋯

一年一年,春花秋月,风霜刀剑,爱无声,生命无价。冬雨,岂是这般孤独便能形容?子夜,守候海棠花开,像那般的虔诚,默默等待生命的奇迹。

冬天已经来了,春天还远吗?却说岁月无情,又哪堪桐花半亩,静锁一庭愁雨。像冬雨这般阴冷而温柔的,像这含蓄的冬雨,或许便是款款深情的生命⋯⋯

文学院 1504　刘梦园／**雪夜漫记**
——近冬思更切，提笔抒乡情

常听淮安的本地人说，淮安的四季没有秋天，过了夏天就是冬天。似乎是为了配合这句话，一星期连绵的秋雨淅淅沥沥之后便有零星的雪粒飘下来，落地无声。直至下了晚课，视线从撑起的伞骨朵儿移至大地，才抬起眼看到那纷纷扬扬的大雪了。触景伤怀，万物在大雪中掩埋，平日里沉睡的小心思在这时如暗夜枝蔓肆意生长破土，成为雪天里心上的一道风景，担着一些心底里的人。

雪·景

大雪飘至，总能给人欣喜和遐想，思绪漫延，在不同的时空中赏雪也是一番乐事。如若在雪夜晚归，带着"风雪夜归人"的匆匆，纷沓的人流撑着一朵又一朵的伞花掠过身旁像多年不归的羁旅之客般急急赶回温暖的家；独撑一把伞，听着头顶雪花亲吻伞面的声音——轻柔、缠绵，似有万种深情；脚步一前一后，或深或浅的足迹印在雪地里，像是后现代的诗；走过镜月湖桥，将两岸雪地景色尽收眼前，沉睡寂寂的湖面偶尔漾起一朵小雪花；沿着板砖路一直向前行，路旁栽种的杨柳还没来得及凋枝避寒，衬着飘落的雪花，俨然成了雪柳，真有几分"柳絮因风起"的神韵了。北风荡着柳枝条儿，打着雪花落在地上，梧桐的残叶时不时被踏雪的行人发现踪迹又被"簌簌"地踩在雪中；路灯打下昏黄的暗影，又给这雪夜增添了朦胧之感。

及至雪后初霁，便又是另一番别样景致了。铺天盖地的白雪湮没了人声，雪化后，只一两处零星的雪，反倒让人留恋得移不开眼了。草地已然恢复生机，绿意不在却仍坚韧不屈，张扬着蓬勃的朝气以与旭日阳光相映衬，温暖一寸一缕地铺平在大地上，洒落在人心畔。若不是绿植内包裹的积雪，恐怕真让人以为雪化没了。走在路上，虽有阵阵寒风袭人，却也有暖阳相伴，亦可寻那残雪去温一温昨日冻僵的心了。

孤·人

世上有两种时候最让人感到孤独如影随形,一是夏季的雨夜,二便是冬日的雪夜。下雪了,身在拥挤的人潮中徐步前行,看不出孤单,心底却会有胜于北风的寒意。明明全副武装,没有一寸肌肤暴露在外,可是,三三两两的行人加快脚步走过身旁,一波又一波,唯独自己没能成为其中一人。慢慢地脚步放慢趋缓,落到了人潮最后,及至变成了一个小黑点,人潮越行越远,也不曾见过回眸一顾的人。又只能低着头,行着路,偶尔侧眸看湖面飞雪,冰栏玉砌,和对岸荒凉一片的雪里的庄稼地,一个人享受如雪中莲般的小心绪绽放。雪掩盖了大地,偏我心间有颗孤心不接受这伪装。到了目的地,身旁人上前摸手:"手怎么这样的凉?"我却感到她手心的烫热,缩回了相握的手。

心·事

一切景语皆情语,尤其是"雪"这样的肃杀凋敝之景,更加勾发人的哀情。想"绿蚁新醅酒,红泥小火炉"倒是不难有,可在这"晚来天欲雪"时,谁又能陪着"饮一杯无"呢?即便是张岱"独往湖心亭看雪",也有痴似他一样的人同他"强饮三大白",而独自拥炉赏雪的我,无他人可找,惟饮雪景,酌心事,烧开的水烫熟清茶,涌发的心思正便喝茶用以消遣。茶香,雪大,炉暖,诗成。于此中倒也有清欢。

思·情

记得朱自清在回忆冬天时写到冬夜里围着小洋锅吃白水豆腐的场景,写那水是如何滚沸得像鱼眼睛,那豆腐又是如何白嫩得仿佛反穿的白狐大衣,而父亲又是如何将一块块豆腐夹到满怀期待的孩子们的酱油碟中。读来真是津津有味,齿颊噙香。而仔细一想,白水豆腐也只是寻常的不能再寻常的吃食,味道也就是可想而知的寡淡,令人嘴馋的真是这么一尝吗?只是这份冬日的暖意与家人间的情谊令人值得回味再三吧。

对于大部分南方人来说,冬天最温暖的记忆莫过于家庭火锅。未离家的冬日,便经常和母亲一起,买菜、择洗、煮食,享受在菜场指点菜色大包小包而归的收获感,也享受用冷水洗菜手指冻僵倏地收回不住哈气的畏缩感,尤其是当菜蔬一盘盘地摆上桌,底锅煮沸咕嘟冒出的白气一直上升,和灯光交融成一片氤氲时,便是最欢喜的时刻,只等家人上桌围坐,开动筷子,笑语闲谈了。

尾 记

残雪凝辉冷画屏,落梅横笛已三更,更无人处月胧明,近冬思更切,便只能提笔抒乡情了,父亲母亲,分隔两地,思念尤甚。

青 春 絮 语

　　青春,是生命对我们的慷慨馈赠。优雅的时光沙漏,慢慢捡起那些明丽的忧伤。宛如风铃的歌声,倒映在一泓清泉里。渐趋丰满的心灵,终将在此刻勾勒出最动人的身影。白日放歌,在阵阵酒香中,做着五色的迷梦。请别说痴狂,因为我们正青春。

文学院 1003   顾　健／**人在淮安**

人在淮安,已值三载。依稀记得踏上列车逐渐远离家乡驶入淮安的那一刻。当时的我不像想象中的那样,对新环境充满期待,而是多了许多的不舍与感伤,我知道将会离开我最爱的家人独自去一个陌生的地方,清楚地明白接下来的四年我将要学很多很多。

人在淮安,有时会很怀念。怀念高三的日子,那承载了无数记忆的时光。高三,对每个人来说都是一段不可磨灭的记忆,一切早已印入我们的心里。怀念那些一起为高考奋斗的日子,我们一起奋战题海,一起跑步,每天上演属于我们的故事。怀念我们的四楼,那个被称为"痴男怨女墙"的地方,曾经我们在上面刻上了我们的小秘密,将心中的每一桩心事都留在了那堵墙上,无论欢笑或泪水,我们共同走过那段为高考服务的岁月。怀念我的爸爸妈妈,想起在他们身边的时光,曾经的我们是多么的想离开家,想挣脱他们的怀抱独自飞翔,可是当真的离开之后,我并没有像鸟儿一样快乐翱翔,相反会留念在他们身边什么都不管的日子,那时的我不知道什么是生活,可是当真的一个人开始面对生活的时候却畏惧身边的一切,才明白原来生活真的不简单。

人在淮安,偶尔也会想念。想念那个颓废的暑假,我们在暑假里颠倒了黑白。在那三个月没有思想负担的假期里,我们习惯了上博客更改心情,习惯了通过说说来了解最近大家的情况,习惯了写日志来表达内心的无助,习惯了每天按着手机一遍遍刷新着。总是电话一响随叫随到,KTV 狂吼,虽五音不全;茶社娱乐,虽技术欠佳;网吧冲浪,虽囊中羞涩。我们就这样没心没肺地过着,尽情享受从未有过的自由,有人说高考之前是地狱,高考之后就是天堂。或许只有在经历了地狱般的磨炼才能看见天堂的辉煌吧!

人在淮安,有时会很迷茫。或许是想象中的大学生活与现实中的不一样,有时会找不到生活的方向,所有的豪情壮志,所有的期盼与热情,都在进入大学那一刻烟消云散。学会了抱怨学会了感伤,也学会了独自彷徨。不是我遗忘了生活,只是刚开始还未能接受这样的生活。我在那一片云里雾里挣扎,现实与理想的差别让我压抑,或许这就是"理想很丰满,现实很骨感"的最好诠释吧。但是我明白在迷途中还是要找回原来的方向,继续飞翔。于是在黑暗中找寻未来的路,复归原先的梦想,我永远不会迷失,因为我还拥有纯真,还拥有无限希望,开启梦想,扬帆起航。

　　人在淮安，也会倍感幸运。从大一踏进校园大门时，我们一切都已归零，重新开始。又遇见了新的一群可爱的人，我们的生活圈开始从一个小圈子变成一个大圈子。在即将过去的三年里，我们建立了浓厚的友情以及师生情，每当仰望天空时，阳光透过香樟映入眼帘，我们都很庆幸我们依然拥有彼此。每一次的班级活动留下的回忆，都会存在脑海中挥之不去。我会记得每一张笑脸，每一个幸福的瞬间。珍惜此时在身边的每一个人，因为我相信相遇本身就是一种幸运。每当失意之时，总会收到来自同学来自老师的关心，即使不在爸爸妈妈身边也会感到温暖无限；每当烦恼之时，总会有一群人会想方设法为你制造乐趣，让你尽快走出阴霾；每当找不到方向之时，他们总会给予我们一盏明灯，为我们照亮未来的路……拥有这群可爱的人，是人生中最幸运的事。

　　人在淮安，即将离开淮安。墙上的指针不停地走着，不经意间我们都已成熟。真正长大以后，想要抓住时间，却发现时间就像手中的流沙一样，越想要紧紧抓住，就越是漏得多，小时候要长大的梦想在不经意间就已实现。我们即将奔赴更远的地方去放飞我们的梦。我想我们不会后悔这些年在淮安所经历的一切，在我们即将逝去的青春里这些都会成为最珍贵的回忆。

　　人在淮安，不需要灿烂霓虹，不需要喧闹繁华，就可以让人记住一切，我们会在下一个岁月的渡口起舞踏歌行。

文学院 1104　宋秀楠／**雨夜·燕语**

　　不久以前,朋友在 QQ 上问我一句现代诗的出处,诗句很美,我刚好读过。她立刻欢快而又极认真地说:"我们果然有缘做朋友,我问了几个人都不知道。"朋友真是单纯可爱,单凭我知道那几行诗句,便决然判定人间莫测的因缘。于我而言,更多的是感激。在浑不知边际的宇宙洪荒里,在浮浮沉沉的洪流尘世中,在懵懂的少年时光几近逝去时,如果还能遇到一个只因这样浪漫至虚无的因由而庆幸当初和一个人成为朋友的人,于任何人而言都是值得感念于心的。哪怕纵使一瞬而已。确如海子所言:"天空一无所有,为何给我安慰。"

　　在充斥着建筑玻璃反射的冷光的世界,一如天空一样,以温柔的心对待我们,予以安慰的人难能可贵,于是满世界许多的人都戴着自己给自己的面具,别人给自己的镣铐,跳着貌似神圣实则可悲的舞,被禁锢在方寸之地,反抗挣扎,沉默不语,画地为牢,永不超生,灰飞烟灭。这本是活生生的世界,如何成了万马齐喑的古怪恐怖的黑洞。其实我们就是刽子手,手起刀落,鲜艳的血溅到身上脸上,犹不自知,还庆幸尘埃里终于开出了花朵,招摇过市。

　　于是,我只能努力争取自我判断,努力获得多一丝的身体与心灵的自由,但仍然不可避免下意识地以取悦某些人为最大乐趣。巴金说,他感觉到伦理哲学就像铁链一样紧紧地捆住他。在中国没有一个社会共同认可的宗教中的彼岸世界,我们共同的宗教是现世的社会关系,无法寄望于来世,所以可以判定我们的往往是现实中另一些同样存在偏见和缺陷的人。我们彼此给对方贴上各色标签,终于成为彼此认为的彼此。尚不能度己,何以度人? 这就是王元化所说的"以好恶为爱憎,以恩怨为喜怒的人"。可怕的是太多的人都是其中之一,并好像别无选择。

　　聪明的人,经营生意,交易金融;勇敢的人,去乡别国,开天辟地;反叛的人,厉声疾呼,否定一切。可是 80 年代思想解放的余泽从来没有真正施惠于我们,独立思考,自由意志,民主主义,这些被所谓的公知时常挂在嘴边、推上风口浪尖的四字名词,到底有多么深刻沉重的含义,我们从来不得而知。

　　我们能做的只是尽量真实思考,尽量不自夺他人,尽量不迷失心志。但愿我们中的一些人,能熬过漫长的黑夜,在太阳升起之前没有沉睡过去,因为我们一旦紧闭双眼,只怕太阳升起时已形容枯槁,梦魇缠身,此生难再清醒。

因之如此,我最怀恋少年时代。其实,我们人生许多重要的时刻都不在此,成家立业,生离死别,都是后来的岁月里的事,可那段时光却最是清晰如缕,无知的童年已经过去,满面尘土烟火色的岁月还未来临,忧愁而甜蜜的少年,我们自由贫穷,拥有的只是可以照亮太阳的单纯洁白的脸,不为外物左右的最本真的爱恨喜怒。白衣胜雪,未染纤尘。

窗外是如墨的黑夜,听得见雨来的方向,今夜没有月亮,雨脚如麻,却越听越静。我身无长物,最后写上开篇提到的朋友问询的顾城《门前》诗句:"草在结它的种子/风在摇它的叶子/我们站着,不说话/十分美好。"

文学院 1105   孙 娟 / **我，文艺控伪青年**

自小就偏文科的我对与"文"有关的一切都颇有兴趣。进入高中以后，数学越来越差，久而久之就演变到了一见文类就欣喜、一见数字就头晕的地步。自此可以说是与理科决绝，径直奔着文科通到底了。

对文艺单相思

对于文艺，我一向是亲之近之，几乎对与之沾染的一切都有一探究竟的欲望。无奈对文艺的追求还不够彻底执着，于是便只能止步于单相思状态，成为其众多爱慕者之一了。自己仔细思索原因，先天不足暂且不论，更重要的是真正爱文艺的人一定是爱思考、勤写作之人。爱思考尚且沾点边，但写作实在是个大坎，思考的内容懒于组织细化，流于形式，有感于他物的灵气便渐渐被埋没，蒙上了厚厚的尘埃，不知不觉钝化了用以开辟心之疆土的武器。忽然发觉时，才想起训斥自己的倦怠，为美好感受的流逝而后悔。

文史哲与文艺片

我喜欢读书且严重偏好文史哲类书籍，以至于对此之外的书籍兴趣索然，常常囿于自己的小圈子里，固执地抵挡外物的"入侵"，有些不思进取的意味。记得高中时学业繁重，难得放假，妈妈硬是拉着我去逛街。看衣试衣没多久就厌烦了，我趁妈妈跟熟人讲话时，一声不吭地溜进了书城。当时身在一排排书架间，有一种莫名的恍惚，对眼前熟悉的场景竟觉得有些生疏。我想，那应该就是被称作"久违"的感觉吧。一个人钻进文史哲区，捧一本自己喜爱的书，席地而坐，沉浸其中，喜不自禁，完全忘了妈妈还在外面。过了好久才反应过来，顿觉不妙，赶忙站起来，匆匆将书归位，飞奔出去了。果然，妈妈早已不在原地了。好在最终还是会合了，我虽然心怀愧疚，但仍是满满的喜悦。

除了文史哲类书籍，对我而言最不可抗拒的就是文艺片了。钟情于文艺片的我甚至有"停歇饥渴症"，如果很长一段时间没有看文艺片就会有说不出的难受，时不时地略有压

文学院 1105　孙　娟 / 我，文艺控伪青年

迫感，仿佛总有什么事情没有完成，心中有疙瘩没有解开似的。一旦遇到了十分对胃口的影片，我就会把影片从头到尾再浏览一遍，然后将那些耐人寻味或不易被觉察的细节挑出来，反反复复地咀嚼。有时间再看看网上一些比较中肯或有见地的影评，重新修正自己的认识（兴致高的话也会写写影评什么的），这样才算完成了对自己喜欢的影片的欣赏。对我而言，观看文艺片绝对是一个虔诚的过程而非打发时间之选，尤其是对待一些值得期待的文艺片，一定要挑选最恰当的时候，在最合适的氛围中好好地享受。

伪　青　年

论年龄，我属于青年，但论心理状态很多时候我却是处于少年或老年。说少年是指思维跳跃难以捕捉，想法往往简单幼稚，言语说出来不经大脑。说老年是指时常会不自觉地发呆，看到眼前之景感怀过去，思绪也停滞郁郁起来。这两种情况出现的频率比同龄人高，使我成为一个不太称职的青年。

这些特征也许会给我笼上一层孤僻的色调，一开始也试着改变它们，但后来渐渐明白人最重要的不是去迎合别人的步调而是找到自己，这样才能在人生路上走得舒心与长远。相比喧哗的束缚，不如选择孤独的自由。

文学院 1105　卢晶晶 / **我的"特点儿"**

今天做个自我介绍,希望大家记住我。要让大家记住我,我总得找到自己与众不同的地方。与众不同的地方?就是特点呗!特点?那就"特点儿"吧!

"特点儿"在我们方言里就是"小"的意思。"这个苹果特点儿"就是说这个苹果很小。"这条哈巴狗特点儿",不仅说狗身材小,还透着说话者的喜爱之情。我就是一个"特点儿"的人。

一、个头"特点儿"

鄙人不才,长了二十多年,才长了 157 厘米,实在羞愧。我的生长好像是特别均匀的,有些人在一年之间就长成了材。我的生长比同龄人缓慢,所以从幼儿园到高中,我从未摆脱过坐在第一排的命运。但我一直认为我是那种厚积薄发的人才,总有一天我也能爆发一次,一夜之间长到 167 厘米,或者我是长跑型的运动员,我能延长生长的时间,长到 23 岁,日积月累,总有一天我会长高的。可实践证明,幻想是没有根据而不切实际的。我已经长了 21 年,身高已在几年前就停滞不前了。我从 157 厘米的长度里看到灰色的天空,皱巴巴的,还不如初生婴儿皱巴巴的脸,他们有舒展开的希望。怎么办?既矮之则安之呗。矮了就矮了,这也不是我的错。专家都说了身高的决定因素在遗传,后天很难改变。只是"勤能补拙"实在不适用于身高这方面。由于本人个头矮小,脸也就小了,所以腾挪不出更多的空间,我的眼睛、鼻子、嘴巴只能缩小尺寸,凑合着在这"一亩半分地"勉强"过日子"。

二、心思"特点儿"

首先有必要解释一下,心思"特点儿"不是说我心眼小,斤斤计较,而是说我心思细腻,凡事考虑周全。我的心思就像细密的网,再小的事也漏不掉。虽然身为北方女孩,性格活泼,行为大大咧咧,但做起事来,我可是毫不含糊。有了事交给我,保证让您满意。我妈有什么事总是给我说,我就拍拍胸脯对她说:"交给我你还不放心?"她就笑着说"放心放心"。我这可不是"王婆卖瓜自卖自夸",不信你可以到我周围打听打听,我可是有名的"大姐大",事情交给我保证办得比样板戏还样板。失落了来找我,总能获得安慰并且充满前行的力量。我乐于换位思考,用细腻的心思把事情考虑周全,这或许是天性使然吧。

三、心态"特点儿"

"特点儿"就是"小","小"就是年轻啊!所以你猜到了吗?我是个拥有年轻心态的乐天派。我不会让烦恼困扰我太久,我总是往积极乐观美好的一面去想,做好准备是必需的,杞人忧天就大可不必了,不是吗?

赵本山的小品里说得很精辟:人呢,眼睛一睁一闭,一天就过去了;眼睛一闭不睁,一辈子就过去了。人生的计划永远赶不上变化,你永远不知道明天和意外哪个更先到来。耗费今天金黄色的光阴去担心没有意外阳光明媚的明天,不是一种可耻的浪费吗?我喜欢大大咧咧地讨生活,没心没肺地吃喝玩乐,该思考就认真思考,该睡觉就专心睡觉。凡事想得开看得透,在家时把烦恼留在学校,在学校时把烦恼留在家里,让快乐如影随形,对烦恼避而远之。心是年轻的,生命就充满活力。上了大学以后,还有人以为我是初中生,除了我长了一张娃娃脸之外,或许还因为我由心底迸发出的青春活力。我喜欢这种状态,等到我老了,依旧比同龄人年轻,即使岁月在脸上留下沧桑,我的心依旧年轻地活着。

……

以上就是我种种"特点儿"之一,"特点儿"就是我的特点,我就是那个小巧玲珑、心思细腻、永远年轻的小姑娘!

文学院 1104　茅佳惠 / **释然人生**

　　有人说，一个人的生命中有三分之一的时间是在等待中度过，它对我们来说有一丝神秘、一丝煎熬、一丝兴奋。神秘的是，我们都不知道自己会处在什么样一种环境中，用何种心情去等待，或苦苦地等待着，或开心地等待着，等着一个也许糟糕也许美好的结果。煎熬的是我们往往没有足够的勇气和耐心，在百无聊赖的过程中等下去。兴奋的是我们对生活有了目标，有所希冀，也许无所谓结果，但我们有了一个完满的人生。

　　教导自己，学会等待。当你慢慢老去时，就会恍然大悟，原来很多时候，等待就是全部的意义。你要学会将眉头藏于额前的乌发，将心事藏于胸前的襟花，最深切的恰恰是未道出的衷肠，最绵密的是未具体的玄象，不是吗？如果能够等到，那等待也是一种幸福。如果不能在等待中幸福自己，当答案昭然，我们往往措手不及。

　　生活中，我们难免会与成功失之交臂，与幸福擦肩而过，我们应该悲观吗？悲观又能怎样呢？不如干脆坦然吧，所有的困惑与计较都抛向远方，让隐秘的忧伤湮没。让自己快乐的方法不是别的，而是我们对待每一件事要有积极的态度。

　　开导自己，学会坦然。如果有人误会你，微笑着解释，不必用辩驳的姿态，亦如总是被风抽打的石头，只是默默地坚持着；如果有人伤害你，聪明地躲避，不必用决斗的姿态，亦如猎人总是追捕雪狼，雪狼却从不反扑，只是趁着月色，来到那无人能及的崖端；如果有人爱你，坦然地接纳，不需要谦虚的姿态，亦如阳光总是照耀着鲜花，鲜花从不拒绝，用全部生命去盛开。就好像我们裸行在一望无际的草原，赤裸着我们的脊梁，等待牧羊人的皮鞭，亦如在黑夜中，等待幸福的闪电，因为我们曾经的伤痕在盈盈绿草间，已不那么明显。

　　人生很长，度日如年；人生很短，白驹过隙。我们每天忙忙碌碌，追求着身外之物，却很少关注自己的内心。垃圾桶满了要及时倾倒，电脑用了一段时间，也要去清理碎片，人也一样，需要放空自己。

　　劝导自己，学会放空。我们可以去旅行，把自己托付给一张车票，在有迹或无迹可寻的前方，流离；我们可以泡上一壶茶，浓淡相宜，听着窗外的雨，淅淅沥沥；我们可以听一首歌，在歌词中寻找快乐或悲伤的自己。

　　在我们老去之前，学会释然！释然一切，人生漫漫而平静！

文学院 1205　庄 希／**彼 岸**

彼岸河水浩浩汤汤，总是令人心潮澎湃，或渴望，或急切，或奋不顾身，就像无数追寻爱的人。

每回想到彼岸，脑海中浮现的必定是那个预示着残缺和悔恨的"断桥"。

修道千年的妖为了了解泪中蕴含的东西而化身为人，体验人间的生老病死、喜怒哀乐，直到遇上那个人。那个人成了她修仙路上的劫，更是让这样一个没有人性、没有人心、没有爱恨的千年蛇妖，为爱步步沉沦。

她踏上那座连接彼岸的断桥，到达了爱的彼岸。但她得到爱的同时也迎来了痛苦，她明白相守的温暖却也被冷漠伤害。那断桥，让她——白素贞，懂得了爱，也懂得了背叛、怀疑和恨。

何尝不是痛并快乐着呢？白蛇或许是孤独了一世的吧，寂寞得只得如飞蛾般扑向人世温暖的彼岸。尽管最后被镇压在雷峰塔下，但也获得了与许仙坚守彼岸的愿望。

许多缘分辗转于彼岸，就注定了一生的不缠不休。

还记得先秦时，那个徘徊在淇水河岸等着心上人的女子吗？她袅娜安静地站立在此岸，安心地望着彼岸那人的出现。

这一望，便望穿了奔腾不息的河水，望穿了彼岸四季更迭的美景，望穿了彼此许诺的今生誓言，却始终没有望穿结局，抵不过时间。

那双顾盼神飞的眼睛蓄满了辛酸的泪水，纤纤玉手变得如枯树般苍老，那盛满幸福的梨涡沉淀的却是悲伤，无法磨灭。

那是彼岸呼啸的水侵蚀着土壤，斑驳陆离，原来那份真爱也好似彼岸面目全非的岩壁，坚硬嶙峋硌得人鲜血淋漓，就像那相互伤害的关系。无法前进，只能苟且维持。

爱让人趋之若鹜，爱着的人即使只是看到彼岸海市蜃楼般虚幻的景象，也会忍不住倾覆一生。彼岸的美好只是其一面，爱的彼岸不仅是让人沉醉的爱，还有冷暖自知的心甘情愿。

文学院 1404 班　董　玥 / **爱情物语：牵起梦的影子**

　　当走过落叶纷飞的金黄色街道，心头会飘飞起一缕感伤；当夜深人静时蜷缩在被窝里，脑海中一遍又一遍单曲循环；当温暖轻柔的阳光悄悄倾洒在桌前，倚窗独坐，沉浸于优美空灵的文字中；当身边的朋友们逐渐邂逅甜蜜的幸福，宿舍中的谈天开始围绕着一个固定不变的主题……蓦然回首，才发现，驻足青春的路口，在热烈中羞涩、在犹豫中彷徨、在憧憬中期待、在顾盼中幻想——原来，二十岁的我们长发飘飘，一直在默默寻觅着，那一份似有若无的、朦胧的美好。

　　我常常会想，爱情到底是什么？这世上是否存在真正的爱情？爱、喜欢、迷恋、好感、好奇，之间的界限又该如何界定？也许，我们享受的并不是与那个他在一起的时光，而仅是留恋一份恋爱的自我催眠？当下，有的观念很前卫、很流行："不求天长地久，只求曾经拥有。"抑或是："寂寞空虚，你情我愿，逢场作戏玩一场，又何妨？"无论有多少妙语连珠作注解，我也始终无法理解其间的逻辑。相反，我倒是很赞成一句通俗而直接的歌词："不以结婚为目的的谈恋爱，都是耍流氓。"如果，为现实所迫，结局注定是悲剧，即使再真挚，也完全没有开始的必要。爱情不是游戏，而是两个独立的个体之间产生的一种神圣而奇妙的情感。既然圣洁，那必是不容亵渎、坦诚相待的。一旦选择了付出，就是掷地有声、无怨无悔，奔流到海不复还。正如汉乐府《上邪》中所写："上邪！我欲与君相知，长命无绝衰。山无棱，江水为竭，冬雷震震，夏雨雪，天地合，乃敢与君绝！"

　　最完美的爱情，是灵与肉的和谐统一。我很欣赏作家周国平的观点："人在两性关系中袒露的不但是自己的肉体，而且是自己的灵魂——灵魂的美丽或丑陋、丰富或空虚。一个人对待异性的态度最能表现他的精神品级，他在从兽向人上升的阶梯上处在怎样的高度。"从哲学的角度来讲，灵即精神，是形而上的；肉即性欲，是形而下的。理想爱情的开端，应来源于思想上的共鸣、灵魂间的碰撞；穿透烦琐世俗的外壳，渴望向对方展现最真实、最深处的自我。当奇妙的想法从脑海中闪现、当瞬间的感悟于心间升起、当种种困惑纠缠得心乱如麻，你第一时间想要与之分享和倾诉的人，便是爱情永恒的归宿。有人说，再也不相信爱情了。也许，是没有在对的时间遇见对的人；也许，是缺少彼此应有的宽容与信任；也许，是畏首畏尾，太过顾及世俗的眼光、汹涌的人言；也许，是梦碎难以重圆，错过了就无法再回头……爱情如同神灵,信则有,不信则无——我,愿意选择相信。

那么,在爱情的字典里,什么品质最重要? 我认为,是"专一"和"独立"。"专一"不言而喻,是两性关系开展的基础。对爱情的专一与否,完全可以窥探出一个人人品的好坏。至于"独立",每个人都是一座孤岛,被滔滔海水所环绕;爱情仿佛一座悠长、坚固的桥,可以拉近两者间的距离,却始终无法合二为一。从早到晚、整天亲昵在一起,这并不是健康而持久的恋爱方式。有句老话叫"平平淡淡才是真",未尝没有道理。幸福在于漫漫人生路上,有幸与你相伴相依,但你并非我生活的全部。目标、规划、理想、追求,于纯美诚挚的爱情之外,这些也是人生的必备之物。有时候,独处虽然寂寞,却可以冷静地审视自我,给彼此留下一方心灵的空间,既是尊重,也是智慧。

"朦胧的船只,在波光粼粼的海上,留下告别的汽笛声。如果沿着缓缓的山坡走下去,是否会遇见,夏色的风。我的爱,是旋律,深深浅浅地吟唱;我的爱,是海鸥,高高低低地飞翔。如果在琴声之中,试着呼唤,是否能遇见,温柔的你……"

人生如梦,爱情何尝不是如此。如果可以,我愿轻轻牵起梦的影子,沉睡在静谧幽深的夜色里,无人打扰,无所顾忌——映照着满天繁星,永远,不要醒来。

文学院 1305   王 晴／**那山 那水 那人**

惟愿江林山水人文好，走在路上虽是一人，却像一家人。惟愿孩子们自由呼吸，用微笑面对世界的万种风情，又被世界温柔以待。

——题记

对于大山，我内心是充满敬畏和向往的，有朝一日，也想去看看大山里那些鲜活的生命。生命太长，二十天太短，正因为如此，才要用二十天不长的时间去做点有意义的事情。寻着内心那盏爱的灯光，我们从祖国的大江南北汇合到一起，共同踏上前往贵州威宁江林村支教的火车。

火车在原野中行驶，虽是冬日，这原野却有半润翠绿之姿。远处的山头此起彼伏，走不多远，火车就要进入一个隧洞，伴随着呼啸的风声，看来，是真的进山了。

巍峨苍凉的大山肃然耸立着，一场大雪洋洋洒洒地飘落下来，为山头装点出星星点点的白色。远望着，家家户户似乎隐秘在山林中。近观处，山上杂树成林，曲折蜿蜒的山路盘旋着向上。习惯了城市里平坦的水泥路、柏油路，你会惊讶于这里的一坡一道，虽不十分陡峭，却是曲曲折折、迂回婉转，连上坡下坡都是十分吃力，然而这还算不上是真正的山路。玉崇四周的山是静谧无言的，像极了蜷起来的指头，把整个村庄攥在手掌心里，那些路纵横交错，似掌纹密布。村庄里的路不少，他们用脚反复踩在这些路上，路变得越来越通畅，似乎日子也变得越来越瓷实。我想给每一条路起一个名字，如同村子里的每一个孩子都有自己的名字，因为每一条路和村庄里的人的脚步肯定很熟识。村口的那条丁字路，承载了整个村里所有的希望，多少男女老少从村口的丁字路口出发，多少父母站在路口年复一年、日复一日地翘首盼望着。

村边有一个水库，可以说是全村唯一的水源。世世代代，都是如此，村里的人靠山吃山、靠水吃水。从来，山离不开水，水离不开山。那水在微风的吹拂下涌动着一层层的波浪，而在不同的时间段，水的颜色又是变幻多样的。从太阳爬上山头的那一刻，水就泛出了蓝色的光芒，水天一色，天朗澄明。直至夕阳西下，它又变了一种模样，绿色的波浪击打着岸边，层层叠叠。说来也是可笑，我从未见过那么蓝的天空，万里无云大抵就是这种景象了。到了黄昏时分,天边的晚霞不似家乡的晚霞烧得那样浓烈,远远的闪烁的灯火逐渐爬上树梢,偶尔从什么地方传来的声音,都已悄悄地成为生命中不可磨灭的风景。

一座座大山隔断了山外的世界,一方土地孕育出一代代人。村里的乡亲们热情好客,村里哪家有办喜事的,孩子们就带着我们去做客。虽说听不太懂当地的方言,但是从乡亲们脸上洋溢着的笑容和温和的话语之间,我读懂了爱和尊重。村里人活着的唯一奔头就是自己的子女,他们把孩子当成自己常年侍弄的庄稼,倾注了大半辈子的心血,指望着能走出大山,做一个有用的人。孩子们在父辈的影响下,从小就懂事得让人心疼。村里的孩子从小就会做饭、做家务,农忙的时候不论大小一律下地帮忙干农活。也许是穷人家的孩子早当家,懂得生活艰苦就会更加努力学习。每天上课的时候,一双双求知的大眼睛时时刻刻盯着你看,四目相对时,又害羞地把头低下去。有时又会在你不经意间对着你甜甜地叫上一声王老师,再羞答答地递给你一颗糖或者一个果子。爱是相互给予的,我们从心内的门窗看到一点温暖、一点感恩、一点温柔,还有许许多多爱的痕迹。

从孩子们口中得知,村里每年都会出大学生,毕业后他们大多都去了外省工作,很少回来。从他们的叙述和眼神中,我看到了他们对于考上大学、走出大山的渴望。可有孩子悄悄告诉我:"走出大山是好的,可走出了大山,山里的情况还是这样,只要家乡变好了,就不会有那么多人想出去了。"志愿者们常常以为自己身负重大使命,要引导孩子们树立一种走出大山的理想。殊不知,要想真正改变当地的现状,不是有多少孩子能考上大学,而是有多少孩子愿意大学毕业以后回到家乡,继续为家乡的发展做贡献。

在我回到学校的第一个周末,接到了学生打来的第一个电话,一个个轮流通完电话以后,最后一个孩子迟迟不愿意挂电话,他说:"王老师,等我考上大学,我也要做一名志愿者,回报家乡,回报社会。"

我想,以后会有更多的孩子考上大学,走出大山,又回到大山。

文学院 1502　陈亚芸 / **乘着叶子去看你**

愿乘一枚沾着朝露的绿叶，在星辉斑斓之际，去看你。

——题记

　　刘老师腋下夹着一摞试卷，风风火火地飘过走廊。作为全校最好的数学老师，刘老师走起路来都很带感，踏着骄傲的高跟鞋"笃笃笃"一路走来，趾高气扬地站在讲台上。她漫不经心地翻着试卷，眼睛在最后一张试卷上足足停留了五秒钟。"这次月考，"她微抬下巴，清了清嗓子，大家紧张而期待地看着她，"我们班本应该又是第一的，可 20 班超过了我们，原因是我们班有一位同学分数太低，拉低了班级平均分。"说到这里，她抿起嘴唇，双眼圆瞪，露出可怕的眼白。眼角的青筋突突地暴动。她伸出右手扶了扶金边眼镜，特意向我投来灼热的目光。我不禁哆嗦了一下，顿感脊骨发凉。天生就是数学白痴的我，对待这门课真的尽力了。

　　"20 班有一个成绩很差的同学，主动要求调到普通班去了。所以他们班才超越了我们。"我惊恐万分地看着她不屑一顾的姿态，害怕连咽口水都会引来她额外的注意。她抽出最后一张卷子，浏览着，若无其事地说："张小暖，你上来把三角函数的公式默一遍。"

　　我站在黑板前哆哆嗦嗦，脑子一片空白。"有些同学学习有些费力，可以申请调去普通班嘛，自己轻松点，班级也轻松。干吗非要赖着。"身后飘来她如歌的教诲，声音那么"温柔"，那么"亲切"。我瞬间泪流满面。同学们一阵唏嘘，哗然不已。

　　时常梦见那个场景。每每梦见那个场景，每每梦醒时分，我都是大汗淋漓，拳心紧握。尖短的指甲深深地掐进肉里，不疼，唯剩无助和恐惧。那场梦粉碎了我对"老师"的所有幻想。

　　明月皎皎，入我木窗。星汉西流，静夜未央。初秋站在盛夏的尾巴上，散发着最后的燥热。万物竞相散尽生命最后的温度，在夺命深秋来临之前。因为高考志愿的事，我与父母产生了矛盾。父母强迫我选择了我一直很恐惧的师范专业。那如歌的"教诲"，那刀子一样尖锐的目光，那挥散不去的梦魇……他们从来都不知道。十八岁，太轻的年纪，轻到自己吐出的心声没有一丝分量。所有的不愉快像淤泥一般，附着在心底。我蜷缩在床的一角，耳畔飘来隔壁房间父母此起彼伏的呼噜声，像绵延的小山，堵在心里。

压抑至极，起身下床。清冷冷的月光泻下来，泻在我的雕花木格窗上。我撩开窗帘，信步阳台。楼下的樟树林，在夜风中送来缕缕清香，仿佛在轻吟浅唱。月光下的树冠，是一团一团奇形怪状的黑，深不可知的黑暗。油亮光洁的叶面泛着一抹抹微绿。被黑色浸透的青春，是一言不发的墨绿。几缕月光冲破阻挡，从密密的叶缝中挤出头来，懒洋洋地躺在松软的草地上，远看极似点点流萤扑碧草，美不胜收。再黑的林子也总有光能渗进。再昏暗的青春，是否也会有光明不期而至。站在人生的岔道口，看着那片黑树林，我不安地张望。

迷糊地醒来，已然是翌日清晨。我欠了欠慵懒的身子。阳台上的门半掩着，半扇门的光蜂拥而至，铺了满地，照得人暖意融融。我站在楼上看风听景，沉默地望着这个不友好的世界。樟林笼罩在白色薄雾中，若隐若现，光束撞入迷雾中，开辟下道道错乱的通路，像一个光怪陆离的白日梦。穿上了白纱裙的树叶跳着欢快的舞蹈，在一片绿海中浮浮沉沉。颗颗朝露裹着翠色一起滴落下来。世界那么美，为什么唯独不能给我一片属于自己的风景。

倏而，一阵沉闷的"咚咚"声敲击着耳膜，我隐约看到有一团蓝色的东西在不安地晃动。它时而前进，时而后退，时而左，时而右。在树林中央那块狭小的场地里，它像小旋风一样，到处移动。突然，一个篮球凌空飞起，迎着风划出一道美丽的弧线，划向远方。"咣当"一声，它撞在了篮球筐上，跌落到地，折断了翅膀的鸟儿般忧伤。原来是一个男孩在练习打球。

我的目光透过密叶间的缝隙偷窥着他，距离将视线拉得很长。我踮起脚尖，手扶着护栏，左右张望。那么狭小的叶洞，承载着一颗偷窥的羞耻心。躺在树后偷看，着实不雅，却又无伤大雅。

旋转，跳跃，他闭着眼。一个人的舞台上，他努力摸索着属于自己的节奏和律动。密密的树冠仿若一层天然的屏障，我贪婪地追寻他的身影。球一次次抛起，下落，然后飞奔出去，彷徨地跌坐在框外。宽大的球衣，瘦弱的身体，很滑稽的组合。有些领域里我们是天生的弱者，何苦再折腾自己。我看着他气喘吁吁地立在原地，俯下头，双手支撑在膝盖上，汗水像断线的珠子，顺着他额前的几缕碎发滴落下来，颗颗晶莹。一种似曾相识的苦楚涌上心头。梦里，我见过那种大颗大颗的晶莹。它像梦魇一样，握不住却也拂不去。

风拂动，叶子遮住了我的眼睛。所谓"一叶蔽目"大概是这般感觉吧。天蓝色的身影又开始了新的移动。球不断地接触地面，"咚咚咚"，一叶叶，一声声，次第盛开。那应该是个很清秀的男孩吧。修欣的身材，不算高大魁梧，却有着自己的傲骨。那一方小孔，着实不能展现他清晰的脸庞，就像年轻的目光，看不到未来清晰的模样。

难以描述自己对"老师"的恐惧，难以表达那一次无地自容的凄凉与绝望，难以说清一次次被同一场噩梦惊醒的惊恐。大学，本应是一个全新的开始。我却让自己一步步走进那个梦魇：成为一名老师。这样的想法或偏颇，或过激，但我心里那块烙痕，真的抹不去。

又是不眠的夜。楼下的青樟送来夜香，清新入脾，却不能安定我烦躁的心。我闭目，静听，听樟树叶儿呼吸的声音，听它娓娓讲述那个男孩的故事，讲述另一段不一样的青春。半梦半醒之际，耳际竟又传来"咚咚"拍球声。那么沉，那么闷，那么执着，那么坚定……

同样的时刻，同样的太阳，同样的他，又出现了。他平静地朝球架走来，偶然抬眼间发现了我。我心一惊，躲是来不及了，于是赶紧仰头向天，装作吹风的样子。心扑通狂跳，紧张、羞愧却又兴奋。没有相知，也没有相识，甚至都没有相遇。没有，而且也不需要。岁月里，总需要一些萍水记忆，清淡却值得回味。他固执地奔跑，起跳，转身，投篮，动作很漂亮，却极少投中。正午的热火浇到他头上，他瞬间变成了一只金光闪闪的落水狗，湿得透透。篮球滚落在不远处，像只烤过的山芋，烫得人满手燎泡。他疲倦地坐在地上，望着它，忧伤地，恐惧地，无助地。樟叶耷拉着脑袋，青色的脉络里，血液忙碌地奔跑，怎么也找不到岸。

以后的很多天，樟林里都没出现那个晃动的影子，只有我呆立阳台，凝视那一小片树林。

开学前夕，我收拾着大大小小的行李包，一直忙到深夜。忽然间听到了久违的"咚咚"声，我赶紧跑到阳台上。如水的月光下，正是他。没有矫情的眼泪，我颔首，微笑，静观。其实，恐惧、失败就像一只只球，我们若是把心碾成一块平地，那么，球是停留不住、终要滚向远处的。碾心的过程，很痛，但坚持住，努力克服，也就过去了。那晚的樟叶特别美，小小的一片片叶子，给了我一个绝佳的角度，一个朦胧的意境，一个隐秘的世界，一片云开月明。

凌晨，提着行李箱的我路过樟林时，轻轻在篮球架下放下一片早已备好的樟叶儿，上面写着：星辉斑斓，乘叶看你。或许，他看不到这片叶子，风会带走它。但这一季无关风月的叶之窥真实地存在过，这一段迷惘的青春记忆会被永久封存，成为我永久的前进动力。

谁的青春不迷茫。一米阳光，不诉悲伤。大胆地在阳光下奔跑，青春就是你的模样。我们不曾相识，但都在樟树叶下经历自己的成长。如果可以，我真心愿意乘一枚樟叶去看你，去看成长后的自己，在星辉斑斓之际。

文学院 1505　钱　莹／**流年开出花**

阳光正好。

金子般的光芒倾洒而下,时间如指缝流沙,无声消逝。弹指一挥间,我们大学的第一堂课——军训,已接近尾声。虽已立秋,夏却仍拖着条尾巴四处喘着热气,似是想多留一些痕迹在人间。

好在令人心烦气躁的蝉鸣已消失殆尽,它们用短暂的一生尽情高歌,诠释了生当如夏花之绚烂,死当如秋叶之静美的内涵。而我们看似漫长的这一生,实则短暂,我想我们应如蝉一样,既然选择了,便不顾风雨兼程。佛陀也曾说,生命不过在一呼一吸之间,这是在启示人们要珍惜有限的生命,从事有意义的活动。我想,大学军训将会成为人生画卷上浓墨重彩的一笔。

苏轼有云:古之立大事者,不惟有超世之才,亦必有坚忍不拔之志。正如每天上午站军姿,须得做到纹丝不动,原以为肯定做不到的,却咬着牙坚持站满了规定时长。所以,如果不尝试,你永远不知道自己有多强。在训练场上,望着同学们训练时挺拔的身姿,严肃的神情,不禁为之动容,他们如凤凰在烈火中涅槃,完成人生的升华。不时传来男生们热血沸腾的口号声,教官们悉心而严厉的教导声,同学们云淡风轻的谈笑声,种种声音汇合成一首青春交响曲。这也是青年一代应有的风采吧。

湛蓝的天空上万里无云,太阳公公依旧在值勤,几位教官已经热得汗流浃背,却在坚持训练同学们的动作,不时有同学递水给教官,他们报以感谢的一笑,大白牙在烈日下似乎带着柔光。看到几个方队在打拳,动作干净利落,孔武有力,我心中顿生一股浩然正气。看台前女子方队在练匕首操,柔中带刚,神采奕奕,果然巾帼不让须眉。看到这一幕幕,我心中好似流过一汪清泉,感到平静而安宁。

拉歌大赛,双方欢呼,起哄,声音响彻云霄。忽而剑拔弩张,忽而偃旗息鼓,似有两军对阵之势,然无所谓输赢,乐在人心。

就这样,日升日落,同学们每天迎着晨光而出,披着晚霞而归,也体会到了晨兴理荒秽,带月荷锄归的雅趣。

愿岁月静好,现世安稳。

163

渐渐地,到军训的最后一天了。在精彩的汇演活动过后,我们的大学军训就落下帷幕了。我看到,许多人眸中漫着一层水雾,许是为自己多日辛苦训练的成果而感动,许是为即将与教官分离而感伤。

无不散的筵席。

而我们可爱的、朴实的、真性情的教官们,也许此一别离,后会无期,望君珍重。

回想这段时间以来,有泪有笑,同学们虽或多或少地有过抱怨,抱怨教官的严厉,抱怨天气的炎热,但都不曾轻言放弃,即使汗水纵横脸颊,依旧笑颜如花。

酌贪泉而觉爽,处涸辙以犹欢。

这许是人生最后一次军训了吧。我相信,多年以后,鬓微霜,再回头看,只觉风轻云淡。而回忆,显得弥足珍贵。

青丝蘸白雪,来路生云烟。

文学院 1507　吴　雯 / **给十年后的你**

十九年前，我被随机分配到你的身体里，虽然我不是跟你很投缘，但本着既来之则安之的心态，我还是很积极地去喜欢你。

刚刚接触你的时候，我想你长大之后应该有吴敏霞的身高、赵薇的大眼睛、范冰冰的皮肤……然而，你让我很失望，你的身高让我很难过，你的眼睛我看不见，你的皮肤我已经不忍直视……这么完美的我，为什么要和你一起面对你那并不完美的人生？

但基于我们已经相互"嫌弃了"十九年，我还是忍了。

但是，忍归忍，我还是忍不住要吐槽下你的缺点！

作为一个女孩子，为什么你会那么懒？我不要求你和我一样勤劳能干，最起码你要有做女孩子的样子！为什么每天起床不记得叠被子？为什么吃完饭不会主动去洗碗？为什么头发掉在卫生间却不记得要清理掉……为什么你会有那么多的缺点？我感觉十分失败！万幸的是，你还是有优点的。你虽然不是最聪明的孩子，但你还算努力，没有让你的学业终止在九年义务制教育，谢天谢地，你考上大学了！

作为家里最小的孩子，你难免会骄纵一些，这个我能理解，还好你没有骄纵到难沟通，对家里的长辈都还挺孝顺的。这点我很欣慰。

好吧，以上都是我的有感而发。现在我们回到正题，给十年后的你。

我完全无法想象十年后的你是什么样子，会不会变瘦，会不会再长高一些，这些其实都不是重点，我最希望十年后的你能够像现在一样孝顺爷爷，崇拜爸爸（不是指体重），依赖妈妈。

树欲静而风不止，子欲养而亲不待。大概是所有人最不想经历的事。

爷爷年纪大了，变得很啰唆，好吧，其实我有时候也觉得烦，但是，衰老是无法避免的，爷爷啰唆也情有可原。有时候爷爷总是重复一句话，不是因为他忘记自己说过这句话，而是他想确认他说过。对爷爷更有耐心一些吧，你在长大，他在衰老，他总有一天会老得走不动路，剩下的只有孤独，多陪他说说话吧，他真的老了，最快乐的事就是能和你晒着太阳聊聊天。他总是在回忆你在上小学的时候唱的歌，回忆他骑着自行车带你玩的场景，现在你只会在 KTV 抱着麦乱吼，不会再唱儿歌，他也载不动你了，只能想想过去的好时光了。

但是你有多久没和爷爷好好聊过了？不要用没时间做借口，你有时间看电影，有时间逛淘宝，就没有时间打电话给爷爷吗？有时候，错过就是过错。

十年后，你就快进入而立之年了，爷爷会比现在更年迈，更孤单，挤出你和朋友逛街的时间吧，多和爷爷说说话，他比你的朋友更需要你的陪伴。

我觉得你和你爸不像父女，更像哥们，但不是特别讲义气的哥们。为了逃避妈妈的责备，你们互相插了多少刀？虽然你爸有时候不靠谱，这是大实话，哪有爸爸让小女儿和狗狗比赛吃苹果谁更快的？但你爸还是挺疼你的，每年都是不远万里给你带好看的衣服、鞋子，还有满满一箱的零食。妈妈数落你吃太多零食的时候，你爸这时候还会挺身而出说女孩子都喜欢吃零食。妈妈每次要动手的时候，你爸都会维护你，虽然基本都没用，但至少态度放在那儿了。

十年后，你爹的头发差不多全白了，要记得带他去染头发，他很要面子。还有，要是妈妈又和他生气了，不要去打圆场，因为你爹太要面子了，你不管不顾地跑出去，他真的会很难过的。他们吵完之后要记得带你爹出去吃甜的东西，他一吃甜的心情就好了。

十年之后，你妈真的就是一个老太太了，还是个进了更年期的老太太，肯定是极其啰唆，是不是想想都觉得可怕？她会一遍又一遍地提醒你要加件衣服，要按时吃饭，要认真学习，噢，不对，你应该已经工作了。如此种种，你还受得了吗？经济基础决定上层建筑，十年后你已经经济独立了，你肯定不愿意还像小时候那样时时刻刻都被管得死死的。可是，你早已经习惯了这种"管束"不是吗？

让我帮你回忆一下吧。你从小就不是特别聪明的孩子，刚刚学汉语拼音的时候非常吃力，作业不会做，你妈很着急，她的文化不高，没办法辅导你，她就每天提早下班，站在教室的窗子外面听老师读，自己默默记，回来之后再教你……你妈保持这样的状态一直到你读三年级，你是不是总是觉得有人在窗子外面看着你？那不是错觉，真是有人在看着你上课。后来你妈在你的抗议之下不去"监视"了，但她还是会不时地去找你的老师问问你的近况，你的一举一动还是在她的掌握之中。在学习中，她对你的监管毫不放松，在学习之外你依然无法"逃脱"她的"五指山"。早餐必须吃，一杯热牛奶就算是停水停电也不会缺席，不过她是从来都不喝，不能吃油条，油不干净，不许喝外面的豆浆，不卫生……你的早餐的规矩好多。看到你的中饭才知道为什么你会这么胖。三菜一汤那是一般标准，荤的素的还有水果，看你稀里哗啦地扒饭我都觉得可怕，你妈居然还嫌你吃得少！可着劲地往你碗里夹菜，生怕你一早上饿坏了，拜托，她以为她偷偷塞进你书包的饼干我没看见。到了晚上你妈放松一些了，中午的剩菜剩饭热一热就是你的晚饭了，我本以为这就是结局了，没想到啊没想到，怪我太年轻了，你妈居然送饭给你吃！简直可怕。你要是少吃一口，她就会纠结半天，是哪道菜不合胃口了吗？她倒是不在乎自己回家之后只能吃冷饭菜。下晚自习之后，又是一大碗面条或者是馄饨，我看着就难过，每次看到那个大碗就想把你从桌边拎走，也不看看自己都胖成什么样了！看着你吃完那一大碗夜宵，你妈就赶你写作业去了，不管你写作业写到几点，她都会陪着你，看着你写作业……所以啊，你早就习惯了你妈对你的监管。

十年之后，你妈应该比现在更疯狂地监管你，十年之后，你妈应该不上班了，她就有更多的时间，你的早餐会比现在更丰盛，午餐的菜应该会更多，晚饭也不会是中午的剩菜剩饭,等你下班回来,又是一桌丰盛的饭菜,要是你少吃了一点,你妈估计又是一通唠叨,说减肥这个不好那个不对。

是不是现在想想都觉得可怕,本以为自己长大了就能自由了,但这些只能是想想了。

但是,被管着又有什么不好?

爷爷、爸爸、妈妈都比你有人生经验,在遇到任何困难的时候,他们都能给你中肯的建议,他们是世上唯一会不留余力帮助你的人,他们会帮助你成为最好的自己。

这些写给十年后的你。

十年后的你应该会感谢现在的我吧。

文学院 1507　赵丽萍 / **普鲁士蓝和石榴红**

"石榴红小姐，"普鲁士蓝先生展开天蓝色的信纸写道，"我觉得我们中间流淌着一条名为青春的河。"

普鲁士蓝先生略略停顿，蓝色的透明的蝴蝶就一只接着一只从字里行间缓缓飞出，绕过他的头顶穿过窗户飞向远方。蝴蝶远去，他依旧迟迟不下笔。渐渐地他的眼睛蒙上了一层绿色雾气，像是里面融化了一座翡翠森林。

他回忆起和石榴红小姐的初遇，那巨大舞池中央石榴红小姐踩着光芒翩然飞舞，一瞬间普鲁士蓝先生仿佛看见了四月的花儿在洒满月光的大地上倏然盛开。当石榴红小姐火焰似的裙裾扫过他的裤脚，他认为那是诱人的红色晚霞拂过沉寂的湖泊；当石榴红小姐玲珑的身体欢快旋转，他又认为那是一弯璀璨的银河荡漾在永恒的宇宙中心。他被她的活力所吸引甚至折服，以至于自惭形秽，埋怨自己天性中的深沉与苍老。

然而普鲁士蓝先生并不是一位白发苍苍的老者。只是他性格中埋藏着忧伤彷徨的种子，种子每每在他失神之时以惊人的速度发芽，开出失魂落魄的花朵，继而又在内心平静时迅速凋谢。有时他欣赏蔚蓝的天空，欣赏蔚蓝的大海，却觉得自己处在一个忧伤的蓝色星球里孤立无援，便不由得悲哀而沉默起来。他爱思考。他穷尽生命里的大部分时间思考着怎样为青春下定义，却总是迷失在一些细枝末节中，直到他遇见了美丽的石榴红小姐。

石榴红小姐惊鸿般地出现在他的视野里，那一刻他几乎要哭出声来——这或许才是青春吧！青春就是她那条花朵状的及地长裙，是她那种将绝望踩在脚下的无所畏惧，不害怕死亡，不忌惮过去，忘却时间，忘却流年，只剩下一片张扬的红，哪怕在人们记忆深处也不能忘却的红！

他因激动而颤抖了，但依旧隐隐含着不安。因为他的记忆碎片忽然闪现出石榴红小姐回眸后眼中那零星的黯淡，虽然这黯淡转瞬即逝，淹没在红色巨浪之中，给人一种假象之感，但敏感而心细的普鲁士蓝先生依然察觉到了。他又陷入了迷惘。

"告诉我，石榴红小姐，"普鲁士蓝先生双手环抱头顶，表情痛苦低声喃喃，"你是不是青春的全部……"

　　回答他的只有耳边窸窣的风声。石榴红小姐在远方，远到只有蓝色的透明的蝴蝶才能飞过去，自然不能听到他的低语。或许此刻的她，正在世界的某个角落欢快飞舞，不知疲倦地洒落满地的星辰。

　　忧伤的普鲁士蓝先生收起未写完的信，一只蓝色蝴蝶恰巧正从字里飞出，却不幸被捏碎，剩下银光点点缓缓落下。普鲁士蓝先生穿好正装，打理好帽檐，他要去欣赏久违的蓝天碧海。那给予他无数伤感与迷惘的天与海，无声地包容着他的渺小与眼泪，他觉得自己找到了栖身之所。

　　"或许从一开始，青春便不可定义。"他忽然这样说道。石榴红小姐曼妙的身姿依旧在他的脑海里闪现，那能够融化冬日冰雪的热情与张扬，却已经不再震慑他的灵魂使他无法呼吸了。他感到莫名的心安，自己多年未解的谜题，其实并没有答案。

　　普鲁士蓝先生突然觉得自己应该陷入沉睡，然后借着蓝蝶与梦飞往石榴红小姐所在的地方，欣赏她星河般璀璨夺目的舞蹈，牵起她的裙裾，注视她眼中那零星的黯淡，在她耳边低声私语。

　　蓝色信纸又被展开，上面写道："单纯如烈焰的红并不是青春的全部，单纯如大海的蓝也不是。石榴红小姐，你与我站在青春的两岸，你的热情与我的忧伤只有在汇聚之时才能碰撞成灿烂的星河。青春汹涌时是你的裙裾，青春沉寂时是我的眼角。而我，普鲁士蓝，愿意穿过这条名为青春的河，去拥抱你，融入你，做你眼中那星光般的一点黯淡。"

　　蓝蝶扑棱着沾着星光的翅膀，绕着普鲁士蓝先生的头顶飞舞盘旋。"去吧。去青春的彼岸。那里有我最心爱的人儿。"

　　普鲁士蓝目送蓝蝶远去，消失在傍晚的彩霞中。

　　或许有一天，他将会见到红色的透明的蝶，那饱含石榴红小姐情思的红蝶，在他头顶飞舞盘旋，不忍离去。

文学院 1402 朱晨晓 / **没有破碎，不够大师**

"生如夏花之绚烂，死如秋叶之静美"，泰戈尔的诗句好似为大师们量身定制的一般。大师们远去了的步伐令人肃然起敬，可为何，在文化高度繁荣的今夕，大师们的称号如一颗渺茫的星辰，在一个与我们不同次元的空间里，闪烁着幽冷的光，冷眼旁观嚣尘。的确，我们没有自己的大师级。

著名作家卡夫卡在书写出《变形记》的传奇后，不幸查出身患重病，在人生的最后时光中，竟不断让妻子向一个固定地址寄信，却从未收到回应。弥留之际的请求居然是让妻子将最后一封信送出去。当妻子怀着嫉妒又好奇的心情前往时，震惊地发现收信人是一位八岁的女孩。女孩的布娃娃遗失后非常伤心，卡夫卡便讲述布娃娃的历险来安慰女孩，当深知自己将不久于人世后，卡夫卡最后的一封信中布娃娃找到了自己的心爱之人，过上了幸福的日子。读罢，感触颇多，或许这就是大师的风姿吧，于细心处听惊雷，于暖心处闻风声。而这个时代的人，情绪变得很多，感觉变得很少；心思变得很复杂，行为却变得很单一。当多与少、复杂与单一失去了其该有的比例后，我们没有自己的大师级便不言而喻了。

耳聋对于普通人来说只是部分生活的死寂，对于音乐家来说却是整个世界的毁灭。世界毁灭了，贝多芬依然如巨人般挺立，他捕音为凤，谱曲为凰，向冥冥中的命运奏响了绝唱《命运交响曲》！当耳聋的磨难、女友的抛弃向他压来，当生活与事业遭遇双重打击，他爆发了，正如蝶破茧方有挥舞双翼、翱翔于苍穹、沐浴阳光雨露的倩影；正如凤凰浴火重生的刹那；正如屹立在西北漫漫黄沙中的胡杨；正如涉足于沙漠的仙人掌，那是它砥砺的天堂。我相信磨难能造就大师。而今铺天盖地的温情和没完没了的辅导，在车水马龙的霓虹灯下，张扬的个性不见了，趋炎附势的性格增多了，"凌寒独自开"的梅在温室的哺育下显得娇嫩，其傲寒的风采不见了，"大雪压青松，青松挺且直"的青松在养分的灌输下，最原始本真的苍劲不见了。当踏上那条光荣的荆棘路，让星斗其文、赤子其人的他崛起在被同代人无情遗忘之后，被竞争者冷酷抛弃之后。这，才是大师的风采。

喜欢一幢房，因为那儿有邻居家伸来的梧桐枝，参天的绿意带来惬意的荫凉，是覆盖住心悸的嚣尘，那是丰子恺。已经签订了卖房合同，却因自家的柠檬树开花而拒卖，那是三毛历经沧桑后的明彻与超脱。真正的宁静不是避开车马喧嚣，而是在内心修篱种菊，想要预支一段如莲的时光，即使将来需要加倍偿还，那是林徽因灵性至极的安逸岁月。

我们没有大师级，因为精神不够浩瀚，因为视野不够辽阔，因为生命行为不够丰富，因为人格不够璀璨。

文学院 1104　吴立丹 / **白菜君子**

　　时间如白驹过隙，转眼间新中国已经成立了六十二周年。这期间，有很多绚烂或平淡的生命远离我们而去。一开始，我们或许伤心、悲痛，但是泪水被风干之后，我们选择了继续向前走自己的路，那些我们熟知的生命慢慢被淡忘直至被淹没在历史的长河之中。可是，有这么一个人，他的音容笑貌、举止谈吐，不但没有随着时间的推移而模糊，反而愈加清晰。那个人便是你——周恩来。

　　世人将你比作挺拔伟岸的大树；画家将你比作沉稳厚重的高山；音乐家将你比作宽广博大的海洋……而我，更愿意将你比作温润如玉的白菜。将你比作普通的白菜？也许，别人会指责我，显然是对你的不敬，是对你的亵渎！可我，只想说，世界上那么多种蔬菜，却唯有白菜被称作菜中君子！

　　白菜在古代被称作菘，这个名字十分独特，蕴涵着白菜像松柏一样临冬不凋，四时常有，那一抹绿色给了苍白的冬天一丝生机。而你——周恩来，你又何尝不是如此呢？1911年年底，中山先生领导的"辛亥革命"推翻了清政府，结束了统治中国两千年的封建君主专制。当时的中国正处于剧烈的变动时期，年轻人的思想还是困惑着的，要么没有明确的理想追求，要么还在摸索着前行。还是少年的你，面对魏校长提出的"请问为什么读书"这个问题时，却郑重果决地说出来："为中华之崛起而读书！"这在一群回答"为光耀门楣"、"为光宗耀祖"、"为了我父亲"的学生中是那样的叫人震惊，也难怪魏校长要感叹："有志者当效周生啊！"而今，中国正处在飞速发展的时代，我们这些年轻人真该向你学习——为中华崛起而读书！

　　当然，并不是所有人支持你、理解你，甚至你的同学们还会不屑于你的志向，可是"燕雀安知鸿鹄之志哉"！你不是燕雀，不会只安命于一方小巢、一角屋檐，你是鸿鹄，注定属于蓝天，唯有蓝天才够你翱翔！看，你领导南昌起义，打响了武装起义的第一枪；看，你在长征途中支持毛泽东的工作，从而使中共度过了生死攸关的一刻；看，你在万隆会议坚持立场，真诚应对其他国家的诘难，赢得了他们的尊重；看，你提出的"和平共处五项原则"至今仍被我们沿用……几乎这个时期的一切重大决策和胜利都与你紧密相连！你恰如白菜，营养丰富，口味清淡，却能与许多食物搭配，成就了一道道可口美味的佳肴！

　　民间有句俗话:"百菜不如白菜",它不仅营养美味,更重要的是它耐储存。尤其是中国北方的百姓对白菜更存有一份特殊的感情。经济困难的时候,他们只能靠白菜这一种蔬菜度过漫长的严冬,可以这么说,白菜既滋润了他们的胃也温暖了他们的心。而周恩来你更是这样!"文化大革命"使中国的文化、经济、政治格局受到严重损害,尤其经济方面,老百姓的生活青黄不接。而你,当时已经生病,可是依然坚持工作,着眼于恢复经济。三国中诸葛孔明曾评价自己"鞠躬尽瘁,死而后已",我想这八个字你也担当得起!周恩来,你这一生恰如你的名字一般,给人民不断的恩惠,如果没有你——人民的好总理,我们怎可能渡过一个又一个难关?

　　然而人的生命是有限的,1976 年 1 月,被病魔折磨已久的你终于抱憾离开人世。也是巧合,父亲的父亲,也就是我的爷爷也在这个时候离开人世。父亲回忆当时为了给爷爷买一个花圈跑了很多地方也没买到,因为这些花圈都被人民用来哀悼你。你的逝世,不仅仅是中国人民的伤痛,也是这个世界的伤痛,联合国甚至破例为您下半旗志哀。如此,周恩来,九泉之下的你应该感到一丝安慰吧?

　　龚自珍诗曰:"落红不是无情物,化作春泥更护花。"臧克家道:"有的人活着,他已经死了。有的人死了,他还活着。"也许,我们不应该只是哀痛,惋惜你的离去,而应该想想你给我们留下了什么样的宝贵财富。是少年便胸怀大志?还是一生都以苍生幸福安康为己任?抑或是为人处世的原则与态度?总而言之,做一个白菜君子,应该就是你赠予我们的一笔财富!

文学院 1506　向甜甜 / 去一座城，见一个人

　　"我来到，你的城市，走过你来时的路……"听着陈奕迅的《好久不见》，我来到这一座陌生的城市，只为见到那熟悉的身影。望着来往的行人，不禁打了个寒战。这是我第一次单独离开家，也是第一次独自约会。带着激动而又紧张的心情，我魂不守舍地望着窗外。

　　思绪回到昨天，他打电话来告诉我明天是他的生日，希望我能陪他过。挂掉电话，我真是热血澎湃，身体立即变得轻飘飘的。迅速打开衣柜，把自己喜欢的衣服全都挑了出来，可这也有好几件啊！明天该穿哪件去见他呢？我握着这件衣服，又看看那件衣服，几分钟过去了，仍没拿定主意。我丧气地瘫坐在床沿，埋怨着自己怎么这么笨。"叮叮叮"，短信铃声响起。屏幕正中显示的话令我至今感动不已："乖，你肯定在挑衣服吧，别太累了。其实不管你穿什么在我心中都是最美的！"我的眼睛瞬间模糊起来。在心间融化之际，我挑选了一件白色的长裙，臭美地照照镜子。可是，忧虑又随即而至：我还没一个人出过远门，在路上要是遇到危险怎么办。但明天是他的生日，我又不能不去。心里的两个小鬼开始激烈地争吵起来，一个要我去，一个又偏不让。在纠结好久后，我决定去。毕竟迟早都要学会独立，况且十八岁的生日只有一次，不能就这样白白地错过。在安抚好情绪后，我静静地进入了梦乡。

　　那一夜，我睡得格外香甜。第二天一早，我小心翼翼地换上了裙子，再为自己画上美美的淡妆……

　　"主人，来电话了！"铃声把我一下拉回了现实，在与他商量好见面的地点后，心里的小鹿开始不安地砰砰乱撞，血液也快速往上涌。再过一会儿他就来了！紧张之感如巨蟒般缠绕着我，令我难以呼吸。似乎过了好久，茫茫人海中出现了那熟悉的身影。寒暄几句后，我们来到了一间极富浪漫气息的奶茶吧，我点了杯名为"初恋"的奶茶，他开心地笑了笑。这笑容真的很好看，深褐色的眸子泛着清澈的光，其中却又藏匿着男孩少有的不羁。长长的睫毛温顺地依附在眸子上，他的鼻子坚挺，好似从中透露着一种倔强的个性，可现在这倔强的人笑了，而且是对我笑的，顿时心里乐开花，脸蛋也变得热乎乎的了。他的笑深深地令我陶醉，当我正准备贪婪地再看一眼时，目光正好和他清澈的眸子相遇，唰，脸颊立刻变得滚烫。我害羞地急忙低下头，他好像察觉到了我的羞涩，轻轻地问："害羞了？"

"嗯！""第一次单独出来和男孩子约会吧。""嗯！"我讪讪地回答道。其实，当时的我是多么想抬头看看他干净的脸上会有怎样迷人的表情。但紧张一直盘踞在心坎，让我错过这么美丽的"风景"。我低着头假装在很认真地弄着指甲，可明显醉翁之意不在酒啊！我曾尝试着悄悄地偷看他，不过他就这样一直盯着我，好像要把我融化一般。遇到他那温柔的目光，我的心就会加速加速再加速，甚至让人无法呼吸。

此时音响正好在放着《叶子》——我一个人吃饭旅行到处走走停停，也一个人看书写信，自己对话谈心……"知道吗？这就是我遇见你之前的生活"，他低沉地说道，好像不愿想起那段孤单寂寞的日子。"但自从遇到你，"他继续说着，"我的生活充满了阳光，心都飘到你那去了，根本没时间去孤单！"这么煽情的话居然是从他嘴里说出来的，在此之前还真没看出他是这么多愁善感的人。倔强的外表下，居然深藏着如此脆弱的心。我慢慢地抬起头，望着他明亮的眼睛，用眼神轻轻地安抚着他寂寞的心。他晶莹的眸子不停地闪烁着光，令我感动，更令我心动。忽然，我竟发现自己早已被这柔情似水的男子融化，我多么希望以后都不再让他孤单，但这岂是我一人做得了主的呢？唉，我深深地叹了口气，是悲伤还是什么，连我自己也想不明白。

他站起身缓缓走到我身旁坐下，均匀的呼吸萦绕在我耳边，好像一个个动人的音符，让我如痴如醉。我们就这样坐着，但是心里的甜蜜也只有我们自己明白。

突然，我感到有什么东西碰到我的手，正准备抽回的时候，一只大手猛然抓住我的手指，我整个人都不安了！我丝毫不敢动弹，就这样静静地感受这突如其来的温暖，手心因紧张而出了丝丝细汗，心跳声咚咚地传来。我的脸烫到了极致，大脑也变得一片空白，完全不知道接下来该怎么做。为了缓解自己紧张的情绪，我深深地吸了一口气。他见我如此紧张，笑着把手拿走了。此时，我的手指变得无比沉重，就连动一动都感到困难，只有那酥酥的感觉依然残留在指尖。

不知道是不是我紧张笨拙的样子把他逗乐了，他一个劲地傻笑，坏坏的样子让我又气又好笑。那"受宠若惊"的手指依然停留在原地，任凭我怎么使劲也"拔"不回来，其实只有我自己知道，我并不反感这令人陶醉的温柔。心里开满了花，世界瞬间变成粉红色的了。

吹着空调，喝着奶茶，听着情歌，看着心上人，这种场景难道不令人心动吗？在跳动的灯光下，我发现自己的心已不再单纯地属于自己，少女的羞涩与甜蜜，在"初恋"这杯奶茶中表现得淋漓尽致。而我的心思，也像仰在杯中的柠檬片一样，毫无遮掩地暴露在心上人面前。不管会不会被人嘲笑，我都无所谓，只想静静地拥有着自己的小幸福。

去那座城，见那个人，让我体会到了前所未有的甜蜜。这段回忆将永远烙在心间，不会褪去！

文学院 1501   张艳茹 / **但为君故，沉吟至今**

秋去春来，燕还故榻。春风又吹开了十里桃花，你还安好吗？

记忆中最初的画面，方正如你。不偏不倚地立于世人中央。你如同心有所善的诗人，高唱着虽九死其犹未悔。就是如此的不群，你说这种棱角分明的态度，自前世而固然，我不赞一词，只因那时我不能明白，如今在时间的冲刷中，我也渐渐读懂你那惟愿独醒即使世人皆醉的情怀。你是那朵独清的莲花，屹立于这个世人皆浊的泥潭。

你曾许诺要带我辟一处世外桃源，与我把禾田间不问世事。只有如此，才能让你感到舒心，你不愿被他人左右，永远坚持自己的主张与原则。你要顺遂自己的本心，去一适南山之安然，你要用那些边边角角化为一道墙，阻隔那些妨碍你一睹金菊绽放的悠然之美的力量。我明白你虽有无数棱角似的原则，却都是源于内心对道德的一把标尺，你渴望的是不失本心，是那一份淡然。

但是心怀天下的人怎能蜗居一角？你是棱角分明而一丝不苟的，只是在这个世界，你却并未零落成泥碾作尘，而是在重重的磨炼中，辗转成歌。

你的心在发什么芽，开什么花？我知道，你是悬崖上的花，越是芬芳越无常。别人猜不透彻，我却看得明白。你眺望远方的山峰，却错过转弯的路口，蓦然回首，才发现少了些什么；你寻找大海的尽头，却忽略蜿蜒的河流，当你逆水行舟，幡然醒悟，你的尖锐，刺人刺己。缺失的是那一份恰如其分的圆润。

如今的你，已经学会如何自在地行走在这个世界，已经知道怎么与人交往不会伤人亦不会自伤，已经懂得需要去包容着世界上存在的不好。

你我在这时光的滚滚洪流中牵手共行，默默成长。当我们一起走过，匆匆流淌的是不息的小河，清凉的水花飞溅在稚嫩的脸庞；当我们一起走过，红龙奔腾的是咆哮的大江，雄壮的交响曲回荡在你我耳畔；当我们一起走过，指尖触碰那落下即溶的末世苍雪；当我们一起走过，双目凝视的是滚烫的岩浆，如同地狱里的业火，炙热的火焰映红了你我的心房。

当我们一起走过，走过那男耕女织的和谐，走过那英雄诗篇的宏伟，走过那一统天下的豪迈，走过那一将功成万骨枯的悲壮。当我们一起走过，踏遍了万水千山的足迹，在逝如流水的时光中，岁月也在你我身上留下成长的烙印。我看到你依然是那个阳光下微笑的少年，唯一不同的便是现在，你已经由棱角分明的一丝不苟，更兼备了虚怀若谷的人生智慧，你笑言之："有容乃大，上善若水任方圆！"

十字开头的年龄遇到你，未来仿佛很远很远，我们的内心秉直无邪。如今已将至弱冠之年，你还是那个时光里浅笑的少年，只是心中漫过容纳百川的海水，荡过巍峨壮阔的山谷。而不是在无尽的喧嚣中丧失了自我。

窗透初晓，日照西桥，想你当年荷风微摆的衣角。

在我眼里，春风十里，不如你。

文学院 1501　何昱罕 / 来自灵魂深处的心跳

最近，把前段时间很火的一个综艺节目——《花儿与少年第二季》又给看了一遍，不经意间生发出一些想法和感触。在这里我想特别提一下许晴，作为"花少"前后两季的嘉宾，她身上所表现出来的那种真实，独有的那份人生哲学，让我不经意间想起了一个朋友。她是一个在自己的世界里随遇而安的人，就像盛开在山崖上的百合花，总给人一种难以接近之感。在外人看来总是有那么一丝神秘且让大部分人无法理解这种生活方式。

前几天给她打电话，感觉有段时间没在一块好好聊聊了，想约她在咖啡厅坐坐。约她的时候她正在逛街买衣服，无一例外还是一个人。尽管现在网购风靡整个大江南北，但她依旧青睐实体店，依旧享受那种用眼睛和手指近距离感受、接触服饰的感觉，她说在享受逛街乐趣的同时，又能找到自己喜欢的东西，不失为一桩妙事。之后我们约在她喜欢的那家咖啡馆碰面，一如她总希望在自己熟悉和热爱的事物当中流连而不舍离去。

当我走进店里面时，发现她已经坐在她以往喜欢的有阳光的桌旁，喝着自己喜欢的摩卡，脸色淡然，在思索着什么。她看到我进来以后，朝我微微一笑，略带疲惫。我问她是不是身体不舒服，她默默看着窗外，跟我说只是有点累。我说是不是发生什么事儿了吗，她沉默了一会儿，然后说："你觉得人是该为自己活着还是为了别人？"对于这突如其来的问题，我很惊愕，老实说也很难回答。我说你怎么突然想起来问这个之后她告诉我，做自己不喜欢的事情总是显得太刻意，把自己弄得筋疲力尽，结果可能还不是太好。我很清楚这是个不爱也不擅长跟人打交道的姑娘，在人际交往中总是显得与周围人格格不入。"我也想着去试图改变自己身上的一些东西，与同学搞好关系，多接触，多参加活动，这也是我上大学以后给自己的一些要求。"她说："但有的时候觉得自己真的很累，感觉每天也很忙碌，去做很多事情，却觉得忙得没有意义，找不到快乐和归宿。"我说你应该去寻找一些让自己快乐的事情，毕竟到了大学每个人所追求的东西是不一样的，做自己喜欢的事儿就好。她默然一笑，说："其实我也只适合在自己的小世界安安静静地待着，时常望着外面的世界，做着自己该做的事。"我鼓励她说找到自己的路就好。

从我结识她开始，我就知道，在她周围世界里的绝大多数人对她的评价基本一致：不合群、任性，总是活在自己的世界里。我以前跟她说过，不管别人说你什么，你只要记住，你永远是你自己,时刻坚守内在的东西,你才不会被周围人所同化。我跟她认识了快5年了吧,一开始我们是同桌,她不爱跟人说话,其实我也是一个话不多的人,我们也是差不多一个月才慢慢熟悉彼此,渐渐地她也会告诉我她内心的一些想法,也从来没有把我们的这些谈话告诉过其他人。因为我知道她不希望有太多人来打扰她的生活,也不习惯一些不熟悉的人闯进自己的小世界。一开始,我俩之间的关系定位就是:了解彼此的知心人。会经常探讨理想、生活、自己的未来。

我们会经常给对方写明信片,我们之间约定,十年以后把对方手上的明信片互换,作为一种独有的纪念。她曾在一张明信片里写道:"只有有着相同人生观、世界观、价值观的两个人在一起,才能走进彼此的内心深处,去发现和欣赏彼此身上的独特之处,最终碰撞出闪烁的火花。"我给她的回复是:只有在真正意义上有着相同或相似生活经历、成长背景、价值取向的两个人,才能更全面、更真实地读懂彼此的心。愿你早日找到能读懂你心的人! 说实话,这样的女孩或者说有着类似思想倾向的人真的挺少见的,因而显得弥足珍贵。我真心希望她能在这条孤寂的道路上欣赏不一样的风景,永远保持前进的脚步。

一直以来,一些人始终将"物以类聚,人以群分"这句话视为自己人际交往以及自我价值观的体现。他(她)们坚守着自己的那份独特,不随大流,不愿让自己去融入大世界里,只想在自己的世界里简单而有意义地活着。从本质上说,生活方式本身是不存在优劣之分的,在这个世界上,有擅长社交的人,也一定会有尽量回避社交的人群存在。因此,尊重自己的内心,保留自己身上的那一份真实,在自己的小世界里认真而不敷衍地生活,也是一桩幸事。孤独也是一种生命状态,虽不热烈,却温润绵长。

不管许晴也好,还是我的这位朋友也罢,抑或是那些不爱与人打交道的人们,在外人看来,你们或许很高冷、不合群、难以相处,但是,这只是你们选择的一种生活方式,相比于无效社交,大多数时候无意义的交谈,我相信你们更乐意直面自己的内心,与自我对话,因为这样,会更有安全感,会活得更充实,精神更加丰盈。即使人脉圈不广,但在这个特定的圈子里有懂自己的人,有能走进各自内心的人,相互之间简单、亲密而不缺少距离的交往着,岂不快哉!

我们都有选择朋友的权利和机会,我想,每个人都想找到能了解自己、读懂自己的人,在漫长的人生旅途中相伴而行。因而每个人都是一本书,书中的内容、形式与风格都是不一样的,正因如此,人与人之间的集合点也具有差异性。

如果,你能从内心,不经意间读懂一个人,能看到他(她)内在的东西,毋庸置疑,带给你的一定是来自心灵的深度触动。如果,你不赞成某人的生活方式或者价值观,请保持沉默,无须评论,因为不管你说了多少,都不会改变什么,你跟他(她)永远都是两个世界里的人,都不会读懂彼此。

正所谓:高山流水,惺惺相惜;道不相同,何必强求。

文学院 1507　王卓雯／**棉　质**

　　柔软的，旧旧的，朴素的，家常的，洗过很多次之后干干净净、略有些褪色的、贴身的，有一点点接近于无的清香。不必小心翼翼伺候，可以安心地穿着它行走坐卧。可以大力洗涤，放在太阳底下猛晒的。这就是提到棉布时，我心里浮出的印象。

　　曾经很喜欢蚕丝。绸、缎、绢、纨、绉、纱、绡、绫、缂……光滑的面料，无比细腻的手感，隐约还能看见其中氤氲的光滑，不禁联想起"蓝田日暖玉生烟"的景象。或许正是这样，丝绸不是所有人都能驾驭得了的，就如同那桃花有心开，也要你枝繁叶茂足够担当。再者，最好的也不一定是最适合的。自古丝绸就是一种财富的象征，着一袭旗袍或唐衣，适合倚楼听戏、临池赏荷、对雨品茗。它似乎太过庄重，让人生起只可远观之感。

　　而棉布不同。如果说丝绸是那藏于深闺的名门之秀，那么棉布就是亲切可人的邻家女童。棉的透气性、吸水性极佳，夏天穿着最为舒爽。那是一种贴近肌肤的柔软，却让人感受不到任何束缚，随意的感觉。它是一种更为贴近自然的东西，更加纯净舒适。棉布不像丝绸那般色彩艳丽、纹饰繁复，它大多数都是浅灰、草绿、素白，抑或静黑。见了它，似乎就能把心静下来，因而有很多人说，它有禅意。木棉、草棉——怀着静笃之心，站在自己明媚的世界里，笑傲成一朵最热烈的花——最安静的植物，能开出最怒放的花来。

　　人与物总有些相同的地方。棉质的人在安静之中有一种蛮荒的力量，就像最深的水看上去总是寂静无波的。棉质的女子对她所经手的事顺其自然，不存妄念，不存贪恋。喝一壶清茶，写几行小篆，看一剪流云，梦一回江南。尽管没有世事洞明的宽厚与气度，却有着落尽尘埃的简净与从容。她低垂的眉眼里蓄着一场杏花雨，烟水茫茫，满架西风，吹散了眉弯，吹不散新月一勾。"最是那一低头的温柔，像一朵水莲花不胜凉风的娇羞。"她过着自己的茶样年华，独自泡在岁月中，有味道，不饮的人却永远不会知道。她骨子里的低调，不浓、不淡、不急、不躁、不悲、不喜、不争、不浮，是低到尘埃里的素颜，是高擎灵魂飞翔的风骨。她坚持着自己，如一块最纯粹的棉布，不染上任何的颜色，把坚持变成了一种姿态，让本色开出了最美的花朵。不论世事何为，她自荼蘼开彻，独步生春。她不上高楼，不为憔悴，只从容地行走，清淡如水，安静如月，低眉浅笑，自在平宁。就算被五味杂陈的烟火浸染，被悲欢冷暖的世情冲洗，繁芜中，依然能把颜色还给岁月，把纯粹交给自己。棉质的女子像一坛存封的窖酿，兑了半杯花露，浅尝一口，浓淡相宜，素净清芬。

棉质的男子就像九五，总有种莫名的吸引力。不是以年龄来判断，而是凭周身的奇迹、感觉。有种水月影底的白衣仗剑的味道。

他不浮夸不急躁，不迟滞不冷漠，在物欲横流的社会中，能淡定自然地生活，如同从魏晋时期走出的一位无双的公子，撑一把紫竹骨纸伞行走在雨中。雨水冲刷下，行人不管打不打伞都有几分狼狈，唯有他不急不缓，给人一种安然徐行的感觉。一刹那间周围的人群仿佛都成了背景，整个世界都在他身边安静，他犹如一道移动的风景，独自撑着伞，行走在水墨蜿蜒的画中，衣袖拂过的刹那，扶桑花落。很喜欢《月棠记》中的男子——宋清祐，十分干净，并且有力。他持守的情深意长，风清月明，有欢喜愉悦，与世无争。认真而传统，勤劳而朴素，耐心而稳妥。他喜欢干净淳朴的童声，他喜欢自己动手做事，他会做木工家具，他会在农场中种上花花草草。棉质男子的眼神是薄薄的一片风，又清凉又寡淡，简单得非常饱满丰盈。他能寻见自己浸透骨血的安宁，不慌不忙，如一朵沉潜在微笑背后静开的菩提，以朴素的姿态，从容地去生活，不轻起涟漪，不多惹尘埃。

棉质的生活有着黄昏般慵懒的调子，有着软玉般温润的气息，还有春雨般沁凉的温度。早前曾看清少纳言的《枕草子》，是极有情调的日本女人。她记录下时时刻刻细微的体会与快乐，用她不张扬不轻佻的笔触写下青梅酒、菖蒲上的水珠、夜里小昆虫的叫声、雪景、沾湿的衣裳，种种生活中的微小情趣，然后总要在后面附上一句"这是很有意思的"。有意思，是来自这个清单女子的笃定。这样的女子总是美的。就像尼采说的，"真正的美不做剧烈的进攻，只是缓慢渗透"。而清简，便是渗透到这个女子骨子里的美。她淡定安然地记录，恰如其分地生活，把生活过出了"朝采南涧藻，夕息西山足"的闲情与雅致。这样的生活毋庸置疑是快乐的。

会羡慕起那些古人来。"日出而作，日落而息，凿井而饮，耕田而食，帝力与我有何哉？"他们自始至终都是在以一种最为亲近自然的方式在生活着，生活清淡却非索然无味，平凡中自有真情流转。"生活的根基，是一颗平常心。它是一种无法言说的愉悦，是不那么剧烈的事情。不剧烈，也不荣耀。"棉质地生活，如花期一期一会，活在当下。

从今天起，像棉一样生长，随心而行，随遇而安，随喜而欢。愿与草木，随缘自在。便可如天常清，日月常明，我心常宁。

文学院 1402　朱晨晓／**让狂欢的都市陪你关灯**

川端康成曾叹息道："这个世界太拥塞了，水中盛莲，开成最绚丽张扬的姿态，剩下的便只有凋零。"

在精妙的棋局里，无止境地填塞黑白，走向的只能是娃娃摆布石子般的游戏，迎接你的，终将是轰然倒地的震撼与不解。

站在街角，顺着沿路的槐树，向树荫深处走去，来往行人皆是匆匆，似乎独我一个沉浸在恍如隔世的街上，看着络绎不绝的人群，耳畔却充满了安宁。脚踩金黄色的落叶，发出飒飒的声响，一阵风吹来，吹掀了衣角，也吹乱了发丝，抬手，几片淡黄的叶便落入掌心。

生活是一只瓶子，填塞得太多，就成了一种负担。既然如此，又何必来也匆匆，去也匆匆呢？就让狂欢的都市陪你关灯，消逝了那匆匆。

尽管生活似轻轨在以疾行的节拍行至远方，远方蜿蜒曲折，遥遥的没有方向，终结是拥有麦田的村庄，是落英缤纷的世外桃源，还是毒蛇红蟒的太液池塘，抑或是无人驻足的茫茫沙漠？无人知晓，无从知晓，或者，根本就不需要去了解。因为沿途风景无限，只要放慢脚步，幸福就如江上之清风与山间之明月般属于你。

还记得这个问题吗：你幸福吗？纵然老大爷的回答令人啼笑皆非，但笑过之后我们也应该深思：当幸福感已成为衡量生活水平的又一把标尺时，是否也在暗示幸福感对于部分人来说已成为奢侈品，就我认为，是人类快节奏的生活方式降低了幸福的归属感。正如朱自清在《匆匆》中所言："在逃去如飞的日子里，在千门万户的世界里，我们能做些什么呢？只有徘徊罢了，只有匆匆罢了。"所谓父母子女一场，只不过意味着你和他们的缘分都是今生今世不断地在目送他的背影渐行渐远，他用背影默默地告诉你：不必追。生活是如此匆匆掠过，那为何不可少一些急行的脚步，或许因此可以渲染出幸福的味道呢。

"草在结它的种子，风在摇它的叶子，我们站着，不说话，就已十分美好。"顾城在夕阳下，信步漫于湖畔，轻声吟出了唯美小诗，是啊，没有了喧嚣的快节奏，站着，便可享受自然最原始的神韵。

可人们却无福消受。快阅读迅速蔓延生活的各个角落，让人无缝可逃。网络、手机俨然成为帮凶，让人乐此不疲地吸食快阅读所带来的如同吸食鸦片般的"舒适"与"惬意"，浸透了十年血泪与辛劳的《战争与和平》在几个小时人们移动鼠标的高频率中走向尾声。只了解大概,快速翻阅,丝毫不去品个中真谛与精妙的文笔作风,不慢慢研究细读,如何走进主人公的生活,作者的内心? 如此匆匆的阅,不读也罢。

都市依旧不改狂欢的本质,都市在面无表情的来去匆匆中沉沦,小至这条街道,大至整个人间,匆匆间,擦肩而过,我不会记得你,就像我不会记得从身边走过的每一个人。

都市狂欢,而我悄然关灯,消逝了那一些匆匆。

请让狂欢的都市陪你关灯。

文学院 1501　刘田甜 **∕ 随　笔**

本来是没有向过去回望的习惯的。

今天吃完晚饭，坐在校车上，突然听到广播正在放魏晨的歌，嗓音熟悉却显得遥远而无法触碰，电台主持喋喋不休，说着这张大碟如何耗费巨资，说着魏晨如何对各种曲风驾驭自如……我却只想到多年前的一个场景：我坐在沙发上看电视，屏幕里一位阿姨对着镜头雀跃不已，颤抖着表达她对魏晨的喜爱："……简直就像小王子一样。"你可以只对这句话付之一笑，但或许这就是这位阿姨中年生活中剩下的为数不多的热情了。我对魏晨不甚了解，不过听过他几首歌而已，但我却很能理解这位阿姨的心情，并且几乎可以说是羡慕不已。

很多人追求纯粹，穷尽一生，无止无休。可是这世界恰恰有着太多的混乱与纠缠，太多的挣扎与晦暗。当你发现从来都不存在纯粹的善，纯粹的恶；纯粹的爱，纯粹的恨；纯粹的真，纯粹的假……你便承受着巨大疼痛，褪下那层血迹斑斑的皮，换上你自以为坚不可摧的甲。可是即便这样，又能如何呢？曾经的年少轻狂，不可一世，信誓旦旦，一意孤行，都一去不返了，留下的不过是一个貌似成熟的躯壳。高中三年，我得到的最重要的一个观念就是要"理性"，而我失去最多的也是因为"理性"二字。做什么事都要权衡利弊，三思而后行。看什么问题都要辩证客观，不能有一点冲动偏激。理性确实很重要，非理性是可以杀人的。但当你的世界仅仅以理性作为信条的时候，你会发现理性也是会杀人的。

它杀了你自己。

曾经看过一位学姐的推送，她说，人年轻的时候是要有一点偏见的。对呀，为什么不呢？我就是要对你青眼相加，我就是要对你不屑一顾，哪里管别人怎么说，怎么的！可是现在我似乎丢失了一点这样的勇气。我经常说我老了，就是这个原因，可能你们觉得我很矫情，装深沉，但是我确实觉得自己没有当年的激情满满了，或者说是开始冷漠了。看到不公，我会毫不在乎地说，现状就是这样你得接受，你妄图改变也许只会导致更坏的后果；看到大家都赞叹有加或者珍爱不已的东西，我会觉得也不过如此嘛，何必那样孜孜以求。最可怕的是我发现我是真的这么觉得了。我有时候会怀疑，是不是我已经失去了爱与恨的能力？我非常羡慕我的一个很可爱的朋友，因为一部电视剧爱上一些人，几近痴迷无法自拔。当我们单纯的时候,总是向往复杂;当我们失去纯粹,却又开始叫嚣着怀念它了。

看小说,总以为这世上到处都是一见钟情,你可以因为一件旧白色衬衫、一抹涂歪了的口红、一个落寞静寂的背影、一次相差二十岁的对视而葬送一生,可事实远没有那么罗曼蒂克,日久生情已是不多,日久见人心倒是真的。一种情感里掺杂的东西太多,不可能用纯粹来形容。我以前总是强求,如果我对谁倾尽了浑身上下的情意,那么那个人就不可以把我当作之一。现在看多了,也就无所谓了,今朝有酒今朝醉吧。

我尽量,你随意。

文学院 1401　罗嫣然 / **未选择的路**

第一节　沈清

> 黄色的林子里有两条路
> 很遗憾我无法同时选择两者
> 身在旅途的我久久站立
> 对着其中一条极目眺望
> 直到它蜿蜒拐进远处的树丛

我第一次见到唐西汧是在高中的毕业典礼上，她作为毕业生代表发言，从这一点上来看，她无论在哪一方面都应该是极优秀的，可是高中三年我对她居然没有丁点印象。宽大的校服罩在她身上显得分外空荡，走起路来像全身上下灌满了风，柔顺秀长的黑发乖巧地伏在她的肩头，我的目光追寻着她那一小撮蝴蝶似的不安分的发梢，随着她的走动，上下蹁跹。我看得心里发痒，恨不得一把揽过她的秀发在指尖缠绕。

电视剧中有很多狗血剧情，我不知道我和唐西汧的重遇算不算狗血，反正我相信这就是缘分，同一所大学，同一个班级，我认出她时已经是在军训了，我们之间隔了两排，她那及腰的长发变成了尖锐的板寸，人也更瘦了，却不是虚弱的，而是冷硬的，像一把锋利的剑，可以杀人不见血。

上课时我总是会有意挑距离她比较近的座位，也总想找机会与她对话，但是她每节课都是在睡觉，每次我跟她说话她都是断断续续地嗯嗯啊啊，直到有一天她没有来上课，以后再也没有来过。期间有一个男人赶来学校收拾她的东西，虽然他很憔悴，面色苍白，但依旧不影响他的清隽，他看起来很年轻，并不像唐西汧的父亲，他是晚上来的，又趁着夜色匆匆离去，跟唐西汧一样，就像从没出现过。

我得知唐西汧跳楼自杀的消息已经是在一个学期后了，尽管学校封锁了消息，却还是被人给抖了出来。至于她自杀的方式为什么选择跳楼，据说那是最接近天堂的地方，因跳楼而死的人都能够抵达天堂。我突然想起我还没有来得及告诉她："Hi，我叫沈清，我们是一个高中的，我喜欢你很久了。"

第二节　唐宁

我选择了另外的一条，天经地义
也许更为诱人
因为它充满荆棘，需要开拓
然而这样的路过
并未引起太大的改变

我在十七岁的时候疯狂地爱一个男人，他是一个文人，但其实穷困潦倒，落魄不堪，我却觉得他酷，为了他的梦想我执意去考编辑出版学，只为等到他能出书的那一天是由我亲手编辑的。我在十八岁的时候怀了他的孩子，那时我高考刚刚结束，他得知消息后居然一夜之间消失，从此再也不见人影。

我在手术室门口被我妈扯了回来，她先是给了我一巴掌，然后抱着我哭着说："你还想瞒我们多久？你知不知道你的体质不能流产，不然以后都不会怀孕了！这孩子你给我生下来，我和你爸帮你养，你生下来之后继续给我上学去！"于是我办了一年休学，生下了一个女儿，我给她起名叫唐西汧。

等我成为一名真正的编辑时早已物是人非，兜兜转转又六七年过去，阿汧十五岁的时候我已经是主编了，她那时候疯狂地迷恋一个作家，每天求着我做那个作家的专访，我本来很忙，无意理会阿汧的要求，后来却偶然见到了那个作家一面。当我见到他的那一刻，与十几年前那个人相似的面孔瞬间勾起了我久远的记忆，我盯着他呆滞许久，直到他轻唤一声："唐主编，你好，我是顾瑾非。"快四十的人了，听到那句话竟然泪流满面。

第三节　唐西汧

那天清晨这两条小路一起静卧在
无人踩过的树叶丛中
哦，我把另一条路留给了明天
明知路连着路
我不知是否该回头

我很小的时候就知道我是一个没爸的孩子，妈妈却说我只要认真学习做个好孩子爸爸就会回来，于是我一直扮演着一个乖宝宝的角色。孤独却时时刻刻像排山倒海一样袭来，直到我看到顾瑾非的文字，那一刻，心灵上的洗礼战胜了精神上的苦难。

我读完了顾瑾非所有的文章，他的每本书我都读了不下十遍，我参加了每一个有他出席的讲座，我总是远远地仰望着他，渴望成为他那样的人，渴望成为像他那样写出干净纯粹的文字。我无法形容妈妈告诉我她准备做顾瑾非的专访时我多激动,我熬夜绞尽脑汁想出了许多问题,当看到它们在文学期刊上被顾瑾非认真作答时,我感到了这辈子都未曾有过的幸福。

这就像顾瑾非突然出现在我家,告诉我他是我妈妈的男朋友,我感到这辈子都未曾有过的痛苦一样,心就像被撕成一片一片。我仰头寻找妈妈的解释,却发现她并没有看我,她一心一意地注视着顾瑾非,满眼的深情。

第四节　顾瑾非

我将轻轻叹息,叙述这一切
许多许多年以后:林子里有两条路,我——
选择了行人稀少的那一条
它改变了我的一生

我总是会在人群之外看到一个姑娘,我曾猜测她或许是我的粉丝,可是每当我被粉丝包围时她只是在远处静静观望,她不热烈,却时时都在,第一次,有人让我感到惶惑。她并不想引起我的注意,总是穿深色衣服,以为躲在人群中很快就能消失不见,可我总能看到她,因为她有一双明亮的眼睛,明亮得让周围的一切都黯淡了。

我在一次作家研讨会上见到了唐宁,一个近些年来很有名的编辑,她的眼睛让我瞬间想到了那个女孩,后来她提出要对我进行一个专访,我想都没想就答应了,冥冥中总觉得有什么在牵引着我,直到我见到那些访谈问题,心脏骤然颤了几颤,我从来没遇到过如此懂我的人。

我问唐宁这些问题是否是她想出来的,她盯着我看了很久,点了点头,我一激动,就握住了她的手,她没有甩开我。那时正值5月,天气不冷不热,人的心情也很放松,就在5月的某一天下午,唐宁带我回到她家,我见到了唐西汧,我无法读懂她在见到我那一刻时的表情,只一眼她就立即从我脸上转开了,再也不看我。

我终于明白,我是认错了人。

记忆很混乱,不知道从什么时候开始我和唐西汧抱在一起用力地接吻,我们互相抚摸对方的身体,就像沉浸在一个无比美妙的梦中,不断交缠,荡漾出和谐的奏乐,直到听见唐宁重重的关门声我才猛地从唐西汧的身上弹了起来。

两个小时后,医院来电话,唐宁车祸,我和唐西汧赶到医院时唐宁已经抢救无效了。唐西汧紧紧攥着我的衣袖,泪流满面。

一周后,我在打扫卫生时发现了唐西汧的遗书:

我爱你,我也爱她。

弗洛伊德说人生就像弈棋,一步失误,全盘皆输,这是令人悲哀之事;而且人生还不如弈棋,不可能再来一局,也不能悔棋。

文学院 1505　梁翎怡／在我爱你的第四百一十二天

2014 年的夏天，我和林炎停留在一个叫作西塘的古镇，与周庄、乌镇等古镇不同，初闻其名并不知道那是一个小镇，因而有种天然的神秘感，吸引着我们。

西塘的名字如此美丽，一如镇里的人与景。

到达古镇的那天整个嘉兴都下着雨，透过黛青色的瓦，一抹青光掠过黛青色天际，弥漫开来，十分浪漫。

我们住的客栈的店主是一对十分健朗的老夫妻，他们养着一只古代牧羊犬，我们来时正巧赶上每周一次的唱戏，热情的店主奶奶邀请我们一道去。她带我们绕开酒吧，早上的酒吧并不闹腾，却很破坏情调。

我们在院子里坐下来，稍后便是戏子们锵锵地跨过门来咿咿呀呀地唱。

"这可能是最后一次摆戏了，以后这个戏台要租出去开店。"我沉默，这些个地契关系我从来不懂，比如我一直以为这个镇子是属于公家的。听了会儿戏，其实我并不能听懂他们在唱什么，我试图问林炎，他却早就靠在柱子上睡着了，看起来像一只上了年纪的懒猫，和古镇的老人一起听戏、打瞌睡。一棵柳树的枝条只伸到他的脸颊。

听完戏我们便在河对岸的巷道里散步，我们不是情侣却会挽着手，这像有无与伦比的快乐，我们谁也不会觉得奇怪或者尴尬，却是最大的奇怪和最大的尴尬。

走着走着，我下巴突然感到一阵刺痛，是一根细铁丝横在那，我没注意就撞了上去。林炎立马捧起我的下巴，看着我，关切地问，轻柔地触碰，吻了上去，渐渐上移。温厚的日光把这河水抚平，我的初吻留在了我十七岁的尾巴上。

那是我的初吻。我怕他知道，我怕他不知道，我怕他知道却装作不知道。我爱上你了你知不知道。

几天后我们一起回家，我们要准备开学的行李，林炎说他下午收拾好来我家帮忙，准备好水果和极低的冷气等他到来。中午时分他送来一摞他收藏的漫画杂志，放在桌角，说全部送给我了，真是有些莫名其妙。我们整个下午只是坐在一起看了暑假的新闻，没有说话，却什么也看不进去。傍晚时分他回去了，我关上门，看一眼成摞的杂志，翻开第一页，一张纸落了下来——"高三我要转去国际部，毕业前可能见不到了吧，这些东西全都送给你。ぁぃしてる"

我关上空调坐下,却感到了前所未有的寒冷。

高三下学期这是 2015 年年初。我收到了一份复习资料——"我不用参加高考,所以这些都留给你了。我在去美国的路上了,你要加油! Jet'aime."

临近高考的时候,他已收到林肯大学的录取通知书,他送给我一张明信片——"虽然我最早与你分别,但是最后留下的会是我。Te ame."我不敢猜这句话是什么意思,不出我意料的是他每次都要用一个不同的外文名。

我并不会因为分别而难受,没有分别的成长似乎是无所附丽的。

也许吧。

在我爱你的第二百七十五天,我毕业了。

在我爱你的第三百零一天,我们又可以朝夕相伴。

在这个暑假的末尾也正是我爱你的一整年。我们踏上了去四川的火车,你说火车才是旅行的车呀,我也觉得。我用手机记录下我见到的美好,而你用单反一秒数十张地描绘着,其实有时候我也会觉得……有时候对事物的看法发生分歧会闹别扭,想想那些因为我们对生活的苛求而与爱人冷漠相待的日子是多么可悲。

接着我们各自踏上大学的路,真的,分别并不是那么难,因为有的人就是那么命中注定,不管缘分深浅,林炎都是注定会出现的,即使以后可能消失不见,相遇也就是一场恩泽,不论如何我都感恩,只是不免伤感的是,那些美好的日子也许只能躺在记忆里了。

在和林炎熟悉之前,我以为快乐是热了吃一只甜筒,是周末爸妈不在家。不快乐是考试考得不好,是错过了喜爱的节目的直播。后来我觉得快乐是做自己喜欢却没有做或者不敢做的事,而这些事林炎都带我一起做了—— 第一次看午夜电影,第一次唱歌压马路,第一次没有大人的陪伴旅行。而不快乐是什么我从没想过,后来才觉得,没有他的陪伴才是我最大的不快乐。

我们每天都依靠网络联系,每天。但有一天没有收到林炎的消息,我刷新了无数遍,其实心里并不着急,我知道一定不会少的。——"许瑜,我的女朋友好不好? I LOVE YOU."我瞬时落入一个黑洞,我疯狂地回想以前字条上的外文——ぁぃしてる、Jet'aime、Te ame,他们全是一个意思:I LOVE YOU。

时间停止在我爱你的第四百一十二天,十八岁就快抽身离开,还好我拥抱到了最好的礼物。

四百一十二天前的那个吻还那么分明地刻在我的记忆里,在我爱你的第四百一十二天你成了我的初恋。

——

"许瑜,你看过双城记吗? To the world you may be one person, but to me you may be the world."

"哦这个呀——最好的总是在最不经意的时候出现,总是伤心不要愁眉苦脸,因为你不知道谁会爱上你的笑容,对于世界而言你是一个人,对于我而言你是整个世界。对吧对吧。"

高一的某个傍晚我们相视而笑。

文学院 1506　季雯雯 / 人生若只如初见

人生若只如初见，所有往事都化为云烟，只保留初见时的惊艳。忘却有过的伤怀、背叛和无奈。这是多么美妙的人生境界。

时光匆匆，我们已经回不到过去，也许曾经一见倾心，但是再见之时，也许会是伤心之时。若是如此，不如初见时的那份感觉……"初见惊艳，再见依然。"在我看来，这只是一种美好的愿望。初见，惊艳。蓦然回首，曾经沧海。只怕早已换了人间。"人生若只如初见，何事秋风悲画扇？等闲变却故人心，却道故人心易变。骊山语罢清宵半，夜雨霖铃终不怨。何如薄幸锦衣儿，比翼连枝当日愿。"纳兰长于情深于情，他的一生，温润而凄丽，短暂而璀璨。他有着冰洁的情怀，如冰的禅心，悲悯的爱恋。虽然他的生命只有短短的三十一载，却用一卷《饮水词》令世人折服、赞叹，让人们永远地记住了这个美丽而充满了诗意的名字。

"人生若只如初见"，多么美好的句子，我想，我们每个人都曾静坐在光影交织的镂空的窗格下遥想，若人生只如初见，记忆中当只留下初见的温暖与明媚，岁月中将永远保持着最初的纯真和感动，生命中当只充盈着幸福、美满，年华的长卷上没有一丝遗憾。只是，穿行于陌上的烟雨之中，谁又能在时光的霜刀雪剑下毫发无伤？内心安然无恙？谁又能永远保持最初的纯真善良？

走过了太多的风风雨雨，我们终是再也回不去了。

想起那一场场盛大的烟花表演，绚烂夺目，不管不顾地灿烂地燃烧，璀璨地绽放，那么炽热，似乎要把生命中所有的美丽，把心间所有的热情一瞬间释放，燃尽，只为留下倾城美好的一刹。不忍去看那繁华散尽后的满地凄凉，一地的疮痍，和死一般的寂静。如果说烟花的绽放是生命的完美演绎，那么残骸满地便是死亡的降临，原来，生与死，繁华与凄凉，只是隔着一个转身的距离。

而纳兰，是喜欢这种繁华散尽的薄凉的，是否也预示了他的命运。

或许，每个人的命运岁月早已做好了注解，命运的轨迹，任谁也无法更改。而我们只能听任命运的编排，去履行前世写下的盟约，按照既定的剧情，走好人生这短短的一程。"莫把琼花比淡妆，谁似白霓裳。别样清幽，自然标格……冰肌玉骨天付与，兼付与凄凉。"

相对于易冷的烟火，才有了此番红尘的游历。

独倚楼台，看残阳如血，一只孤鸿渐逝于天尽头，举目，满地清秋。无论过往是多么辉煌壮丽，最后都只不过是做了一场春秋大梦，与水东流。纵才高绝顶，身着豪裘，身份显赫，却原来想与心爱的人烹茶煮酒，静坐幽窗，教风识字，与梅说禅，只做一个平常的文人，过一种简单安静的生活亦是不能。

生命中，真的是有太多的身不由己。

想来，身处浮世，我们都不过是命运的棋子，从来都不曾有过真正的自由。纵观古今，忆往追昔，那些隐居世外、远离俗世的逸士，莫不是在看尽尘世荣辱、饱尝过人情冷暖之后，才放下执念，将心寄予一川山水、一轮明月、一缕清风。于自然中颐养身心，于山林中忘却尘念，获得一种灵魂的超脱与从容。

"一念放下，万般自在。"禅宗佛语总是会给我们迷蒙的心灵点燃一盏心灯，指上一条柳暗花明的路。只是，又有几人能真正的抛却一切，与清风作诗，与明月共饮，与青山一起静坐修禅，不让一丝世俗的杂念沾染心田。也许繁华是生命旅程中一段必不可少的阶段，就如花儿必然要经历极致的盛放，才会坦然地接受离枝的命运。生命就是一个从平淡到丰盈、从简单到复杂、再回归简宁的过程，今天的一切经历都只是为生命的旅程涂上浓墨重彩的一笔，留待我们暮年时细细咀嚼、回味。

当生命终结时，我们都会化为尘埃，被时光裹上苍绿。所有的冷暖，只是生命走过留下的点点印迹。或许，珍惜我们所能珍惜的，好好拥有我们现在所拥有的，不求人生永如初见的明媚，只要不辜负这一场无法重来的行程，足矣。

世 相 百 态

　　人生天地间,如同负重远行。一路高歌,却并不都是
源自内心的愉悦。字里行间可见人生百态,人情冷暖。虚
构让现实与梦境交错,只为将碌碌无为的日子变成一尘不
染的桃花源。我们驻足观望,侧耳倾听。直到最后才明
白,这世界原来不过只是芸芸众生的失乐园。

文学院 1003　田　婧／**猫　眼**

　　这是一栋阴冷的大楼,楼道里吹着阵阵冷风,显得格外死寂。即使白天也看不见一点色彩。唯一给楼道添了点色彩的是四楼一户人家,门上贴了大大的红双喜,似乎在说这个楼道还是有生气的。

　　这是一户新房,一对年轻的夫妇住在里面。这对夫妇彼此没有见过父母也没有见过亲戚朋友就结婚,算是潮流的闪婚了。双喜门整天面对着对面的大门。那扇门灰绿紧闭,铁门里住着一个已经离婚的中年妇女。她的眼睛或许是因为历尽沧桑而浑浊得诡异。她从不出门,没有人知道她是怎么生活的,也不知道她的长相,因为她终日将自己裹在黑色的大风衣里。她没有任何爱好,只有一点,她喜欢趴在门上,透过猫眼看着对面那户人家。即使整日看的是红双喜,她也依旧看得兴趣盎然。谁也不知道她在期待着什么。

　　这日下午,双喜门外出现了一对年轻男女,她认出了年轻女子是新娘,但是那年轻男子却不是新郎。因为隔着门,她听不见那对男女的对话,只有静静地看着。那对男女打打闹闹很不正经,男的扯着女的,女的似是不耐烦,拿着钥匙开了门将男的带进了门里。又过了一会,这对年轻男女又开开心心地打开门出去了。她突然笑了一笑,仿佛有什么事情要发生。从这日起,每到下午,这个年轻男子都会和这个做了新娘的女子一起出现在猫眼里,然后消失在双喜门后。

　　一个月后的某一天上午,她裹着厚重的黑风衣敲开了双喜门。只有做了新郎的男子一个人在家,她一句话不说,只是伸出一只干枯的手拽着男子来到自己的家。新郎很是奇怪,出于礼貌跟着去了。到了她家,她把门一关,自顾自地开始看起猫眼。新郎只好自己随便找个地方坐下。等待着她说一句或者半句话。可惜,随着时间的慢慢消逝,没有一点迹象表明她要说话。新郎看着时间该上班了,便准备请她让一让,好让他出去。就在这个时候,她将新郎猛地扯到猫眼前,示意他看猫眼。新郎疑惑地将头伸过去。这一看便出事了。猫眼里,他的新娘和别的男子拉扯着进了自己家,过了很久又欢欢喜喜地出来。他沉默不语地打开门走了。没有人知道他干吗去了。只是以后的一个月里,新郎总是在下午时分敲开她家的门,然后默默地趴在猫眼上,看着新娘和男子从双喜门进去,再从双喜门出来。

　　这个下午，天格外的阴暗，楼道的风吹得人直起鸡皮疙瘩。本就已经死寂的楼道显得更加死寂。新郎又一次敲开她家的门，她像往常一样伸出干枯的手打开门让新郎进来。站在一旁默默地看着新郎主动趴在猫眼上。今天的新郎有点不一样，透露出一股焦躁的气息。他忍着性子看着猫眼，静静地等待。等待自己的新娘和别的男人进入自己家。不出意外，透过猫眼，他的新娘又和那名年轻男子打闹着进了自己家。突然新郎像发了疯一样，打开她的门，拿着钥匙疯狂地开双喜门的锁，并将双喜门大大地摔开，透过她家猫眼，正好可以直视新郎家里的客厅。只见新郎像暴走的野兽一样冲进自己家里。从口袋里抽出一把尖刀毫不犹豫地狠狠地向男子的肚子捅去。这时的她，没有跟上去，只是默默地关上门，静静地趴在猫眼上看着这一切的发生，看着那新郎用力地把刀捅向男子。那年轻女子看见丈夫冲进来捅人之后，吓得跪下来求新郎住手，疯狂地哭着喊着，不知说了句什么，新郎突然扔下刀崩溃地冲了出去。女子连忙跑去追，没有人问津被捅的那名男子该怎么办。她依旧静静地看着，她看着被捅男子的血一点一点地流着，直到最后没有血再流出来。这对新婚夫妇才回来。

　　第二天下午，双喜门上的双"喜"字被扯了下来，换上了醒目的白色奠字。门的旁边贴着新娘的名字，新娘名字下面写着胞弟治丧二字。她突然咯咯笑了起来，仿佛看了一场精彩的闹剧。

　　新的一天又开始了，楼道里依旧吹着阵阵冷风，唯一增添色彩的红双喜也不见了。楼道又恢复了死寂。她又趴上了猫眼，静静地等待下一个故事的发生。

文学院 1305　周佳伟 / **路**

（一）

老家周围没有山，也没有湖，零零散散的河流打碎了村庄和田地。

村里的年轻人要么是进了镇里面的工厂，要么是远走他乡闯生活，留在村里的年轻小伙可是没有几个。不多的地和破碎的河流，养不起日益变多的村民。

村长去镇上开会，带回来一个让全村沸腾的消息：有一条高速公路要经过村子。

拆哪家不拆哪家成为大家关注的焦点。

这个年代，拆迁不仅是可以换掉破旧的老屋，往往还意味着不小的一笔补偿。对于靠着农田过生活的老百姓来说，这笔数目不小的补偿意味着下半辈子吃喝不愁，意味着可以给自己的儿子娶个媳妇儿，意味着孩子可以不愁学费。

"村长不地道。"

住在河岸边的胖大妈这么和大家说道。胖大妈家里面有一个儿子，快三十岁了还没有讨到媳妇儿。胖大妈整天就窜东村走西村地和媒婆们交换情报，看看有没有适龄的女孩。胖大妈家条件不好，男人在外面工地上面打零工，儿子整天无所事事，出了名的懒散，实在是找不到瞎了眼的人家。

"老三家的房子在村子边上，要拆迁肯定是有他家的。我就说怎么前段时间他家就敲敲打打的，没准就是提早知道了消息，想多拿点补偿款。"

胖大妈嘴里的老三就是村长，村长也算是上过高中的，在一帮子字认不出半个的文盲里面算是文化高的了。不过村里面的人可是不怵这个村长，村里老人孩子最多，照着辈分，还真是挨不上号。

"我听和事老家媳妇说，上个月看见老三带着一群小年轻到村里来看房子，没准就是来摸底的。老三是一点消息都不透露啊，又不要他家出补偿款，就知道帮着公家来坑我们这些老百姓。"

胖大妈在村里也是出了名的不讲道理，也别指望嘴巴里面能够讲出什么大道理了。

（二）

　　没过两天，村长就带着一伙评估公司的小青年挨家挨户地进行房屋的测量和评估。家家户户多多少少备点东西，饮料也好，香烟也罢，偷偷地往这些年轻人的口袋里面塞。照着乡下人的想法，这评估评估，还不得人说了算，说你家装修好结构好，那就得多多少补偿啊！

　　"现在的小年轻啊，真的是心黑着呢！"胖大妈嗑着瓜子，随手就扔在了地上。

　　"这价钱我可是接受不了的，这么点钱就想买我的房子了？隔壁镇子不仅补偿比我们高，而且你要是能够带走，门框窗户都是让带走的，哪像我们的这么抠门，说要是带了就不收钥匙！"

　　胖大妈两片丰厚的嘴唇不断地开开合合，发泄着对补偿的不满。

　　"他要是不给我个三套房子，我肯定是不签字的！"胖大妈最后狠狠地说道，就好像是村长家养的那条看门狗，见着肉，非得咬下一大口来。

　　胖大妈家才是平房，加起来也就是两套小房子或者一套大房的补偿，想要三套房子可真的是有点狮子大开口了。

（三）

　　胖大妈想要三套房子的想法最终没有成功，因为整个村子都弥漫着狮子大开口的想法，修路的方案还是尽量绕开了村子。整个村子，也就是村长边上那几户人家给拆掉了。村长老三被村子里面的人骂了个要死。不过，他拿了城里的安置房，估计也不会回来了。

　　"狗娘养的！"

　　在公路边卖东西的胖大妈提到村长，开头总是这么一句，不骂上一句，不足以泄愤！

　　"要不是狗娘养的，老娘早就搬到城里面享福了，也不用在这里待着！"

　　别人顶多搬一箱矿泉水几桶方便面上公路，胖大妈不是，她就推个小推车，上面摆满了食物，大大咧咧地放在路中央。

　　"瓜子、奶茶、矿泉水！桶面、面包、大香肠咧！"

　　嘹亮的嗓子一吆喝，好像整条路都能够听得到。

　　高速公路一堵车，是一点都动不了的，前不着村后不着店的，要是车里面没有带点东西，饿着肚子可就是种煎熬。

　　胖大妈在长龙里面挨个敲窗叫卖，总是能够空车而归。

　　每逢这时，胖大妈昂首挺胸，活像一只骄傲的公鸡。

（四）

　　"听说昨天路上有卡车翻了吗？"

　　"嘿！"胖大妈得意地一笑。

"昨天我还叫你一起来呢,非不来,说什么司机不容易的,他们啊,有钱着呢,不然哪有钱运货啊?"

听说,胖大妈抢了几只鸡、一袋黄豆、一台摔得变形的冰箱……

"咋不能用呢,不就是外壳丑点,一插上电,嗡嗡地,能用!"

胖大妈逢人就炫耀道。

再后来。便听说了胖大妈的噩耗。

一辆运西瓜的卡车侧翻了,路面上红的绿的,一片狼藉。胖大妈越过护栏,后面一辆货车没有来得及刹车,带着胖大妈撞在了侧翻的卡车上。路面就变得更加红艳!

胖大妈的葬礼,轰轰烈烈。

灵堂旁边,一台变形的冰箱哼哧作响!

一

　　我是一只猪。我暗恋我的女主人。

　　半年前的一个晚上,当我意识到这些的时候,被自己的想法吓了一大跳,差点从软软的小窝里翻了出来。幸好一只叫经年的虎皮鹦鹉宽慰了我,它告诉我:喜欢是一件很美好的事情,不必感到害怕,而应去珍惜去感受。我虽然不能完全听懂它的话,因为经年一向与我大不同,但我感觉到了它温柔的好意。从此以后,我开始越发地迷恋我的女主人小语——一个刚满十三岁的女孩。

　　小语每天都一丝不苟地扎好马尾辫,即使是在不用上学的周末亦是如此。平时她会早早地穿好校服,推开阳台的门,然后和我打个招呼。小语乌黑的眸子总在早上特别的亮,似乎藏了几颗星星一般,她冲我微笑,眼睛弯成两瓣月牙儿,柔软的手慢慢轻抚我的毛发,让我觉得又暖又舒服,我也最喜欢每天的这个时刻。为了表示我的快乐,我总是哼哼两下,然后低下头来用脑袋或是鼻子去轻轻蹭她,她便会揉揉我的耳朵表达宠溺,我们几乎天天如此,并乐此不疲。我每天目送她上学,又等待着她放学回家,期待着她给我系上牵绳,这样,我就可以和小语一起在这偌大的小区里探险。

　　后来,我渐渐明白经年说得对,我的确应该去珍惜去感受。"因为所有的事物都是会改变的。"当然这句话也是经年说的,它总是口吐妙语,总是那么高瞻远瞩,总是在思考着一些我完全不明白也懒得去明白的事情,它甚至会在主人们不在的时候偷偷打开窗户飞出去,然后,在主人们下班前赶回来并梳理好毛发。

　　"它很聪明,也很危险。"鱼缸里的老乌龟晃了晃它的脑袋,慢慢地说着。

　　另一个鱼缸里的小金鱼赤云也来回游着,摇动着它那如红霞似的扇形鱼尾,它很爱和我搭话:"天天,你还是少和经年说话吧,它和我们不一样。危险可不是什么好东西,还是鱼缸安全。"赤云的声音从水里传来,并不美妙。

　　我没有理会它,只是静静地趴在窝里,静静地等待小语回来。

过了会儿，赤云又憋不住了，一边吐着泡泡一边说："天天，你听我的，危险很不妙。"

"扑棱扑棱"扇翅膀的声音，原来是经年回来了，证明小语也快放学了！我抬眼，看了看飞在专门为她准备的栖息架上的经年。它的身影逆着光，小小的身躯在朦胧中呈现出漂亮优雅的弧线，它正低下脑袋，有条不紊地梳理着身上偶有翘起的翠绿色毛发，张开修长美丽的翅膀，空气里似乎散发着它翠绿的清香。

"盯着我干吗？"经年发出了清脆的声音，一下把我唤醒，"我在回来的路上看见了小语。"

"嗯。谢谢。"

经年迟疑了一下，但还是站在高高的架上凝视我，眼神却闪烁着，它慢慢地说："小语和一个男生一起回家的呢。"

"男生？"哦，对，经年曾告诉过我，作为猪，我是男生；作为鹦鹉，经年是女生；作为金鱼，赤云是女生；作为人，小语是女生，这个世界有男有女，并不相同，我是这么理解的。

经年似乎又想说些什么，却转头不再言语。

当时的我并没有在意，也没有意识到这个男生将会给小语和我带来巨大改变，我也渐渐开始懂得当时经年逆光下闪烁的眼神。

二

那天，小语回来得迟了些，回到卧室后，她像往常一样打开阳台门，像往常一样摸了摸我的脑袋并给我的饭盆里添上了食物，像往常一样打开窗顺手给植物浇水。我从窝里爬出，紧跟着她。

在小语身边的时候，我常常会忍不住地兴奋，甚至去撞她的小腿。小语便会蹲下身子，要么挠我的痒痒，要么轻轻地揪我的耳朵说我调皮。

可她今天并没有。

浇完花后，我们应该如往常一样，她应给我扣上绳，在小语妈妈做晚饭前带我去散步。可小语浇完花后却静静地站在窗前，不知在眺望着什么。

经年看了看我，默默地抖了抖翅膀，也像往常一样飞去书房找小语爸爸了。

"这不对。"我只好轻撞小语的腿，努力地发出尽量柔和的声音让她来注意我。几番努力后，小语终于低下头发现了我。

"哦，对，天天，我们该去散步了，"小语蹲下身子，像往常一样把牵绳扣在了我的项圈上，摸摸我的脑袋，"抱歉了啊。"我温柔地拱了拱她，表示没关系。

一切都恢复以前，只不过散步的时间稍稍迟了点。我并没有什么改变，小语还是小语，我还是我，今天会和昨天一样的快乐。我讨厌改变。即使经年说过一切事物都会改变，即使经年总是正确的那一个，即使经年教会我许多事，我还是希望这是错的，或者只有我和小语不改变就行。经年还说什么世界上有对有错，但没有绝对的正确和错误，不要非黑即白，一件事情是多面的……它说得太多，思考得太多，我总是追不上她的步伐，总是难以明白她的世界，或许它和聪明的小语爸爸待久了，也变得聪明了吧。所谓的聪明又有什么用呢？如果说聪明有用，经年肯定是第一有用，那我总应该比赤云有用吧……

　　想着想着,我感到脖子一紧,原来是小语停下了脚步。我抬起头来,顺着小语的方向看去——是小区的房子和一个站在窗口里高瘦苍白的男生。好像人们都居住在一个个门里、窗户里,就像我住在小语卧室旁的阳台里的一个小小窝里似的。

　　初秋的天空特别美,湛蓝的天空下映着小语美好的脸颊和漂亮的下巴,我可以隐约看见小语翘起的嘴角,这表示她是快乐的,那么,我也该是快乐的。

　　"天天,"小语突然低下头笑着对我说,"我有了一个新朋友。"

　　她高兴地带我跑回家,吃完饭后又兴高采烈地做完了作业,我一直黏在她脚边,感受她那份特别的快乐。平时小语总会在小小地陪我玩耍后打开抽屉开始画画,可那天晚上她铺平了画纸却陷入了沉思。我卧在她身旁,静静地看着她。她轻轻皱着好看的眉头,似乎在思考着些什么,然后她倏地收起了画纸,起身站在阳台上眺望。不一会儿,一阵婉转的琴声从对面传来,小语捧起了她的脸颊,眯起了大眼睛,静静地听着。

　　"小语这是怎么了?"赤云又开始搭话,"天天,你知道吗? 你不是陪小语最多吗?"

　　"我不知道。"我有些不耐烦,赤云的喋喋从水里传来更加刺耳,更加让我烦躁,还好小语似乎听不懂也听不清我们的谈话,不然她一定不再愿意把赤云放在自己的卧室里了。赤云的聒噪就像小语妈妈常看的电视机,只要开了便响个不停;就像小语爸爸洗脸用的水龙头,只要开了,水便不回头地流淌直至被再次关上。

　　夜晚稍有些冷了,琴声亦停止了。小语便回到卧室关上了阳台门,不久也熄灯睡觉了。

　　我按例乖乖回到窝里,经年也按例在小语关门前,从小语爸爸的书房飞回它在阳台的鸟架上。

　　夜晚。

　　我和经年的夜谈又要开始了。

三

　　经年一边缓缓地梳理它翅膀上的羽毛,一边说:"天将凉了呢。"

　　我也学着它的语气说:"该是秋了。"

　　经年笑了起来,声音又甜又脆:"还记得一年有哪几季么?"

　　我毫不犹豫:"四季,春夏秋冬。"

　　"你真是越发聪明了,"它的声音里透着满意,"这应该是你要度过的第三个秋。"

　　"第三个么……"

　　据经年说,我初到小语家的时候,已经一岁了。那么一岁之前我在另一个地方生活,每天也只是单纯地吃喝散步,为什么那时候我似乎不知道什么是快乐什么是思考? 也许是没有像经年这样的和我说话、教我事情的朋友。来小语家的第三天晚上,经年突然对我说话了,把我吓得第二天不敢吃喝,浑身发抖。我以前从未真正地交流过,极少遇到的动物也未曾交谈过,甚至不知道如何发出除哄哄声之外的声音;我也没有真正地思考过,似乎我以前就是一种懵懂混沌的状态,饿了吃粮,渴了喝水,没有烦恼。后来经年慢慢地启发教育了我,我似乎心里开了一扇窗,窗虽不大却透着圣白的光,但同样的也好似有一阵阵风在吹着,撞击着我的心我的窗,似乎想要拆掉我的窗框儿,要把更多的圣光投射进来。

我曾试着和经年以外的动物说话,比如喋喋的赤云、安静的乌龟,它们多少是有回应的;我也曾试着和屋里其他的动物说话,但它们大多却是无声,比如与赤云同住一个鱼缸的其他鱼儿,比如飞入家里的虫儿,比如偶尔在阳台上歇息的雀儿……它们都未曾理会过我,甚至像听不见般地无动于衷。用经年的话来说,好似叶子飘在了雪上,好似花瓣落在了井里。

"你怎么知道这是我的第三个秋?"我反问经年。

"我在这个家也快度过第三个秋了,在我还是幼鸟的时候就在这里生活。在第二个夏的时候,你被带了回来,后来小语还给你过了两岁生日,"经年抬起了精致的脑袋,"而现在我头顶的纹路也早已褪去啦。"

"纹路? 我有吗?"我看着它身上美妙的黄黑交错的纹路,不禁羡慕起来。

经年轻轻地笑着,它优雅地抬了抬纤细的爪:"如果说纹路,你也是有一条的。就在你的头顶呢!"

"头顶?"我下意识地翻了翻眼睛,"果然看不见。"

经年忍不住笑出声来:"世上有个东西叫作镜子,你可以通过它来观察自己,但你好像暂时接触不到。不过,你头上的纹路和赤云身上红色的纹路十分相似,你可以看看它就大概知道了。其实乌龟的贝壳上也是有近似的纹路的……"

"嗯,明白了,大概我们都长着这样的纹路吧。"

听了我的话,经年反而不再言语了。

我也沉思了一会儿,总觉得小语身上似乎有着丝丝的改变,让我感到了不安和焦躁。

我讨厌改变,如同吃被水泡了两天的食物,使我厌恶。

"改变是好是坏?"我问道。

"看你自己的思考了。"

"那猪会思考是好是坏?"

"我只是一只猪,思考能有什么用呢?"

"猪的一生又能怎样呢?"

"……"

我自己不停问我自己,直至困意如洪水般席卷而来。

那晚,似乎又有着什么在萌芽,圣光照射得愈发强烈,在朦胧中,我好似看见了什么,后来我才知道,那叫作:梦。

四

小语起得比往常早了些,卧室馨黄的灯光从她的窗户里漫出来,把我唤醒。我抬头看了看静静站在鸟架上吃食的经年,它见我醒来,轻道了声:"早上好,今天是周末,而且天气会非常好。"

"那小语应该带我去小区外面的公园玩了。"我兴奋起来。

"不知你有没有发现,"经年晃了晃玲珑的小脑袋,"人们其实更倾向于饲养狗,而不是猪。"

"狗?"我咂了咂嘴,我不喜欢这样不友好的动物,它们敏感、胆小却依仗着主人,"可能是因为小语家更喜欢我这样的猪,我安静、不闹腾也很友善。"

"小语的妈妈似乎对我们并没有太多好感,我听她说她不喜欢有毛发的动物,她还说如果不是为了小语爸爸……"经年若有所思,"我似乎说得有些多了,但真正勤于打扫换食的还是小语妈妈不是?"

"嗯,小语爸爸其实也很关心我们,他会固定几天来看望我们啊。"

经年笑了笑:"我觉得比起看望,更类似于观察。"

我刚想接话,小语便推开了门。她身上温暖馨香的味道,在空气中缓缓化开,弥漫着那间屋子。小语穿着一条漂亮的碎花裙,裙上花儿我见过,小小的却很芬芳,很适合小语。小语推开了阳台的窗户,给经年和我添了些食物。我以为小语会摸摸我的脑袋和我打个招呼,然而,她却径直回到屋里,开始慢慢地梳头发。我则默默地趴在窝里,等她梳洗完毕……可小语依然没有要带我出去的意思,她竟然倚在木椅上,捧起了本书开始读起来。

"时间差不多了,我得去找小语爸爸了。"经年抖了抖翅膀,"要不要我帮你提醒一下小语?"

我没有回答。对于改变,我一向是无措的,即使面对好意时,我也是无措的。

经年展开漂亮的翅膀,在小语头上盘旋了一圈,然后稳稳地站在了小语的肩膀上,用金黄的小喙碰了碰小语洁白的脖子。"哎哟,"小语被吓了一跳,抬手就往肩上拍去,经年似乎料到似的,早已腾起飞走了。"经年! 真是调皮!"小语嘟囔了两句,又低下头继续看她的书。经年冲我笑了笑,摇摇头便飞走了。

"我说,经年很不安全,现在都要袭击小语了! 她最近出去的次数越来越频繁,真不知道它到底想干什么,这双翅膀、这屋子的外面有什么魔力?!"赤云抓住时机喋喋不休起来。我装作没听见似的,轻轻走到小语的脚边,伏了下来。小语不带我出去也没关系,只要有小语,只要小语在我身边,嗯,有小语就够了……

"天天,趁早离经年远些吧! 别再听它说那些乱七八糟的! 我曾在许多鱼的地方生活过,危险不是什么好事情! 现在就连小语都有些……"赤云的声音似猫抓一般折磨着我的耳膜。

"抱歉!"我忍不住吼起来,"对我来说,经年是朋友! 你也是朋友! 所以别再说这样的话了!"

似乎所有人都听见了我的吼声,连小语妈妈都跑进了屋子,手里还拿着扫帚:"天天怎么了? 我在楼下就听见了惨叫,真瘆人。"小语摇了摇手里的书,说:"不知道,天天或许是没出去玩,闹脾气了。妈妈你带它去吧,我还不想出门。"

小语妈妈叹了口气:"这下好了,家里有大小两只书虫了。"小语妈妈拿来牵绳,早早就在家里扣上了我,嘟哝道:"那我带天天去溜了。"

"嗯。"小语应着,手里捧着书,连头都没抬。

我很失望! 可是牵绳却牵引着我,我只得走着。

刚出卧室门,我就听见了婉转的琴声,然后我隐约间看见小语向阳台走去。

五

自从我那一声吼后，赤云似乎噤声了一般，几天都没再说一句话。

我那样真还是很粗鲁的，经年告诉过我，男生是该有绅士风度的——至于这个词是怎么听来的，经年说是看电视得来的。那绅士风度是什么？依我自己的理解，应该是友善。经年一向鼓励我有自己的思考，它很少判断我的对错，只在它觉得必要的时候才温和地点示我。经年聪明、优雅、友善甚至有些神秘，这就是让我感到它既像月亮一样美好却又有些距离的原因吧！

友善！绅士！

我踱到水缸旁边，抬抬头看向赤云。若排除赤云喋喋不休的样子，赤云还是很美的。它一身雪白却有着一条像红霞般色彩炽热的鱼尾，这鱼尾在水里摆动很是好看，就像流动的晚霞。但赤云更特别的地方应该就是经年所说的纹路了，我仔细看去，原来赤云肚子上有着一圈圈红色的纹路，那纹路盘在一起形成的形状让我无从形容，因为这是我第一次看见这样漂亮又特别的纹路，这纹路似有魔力一般，让我慢慢地失了神。

"怎么了？"赤云熟悉的声音从水里传来。

"哦！对不起，"我要友善，"赤云，关于那天，我很抱歉……"

赤云游得缓慢了些，但并没有理会我。

"经年、你和乌龟都是我的朋友……"

"你说得对，我们是朋友，你知道这些就够了。"赤云异常地默然，便不再理我了。

我好似吞咽了颗硬石头般，再想说什么，却哽咽在嗓子里，也就作罢。

但一天两天、一周两周后，赤云每天都默默地在水里舒展着，悠悠地游着，像一条普通的鱼一样。她不再和我说话，乌龟也更加地安静了。整个世界好似除了经年之外，与我有交流的再无其他。

经年每天出去的时间越来越长，甚至晚上也常常出去，它和我说的话也越来越让我困惑。每晚夜谈结束，我都难以入眠，看着窗外的月光，我的内心感到了无比的空虚。天空里有无数颗星尘，它们每天遥遥相望，经年说它们是依赖着太阳的光芒而闪烁的，那它们互相会有呼应吗？它们会交谈吗？会在这个漆黑庞大的天空里感到寂寞吗？渐渐地，在我入睡后，我好像能看清了一些什么，朦胧的事物也慢慢浮现又消失，好像冬天清晨的雾气，只有走进了才能看清，但身后的，却又不见。

一切好像进入了一个怪圈，小语也开始转变了。

小语每天一到家就会松开那早上一丝不苟地扎好的马尾辫，披一头乌黑的长发，换上周末穿的衣服。平时她不再按时回家，也不再参与和我去小区探险的活动了。她每天都静静地坐在卧室里捧着一本书，虽然偶尔也到阳台浇浇花，但常常看着外面就出了神。每晚美妙的琴声都会出现，那是小语一天里最精神焕发的时刻。琴声一起，小语的睫毛就如同蝴蝶的翅膀一样抖动，她面色好似春日桃花，这时她会将耳边的长发绾到耳后，然后放下手中的书，静静地走向阳台。

初秋的夜晚开始冷了，她却似乎感受不到一般，只静静地倚在窗边听着琴声，好似神游大地又好似若有所思。夜风微凉,缓缓地吹动她乌黑的发梢和飘飘的衣角,消瘦的身躯也在飘摇,好像要融进这秋风里。我很怕这一时刻,总觉得她离我如此之近又如此遥远,就像天上的星星,冰冷而闪耀。我紧紧地仰视着她,满眼满心,可她的目光里却没有我的一隅。

而琴声一结束,小语就木然地回了屋,看也不看我一眼,或许在小语的眼里,我就是一个摆放在阳台的家具而已。

珍惜,感受。改变是无法改变的,河水难以倒流,时间也缓缓流走。

今晚经年没有回来。我看着空空的鸟架,第一次感到了悲伤。

六

第二天早晨,我在睡眠中被什么惊醒。我下意识地蹬了蹬脚,呼吸急促,然后赶紧抬头看向了鸟架——经年还在。

"你……做梦了?"经年瞪大了乌黑的眸子,我终于从它的声音里听见了优雅以外的感觉。

"梦?"我还没有从惊醒中缓回来,"什么是梦?"

"你是不是在睡着后,看见了什么,但你明知你没有醒来?"经年从鸟架上飞了下来,站在我面前,"那就是梦。"

"是,我好像看见了奇怪的东西……听见了各处的声音,一片巨大的星空压在我的头顶,红色的光洒了下来……"我都不用努力回忆,梦里的一切历历在目。

经年自言自语一样地说:"我也梦见了,但我梦到的比你更多,更猛烈,更真实。"

我注意到经年的翅膀上有着一道特别的纹路,和赤云的十分相似,美丽且具有迷惑性。

经年看见了我的眼神,下意识地想遮挡,却又缓缓展开:"与其说是纹路,不如叫这一圈一圈的为漩涡。"

"我的头顶也是?"

"是的,乌龟,赤云,你,我都有这样相同的漩涡,"经年顿了顿,"漩涡是种神秘、奥妙的东西,或许应该说它隐藏着不可思议的力量。蜗牛的贝壳、蚊香、水中的暗流、植物的藤蔓,甚至是人的指纹、耳蜗、基因都有着各式各样的漩涡。而我们的漩涡更奇妙,它们都是呈红色的,大多是沿着顺时针……"

"我只是一只猪,漩涡与我有什么关系?"我被这些突如其来的奇怪名词搅得头昏脑涨。

经年深吸了一口气:"你想变成其他的动物吗? 比如,人?"

清晨的阳光突然变得特别刺眼,痛得我突然间恍惚了。

经年一定是疯了。

"经年……你……"我不知道怎么消除它脑袋里奇怪的东西。作为一只鹦鹉、一只猪,只要乖乖吃食,顺从主人,所有的事情都是简单的。为什么要去思考? 为什么要做梦? 为什么会产生那么奇怪的想法!

"无论你相信与否,这都是我从小语爸爸那里看来的,在我仍是幼鸟的时候,他就开始训练我,每天都固定地带我看书、做研究,渐渐地,我身上表现出了与其他鹦鹉不一样的特性。于是他开始搜集各种身上带有漩涡,也就是'涡纹'的动物,"经年急促地说着,"然后家里有了各种动物,但只有你、乌龟和赤云能够相互跨物种地呼应……"

"所以呢?"我的脑袋开始膨胀,心里的窗户快要被撕裂了。

"这一切和红月有关,我们都是三年前红月时出生并带有红色涡纹的动物,所以我们会感到寂寞与空虚,会思考和交谈。"

"……红月? 漩涡……"心里的强光像洪水一般泻入,我动弹不得。

"据我所知,上一次红月是三年前,但红月的出现却好像没有规律,或许千百年一遇,或许一年数次,或许下一次的出现……就在今天。"

"经年,你为什么突然说这么多? 为什么要告诉我?"我难以控制我惊恐的眼神。

经年的目光黯淡了下来,又飞回了鸟架上,它不再看我:"和你说这么多,也许是我错了。但是作为朋友,我不想把这个秘密隐藏太久。"

长久的沉默后,它又说:"对不起。"

红月,漩涡,经年,这几个词语在我心里开始扎根。那天的太阳格外的耀眼,小语妈妈带我出去溜了不久就被晒得回了家。那天的夜似乎也异常的短,傍晚好像持续了很久,而我像陷入昏迷一样,一直睡到了第二天中午。

七

自那以后,我再也没见过经年。

经年就像消失了一样。小语爸爸曾努力寻找过它,但经年如此聪明,又怎么会被找到? 不久,小语爸爸又抱来一只腿上有红色螺纹的猫回了家。

晚上那婉转的琴声也很少再出现了,渐渐地,那琴声变得哀伤而堵塞,不久后反而是女人尖锐的吵闹声和东西的摔打声常常传来。

而小语又恢复了从前。小语每天都一丝不苟地扎好马尾辫,即使是在不用上学的周末亦是如此。平时她和从前一样早早地穿好校服,推开阳台的门,然后和我打个招呼。小语乌黑的眸子总在早上特别的亮,似乎藏了几颗星星一般。她冲我微笑,眼睛弯成两瓣月牙儿,柔软的手慢慢轻抚我的毛发,让我觉得又暖又舒服。我每天和从前一样目送着她上学,又等待着她回家,期待着她给我系上牵绳,这样我就可以和小语一起在这偌大的小区探险。

赤云也慢慢开朗了起来,我也不再嫌它聒噪,时常攀谈几句,也算融洽。

似乎这一切又回到了原点。

但空空的鸟架总时不时地提醒着我,经年离开了。

小语曾古怪过,赤云曾沉默过,经年曾疯狂过,我却越来越寂寞越来越空虚,越来越想起经年曾说过的话和它优雅的身影。

现在这真的是我想要的生活吗? 即使我作为一只猪?

"天天,祝你生日快乐!"小语微笑着走过来,用手抚了抚我的脑袋,很温暖很温柔,曾经消瘦过的脸颊恢复了光彩。

生日？那今天也应该是经年的生日吧。

而经年又去了哪里？我凝视着空空的鸟架，心里像被开了一个无法被填塞的大洞。

"天天，这个鸟架我不会移走，我会和你一样一直等着经年回来，"小语又抚了抚我，眼眸里闪着美丽的光，"经年是你的朋友嘛。"

天愈发地冷了。鸟架也积了一层又一层的灰。

夜晚的天空也更加清亮，我每天都陷在红月、漩涡、经年这几个词语里无法自拔。梦里的世界更加真实更加生动，隐隐间好像有声音在呼唤我。即使小语花更多的时间陪我，我也不那么单纯地快乐了。我开始问自己——我现在活得有意义吗？经年又怎样了呢？

突然，有一个想法出现在我的脑海——我要离开，我要去找经年。

"赤云，我要走了。"我再次踱到鱼缸边，准备道别。

"为什么？是为了经年吗？难道现在不好吗？"赤云激动地摆动耀眼的鱼尾，"外面实在是太危险了，你决定好了吗？你出去了又能怎么样，外面这么大，经年又在哪里呢？你只是一只猪而已……"

"我决定了，谢谢你的关心。"

"那么，我也不再劝你了，"赤云的语气突然不再焦急，"你和经年一样，都很聪明。"

"想要逃走，就要脱离牵绳，"乌龟突然缓缓说道，"离开的时候不要被发现，一旦失败就再难逃了。"

"对，每天早上小语妈妈都会来给我换水，然后就去倒垃圾，你可以趁着这个时候快速离开。"

"谢谢你们，我或许还会回来。那么，明天我就不和你们道别了，道别应该挑一个充足的时间，对吗？"我干涩地笑了一声。大家也再无多话。

于是计划在第二天就成功实施了，在小语妈妈准时出门倒垃圾的时候，我用嘴拱开了虚掩的大门，拼了命地跑了出去。我故意绕过行人，贴着绿化植物的边，小心又兴奋地前行。

我逃离了，也许就离经年更近了些。

八

我不知道我要去哪里，更不知道经年在何方，但我的心脏从来没有这么猛烈地跳动过，大脑激动得就要发懵，原来这也是快乐的一种。原来从前经年每天出门的时候是抱着这样的心情啊！穿着不同的人在街道上匆匆走着，路上呼啸过一辆辆汽车，街道上偶尔慢悠悠地路过几只小狗，阳光从树叶的缝隙之间滑下，一片斑驳。我几乎迷失在了城市里。耳边的秋风呼呼吹过，内心有着丝丝的悸动。

从哪里开始找？经年最喜欢的地方是哪里？

我现在才意识到，除了经年曾提到过的，原来我对它几乎一无所知。

后来，我找过小语带我去过的公园，公园已被浸染上一层秋色，连随便从树上飞下的树叶的色彩都是那么丰富可爱。因为是正午时间，所以公园里几乎见不到人的身影。我踩着咯吱作响的脆脆的树叶,开始在各个枝头上寻觅起来。经年的颜色是一抹翠绿,在一片黄褐色的公园里应该特别显眼。

"经年,你在吗?"我轻轻喊着,祈望它能够回复我。

我摇了摇头,它怎么会这么容易被找到呢?

如果它知道我出来找寻它,它会愿意和我回家吗?或者,我们不回那个家,我们去一个适合我们的地方,每天喝露水吃野果,晚上仰望最澄澈的天空,我们聊更多更多的神秘事物。啊,还有红月,它好像还没说完,我现在想知道了,我每晚都在想着经年说过的话,我也早已忘记暗恋小语这件事情了……

不知不觉,小小的公园已经被我绕了两圈。在我疲惫准备休息时,一个男人的声音从我耳后传了出来:"啊,一头猪。"

人!

我顿时毛发竖起,抬腿就想跑。然而那人气力非常大,直接拽着我脖子上的项圈就把我腾空拎了起来。

"嗯,一头小小的宠物猪啊,"他仔细端详着我,"你这小家伙是跑丢了么?"

我忍不住拼命地晃动我的四肢,因为我从未好好锻炼过自己,我的四肢疲软无力,踢闹了一会儿,便无力挣扎。他离我好近,成年男人浓郁特别的气味扑鼻而来,我甚至能清晰地看见他嘴巴上的根根胡须。

"求求你,放过我。"我恐惧地闭上了眼睛,颤抖着对他说,也是对我自己说。

"别怕,我与你是一样的,"男人温柔地把我放在了座椅上,"不怕你笑话,我曾是一只猫。"

我的脑袋轰地一下就懵了。那晚和经年的对话突然像海水一般涌向我的记忆。

……

你想变成其他的动物吗?比如,人?

……

原来是这样吗?原来经年并没有疯狂,而是这个世界疯了。

看着我发懵的样子,男人试探地轻抚了我的脑袋。我也没有拒绝。

"你还好吗?对不起,我难得遇见能说话的动物,一开心就差点忘了你是否能接受了,真是太难得了,难得遇到和我相似的动物啊,"男人激动地挠了挠头发,"所以,你知道关于红月的事情吗?"

"红月?"

"嗯,十几年前的晚上,因为某些契机,我就变为人。对了,我能知道你的名字吗?"

"……天天。"

男人露出了灿烂的笑容:"天天,你好,你可以喊我,老白。"

九

我开始仔细观察老白。

他头发干净整洁,戴着一副眼镜,身上穿着小语爸爸准备去开会的时候爱穿的西装,手上戴着一块看起来很复杂的手表,应该是生活不错吧。

"所以呢,天天,你为什么一个人,你的主人呢?"老白把他的手提包往座椅旁边放了放,示意我靠近点。

"我在找我的朋友,"我看着他,终忍不住问道,"你能和我说说红月吗?"

"啊……红月啊……具体的记忆随着时间越来越淡了,但我不会忘记在我作为猫的时候,我很孤独。我似乎和其他的猫相同而又不同,它们大多冷淡,而我似乎太过于开朗。除了正常的生活外,我的心里却感受到了孤独,它们似乎并不能感受到我的呼应,所以我离开了它们。我想要知道这个世界,想明白自己,后来我遇见了一个同样孤独迷茫的男孩,在红月下我们聊了很久,然后我们自然而然地交换了……"

"交换?"

"我不想为猫,他不想为人。我们都互相困在不属于自己原本的世界里。"

"那你现在快乐吗?"

"很是羞愧,"老白低下了头,又挠了挠头发和耳朵,"我已有了作为人的家庭,前不久还有了自己的孩子。"

啊,原来还有这样的事情,这样的生活!莫非经年也变成了那些在路上疾步行走的人了吗? 那它快乐吗? 能适应那样的不同吗?

"你自己一个人该如何生活? 毕竟在这城市中猫狗还算比较常见,可街上跑着猪是十分显眼的。"老白又开始操心我的事情,我们明明才认识这么一小会儿,却好像互相吸引着。

"谢谢你,老白,其实我也迷茫着。"

"如果你不介意的话,我的家就在附近,可以为你提供吃食和遮蔽风雨之处。"老白站了起来,高大的身影挡住了正午亮得发白的太阳。

我本想谢绝,但辘辘饥肠在警告我不能再口是心非,我朝老白点点头。

"天天,我想,如果方便的话,你钻入我的手提包中吧,这样似乎会隐蔽一些。"

我又点了点头,因为我现在的确无处可去。

穿过公园不久就到了一片白色的建筑群,那里有一处就是老白的家。比起小语家不同的是,老白似乎生活得更好些,他们前还有小一片属于自己的花园。花园的植物各式各样,让人感到赏心悦目,毫无疑问,它们肯定是在主人的精心照顾下生长的。

老白说他今天是出差结束提前回的家,妻子还在上班,而孩子白天就托放在了幼儿园。他转身去拿食物给我,并热情地说每天都会把食物和水放在窗台下,只要我饿了,随时都能来吃,他永远都欢迎我。我总觉得老白对于我们的相遇比我还要惊喜、激动,或许是他孤独了太久、迷茫了太久,即使是成为人,却还是有太多话无法倾吐。他孤寂已久的内心终于在遇见我之后把一切宣泄了出来,他终于在这间隙中可以做他自己,无论是猫还是人,他始终是他,始终是这颗湛蓝的孤独星球上的一个孤独的个体。

我一边低下脑袋默默吃食,一边听老白迫不及待地向我讲述他的生活。在偶尔抬头间,在阳光下,他琥珀色的眸子闪闪发着光芒,这光芒似曾相识——就像某晚天空里闪烁的星尘的一颗。或许在另一颗星上,有另一个我们,过着我们所向往的生活,就像在梦里一样。

"那男孩怎样了?"

"自那以后,我们再也没见过对方。但看见你之后,我明白了我们哪里是有着共鸣。"老白翘起了他的嘴角。

说罢,他卸下了手上的手表,原来在表盘的遮盖下,有着一个我熟悉不过的红色涡纹。

十

那涡纹明显被遮盖很久了,它周边的皮肤已变得黑黄,而红色的涡纹显得更加刺眼。一圈一圈的漩涡定是有什么魔力,让我的内心产生了说不清的悸动。

"我原本以为这涡纹是我独有的,但那个男孩身上也有着相同的涡纹,所以我们互相吸引相互回应。后来十几年里也曾看过几只带有涡纹的动物,但直到遇见了你,我才想明白。"

难道他知道了漩涡的秘密?

"仔细看我的漩涡和这块表上的指针。"

我认真盯着它们看着,然而不一会便感到头昏脑涨。

"我的漩涡和这指针走的方向是相反的,也就是逆时针,"老白看了看我的涡纹,"而你的却是顺时针。"

"我不明白,这又有什么联系。"

"你没有在红月的时候转变过,所以漩涡是出生时自然的顺时针,而我的漩涡却在转变的时候变成了逆时针。"

"逆时针?"

"对!"老白苦笑了一下,"或许没什么用,但我也算是发现了漩涡的其中一个规律了吧。"

突然老白的手机响了起来,原本舒服随意地蜷在椅子上的他倏然站了起来,一边回答什么一边表情多变的样子,看着滑稽又辛酸。即使为人也是烦恼多多吧!

"抱歉了天天,"老白挂了电话,戴起了手表,"公司临时要我去开会,我明明才回来这么一小会儿。"

老白急匆匆地夹起了他的手提包,但仍是对我嘱咐了半天,内容不过是让我常来吃食、注意安全、有什么事儿就立马想到他而已。我不断地点头,然后目送他离开了我的视线。

不久,我就离开了老白的家,因为隐隐约约之中,有什么在告诉我,不要停留。而且在接受好意时,我仍感到深深的无措。或许比起接受温暖,我更愿意让自己茕然孤独。

虽然不知道要去哪里,但总有什么在牵引着我,就像星星围绕着太阳一样,一切或许冥冥注定,如同我和经年的分离还有我和老白的相遇。

自从被老白"捕捉"后,我明白我不能再不谨慎了。我开始躲在暗处,悄悄关注着来往的人,或许在他们的一员里就有和我无话不谈的经年,还有其他转变过的动物。

我平日躲在深深的绿化丛里或是某个不起眼的阴暗处,晚上便出来找食吃,稍腐烂的食物我也不介意,因为吃食只是为了存活,而不是享受。长时间在外的风吹露宿,我的皮毛已经不再干净洁白,深褐的色彩却更利于我藏匿。

秋风越吹越冷,连天空的大雁都知道飞向归属之地,经年到底飞向了何方?

几场绵绵的冰冷的秋雨倾泻下来,整个城市都好似陷入了沉默。我默默地躲在公园深深的灌木丛中发呆。

不知不觉中,寻找经年已快成了习惯。我怕我忘记经年的模样,于是我对着夜晚稀疏的星星祈祷着它能够出现在我的梦中。我也有一大段日子没再说话,我终于更加明白了老白所说的孤独。

终于在一天的梦里,我梦见了经年。可是我却不敢认它,它以一种我熟悉又陌生的姿态出现,让我肯定是它的地方是,它美丽的涡纹和不变的优雅。它冲我甜甜地微笑着,我向它倾吐我的思念和不解,它也一如往日般认真倾听着,但并不说话。它好像离我很近,又好像离我很远,就像在地球上仰望星星,看着它们的距离仿佛好似只有指间之隔,但只有星星们知道,它们隔了多少多少光年,遥远到思念传递过去都成了怀念。

我深深叹了口气。

夜更加清冷。

十一

一睁眼,面前就被摆放了些许食物。

我环顾四周,发现了一只悠闲的老鼠正在晒着雨后的太阳。

那老鼠眯了眯小小的眼睛:"嗯,你醒了。"

我点点头,看见它腹部的涡纹——逆时针。原来曾是人吗?

见我不说话,老鼠也不着急,只慢慢地说:"前几天接连的寒雨,食物很难找。看你窝在这里几天了也不怎么动弹,还是吃些吧。"对于好意,我总能感到胸腔前流动的温暖,可我的手我的口却极其倔强,在犹豫了半天之后这古怪的倔强还是输给了饥饿。

"看你这样子,似乎在寻找什么人,"老鼠优哉地晃了晃尾巴,"但你现在的样子,是想要放弃了吧。"

"没有,我会继续找下去。"

"那么重要?"

"是重要的朋友。我会一直找下去,直到……"

"直到?"老鼠的样子充满了嘲讽,"果然是头猪。"

"每个生物都有重要的事物要珍惜,对我来说它就是,你应该,你曾经也应该明白的吧。"大概是很久没有交流,我的言语间有些激动。

"……"老鼠的眼里好像有什么在流动,"你,吃完就走吧。"

我礼貌地吃完了它给予我的食物,然后默默走开了。

"或许你要找的人,就在你身边,如果它是那么重要,就不会离你太远。"身后传来老鼠的声音。

不会离我太远……吗?

不知不觉都已快入冬,刺骨的风似乎在提醒我,我好像是走得有些远了,是应该回来看看了吗?

于是我朝着小语家的方向走去,或许经年快要回来了,或许经年已经回来了,它站在精致的鸟架上静静地等我……到那时每天清晨一抬头,我就能看见它逆光的身影;每个夜晚我们会仰望着星光轻轻地交谈,我们听风论雨、谈天说地……我逆着寒风,昂起头颅,心里重燃的希望让我精神百倍,我刻意不去想其他的如果,就算它不在,我还可以再出来!只要我想!

"你是天天吗?"一个微弱的声音传入我的耳朵。

我停下脚步,四处环视,谁? 会是老白吗?

只见不远处的凉亭里躺着一个流浪汉,他与我对视了一番,还是把我吓得扭头就跑。

"别走,老白让我找的你。"流浪汉摇摇晃晃地起身就要来追赶我。

"你别追来,"我扭过头盯着他,"我去你那里。"

流浪汉见我不再防备他,便把外套裹得更加严实,双腿盘在凉亭的座椅上,一副悠然的样子。"老白让我告诉你,你若是没事就去找找他,他十分担心你,"流浪汉掀起他的胳膊,露出了手臂上的涡纹,"喏,我以前可是一只不起眼的蜗牛。"我一向不太爱和除了经年以外的人搭话,见我沉默的样子,流浪汉也毫不在意:"那晚,这个男人在溺水身亡之前和我做了交换,我醒来之后,对什么都不明白,连个三岁小孩都不如。他的老婆孩子哭红了眼,他们都认定我疯了。后来在一次集会上,我把自己弄丢了,又不知怎的来到了这个城市……现在的我一定让那个男人十分后悔吧! 我糟蹋了他的人生! 哈哈,但对于曾是一只蜗牛的我来说,这已经是对我的恩赐,我过的就是我自己的,别人的人生我哪里过得来……"

流浪汉一边大笑一边自语着,我心里反而听见了哭声,只得赶紧离开,便说:"那麻烦您告诉老白,我很好! 谢谢了。"

十二

风渐渐地停息了。太阳也沉浸了下去,但晚霞在天空侵染了很久,把天上细细的弯月也染得通红。

猛然间,我发现这个城市开始变得寂静无声,行人都少之又少,他们的步伐不再迅捷,只缓缓地沐浴在这红色的光芒之下,慢慢地走向自己想去的地方。看着被天空浸染的红色大地,我心里的悸动开始复苏,像春笋一般,这光就是我的春雷。很快地,我的脚步已经开始越迈越急促,我甚至开始明目张胆地走上了人行道,人们就像没有看见我一般,只缓缓地走着、停着。我身体好像延伸出无数根缠绕成漩涡状的藤蔓,顺着呼吸顺着空气,迅速向远处伸展,好像有什么就要出现,好像有什么就要与我产生强大的共鸣,好像有什么一直在默默等待着我去和他相遇去擦出火花。

或许这一切都不是偶然,冥冥中的确有什么在左右着我们,或许是天上这纤细如丝的月亮,它的弧度就好似我们身上的漩涡,月的尖只轻轻一勾,我们都会为之疯狂。不知何时,天上的星星变得异常的又多又大又亮,像是想挤满了整个天空般,闪得我原本就有些眩晕的眼睛几度失神。心里的悸动已经转化为冲动,我体内好像有什么在燃烧,我将要难以控制自己了,我飞奔在马路上,要一鼓作气地冲向我的宿命。

经年!定是你回来了!

天上的星星似乎越压越低,甚至让我产生了恐惧,我一边狂奔着一边想,那会不会是一双双眼睛,它们早已按捺不住窥视的心,现在要爆发了!要贴近我的皮肤肌理,要探入我赤红的心脏!

下一个转角!就在下一个转角!我注定的期待的就在那里呼唤着我!经年!

我跑得已感受不到我的脚,直接飞过了低矮的灌木丛,一跃到他的身边——是一个身材颀长肤色苍白的少年。这个少年穿着一件洁白的衬衫躺在被月光染红的地上,头上的鲜血像海浪般从伤口处漫延出来,很快浸染了他浓密乌黑的睫毛和漂亮的耳朵。他的身边还有一架破损的小提琴。

“经年?!”我早已不再管什么顾什么直接向他呼喊。

“我不是……经年……”少年好听的声音低低地从嗓子里发出,“求你……求你帮我。”

他的血已漫到了洁白的衬衫上,好像开出了片片花丛,在这赤红的月光下,这场景让人感到凄美和绝望。

“我怎么帮你?”眼看着少年的气息愈发薄弱,我也忍不住跟着颤抖。

“成为人……成为我……”少年已经睁不开眼眸了,只能微微颤动他的睫毛,“拜托你……求你……”

“我还有一个重要的朋友要……”我猛然想到了经年,但再看看少年,我硬是把话吞了下去,“好,我答应你。”

“谢谢……你……能生而……为人……我很幸福……”少年露出了最后一个微笑。我刚想再做些什么,可一阵刺眼的光芒射入了我的身躯,就像我心里炽热的圣光撕裂窗户般撕裂着我……

再一次醒来时,眼前全是一片陌生的面孔。好多人啊。他们哭着、笑着,我畏惧地环视着人们,我推开他们的拥抱,用被子裹紧自己。是么,原来我已经成为人了么。为什么心里还是回荡着空虚,甚至多了一份伤痛呢?赶走他们后,我静静地卧在床上,久久难以平静。

现在呢?……是我想要的吗?我所思念的,又在哪里呢?

“天已凉了呢。”

突然,熟悉的声音从身边传来,我颤抖着嘴唇,眼泪默默流下:“已经冬了,经年。”

我扭头,站在我身边的,是小语还是经年?她勾起了唇角,显得神秘又优雅。

文学院 1207　严荣荣 / **等你千年**

故事梗概：传说，千年前的楼兰古国，阳春三月，一朵修行多年的君子兰修炼成人，爱上了一个千金小姐，结果人妖殊途，千金在嫁作他人妇的夜晚自杀，而君子兰却年复一年地站在桥边等待小姐的到来，直到楼兰变为荒漠，烟花三月也变成黄沙漫漫。

不知不觉千年的时光过去，小姐还是没有来，君子兰渐渐化作一块刻有君子兰图案的顽石。终于有一天，一个探险队经过此地，一双白皙的纤纤细手捡起它，这双纤手的主人身着白衬衫、牛仔裤，那容貌与千年前的小姐一模一样。就在这时，一只手臂揽住了女人的腰，一个男人亲昵地靠着女人，两人间充斥着情人间独有的甜蜜。

就在这个瞬间，石头化为粉末，风一吹，粉末消失在漫天黄沙中。

我在等待着你，我的爱人！

清楚地记得第一次见到你，我还只是一株路边的君子兰，静静地修炼，期待着化为人形的那一瞬间。永远都记得路过的你，一身浅黄色的衣裙，就这样驻足在我的跟前，我听到了你带着温暖的赞美，"真的好美！"你笑得温柔、美丽，我仿佛听见了花开的声音。就是那一抹笑中，我知道，我已爱上了你。

经历了化形的艰辛，我终于化为人形。于是我"偶遇"了你。还是那身浅黄色的衣裙，还是那般的美丽，我将你铭刻在我的心中。

终于，你接受了我，我们在那个明媚的春日定下了盟约。可是，你我却忘了，人妖殊途，你我忘了，天下有情人难成眷属。

漫天的红，那红刺疼了我的眼，刺疼了我的心。你出嫁成他人妇，我被困他处。那一霎间的心的悸动，让我忍不住一口热血喷出。是你吗，我的爱人？是你吗？这般的疼，这般的难以控制，这般的深入骨髓。我的爱人，你静静地躺在那铺满了花瓣的床上，红色的嫁衣衬得你的脸是那般苍白，那漫天的红，是你心头的血吧，红得那般凄艳。

我的爱人，你怎么静静地躺着？你忘了吗，你还约我去桥边等你，带着你去看花灯，带着你去放莲灯，带着你去一个山明水净的地方慢慢地老去。

我的爱人，你怎么了，你在生气吗？是在怪我没有去桥边等你吗？我来了，我已经来到了你的身边,你看看我,好吗?

我的爱人,我会在桥边等你,等你的到来,等你穿着一身黄衫,满脸红晕地投入我的怀中,轻轻地喊我一声"君"。

我的爱人,我在等你。

绿草如茵变成了漫天黄沙,楼兰古国渐渐湮没在历史的车轮中,我的爱人,你在哪里?你可知,我一直在等你。我不敢离开,我怕你会找不到我,会伤心难过,你的泪,就是我心头的血,不可以,不可以让你伤心,让你流泪。

我的爱人,千年又千年,你在哪里? 我的爱人,你可知我在等你,已是千年。我是如此地庆幸我是妖,因为这样我就有千年的时间去等你。可是,我的爱人,已是千年,你为什么还没有出现? 我的爱人,你可知,我在等你!

时间已经到了吗? 可是我的爱人,你在哪里? 你可知你的君已到了生命的尽头。你定是不知的吧。不然,你一定会出现在我的眼前,素手抚上我千年依旧的面,噙着泪,喃喃地喊我一声"君"。我的爱人,千年了,已是千年,我还没有等到你! 可是,我不甘心就这样放弃。苍天,我愿散去万年的修为,只愿化为一块顽石,继续等待,等待我的爱人,直至永远。

千年又千年。

广袤的沙漠,驼铃的叮当声由远及近,一阵风吹过,一块刻着花纹的石头从沙粒中裸露出来。一双素手小心翼翼地捡起了它。

我的爱人,是你吗? 你依旧是那般美丽,而我,当年的如玉少年已是一去不复返。

我的爱人,他是你的幸福吗?

我爱的人,愿你幸福!

人世匆匆,霜林几度红
雨湿轻风,三月烟花憧憧
冰冷的雾,风怎吹散
那凄美的歌声,从何处传来
等等盼盼,岁岁年年
谁能打开这千年的期盼
过客匆匆,梦回几分朦胧。
月打黄沙,十月风沙重重
漫天的沙,旅人怎驱散
那远处的驼铃声,是否带来我的爱
我等待千年的爱人
请你一步步向我走来
岁岁年年,期期盼盼。
千年复千年。
我爱的人啊
请你接受我等待千年的爱

——《千年》

文学院 1404　董　玥 / **唯有时光**

　　午后的阳光明艳绚丽，透过落地的玻璃窗，让整个屋子都洒满了淘气快乐的气息。我轻步走进来，"哗——"地一声拉上了厚厚的窗帘，昏黄幽暗顿时笼罩了周身。放上 CD，是石进的《街道的寂寞》，柔缓的音符如溪水般潺潺流淌，仿佛在诉说着封尘多年的孤单和哀伤。

　　我坐在地上，开始整理一些旧年的物品——快搬家了，妈妈只让我带走一些最重要的东西。一伸进橱柜，我的手便摸到了那本相册，天蓝色的封面已然泛黄，上面落满了厚厚的灰尘。轻轻翻开，映入眼帘的是一个白皙的少年，高瘦的他穿着浅紫色的 T 恤衫，站在一墙灿烂的紫藤花前，正向我温和地微笑——整整八年了，以这样的方式，我终于和他再次相遇。

　　那是个盛夏，才上初一的他来我们家补课。妈妈是市一中的数学学科带头人，自然到了假期还要加班加点。那天，我穿着半新不旧的海纹衫，两条小胖腿闲不住地在屋里乱转，开心极了，"就我一个人真不好玩，终于有大哥哥大姐姐来啦！"也不知怎么地，在一群嬉笑打闹的学生中，我偏偏做了他的"跟屁虫"。他去厨房倒水，我就紧随其后；他趴在桌上写作业，我硬是爬上旁边的凳子赖着不走；甚至他去卫生间，我都愣愣地蹲守在门口……妈妈觉着我碍手碍脚，想尽办法撵我走，倒是他反笑着来劝："张老师，宝宝并没打搅我呀，没关系的。"他说得没错，每次上课，我就坐在他旁边玩手指，一连两个小时静静地连个泡儿都不冒。他似乎也很给我面子，往后便提早来二十分钟，耐心地陪我尽兴玩一会儿。"我们家的猴儿，怎么见到你就乖得跟只小羊羔似的？"妈妈甚是称奇，不过也着实高兴。

　　他叫江炎。那是 1997 年，我四岁，他十二岁。

　　我妈妈从教多年，各式各样的学生见了不少，而江炎便是她最看好的几个学生之一。他聪颖过人，勤奋踏实，而且随和谦逊，反正在我妈嘴里他就是个"挑不出毛病的好孩子"。后来，偶然间知晓他的妈妈陈阿姨竟然和我妈是失散多年的"闺蜜"，我妈对他的疼爱和器重更是到了一发不可收拾的地步。因父母忙于公司事务常年在外，他和年迈的奶奶生活，我妈就经常带他回家来，学习上认真辅导，生活上悉心照顾。我妈让我叫他"哥哥"，可我自幼调皮，只是漫不经心地叫了几声，便直呼"小炎"了。

用我妈的话说"小炎学习上超有悟性"，也正因如此，他便多出了许多轻松的课余时间，打打球，跑跑步，骑车兜兜风，还有便是带我出去玩。他的身边围绕不少"跟班儿"，这一来倒是壮大了我们的"游乐团队"。

为了煞一煞我的疯个性，我刚满五岁便被妈妈送进了少年宫的拉丁舞班，每周六下午要铁打不动地去上课。而小炎，带着他的哥们儿胖子和阿强，就自告奋勇地当上了我的忠实"接送员"。在拉丁舞课上，我的搭档是刘昊，因为他像个弱不禁风的"林妹妹"，我就直接叫他"豆干"，到现在这绰号叫了十四年还改不了口。有一天少年宫举行儿童节公演，我穿着紧身的白色舞蹈服，踩着金色高跟舞鞋，和"豆干"上台秀了一段"牛仔"。殊不知这牛仔舞是最能考验人的活力和体能的，我乐得快活跳得激情四射，掌声阵阵，可把那个"豆干"差点儿累得倒下。下了台，小炎微笑着迎上来，递过一杯冰镇橙汁，轻轻地捏了捏我的脸蛋说："我们宝宝真是个小明星。"回家时，已是夕阳西下，街道两旁华灯初上，音像店里放着粤语老歌。我坐在小炎的单车后面，一边吃着他买来的豆沙冰，一边悠闲地晃荡着两条腿，别提多自在了。胖哥对我说："小鬼，你瞧见没，炎哥今天不停地鼓掌，兴致可高啦！"阿强也在一旁挤眉弄眼，表情搞怪。"当然了，宝宝今天跳得棒极了，不是吗？"小炎回过头看着我，眼神澄澈，嘴角上扬，暖橙色的夕阳照过来，映衬着他白皙俊秀的面庞，我的脑海中便深深铭记下了这美好温馨的剪影。微热的夏风拂过我的耳际，吹起他洁白的衬衫，我隐约闻到了一种很清爽很干净的气息……

两年过去了，我的拉丁舞终于"修成正果"，我也终于等来了渴盼已久的七岁生日。那天，爸爸妈妈、爷爷奶奶、姥姥姥爷，当然还有小炎、胖子和阿强带来的一大群学生，齐聚首来为我庆生，那场面真是壮观。我穿着粉粉的公主裙，顶着亮闪闪的寿星帽，在一只又大又漂亮的五彩蛋糕前大说大笑，手舞足蹈。小炎送了我一只很精致小巧的玉镯子，他轻轻地为我戴上，说："希望宝宝永远开心，永远幸福！"我很陶醉于他的微笑，他一笑，眼睛便会弯成月牙儿，然后浅浅的笑纹荡漾开来，使人觉得温馨非常，如沐春风。可是这一次，我轻轻捂住了他的嘴，甩着两条小麻花辫儿，嗔怪道："小炎，我已经七岁了，快上小学了，怎么还是'宝宝'呢？"他一听，笑得更灿烂了，摸了摸我的头说："不错不错，濛濛说得很对。"于是，在当了三年"宝宝"后，我终于成了小炎口中的"濛濛"。

1999 年，我上了市一中附小，和小炎的初中部只隔着一条街。那一年，小炎初三。妈妈整日忙于毕业班的教学任务，无暇照顾我，便请来了保姆赵婆婆。赵婆婆大概六十上下的年纪，十分温和慈祥。每天下午五点，她就牵着我的手回家，我边玩边做，花一个小时写完了作业，便乐颠颠地拉上赵婆婆出去转上一圈，而后便到陈大伯的小吃铺上"报到"——排队买米团。那米团是把一大勺米饭平摊在蒸锅布上，倒上一小碟榨菜，抹上几抹甜面酱，再放上一根火腿肠，然后把蒸锅布卷起来，紧紧绑上几道，打开一看，一个又白又香的米团便大功告成了。我打开自带的饭盒，装上米团，便向街对面的市一中门口奔去，急得陈大伯在身后直呼"小心"。那时大概是晚上七点，小炎他们毕业班正好放学。

我在"放学大军"中费劲地抬头张望，一发现小炎，便乐得一蹦三尺高，像"自杀飞机"似的冲了过去。小炎也很开心，顺势接住我，把我举得老高。他那时大概十四五岁吧，运动细胞锻炼得相当发达了，抱起我这个"小布丁"简直易如反掌。脚刚着地，我就邀功似塞给他米团,他便送给我盼望了好久的笑容。随后,他来到电话亭,给赵婆婆的 BP 机打传呼留言:"婆婆,我接到濛濛了。晚些会送她回家。"然后,他摸了摸我的头发,牵着我的小手,穿过四条街走进了一家装饰典雅的快餐店。在店里的僻静处找到座位,小炎给我点了一盒薯条,一杯温热的奶茶,又递来一本绘图版《红楼梦》,自己便埋头静静地做起了作业。我和小时一样,也不打搅他,很乖地在旁边读书。到了九点,做完了一大半作业,他便收拾好书包,载着我回家。

满天繁星,夜色浓稠。有时,我兴致很高,便给他唱歌:"柳树姑娘,辫子长长;风儿一吹,甩进池塘;洗洗干净,多么漂亮……"或是摇头晃脑、煞有介事地背诵《红楼梦》里新看来的诗词:"良辰美景奈何天,赏心悦事谁家院。则为你如花美眷,似水流年……"他便笑言:"濛濛,你小小年纪,怎么这么多愁善感呀?""什么叫'多愁',什么叫'善感'呀? 它们香吗? 好吃吗?"我满腹狐疑地望着小炎,似乎还沉浸在奶茶的美味中。他只是一个劲儿地嘻嘻直笑,就是不说话。如水的月色下,我们欢快如银铃的笑声洒满了一路。

上小学以后,每年"十一"长假、"五一"长假,更不用提寒暑假了,小炎总是带着胖子、阿强,还有他高中时的同学"眼镜"、"飞毛腿"等等,一起来带我出去玩。妈妈总是在我面前有意无意地夸小炎:"这孩子越来越出色了,才上高二就一连拿了全国奥林匹克竞赛数学和物理一等奖,将来一定不简单!"然后,便斜眼睖着我叹气,"濛濛啊,近朱者赤,你什么时候能比得上小炎哥哥一半优秀呢?"小炎就急忙在一旁打圆场:"张老师,濛濛还小,她只是成绩不稳定而已,以后加把劲儿准行的。"我对着妈妈扮着鬼脸,然后一转身像猴儿似的爬上小炎的单车,一帮人呼前唤后、扬长而去了。

三年级时"五一"放假,小炎在我们家吃过午饭,送给我一本译林精装版的《简·爱》。我竟然津津有味地一连看了四章,我妈甚是惊讶,"真是听话,只会好好读你推荐的名著。"小炎在一边听了,笑而不语。这时,碰巧胖子他们来敲门,原来是约我们一起去溜冰。我迫不及待地套上一件藕荷色的背带裙,简单梳了梳童花头,便缠着小炎一起走了。到了溜冰场我才发现,相比于往常的一帮哥们儿,这次多了个姐姐。她叫沈佳蕙,扎着高高的马尾辫,白皙光滑的皮肤,真是个"脸若银盘,眼如水杏"的大美女。那天,她穿着浅蓝色的碎花短裙,透明丝袜,乳白色的浅口凉鞋,好不惊艳。她带着一缕茉莉花香,窈窕走来,温柔地叫了一声:"小炎。"我不经意地一抬头,小炎在淡淡地微笑。看着玉树临风的小炎、亭亭玉立的佳蕙姐,我突然有一种莫名的伤心和失落。

不过,我的"小伤感"很快就烟消云散了。小炎牵着我在溜冰场尽情地驰骋,我第一次体会到了什么叫作"惊险刺激"和"风驰电掣"。趁我不防,小炎轻轻抱起我转了个圈儿,"哇,酷毙了!"周围的一切都在快速旋转,我简直乐到了极点。然后,小炎开始耐心地教我滑冰,我不知哪来的胆量和毅力,在跌了无数跤后,仍旧咬牙坚持。他心疼地要过来扶我,我轻轻地推开他,说:"小炎,我能行的。"最后,我终于也能有模有样地滑上几圈了。他欣喜地来和我击掌庆祝,"飞毛腿"举起相机——"咔擦"一声,两张笑容满面的脸庞,凝聚成了永恒的美好。

回家路上,"眼镜"无意间抱怨道:"炎哥,你也太不给佳蕙面子了,这么冷落人家。你不知道,沈大美女这次是专程为你来的? 在场边站了半天,你也不顾她,结果坐了一坐她就走了。你也忍心?"我在后座上,愣愣地等着小炎的反应。可是,他什么也没说,只是沉默地低着头,用力踩着踏板。阿强悄悄给"眼镜"使了个眼色,朝我快速一瞥,高声说道:"你小子注意点场合,别玷污了人家小孩子纯洁的心灵。"不知怎么的,我一句话冲口而出:"谁是小孩子? 讨厌,我才不小呢。"我心里莫名地难受极了,干脆一扭头伏在小炎的后背上,再也不理一脸愕然的阿强和"眼镜"了。

到了楼下,小炎独自送我上楼。快到门口时,他转过我的身子,掏出干净的蓝方格手帕,帮我擦了擦眼角。他蹲下来,微笑着耳语:"濛濛,别听他们胡吹。"我听了,心中大畅,马上破涕为笑了,那时我才刚满十岁。直到现在,我都否认自己当时对小炎产生了爱慕之情。也许,身为独生子女的我,只是对时刻依恋着的他将要离我而去,有一种深深的担忧和恐惧吧。

后来,在和胖子一次偶然的闲聊中,我才知道沈佳蕙是市一中的"校花",每次考试的年级名次都紧跟在小炎后面。"别说是一个班了,我们学校追她的男生都能编上几个营呢。她主动示好,炎哥还不领情,真不知道他哪根筋搭错了?"

不知不觉中,小炎已经上了高二,一有空,他就牵着我的小手,带我去快餐店解馋。不料,一个平常的秋夜,我们刚出店门,便看见了沈佳蕙。她定定地站在风中,飘逸的长发被吹乱了,可脸上的神情却更迷乱。她快步上前,激动地说道:"小炎,你就这么对我?"小炎迅速缓过了神儿,一字一句平静地说:"佳蕙,你的好意我心领了,我该说的话也在那封信里都写明了。我们不要再互相牵扯了,好么?"我有些惊惧地看着她,曾经娴静温婉的风姿早已荡然无存。"那我算什么?""你很优秀,是我很欣赏的一个同学。""那她呢?"佳蕙猛地指向我,尖声问道:"她又算什么?"小炎推开佳蕙的手,显然严肃了,"不许你针对濛濛。"好一会儿,佳蕙无声地看着我们,然后低下头,转身离开了。萧瑟的秋风吹过,擦过树杈发出"沙沙"的呻吟。我第一次觉得,如此美好的月夜,可以那么澄澈静谧,也可以那么寒彻心扉。

2003 年,小炎进入了学生时代最关键的一年——高三。有时自习较晚,他就借宿在学校近旁的我家,我妈妈也会变着花样给他加餐,加补品,可是也许真如他自己的笑言"能量消耗入不敷出了"——每天仍然很疲惫。唯一欣喜的是,不久,捷报传来,小炎如愿考取了清华大学建筑系。

7 月返校,我和妈妈参加了他的毕业典礼。艳阳当空,每个人都欢喜非常。男生们穿着洁白的衬衫,深色牛仔裤。女生们身着洁白的连衣裙,胸前别着一朵玫瑰,束着浅粉色的发带,偌大的校园里处处洋溢着花香和青春的朝气。回去的路上,小炎和我并肩走着。他指着那些身着毕业裙的女生,微笑地看着我,"真不知道,濛濛十九岁时会是什么俏模样?"然后,他理了理我的发辫,颇为郑重地承诺道:"到时候,我一定去参加你的毕业典礼,好不好?"他顽皮的表情,让那白皙的脸庞盈满了神采。当时,看着他身后的荷塘美景,我想起了"水光潋滟晴方好"的柔美欢欣。

八年后的今天,我也十九岁了,同样考取了清华建筑系。然而,在我的毕业典礼上,却始终没有等来小炎的身影。

毕业的当年暑假,小炎便同一群大学生千里迢迢自费赶到贵州省,参与了当地共青团与《中国青年报》等联合主办的支教活动。

"看着高年级的学姐们去四川等地支教,真的'眼馋',因为参加支教是埋藏在我心中许久的一个小小梦想。这个夏天终于将梦想照进了现实,真的很开心。"

"那里的孩子特别可爱!真的希望通过支教,打开他们的视野,让他们看到希望,点燃他们内心的梦想,哪怕只是点燃了一个小孩的内心,那对我们而言,都非常有意义。"

"离别的日子终于来临了。我们深知孩子们害怕别离,就准备早晨七点多钟出发离开。令我们没想到的是,好多同学一大早就来到教师宿舍门口等我们。他们真的特别纯朴,看到他们来相送,我们的眼眶都红了。很多人会质疑短期支教,但我想,我们或许做得还微乎其微,但是若能点燃他们内心的希望之火,在他们心里播下快乐的种子,给了他们不畏惧目前艰辛环境、沿着希望走下去的勇气的话,哪怕是只让其中一个小孩萌发了坚持自己梦想的勇气,我想我们做的还是一件非常有意义的事情。"

在给我的来信中,每每谈及"支教",小炎总是显得十分动情。

令我没想到的是,毕业后,小炎和同去的一位女生竟毅然决然地到那里工作去了,他们要把美好的青春和金色的理想永远留给云贵大山的孩子们。

与我搭档过的舞伴"豆干",和我一直是从小学到高中的同学。他也是少数几个——见证了我和小炎曾经的快乐,在失去小炎后陪伴我沉默的人。他仿佛知道我的心结,直接地说:"濛濛,想哭就哭吧。我只是不明白,他到底是你什么人呢?"我说:"小炎,他既不是我的哥哥,也不是我的情人。但他无疑是我作为独生子女的履历中,最难忘的一个人。对他任何轻率的定位,都是亵渎。你明白吗?"

人生漫漫,这个世界会淡忘掉许多许多的往事。但时光会永远记住那曾经的欢笑,曾经的相伴,曾经一切的美好。

夜风吹过,我默默地走在寂静的街道上,耳机里播放着黄磊的老歌《云烟》——"切莫走近,让他是云烟。切莫走近,让他是云烟。到我的梦里来,到你的梦里去。我爱的人,爱过我的人,让他永远是云烟,永远是少年,永远永远是梦幻……"

是的,唯有时光,终于让我再一次旁若无人地泪流满面。

文学院 1402 孙 旭／**子瓜犭虫**

孤独是不是只有在陪衬中才能显示出它厌恶的表情。

我们暂且把他称作"子"吧，单人旁的他。子看起来有三十好几的样子，很不合群地走在这燥热杂乱的大街上。之所以说杂乱，是因为有他存在的地方总是能显出他的多余来。

这是子第三次用充满烂泥的手指使劲插入头发里，头发油光可鉴，好似能炒一盘鱼香肉丝。挠了挠头皮带出了一些头皮屑夹杂在指甲缝中，应该是烂泥的存在已包容不下头皮屑而弹了出来，还溅到了旁边匆匆行走的路人甲身上。然后子将屁股下面垫的报纸拿了出来，端端正正地读了起来。没有了刚才的放荡不羁，眼睛里是从来没有过的严肃与庄重。看起来有一个月没有洗澡的他满身的戾气。可是有一点，子会读书，读书时眼睛会放光。单就这一点而言，子是温柔可爱的。人呀，要么庸俗，要么孤独，而会读书的人最孤独。这时，子突然把报纸愤怒地揉成一团，又展开用脚狠狠地踩了几下留下了一个个突兀的黑脚印，头也不回地走了。我惶恐，走过去低头看到报纸上赫然写着的是"钓鱼岛争端之所属权"。我了然又暗骂，这是哪年的破报纸让这傻子变成了疯子。可是，他真的是傻子吗？

在市中心，你很快就可以发现人与人的差距不在于读书的多少，在于你是有钱人还是穷光蛋。"瓜"一看就是个女土豪，因为她在阴天戴着可以遮住大半张脸的墨镜喝着蒙牛酸奶还不带舔盖的！踩着能把自己累死的小高跟啪嗒啪嗒，涂着比我脸还厚的粉啪啪啪，又美又健康，真是十足的贱美。的确蹊跷，每当瓜小姐遇到一个男性时都会多看几眼，我能感觉得到，因为无聊的我总是关注无聊的事儿。我想，大概是因为瓜小姐土豪得令人望而却步而导致的欲求不满吧。这时"犭"出场了。只见他走到瓜小姐的面前拍了拍她的肩膀，一句话没说，长叹一口气离开了。我懂，这是一位慈祥懦弱无能的老父亲自感教女无方后的叹息。有句话怎么说来着，林子大了什么鸟都有，更何况人而且还是女人。都说作者是最能扯的，我想这句话是对的，谁让你们都不知道真相呢。所以我写什么真相就是什么。我写这个男人是瓜小姐的爹，那就一定不会是她的情人。

"虫"先生看谁都是怒气冲冲，好像对这个世界有什么不满尤其是对女性。他投给每个路过的女性憎恨的目光，我代表自由女神对他竖中指。如果男人有女人伟大，不，没有如果,我错了,因为这个世界上根本不会出现自由男神和圣男玛利亚的,只有玛丽兄弟。但是,我想他这样必定是有原因的。这原因或许就是他老婆跟别的男人勾肩搭背远走高飞了。真如作者所想,也还说得过去。所以,玛丽兄弟们,看好你们的女人,否则你们会很孤独的。

没有人愿意承认自己是孤独的。孤独是可耻的,它让你自卑;孤独又是高冷的,它让你静默。孤独是一个人吗? 被人嫌弃,亲近的人像约好似的生活贫穷,但总有温柔的一面,甚至眼睛会放光,心中有理想,是孤独;土豪只知道涂脂抹粉勾搭异性来体现自我社会价值是孤独;天下所有爱无能的老爸是孤独;被抛弃被背叛转移仇恨是孤独……子、瓜、犭、虫,一直都是孤独。

漫漫人生路,不要找到一个人,去找一颗心吧。有人陪着,一个爱讲,一个爱听,虽然刚刚好,但是实在像是街坊邻居里的那些长舌妇,难道你还要拿着芭蕉扇嗑瓜子吗?

别总是死读书,会孤独;别太有钱,会孤独;不要匆匆忙忙当父亲,会孤独;不要背叛太明显,爱人就会孤独。一个人,没关系,只要你有一颗心,不被理解也无所谓,因为你有一颗心。

得到一颗心,有个人告诉我,会很痛苦,因为在这场旅途中,必然要救活一个自己最恨的人,杀死一个自己最爱的人。

心变了,心情也变了,心境也变了,新生活需要重新开始,从心开始。

我拾起地上的脏报纸丢进垃圾桶内,坐上 100 路离开了市中心。钓鱼岛是谁的傻子都知道,还是赶紧回家吧。市中心太大,我受不起。

这就是我所理解的孤独。

文学院 1401　索红玉／**封烟小传之竹叶青**

引　子

这一段故事，与在下无关。

我一直觉得，人界的茶还不错，但酒便逊色多了。因此我几乎不喝人界的酒，除了竹叶青。

只因这酒中深酿着一对故友的曾经。

第一　论花

那年深秋，神界东天青华宫的丹枫月将军拜访故地人界山外山，她怕路上无聊，顺道来仙界菩提山庄叫我同去。

离开山外山后，她差事已了。我便寻着山外十里坡的一处客栈，带她进去喝杯茶。

"菩提霆，"她问我，"来这种地方做什么？荒村野店的。不是怕我喝光你家的酒，就在这打发本将军吧？"说笑归说笑，她边说还是边和我一起进去坐下了。

"上次你一口气牛饮了我家十坛孔雀露，父亲心如刀绞。这一次，还是不伤家父的心了。"我苦笑。

"不会吧？"丹枫月故作吃惊地看着我："早就听人说这菩提庄主很是吝啬，不会是真的吧？"

我们进门闲聊之时，第一次见到了他——蒙寒。他正从后房快步走出。一身褐色粗布褶衣，腰间悬一葫芦，方脸。他习惯微笑的脸上有一股朴实气。他本是不紧不慢地走向我们，可一个抬首间，却使他暂时"失去了双眼"——他微皱眉头下的眼神完全被丹枫月夺走了：他失神般凝视，眼光中写满惊异！

我对此早已释然。对座的丹枫月，是神界公认的美女。她一身娇艳如火的火红长袍，把完美的身躯勾勒出些许妙不可言的线条，一尾青丝束在蓝玉霞冠中，又像一带瀑布悬在腰际。清俊的面容,坚毅而深沉的眼神……啧啧,真不愧"美将军"的名号。

小二的眼神似是中了摄魂术似的空洞,他虔诚地注目于丹枫月无可挑剔的眉宇眼角,瞳孔里闪烁着泪花。我听到了他加速的心跳,和神经紧绷的声音。

我猜他与她定是有着渊源,正想御神潜入他的内心时,突然想起他只是个手无寸铁、毫无修为的人。

不速之客打断了我的猜想:千里之外,一名神族使者正乘风而来。也就半炷香的功夫,他出现在客栈外,谦逊地走进来,向我和丹枫月行礼:"见过菩提少庄主,见过丹将军。南天长生宫李星君特邀丹将军往府中一叙。"

很明显,丹枫月素来不喜欢这类人的打扰。她头也不抬,睥睨道:"可有公事?"

使者谄媚道:"私事私事,并无旁人。"说着弯腰递上请帖。丹枫月只一拂袖,便将请帖甩在桌上:"本将军公事繁忙,无暇应约。星君见谅。"那使者面色一冷,咬咬牙,当即腾云而去。

我不禁有些诧异:"这李星君在南天也是小有名气,你不该如此轻慢。"哪知她又是一拂袖,桌上多了一叠锦书:"你瞧,半月来我都受邀十三次了,他们长生宫的九太子都请不动我,姓李的算什么?"我不禁莞尔,十年前山外山一战,她以三千天兵击破两万魔军,使十余万人界百姓免遭屠戮,自此名贯六界,更是受到各方才俊的追求。

"还是喝茶吧。"我只好转移话题:"小二哥,劳驾一壶好茶。"

小二面露难色:"小店从不卖茶,只是有酒。"

我转头去看丹枫月,想问她的意思,她却并未看我,而是盯着门外的秋景出神,眼中溢满复杂。我好奇地望向门外:呵,好个凉秋——

店外荒原一片。千红落尽,百草枯黄。地上灰茫茫一片尽是死寂,与铁青色的天在天尽头连成一片,放眼之处,了无生气。这副萧索景象,我几乎只在冥界黄泉关见过。不由得看呆了。

当我回过神时,不免尴尬,小二依旧俯首恭候着,时不时抬头瞄几眼丹枫月,撞上我的目光,忙面带愧色地垂下头去,再不抬起来了。他觉得用自己卑微的目光去看高高在上的女神简直就是一种亵渎。

我从他原始而自然的眼神中看见了六界少有的淳朴情愫。一般地,神太骄傲,魔太偏执,仙太超然,妖太决然,鬼太精明。唯有人类,兼而有之又恰到好处。

我打破沉默:"小二哥,那就来一壶好酒吧。"小二红着脸抬起头来,歉意地看了我一眼,尴尬笑道:"好嘞!"他又不舍地看了一眼丹枫月,欲言又止,好像她马上就会走似的。不过他还是快步地往酒厨走去。丹枫月还在看门外孤独的风景,似乎根本没感受到那双执迷的眼。我想,她或许是习惯了吧。

不一会,小二端上酒来,为我二人斟满。他又欠身道:"二位客官,这就算是小人请的吧。"他是想为刚才的失礼致歉,我笑着拱手:"那就多谢小二哥。"

我明白,有时候对待弱者,接受其帮助也是一种给予。

他感激地看了我一眼,向我鞠一躬,我回礼;他又向丹枫月鞠一躬,这才有点满足,又有点不舍地离开。

这一切好似都与丹枫月无关。她依旧陷在门外的秋景里,眉头微皱。

我摇摇头，举杯轻喝："月！"她木然扭回头来："怎么了？"

"你怎么了？"我反问，将酒端给她："你近百年来一直都不开心，还是为官职的事？"

"嗯"。她咬咬牙，无奈一笑，似是释然。举过碗只闻了闻，便放下了。皱着眉头道："这酒闻着就不香。"我却一饮而尽："人生就像桌上的酒，次第不一，你得学会去适应。"我语重心长地说。

丹枫月当然知道我在说什么：她在青华宫任偏将都百年了，有苦有功。可她就是百年来一职未升。

我正欲安慰她，她却不愿再听："为何那些庸碌之辈尸位素餐，而我却久久不得升调！我的前程，就像门外的秋景，了无生气，死气沉沉了吗？"

忽然，门外"哔啵"一声。声音虽是极其微弱，却还是逃不过我俩的听觉——是一粒火种在砂石摩擦间生发了。

我感叹道："是火花。"

"火也有花吗？"她好奇地问道。

我见她来了兴趣，侃侃而谈道："世间万物，皆可有花。人以为秋节一至，百花凋谢，生机已去。然而秋季荒原常有野火生发，这花以火种为苗，以枯枝黄叶为壤，以焰为朵。只待一时风起，便可乘风而放，开遍原野。"

她听了大为振奋，炯炯双目闪闪发光。沉思良久，她忽然爽朗一笑，成词一首。她幻化出一支笔，蘸着桌上的酒，写在空中。是一首曲子词：

火　花

星星点点，黯寂寞，明灭飘摇。恨人间，百花开尽，一秋荒槁。凡世昏黄红尘死，苍穹瓦色青天老。问造化，何时轮到我，弄花娇。

沙石走，叶萧萧。终等得，西风到。火花开，赤焰如血妖娆。焚尽尘埃火咆哮，猩红万丈迫九霄。且待我，烧遍天边云，仰天笑！

她写完又是大笑："多谢菩提兄指点！我一定会像一朵火花，乘风傲放！好词！好词！我这就回营中大力宣扬，鼓舞士气！"说罢纵出门外，腾云而去。临走还留下一句话："这酒真难闻……"

我又是摇头叹息：每次都是她约我出来，却一个人先走……习惯了。

看这词，撇开格律不说，单从意境，我真心佩服，却越看越慌，一股莫名的不安浮现。我掐指推算，可惜不精命理，没算到什么，便一笑了之。

我以为我永远不会结识蒙寒——那位店小二，可是，有事发生了。

第二　蒙寒

我又吃了一碗酒，准备起身。但店小二却又端一碗酒上来，步步向我走近。我看不清他的脸。他把头埋得很低："客官……再饮一碗吧。"

我看穿那酒有毒！酒水的透明度稍有下降，酒的气味略微发酸，酒水的浓度轻微变高……可我还不知道，是谁要下手。店小二应该是被胁迫的，否则在开始的时候就下毒了。他的双手青筋暴起，且有汗渗出。显然，他很紧张。

店小二走到我一步之遥，突然摔掉酒碗向我大喊："客官快走！危险！"

我一把拉过他，同时释放雷光罩，把我二人罩在蓝色的电网中——果然一把飞刀从店小二背后的方向直射而来。

飞刀被阻在光罩上，刀尖上迸发出刺眼的紫色光芒，几乎要刺透光罩。

我轻叹一声，不愿纠缠。一道至纯的青光从我手中闪过，我幻化出我的佩剑——青虹。一切都结束了。

我拔出青虹格开了飞刀，就势直逼飞刀飞来的方向。只一招，已将他制住。

我看清了他的脸：莫宁松，一只妖。

"为何杀我，为了你义兄？"

他眉头舒展，一脸决然："不错。本想让店小二毒死你……却……"

我张开眉头，收剑。转身。

"莫宁松，你走吧。"

"为什么？"他不解。

"你义兄在人间胡作非为，枉伤人命。我才杀他。可你倒是四处行善。"

"可我要杀你！"

"你行你的义，我守我的道。况且，你并没杀了我。"

莫宁松才舒开的两条浓眉又纠结在一起，他终于长叹一声，化成一只黑色大雕飞走了。

店小二目睹了我和莫宁松的战斗，并未有太大惊恐。毕竟此处离山外山不远，山外山上人界大侠辈出，他想必是见识过的。

但没想到，他竟问："丹枫月将军还会再来吗？"

我正想问："你认识她？"

"十年前，在不远处的山外山，是她救了我——们。"

"你——们一直念着她？"

"我想追随她！"他突然鼓起勇气道。

不知怎么地，我对这朴素勇敢的店小二颇有好感。"可以让我知道你们的事吗？"我御神潜入他的内心，只看见一幕幕回忆：

满脸鲜血、乱发纷飞的丹枫月横戟立在石桥上，背后是瑟瑟发抖的他和人界的百姓，对面是汹涌而至的魔界军队。她在桥上旋转起舞，开成一朵神圣的死亡之花……

他并不了解丹枫月。当年那一战，不，每一次参战，她的首要目的并不是拯救和平乱，而是官爵和秩序。神大多是冷酷的，在他们眼里，下界芸芸百姓和蝼蚁无异。他们只在意非凡的人和事。

我却在他的心跳里嗅到崇敬之外的律动：看来十年前救他的女神早已久久地塑在了他的心里，并开出了一片花野。

追求丹枫月的角色多了，但属凡人的还少见。我不想泼他冷水，但又不想他白日做梦。

"放弃吧!"我直说。

他苦涩一笑:"我一介凡人怎么能……怎么敢有非分之想……"

我拍拍他的肩,要走,只听他问:"那个……我的酒真的那么难喝吗?"

"不。至少我很喜欢。"我脚迈出门外:"这酒名叫……?"

"竹叶青。"他解酒下腰间酒葫芦喝上一口,"我也很喜欢。"

我再问:"在下菩提霆,小哥叫……?"

"我叫蒙寒,欢迎再来。"

我以为,我再没空来了。但有时候,我们不能以为,我们以为的,就是我们以为的。

第三　反间

当我得知丹枫月被传勾结魔族,企图谋反且遭受追杀的消息时,我立即提剑飞出菩提山庄。我坚信这其中必有误会,因为我相信我的挚交。

我在神魔两界界河——无名河河畔看见了丹枫月,血色把她鲜红色的铠甲染得更红。夜色之下一群天兵和她打得正酣。

整齐划一的天兵们以一员黑甲将军为首,他手持一柄大刀,刀光泛白,如盈盈月光不绝。是青华宫八太子,手持冷月刀的申屠不却。

我舒了口气,还好只是申屠不却,他刀是好刀,武技就差远了。

丹枫月虽已重伤,但凭着一把狂歌戟,仗着武技高超,死战之下还是把申屠不却逼得连连却步:"殿下! 末将当真无罪! 陛下必是中了敌军的反间计了!"

申屠不却提刀跳出战圈:"证据确凿! 恶贼还敢骗人! 看我月食阵!"说罢,天兵们放弃打斗,迅速集结列阵,一排排刀刃组成一轮弯月,一声齐唱,竟借来自然月华之力,一排朴刀银光闪烁,光芒大盛之下如即将破冰的瀑布不可压制。

丹枫月见了阵势,自忖不敌,竟要弃戟自尽:"我一心效忠你青华宫,不料竟落得如此下场……真是可笑!"

我不再隐藏,急忙出手。拼尽了全力,在青虹剑上画上了菩提咒符,照着阵中凌空劈下一剑。

夜色之下,一道如虹剑气破天而至,迅雷不及掩耳间,一条青丝般的裂痕在天兵们的刀光中爆发,青色、白色的光芒迸射出炽烈的光辉。月食阵破。

众天兵被震伤在地,我也被震得咽喉发甜,胸中蹿出一股血来。我降落在地,和丹枫月站在一处:"八太子! 且慢动手! 其中必有隐情!"

申屠不却见了我,惊讶道:"菩提霆! 你干什么? 你我两家,可是世交啊!"

"八太子,相信我,必有什么误会!"

"还有什么误会! 这贱人府中藏了魔界密探。那密探被我等撞见立即自尽! 而且她近来还大力宣扬自己的反诗,天下皆知!"申屠不却把词诵出来,竟是《火花》。

"这诗是我和她在人界就写好的……"我想作证。

"哼,此词句句有压抑反叛之怨恨,更有'青天老'之词讽刺我父皇东天青华大帝,他分明是勾结魔界贼人造反!"

"我……"我想解释,但又一时词穷。谁料申屠不却知道非我敌手,竟放了求援信号!
糟了。申屠不却还好对付,要是他的哥哥姐姐们或者是青华帝君出手,麻烦就大了!
我一咬牙,道声得罪,转头抱起看呆了的丹枫月,御剑而去。

申屠不却没有再追,他知道,凭他的速度,追我只是徒劳。

第四　化妖

我抱丹枫月飞了许久,却无处落脚,我朋友虽多,但大多和青华宫有往来,我不能给他
们添麻烦……

不知不觉,我竟来到了山外山边的十里坡,我马上想起了蒙寒。

深夜。我和丹枫月落在客栈外。我运功传音:蒙兄在否?

太好了! 蒙寒还没睡。他开门迎我俩进去,看见受伤的丹枫月,急忙问:"怎么回事?"

我来不及解释,开始为她疗伤。青华宫的人不一定找得到我,但一旦青华宫向菩提山
庄告状,我父亲凭着家传秘术马上就能找到我。

丹枫月已经昏迷了。我开始用仙术为她疗伤,她伤得极重,十年之内怕是不能再动神
力了。但我却陷入少有的慌乱,这次麻烦大了。我和丹枫月难逃被捕的噩运,我虽然不会
被重罚,但她就不一定了。

我相信其中必有误会,自信可以请人去查清真相,但若没人拖延时间,丹枫月恐怕已
经被处斩了。可是该请谁帮忙呢? 对方可是神界五大帝君之一的青华帝君啊……

昏迷中的丹枫月有了知觉,嘴中喃喃着要喝水。

蒙寒听到后,急忙去缸里取水,真是屋漏偏逢连夜雨,水缸空了。

"你们平时不喝水的吗?"我无奈地边运功边问。

"我们渴了就喝酒……"他忽然欣喜地想到方法:"酒!"他迅速解下酒葫芦,可把葫芦
刚伸到她嘴边,却想起什么,黯然收回葫芦。

"怎么了?"我很好奇。事到如今,我看得出蒙寒和我一样关心她。

蒙寒很纠结地摇头,欲言又止:"她……她……"

我一时猜不透他怎么了,只是催促:"她要是被渴死,我们就白费功夫了。"

只见他听了后,一个激灵,拔出一把菜刀朝他手臂划去,血涓涓地流出来,流进丹枫月
嘴里。仍在昏迷的丹枫月像小孩子一样接受着喂养,因极度干渴而痛苦紧皱的眉头逐渐
舒展。

毕竟一介凡人的他被刀伤疼得脸色惨白,但看着丹枫月安稳睡去,他咧开嘴笑了:"我
记得,她不喜欢喝竹叶青。"

我的眼角少有的湿润,敬佩地看了他一眼,帮他止了血。我想我找到了可以求助的
人。虽然他一介凡人,没有武技,没有法术,但他有一颗勇于牺牲的心。

"你愿意救她吗?"

我已从他看丹枫月的眼神中得到答案,所有答案。不再问是否确定,不再问是否值
得,不再问是否能承受。一切问题,在爱意面前都不堪一击,散做浮云。

"不出一炷香,我父亲必会找到这里,带走我俩。我需要四天时间查出真相。但按神

界惯例,丹枫月三天之后就会被押到黄泉路处斩。所以,我需要你到时伏击囚车,带她藏匿最多一天的时间。到时真相大白,你二人可获赦免。"

"可我……"

我知道他的意思。我拿出一颗淡青色的蛋:"这是一颗青鸾蛋,你把它服下,就可以成为妖界羽族一员——一只青鸾妖。你振翅西飞,到妖界找到妖界至尊——妖霸——火羽辄前辈,让她带你到青凰海修炼。你在青凰海忍得越久,所获能力就越高。能忍多久,就看你的意志了。"

我修书一封,连蛋和地图一起交给蒙寒。"你一旦服了青鸾蛋,就是妖族了。"我想起什么,顿了顿,道:"神界法律,神妖不得相恋。"

他一把接过,却咬着嘴唇怔在当场。时间一丝丝流逝,我却只能压着心跳等待。

直到颤抖着把嘴唇咬破,他终于解下酒葫芦,和着血泪把壶中的竹叶青一饮而尽:"我本来就是个微不足道的人,还不如变成一个能救她的妖。"他决然把蛋磕破,将蛋清和蛋黄一起吸个精光。顷刻间,一双青翠的毛绒巨翅刺破他的后背像伞一样撑开。他的双眸迸射出羽族所特有的精锐的目光。青鸾是妖界羽族的一支,天资较强。强于鹰,逊于凤。青鸾蛋本是妖界前辈赠予我的珍贵厚礼,事到如今,不得不动用了。

蒙寒双拳一握,瞬间感觉充满了力量。他变刚毅的脸上勾出一抹轻笑,自信的情绪溢出来。他把重新满上的酒葫芦系在腰上。一道鸾鸣划破天际,留下一痕青色的闪电。

第五　涅槃

他蜕变了。带着妖族的轻狂,和对一名神将的痴狂。

我果然被父亲带走,丹枫月亦被交还青华宫。我开始在六界飞来飞去地拜访一些好友,帮我解开真相。

蒙寒振翅狂飞,迅速飞过千山万水,飞至妖界入口。血虎的咆哮,野鬼的哭号,山精树妖的哀啼此起彼伏。

蒙寒收好地图,往图中所指的羽族领地飞去。但茫茫妖界何其浩瀚,蒙寒不由苦恼。

忽然一只黑色大雕飞至:"哈哈! 好久没吃到新鲜的雏鸾了。"松软的绒毛暴露了蒙寒的实力。蒙寒却认出了他:莫宁松。

"莫宁松! 且慢!"蒙寒请求道:"能不能过些天再吃我!"

莫宁松吃了一惊,这人怎么认得他。

"你是……店小二! 你来这里做什么? 你怎么成了妖……"

蒙寒把一切告诉了莫宁松。莫宁松长叹一声:"我带你去找妖霸,算是我还菩提霆的情。"

两人急飞不一会儿,看见了妖霸的领地。很快受到了妖霸火羽辄的接见。火羽辄拆开了我的信。

"既是霆儿相求,我便带你去青凰海。但最多只准你在其中修炼三天。这可是我羽族的圣地啊!"火羽辄把他带到了海边,离开了。

蒙寒看见了青凰海——青色火焰狂舞的火海。在远处,炽热的火焰已经把人烤得皮肤焦裂。蒙寒感觉那无尽的火焰在张牙舞爪,它们像要吃人一样咆哮着。他攥紧了拳头往火边挪步过去,灌下几口竹叶青,强压心头恐惧,褪下衣物站定,咬着牙积蓄着勇气。终于,他大叫着张开双翅,紧闭双眼跃下火海。

闻不到羽毛烧焦的味道。蒙寒一下火海已被烧成一具焦骨,血肉俱无,连带着焦味的青烟都瞬间被烧成沉浮在火焰苗头的灰烬。火像水一样浸入他每一节骨骼。唯一证明他还存在的,是骷髅上跳动的两滴闪亮的光珠,折射着不屈的眼神。

听不到惨叫的声音。烈火几乎已把一切烧成真空,就连声音也无法逃脱这苦海。只剩下战栗的枯骨。

很快,新的肉体迅速长出来。像个气泡被吹鼓似的,新生的肢体瞬间附满骨架。蒙寒的羽毛已从松软的绒毛变成光亮的叶状羽。可新的肢体又马上被烧成青烟⋯⋯从只瞬间闪现的蒙寒的躯体上能看到他因极度苦痛而扭曲的面孔。

就这样一次次的涅槃,一次次的重生。一次比一次时间更长,苦楚更深。

当他第七次重生的时候,时间已过去两天半。

一只火鸟从火海中战栗着飞出来。在空中抖一抖羽毛,除掉身上顽固的火焰,身体终于疲惫地砸在地上。

蒙寒后来告诉我,他从青凰海出来的时候感觉外面好冷、好冷。这两天半时间,他几乎吃尽了三世的苦与痛。

他挣扎着站起来,大口大口地喘着气。忽地冲天一声鸾鸣,他用坚硬如铁的双翅划破妖界深邃而无垠的天空。双拳紧握之时,他感觉到了源源无尽的力量。那时蒙寒的功力虽距我还远,但已然是一个高手了。

他走时向火羽辄道别:"多谢前辈!"火羽辄送他一支黑金长棍,是她早些年的武器——碎山。"霆儿说你尚需兵器,托我帮你找一件。"

我是在信中写请她老人家找件兵器,可没想到是如此名器!都快能媲美我的青虹剑了。

火羽辄前辈后来解释说:"像他这种有骨气的人,我喜欢。"

第六　劫囚

丹枫月被封印了残存的法力,装在囚车里。她已放弃申辩。她知道神族自以为是,很难改变他们已做的决定。她绝望地闭上眼,都懒得回想一生,准备接受命运。

囚车由两头狴犴拉着,飞往黄泉路。依然由申屠不却押送。由于我在他们面前向天起誓绝不劫囚,他们并未添加守卫。是的,我发了誓:我菩提霆绝不劫囚。

但其他人劫囚,可不关我的事。

一道尖锐的青色闪电划破天空。

申屠不却察觉到什么,幻化出冷月刀:"戒备!"

几乎同时,一个身影挡在车前。他张着如金属光亮的绿翅,一手持棍,一手握着酒葫芦,把酒灌进嘴里。蒙寒到了。丹枫月睁开眼:"他⋯⋯有点面熟。"

"放她走。"蒙寒道。

"哪里来的妖孽！敢劫本太子的囚车！"申屠不却操起大刀劈向蒙寒。

二人当即战在一处。白色的刀光和黑色的棍影交相辉映,且伴随着双方的战意闪耀。蒙寒一次次接近囚车,却被一次次打退。

蒙寒还是和申屠不却有着距离。百余回合下来,蒙寒已遍体鳞伤。但他丝毫不惧:这些疼痛,和青凰海的经历比起来,不值一提。蒙寒发现,自己武技不如他,但速度要比他快上许多。这就是羽族的天赋。

终于,蒙寒接近了囚车,却受到了天兵的围击,他一棍扫开刺来的一圈长枪,再出一棍砸向囚车。可被申屠不却找到破绽,一刀劈在他背上。冷月刀劈破青色的羽甲,在蒙寒身上留下一道深痕。一股殷红的血溅在丹枫月脸上、唇上。带着熟悉气味的液体点在丹枫月干裂的唇上。

"这血的味道……"丹枫月渐渐记起了三天前晚上部分记忆。那时她迷迷糊糊要水喝,一个男人把他自己的血滴进她嘴里……

丹枫月眼睛湿润了。她绝望地失声道:"你走吧！你打不过他的!"

刚才还杀气冲天的蒙寒柔情似水地望向丹枫月:她和我说话的声音,真好听。

"滋——"蒙寒一个失神,又中了一刀。

丹枫月哭了:仰慕自己的人何其之多,而愿为自己赔上性命的能有几个？就在自己下狱的一刻,往日那些阿谀之辈尽作鸟兽散,生怕牵连到自身。

"你走吧。"丹枫月忽然变了脸,冷冷地说:"半人半妖的东西,本将军不稀罕你救我!滚吧!"

蒙寒皱皱眉头,没听见似的,继续奋战。

"你没听到吗？滚啊!"丹枫月疯了似的怒吼着,无力地击打铁青着脸的囚笼,像一只发了狂的笼中困兽。

"你稀不稀罕我是你的事。救不救你,是我的事。"蒙寒苦笑道:"就像在客栈,你看你的秋景,我看我的女神……"

又斗了百余回合,蒙寒全身被割得像破席子一样挂满残破。

蒙寒终于挂着棍子停下来,涓涓淌血的嘴里咬出一句叹息:"怪我武艺不精！难报你救命之恩。"说罢跳出战圈,大笑着展翅飞去:"在天宫太子的手下,我竟然活着离去,也不白来一趟！哈哈!"

申屠不却闻言大怒:不杀此妖,没法在天界待了！想罢腾云追去。

两人打打走走,逐渐走远,消失在天际。

丹枫月长呼口气,倒在笼子里悲喜交加。喜的是有人肯来拼死相救,且最终可能活着离开。悲的是自己一世执着功名,都未曾放眼红尘,感受繁华。到头来,命丧黄泉,冤死阴间。丹枫月苦笑,她这一世,到底为了什么？如果能重来,她也许不会再像僵尸一样冷冰冰地活着。她从来没有像此刻一样渴望活着,哪怕多活一天,不为自己,只为看看,他是否逃出生天。

丹枫月闭了眼睛,第一次祈祷从未仰视过的上苍。可两炷香的时间之后,天外一道青色闪电划过——砰的一声,一支黑金长棍砸在囚车上。车碎。是蒙寒。

丹枫月惊起大呼:"你没死!"

她又皱紧眉头："你怎么回来了?"她接着绝望地哭了："你杀了申屠不却? 青华宫不会放过你的!"

"没有。我故意把他引到远处,但我飞得快,先赶回来了。"蒙寒一脸得意地打断她:"好个蠢太子。"

申屠不却气喘吁吁赶回来时,丹枫月已被劫走了。

第七　案破

十里坡客栈。

蒙寒把丹枫月抱回房里。她昏睡了过去,在蒙寒自己的床上。他第一次发现光芒万丈的丹枫月像一个凡间女子一般沉静熟睡,是这么的美。他从没试过不间断地注目守候着她,这感觉,很美妙。他自己也不知道,自己的呼吸已经很急促了,空洞的眼神着了火一般烘烤着丹枫月的身子。

妖气! 邪气!

我赶回客栈的时候闻到一股强烈的妖邪之气。我循着踪迹停在蒙寒房间外,关着门。我看得见里面的每个细节。原始的妖性催动蒙寒把伸手摸向丹枫月的脸庞:遥不可及的她就在你面前,昏睡的她不会醒来……

我却没有阻止。

丹枫月早醒了,是的,我感觉到了。但她并没有睁眼。我好奇,高傲的她怎么会默许蒙寒即将伸来的滚烫指尖。她虽然功力尽失,可感应还在的啊!

终于,我听见了她灵魂哭泣的声音:她以为注定不能和他一起,不能给心,不愿亏欠的她选择默许。我犹豫了:到底该不该出手。一声惨叫结束了三个人的纠结。

一只拳头砸在蒙寒的胸口,他被打得吐血。是他自己的手,在他另一只手摸上丹枫月衣扣的时候,猛击了自己的胸口,忘了自己已经充满力量的他瞬间重伤。他后来解释说:妖的本性使我失去理智,可妖也有爱和良知。

丹枫月睁开了眼,她发现,不被她们正视的人当中,也会有人值得仰视。

屋内的两人对视良久。

一旁的蒙寒想表白,但又害怕被拒绝。我以前说过的话出现在他耳际:"放弃吧,她眼界太高。"

可蒙寒不愿因此放弃最后的希望:今日不说,他日她重返天界,就没机会了。他觉得,喜欢一个人表白是必要的。因为恋爱总是从表白开始的。虽然表白有失败的风险,但不表白就等于弃权。

"我们在一起吧,哪怕给我一个机会。"蒙寒鼓起勇气。没爱过的他,以为这就可以在一起。

"不……"丹枫月第一次哭了。太多的事冲击了她本就纷乱的心境,她已无力做出任何判断与回应。

蒙寒听了,猛地想起我的另一句话:"神界法律,神妖不得相恋。"神太骄傲了,在他们的法律中,神只能和仙、人相恋。至于魔、妖、鬼,都是被排斥的。我菩提霆很少爆粗口,可我还是忍不住站在六界众生的大义上骂："什么他妈的破法律！"

蒙寒听了没再说什么。这时候还能说什么呢？他勉强勾起微笑："没关系。我……那……你先休息吧。"

他蹒跚走出门外，看见了满脸崇敬的我。

我动用了六界众多朋友，如消息灵通的冥界情报探子吴不知、人界封国的神探封牧阳，等等。四日不眠不休，终于查清：是魔界白马岛想入侵神界东天青华宫，慑于丹枫月镇守天门，占不得便宜。在打听到《火花》那首词后，巧施反间计，派死士扮作探子自尽于申屠不却等人面前，制造假象。

我带证据和丹枫月上天宫结案。丹枫月无罪释放，官升一等。

临走，她把我送出神界。

"不去看看他？"

"既不该留在他心上，何必乱他的心。"

"做朋友不好吗？"我刚开口就笑着自己否定。

是啊，两颗心相互吸引而不能靠近，是多么的悲哀。

我给她一瓶孔雀露："放弃神籍，不可以吗？做仙，做人，做妖、魔、鬼，只要心不死，你不还是你吗？"只要她放弃做神，转入其他五界随便哪界，就可以不再烦恼。

可她沉默良久，最后还是说：人各有志。

一个人的丹枫月横戟守在天门，吹了千万年的风拂过她的发丝，依旧是如此清冷。她喝一口孔雀露，抿了抿嘴唇，看不增不减的云海舒卷着。

第八　后来

但后来的事出乎我的意料。

蒙寒藏起翅膀，依旧做店小二。

两天后的晚上，我去看他。这客栈，我才第四次来，却已如此熟悉。我也不敲门，推门进去，他正在打扫，见是我，咧嘴就笑，他再转眼看向我身后，久久，可谁也没有。

他请我喝酒，竹叶青。

"你是个好人！"蒙寒最后总结。我微笑："别人都这么说。"

兀地，门外一声熟悉的声音："小二，一壶竹叶青。"竟然是丹枫月，她依旧一身红装，但提来了许多包袱……

"这是……"我和蒙寒都又惊又惑。

"我已辞去神将一职，并且想转入仙界。"她扭头对我说："菩提山庄是仙界三大门派之一，你这个少庄主可以帮我搞定的吧。"

我还是不解，但又有些懂了："你想通了？"

"我看够了神界死气沉沉的云海，再受不住那里没有温度的风。仙界法律，六界通婚。我决定开始新的人生，"她把目光投向蒙寒："放下浮云，去爱一个人。"

蒙寒已经泪流满面，说不出话来。"那感觉，美妙得就像是一口气喝下了三十壶竹叶青。"他后来说。

"那你那天为什么不答应我?"蒙寒问。

"当时我还没彻底摆脱危险。不想连累你,一个爱我的人。"

我和蒙寒都惊呆了。

她却仰面笑着装腔:"喂!小二,快上竹叶青啊!"

文学院 1502　陈佳慧 / **再见地球，再见淮安**

深秋的夜晚，月亮下去了，只剩下一片乌黑的天。我掐灭了烟看了看手表，但丝毫没有困意。也对，我怎么会有困意呢？我望向远方，我来到地球已经五十年了……

五十年内我一直不停地更改我的住处，今年我来到了江苏淮安。在我五十年的记忆里，过去的淮安一片荒芜却也一片宁静，每当傍晚，一缕缕炊烟在夕阳的照耀下随风散去。在郊区，到处都是泥泞的羊肠小道，连走亲访友都需要越泥泞穿田埂，水泥路更是市区才有。大家住的都是平房，门前便是田地，一到梅雨季，走路便深一脚浅一脚地。夜幕降临时，除了主干道上有路灯，其余的地方便是伸手不见五指的漆黑一片。但是我望着现在的淮安，真的是日新月异。只见高楼大厦鳞次栉比，林立于宽阔的柏油马路两侧。道路纵横交错，宏如蛛网一般。走在乡间小路上，昔日的泥泞路、羊肠道早已被一条条笔直的水泥路取而代之了。城区之中，一座座立交桥如雨后春笋般骤然冒出。我看着这一座座高楼，多希望它可以再高一些、再高一些，好让我看见远方的亲人。

清晨，万籁俱寂。东边的地平线泛起的一丝丝亮光，小心翼翼地浸润着浅蓝色的天空，新的一天已经从远方渐渐地移了过来。

今天是我来到淮安的第三个月了，也是我来淮师教学的第二个月了。我得慢慢适应这里的生活，观察这里的人们，希望有一天可以真正地融入他们，最后销毁他们。是的！我没有忘记我来地球的目的。是的！我也不能忘记我的使命。五十年来我日日夜夜铭记着我的使命；五十年来我没有一天停止思念我的亲人、朋友；五十年的等待只为了有朝一日我可以堂堂正正地回家！

……

"哎，你听说那个新来的孟教授了吗？又年轻又有钱，长得又好，高富帅呀！"

"当然了，能当他的女朋友幸福死了！"

"听说这次去周恩来纪念馆是他领队。"

"我报名！我报名！"

……

深秋的下午，凉风狠狠地拍在每个人的脸上，道路上原本还有嬉闹的动物也不知踪影。我裹紧了衣服,其实我也感受不到寒冷,只不过看着他们裹紧了衣服我也做做样子,免得别人生疑。

经过大约一个小时的车程后,我们达到了此行的目的地——周恩来纪念馆。其实地球最大的擅长就是建筑,大到万里长城,小到一个房屋,都是那么的精致。这个纪念馆也不例外,在纪念馆门前的广场上,一眼便可以看到纪念馆外圈廊檐下作为支撑的几根十几米高的汉白玉大柱,在中间的汉白玉上雕刻着"周恩来纪念馆"六个大字,这六个大字简约而庄重。我们来的时间好像有些晚,因为我通过时空移动来到了夏季的纪念馆,看到了大门周围几块翠绿的草坪,旁边屹立葱翠的树木,我还看见了五颜六色的花朵,这里的一切仿佛是场梦。我开心地笑了起来。

"老师,你笑什么呢?"

"没什么。我们进去看看吧。"我的思路被突然地打断,我刚刚利用第三只眼进行的景色重现当然不可以告诉他们。

主馆内有一座周总理坐着的雕像,前面摆放着几簇花团,那一刻我感受到了他的伟大,可能是我在地球上生活了太长的时间,真的可以感受他的伟大、他的付出、他的无怨无悔。慢慢地我们就这样在纪念馆里度过了一整个下午。和学生们一下午的相处,我感受到了他们的单纯,但是日后这份单纯也许就是我们 IRAS 星球掌握可以销毁地球的武器。

"老师,你喝水吧!"一个女同学跑过来给了我一瓶水。

"老师不喝,你喝吧。"我谢绝了她,向前走着。

"老师你拿着吧,拿着吧。等口渴了再喝吧。"同学羞涩地塞给我后跑向了其他同行的人。

我无奈地看着那瓶水,随手扔进了垃圾箱内。不是我太过冷血,而是我们 IRAS 星球的人是不能喝水的,甚至也不能碰水,因为水与我们身上的一种鳞元素相融解,以至于我们的皮肤会慢慢变烂变腐。这也是我来到地球的另一个目的,找到可以解决这种元素相克的方法。但是至今我仍无收获。

"喂!你捡起来!"在很远处,一个二十五六岁模样的陌生女子叫住了我。

"你好,你是?"我茫然地问她,我在头脑中搜索着她。陈玲,二十五岁,淮安本地人,现在是《淮安日报》的一名记者,单身。

"我是记者,这不重要。重要的是,你为什么把这瓶水扔了? 学生给你水喝是担心你口渴,你为什么把它扔了呢?"说着她捡起了我扔掉的水。

"小姐,我想你误会了,我是不小心才摔掉了它,并不是不喝呀!"我看着越来越多的学生涌过来,那个给我水的女同学也低下了头。

"那好,你喝了它!"陈玲打开了那瓶水递给了我。

我自然是不能喝的,我慢慢地闭上眼睛,让时空倒退回了前二十分钟,一切还像原来那样,不同的是我果断地拒绝了那个女同学的好意,同样我也再没有看到陈玲,我松了口气。天渐渐黑了,我们也结束了这次参观,我终于可以安心地回家了。我和同学们一起上了大巴车,准备回家,在途中,车子不知怎么地突然来了个急刹车,坐在我后面的女同学还在喝水,没有反应过来,一下子把水吐在了我的身上,同时她手上的水也摇摇晃晃地全洒在了我的身上。

瞬间我感受到了我的皮肤在发热，像有亿万个小虫子在啃食我的皮肤。我要快点逃离这里！

我强忍着疼痛，强露出尴尬的微笑，安抚着那位女同学。刚下了车，我和同学们道别后，独走了近五十米左右，看了看四周没人，就赶紧使用瞬间移动，顷刻间便到了我家的楼道。

淮安的夜晚很冷，冷得让我忘记了疼痛，冷得很让我想家。我拖着开始腐烂的胳膊慢慢地上楼。我的血滴落在楼梯上，楼道里弥漫着血腥味。

"啊——你是谁？你，你怎么了？"说来也巧，上午强迫我喝水的陈玲父母家住在我家的隔壁，她看到这一幕吓得要命，当然由于我上午使用的时间倒退，在她的记忆里是没有我的。我捂住她的嘴把她拽进了我的房间。但是我知道已经晚了。

五十年前 IRAS 星球秘密命令我来到地球，对地球进行为期六十年的考察，这六十年里，我要找到地球人的致命弱点，这期间我找到了贪婪、色欲、欺骗等，我把这些秘密报告给了我们的星球，为的就是有朝一日我可以回到我的星球过上属于我的生活。但是另一方面我在这六十年期间无论出于什么原因让任何一个人发现我受伤的样子，我都必须了结自己的生命。我知道这是对我们星球其他人的保护，也是我效忠于我们星球的表现。我必须遵守！

"现在几点了？"我掩盖不住声音中的颤抖，无力地问道。

"你叫什么名字？你怎么了？我们去医院。我马上报警，你别说话！"陈玲慌张地打开手机，惊恐地看着我腐烂的皮肤。

"几点了？"我大喊道。

"10—10 点"，陈玲吓得把手机摔在了地上。"等我，等我报警。"

"没时间了，我想告诉你，我是在上午的时候刚刚认识你的，要是我没有让时间倒退的能力，现在的我可能会更可怕吧，但是我知道你已经把我忘了，不过没关系，我记得你就好。现在，你好好听着我对你说的每句话。不要害怕，更不要不相信我不是地球人，我是来自 IRAS 星球的外星人。我来到地球是为了考察地球，有一天可以利用我在地球上搜集的信息销毁地球 。但是我发现我错了，我来到地球五十年间，我看到了节日时亲人之间欢聚一堂的爱，我看到了陌生人之间友善的帮助，我看到了花前月下情侣之间甜蜜的爱情，我也感受到了五十年间淮安人民、中国人民乃至世界人民的奋进，但是现在我更感受到了悔恨。陈玲，不管你相不相信，我现在发现我真的爱上地球了，但是我的发现好像太晚了。我剩下的时间不多了，但我想在最后的时间里真真正正地为地球做些什么，进而弥补我之前的过错。我们 IRAS 星球会在十年后对地球进行一次激光导弹的扫射，在我的电脑里有一些至少未来二十年地球人无法发明出来的高科技武器的制作图，希望可以帮上你们。我喜欢地球，喜欢地球上的水，喜欢地球上的山。我喜欢淮安的美食，喜欢淮安的风土民情。我还想喜欢得更久一点。"陈玲哽咽了起来，陈玲的哭声变大了，陈玲的哭声变成了悲伤的哭喊……

12 点整。我看见了一道白光，我想我是该回去了——

再见地球！再见淮安！

文学院 1501　丁子健／**遗忘之城**

　　一条黑色的猫窜过街边长椅，把这个梦染成了它的颜色，只剩下依稀的脚步声，这脚步声由远至近，溅起的水声散落一地，风铃般清脆。

　　"同学，伞能借我一下吗？"梦中人嘴角微微扬起，多么动听的声音。"谢谢啊，这么大的雨，你不用吗？"

　　"我喜欢这雨。"

　　"嗯？我赶时间，伞我会找机会还你的。"

　　"再见，不用了。"

　　"谢谢，再见。"

　　匆匆离去，渐渐平静的水声回荡着，那人会回来吗？

　　……

　　夜。寒风从窗外涌进来。

　　一串有气无力的咳嗽声被急促的风声盖过，卧室的灯亮了。

　　一个老人弓着腰，扶着墙，走到窗前关上窗户，常年的老花眼并没有注意到窗台上厚厚灰尘间的脚印。那脚印如残破的梅花般散落，是猫的脚印。

　　老人坐在冰冷的床沿，困意全无。他又拿起床头那个被他抚摸千百次的相框。黯淡的双眼里，相框中那个笑脸依旧的少女已不再清晰，却依旧让这个老人热泪盈眶。老人又抚摸擦拭了一下那个光滑无尘的相框，放在床头。

　　他摸索着找到靠在床头的拐杖，颤巍巍地走向客厅。

　　客厅中央挂着两个人的合照，不知是灰尘积攒得太厚还是自己的眼睛病得厉害，他始终看不清那两人的脸，老人不明白这两人的照片为何会放在自己家里。

　　照片镶在相框里，挂得很高，旁边是一个老式的挂钟，老人早就记不清那钟是怎么来的，但老人很喜欢听着钟摆摆动的节奏入睡，但是他却十分讨厌每天早上被六声钟响惊醒，那本是黎明的声音，对老人来说那早该遗忘的声音，今天钟还未响，老人却已经醒来。

　　他才刚刚睡下不久，时针指在十一与十二点之间未挪一步。

　　老人捧着那两人的合照，靠在刚刚用尽全力搬来的桌子上气喘吁吁地擦拭着这么多年积攒下的灰尘。哪怕老花多年,哪怕灰尘太厚,他还是认识那笑脸,认识那感觉,终生不忘。那女人正是床前那个相框里老人念念不忘的人。

而那个西装革履的男人又是谁呢?

对着镜子里那个早已残烛的自己,老人开始哭泣,眼中早已干涸,皮肤早已枯萎,而照片里的那个男人精神焕发,年轻帅气,老人叹了口气,又开始咳嗽。

老人拄着拐杖带上了房门,也许这里属于永远年轻的人,因为爱情只属于年轻人。

钟响了,一直响,没停下。

寒夜里连街道都孤独无比,老人拄着拐杖走到街边的长椅前坐了下来。

多冷的夜,他只能靠回忆取暖。

老人的眼睛缓缓沉下,在冷风中他又睡着了。

脑海里只回荡着渐渐远去的脚步声和淅淅沥沥的雨声——

"如果有一天我老得一无所有,我用回忆也可以安度余生。"

"假如你忘了一切呢?"

"我忘记的一切得塞满一座城了。"冷风中,那个俊朗的少年握紧了少女的手,"可是这座遗忘之城里永远不会有你的!"

……

最美的年纪,最美的爱情,梦中的老人还是坐在冰冷的长椅上,成了路人。

绿化带里蹿出一只黑色的猫,慵懒地伸展了一下身体,跳上长椅,在老人身旁蜷成一团,睡着了。

老人家里的钟声依旧响着,记忆被钟声裹挟而来,雨声、脚步声、风声夹杂着说话声……一切似乎又回到了童年——

"你还记得什么。"

"一只黑色的猫,还有一个永远忘不了的人。"

"你到底还是把自己忘了。"

"嗯?"少年不知道自己身处何方,眼前这个老妇人又是谁,他仅仅记得那只闯入自己梦境的猫和自己的妻子,那个自己一辈子忘不了的人。

老妇人撑着伞向银杏叶散落的终点走去,雨轻柔却冷酷。

"不跟上吗?你要熟悉熟悉这个城市。"老妇人并没有停下脚步,拄着拐杖缓缓走着,少年望了望身后,向老妇人跑去,他的确不认识这条无尽的小道。

又一片银杏叶飞向路边的长椅,这是怎样一个地方呢?

"我忘掉的一切可以塞满一座城呢!"

少年跟着妇人向前走着,并不说话,也不向伞下靠去,而是微闭双眼享受着这雨。妇人的眼里似乎有一丝光亮,一闪而过。

"你不用打伞吗?"声音如这秋雨般温柔,也如这秋雨般冷峻。

"我喜欢这雨。"少年擦了擦滑向眼睫的雨滴,"这到底是什么地方呢?"

"一个被你忘记了名字的地方。"

穿过枯枝败叶,常青藤和着爬山虎在高楼前肆意交妍着,零零散散的几个人都漠不关心地做着自己的事。雨停了,妇人收起伞。

"在这里你看见的人和事都是你曾忘记的,他们活在这座被你记忆放逐的地方。"

"我忘了我自己?"

"我想是的?"

少年望着那张阴冷干枯的脸,果然似乎在哪里见过,可却无论如何也想不起来。

"那你是谁?"

"如果你记起了我,那我还会活在这个遗忘之城里吗?"妇人的声音依旧冷峻,"所以别问我是谁,也别问这里任何一个人'你是谁'这种愚蠢的问题。"

少年有些失落,但万幸,他还记得自己的妻子,哪怕自己已经忘了自己。

"那你要带我去哪?"

"带你回家。"

"谁的家?"

"不重要。"老妇人虽然拄着拐杖,但走得很快。

妇人的家里一尘不染,很平常的家具,平常地待在它们该待的地方,少年觉得有些熟悉,即使是如此平常的地方也让少年觉得自己曾经来过。又想起妇人的话,他不再惊讶,毕竟这是被自己遗忘的地方,自己曾经来过的地方。

客厅正中的墙上挂着一张结婚照,女人身着纯白的婚纱,捧着鲜艳的花,而男人西装革履,笔直地站在女人身旁,奇怪的是照片上的他们并没有脸。

"为什么这两个人没有脸呢?"老妇人端了两杯热茶,少年接过问道。

"因为你还没忘记他们呀。"

"如果我永远记得他们,我就永远见不到他们吗?"茶有些苦。

"是的,永远见不到。"

"那被我忘记的人会马上到这个世界吗?"

"当然。"

"我要见我的妻子。"口中依旧被苦涩占满,"可她早就死了。"

"先忘了她吧。"老妇人转身离去。

夜。少年睡在床上不知所措,想忘了一个深爱的人真的很难。

书桌上的台灯一直亮着,桌上的那本书叫《百年孤独》,也许看过但记不清内容了,对啊,如果没忘,也不会出现在那里。书角已经卷了,而最后一页的纸似乎都要被翻烂了。少年起床翻到最后一页,无论前面的内容是什么,最后一定少一句话,那一句话就空在那里,也许老妇人每天都会来看这一句话,是不是被少年的记忆所抛弃,很可惜,至今都没有。

少年只记得那有一句话,可他自己却不知道那句话是什么。

少年爬回床上,费尽心思让自己睡着。

当你想问自己是否忘记一个人的时候已经又一次让自己忘得更清晰,那不如交给时间。

客厅明明有一个老式的挂钟,却听不到钟摆摆动的声音和整点的钟声,是坏了吧。梦里少年这样回答自己。

当他醒来时已经天明,老妇人并不在屋子里。少年走出屋子望着被青藤缠绕的高楼和路上稀稀落落的行人,少年很惘然,这本该是属于他一个人的城,却如此陌生,他又转向那条两旁都是银杏的小道。

昨天还粘在树枝上的银杏叶只一夜就铺满了小道。

果然,老妇人坐在他们第一次相遇的长椅上。

老妇人闭着眼睛,冷风玩弄着她两鬓灰白的枯发。少年坐在老妇人旁边,叹了一口气。

"怎么才能忘了一个人?"

"这整座城的人都被你忘了,你还不会忘了一个人吗?"还是那么冰冷的声音。

"我承诺过我永远不会忘记她,你知道我有多想和她再说一次话,多想再看一次她那无瑕的双眼,多想……"

"我不知道,我只知道下雪了。"

哦,下雪了,多美的雪。

雪花纷飞而下,落在不起眼的地方融化,没人记得起它们,就像某些人、事一样。

少年双眼里的雪景渐渐模糊,他想做梦了,也许梦里他会忘记一切。

如此寒冷的雪却让少年感到如此温暖。那也许是他早已忘记的感觉。

老妇人拄着拐杖离开少年向着自己的屋子走去,"就在这儿等吧,该来的人总会来的,你不会永远记住一个人。"老人轻语道。

雪花落在少年的脸上,舒展,融化,变成它原来的相貌,滑过少年的面颊,滑向衣襟里。

老妇人回到少年身旁,将一件外套披在少年身上。

"妈妈,下雪了呢!"少年在梦里呓语着。

老妇人想笑,又想哭——"你怎会连自己的母亲都会忘记呢?"老妇人再次离去。已经积下的雪上留下了一串脚印和一串拐杖的痕迹。

少年正沉浸在梦里。"你是我的母亲,是吗?"少年不知这是梦话,慌乱地张望四周,发现没有老人的身影,他开始紧张起来。

那不会真的是自己的母亲吧。

猛然间他发现了雪地上的脚印,他刚起身,外套便从身上落下,他有些疑惑,但没怎么思考就抓起外套沿着脚步向老妇人的家赶来,也许那是自己曾经的家吧。

推开门,茶香四溢。

少年放下了心,却又开始失落起来,她到底是谁。

睡在床上,他就这么想着,她是谁呢?

客厅的钟看来的确是坏了,进卧室时,少年看到钟的时针指着十一与十二之间未曾挪动。

梦里的自己牵着一个女孩的手走在雪地上,却怎么也看不清女孩的脸,却能清楚地感到一股暖流从女孩的心中向自己的手心冲来,索性不再妄图看女孩的脸,两人就像这样走在雪地里,不言不笑,只是向前走。

……

路边的长椅上,一个风烛残年的老人苟延残喘着,旁边依偎着一只猫。

……

少年耐不住了,向女孩问道:"我们要像这样走多久?"

女孩脱口而出:"一生一世。"

黑猫突地从长椅上跃起,跳向绿化林。

钟声按时响了六声,天亮了,又是一天。

少年再次惊醒,冲向老妇人的卧室大叫道,"我知道《百年孤独》最后缺的那一句是什么了。"老妇人先是惊讶地愣了一会,然后走向书房。

"一生一世。"

的确,那本《百年孤独》破旧的最后一页上,这四个字清晰无比。

"你想要见的人马上就要来了。"

"谁?"

老人笑而不语,那眉间伸展的一笑是那么的熟悉,而少年依旧猜不出她是谁。

"去我们第一次相遇的地方吧。"

还是那条长椅,少年拂去一夜的积雪,坐了上去,他忘了自己要等的人是谁,但他知道他等的人对自己很重要。

老妇人就坐在他的旁边,望着小径的尽头有些期待,又有些惆怅。就这样静静等着。

一只黑色的猫从林间蹿出,跃到老妇人与少年之间,它的嘴中叼着一张照片。

照片中站的是一个少女,穿着白色的婚纱,不顾一切地笑着,双颊绯红,双眼无瑕。

那眉间没有一丝烦恼的笑容似曾相识,但是这一次少年却能想起在哪儿见过这笑容了,少年转向身边的老妇人,只见她在笑,他的心突然一阵怦动——

对,就是那笑容,就是她。

正当少年忆起她(眼前的这位老妇人)是谁时,她却丢下拐杖,抱着黑猫向远处跑去了。少年看到她干枯的皮肤死而复生,双瞳被洗净,褐色发霉的宽大衣裤变成了白色的连衣裙,那一抹长发在风中试图挣脱。

少年随风追去,脚步却沉重得再也抬不起来,只能一点点地挪动,最后跌倒在雪地里。

……

一直以来,自己才是被死神纠缠的那个人。银色在头上漾开,皮肤再次枯萎。男人已无力再挣扎,闭上双眼。

风声,脚步声、说话声……再次从远处传来。

老人很满足——

"你其实早就把我忘记,你记住的不过是我们曾经在一起的那种感觉。"

还是那条长椅,黑猫再次窜入林间,天亮了,老人再也没有听见六声钟响。

有些人十八岁早已死去,却到了八十岁才安然下葬。

文学院 1506　侯珂芸／**密　谋**

　　刘响成估摸有两个多月没出现在县城了,路过的人谈起他,嬉笑着说或许是去找小儿子了,又或许是去陪那刚下葬的大儿子了。

　　刘响成是举人村的泥瓦匠,大儿子刘高举没出生时,他就盼着这孩子将来能出人头地,好使他荣华富贵、安享晚年。他自己没什么文化,所以高举才刚学会走路,他就开始到处套近乎攀关系为儿子找老师,他总是爱说:"等我们高举真的高举了,我刘响成这辈子也就真的心想事成咯!"

　　令刘响成意外的是,高举读书不到半年的光景,妻子竟又怀上了娃娃,这可把他给急坏了,这个突然冒出来的"野孩子"到底是留还是不留让他苦恼不已。

　　这时候的高举和村长儿子李鑫跨阶级地在私塾里成了挚友,这让刘响成既高兴又担忧。高举和李鑫当时是无话不说的好兄弟,偶然的机会高举和李鑫谈到了他爸爸的烦恼,高举表达了对爸妈不愿留下孩子的心疼,李鑫也十分支持他去劝说父母,留下这个可怜的孩子。于是,六个月后,刘高举有了个弟弟,他就是刘孝敬。

　　刘孝敬从小就被村人们嘲笑,说他这条命是靠了他哥哥捡来的,贱命一条,没有刘高举他说不定现在还在阴曹地府排队等投胎呢!自然,父母对待孝敬也是这么个态度,爱搭不理,有时甚至忘了喂他吃饭。孝敬瘦成了皮包骨头,活像根劣质的火柴,被磨得光光的还不见出个火芯。你总能在垃圾堆旁看见这根"火柴",听说有时候十天半个月饿倒在这儿也无人问津,要等到回家休息的高举发现弟弟不在家时,他才会把他带回到那个嫌弃他的家里。

　　这一年高举要参加科举考试了,母亲却日夜惶恐患了痴呆,家庭的压力刘响成一个人已承担不来了。这个时候,刘响成想起了自己的小儿子刘孝敬,母亲卧床几天后他便唤孝敬去他房间找他。

　　"跪下!"刘孝敬刚敲门进屋就听得父亲喝令。孝敬顺从地跪下,低眉顺眼地不敢看父亲一眼。

　　"你母亲现在的情况我想你也是知道的,我年纪大了,持家已经那么多年明显感到力不从心了!你哥哥今年就要科举考了,我所有的希望全寄托在他身上,但恐怕光靠我是没法支持他接下去的学业了！"说到这，刘响成突然停顿了，孝敬只觉得背脊一凉，就好像有无数双狼眼在盯着他看，垂涎欲滴。

"父亲您有什么就吩咐吧！我知道，我的命是哥哥赐予的，只要能帮到哥哥，把这命还回去，也是应该的。"沉默半晌，只听得父亲阵阵咳嗽声后，孝敬终于忍不住发了话。

"我们村的地主李万机有个儿子叫李鑫，和你哥是好兄弟，要不你去求求人家少爷，给你说说，在地主家谋个事，资助你哥读书，让他衣食无忧不要受家况的影响！"刘响成一下子喜笑颜开，红光满面。

"好的，父亲，我明天就去地主家拜访李鑫少爷。"刘孝敬把头埋得很低很低，看不到他的眼睛，却分明能听到上下牙齿用力摩擦的声音，伴着门外昏暗月光下杜鹃的哀鸣，诡异万分。

第二天傍晚，刘孝敬敲响了李举人家的门。守门的两个家丁一见是他，便阴着脸凶巴巴地吼道："要饭的！你知不知道这是什么地方？饿傻了敢来敲地主的门？"孝敬先是恭敬地低头哈腰，继而赔笑着："两位大哥，我不是要饭的，我是受家父之命，来拜访我哥哥刘高举的好友李鑫少爷的，还劳烦两位大哥为我报个信吧！"两个家丁一愣，用甚是不相信的眼神把孝敬从脚到头看了个遍，然后对视一眼，其中一个朝孝敬边上吐了口唾沫，便转身往正厅去了。

李万机正在正厅和儿子闲谈，见到守门的家丁走来，微微坐正，面色稍稍紧绷，"有什么事？"家丁跪下，"老爷！门外有个自称少爷好友弟弟的人想拜见少爷！"

"哦？好友？可是哪家的大少爷？"李举人转向儿子，笑意虚假。李鑫避开父亲的眼神，急声问道："可是高举兄的弟弟？"与刘高举许久未见的他不禁面露喜色。家丁一愣，转向少爷，"似乎是的。""快快快，让他进来！"李鑫不顾父亲有些愠怒的神色，起身亲自前去迎接。

孝敬侧身站在门口，腰弯得像个拱桥。"你就是高举兄的弟弟吧！你俩还真的是十分相像呢！来找我有什么事？令兄近况可好？"激动的李鑫一口气问个不停，把孝敬问得发懵。"怎么了？是不是累了？瞧我这疏忽的，咱们进屋再说吧，站在门口怪不体面的！"边说边热情地把孝敬带往正厅。

孝敬畏畏缩缩地跟在李鑫后头，眼睛东瞄西瞟着不敢直视少爷的脸。少爷请他入座，只见他半个屁股没落上椅子，就触电般哆嗦地立起来，随后"嗵"地跪在了地上。李鑫吃了一惊。"少爷！不瞒您说，前来拜访确是有要事相求。家母最近病重，家父肩负重担，哥哥马上又要进京赶考，家父便命我来少爷家谋个差事，打点哥哥日常生活开支，让他安心备考！还请少爷看在同哥哥同学一场的份上帮帮忙吧！"说完此番拜访的缘由，孝敬终于松了口气，他对自己的言辞及语气都还是十分满意的。

李鑫眉头皱了皱，朝身边的侍从低语了几句，便上前把孝敬扶起来，"这多大点事啊！高举兄跟我可不止只是同学那么简单，那时候的我们可是挚友啊！朋友有困难，我怎会这点面子都不给！我已经吩咐人去安排你的起居了，以后你就贴身服侍我吧！放心吧，我爹那我会摆平的。"说罢拍了拍孝敬的肩。刘孝敬却顺势又跪了下去，一边不停地磕头一边感激涕零地说道："多谢少爷，多谢少爷！"

当天孝敬并没有留在李家，父亲曾告诫过他，"咱们举人村之所以出名，就是因为地主李万机呐！当年就是因为他高中举人被朝廷分配来管理咱们村,村子才改名为举人村。遇到他,凡事你都要恭恭敬敬,要比对你老子我还要尊重!"由于老爷并没有出面表示认可他,他很识相地主动要求回家去向父亲汇报此事。

夕阳把天空染得血红,路人的嘴也红得像吃了死小孩,乌鸦聒噪个不停。刘孝敬慢悠悠地回了家,发现父亲并不在,母亲也正巧睡着了。他独自坐在客厅,听着门外野狗发疯般地吼叫,竟回想起往日种种。

父亲母亲从小眼中就只有哥哥,他吃的用的都只能是哥哥剩下的。那时候他还不太懂事,并不太在意这些,他不用读书,又做不了什么工,就被放任着四处游荡。好几次在外面偷东西吃被抓着了被吊着打,也不觉得有什么罪过,"我哥哥以后可是要做举人的! 我吃你们东西那是你们的荣幸,是你们该送我的,怎么能说是偷呢!"后来全村都知道了村里的泥瓦匠刘响成有个大儿子要参加科举,有个小儿子是个痞子小偷……

刘孝敬摇了摇头,一恍发觉天色已不早了。他轻手轻脚来到哥哥书房外,敲门进了屋。高举正伏案写作,思考得很入神似乎并没有发现孝敬进来。

"哥,方便说几句吗?"孝敬轻声唤道。"怎么了孝敬,娘情况还好吗?"刘高举放下手中的笔,转过身面向孝敬。"娘现在病情挺稳定的,应该用不了多久就会康复的,哥你不必担心。你只要一心备考,我已经在外谋了差事,可以帮助照料你的生活,爹也能少操劳多了。"孝敬说这话的时候显得很高兴,觉得自己终于有所作为。"你出去谋事了? 哪家肯收了你做工?"高举对这个消息却显得十分不可置信的样子。"爹说地主家少爷李鑫是哥哥你的好友,叫我今儿去求求人家给我个差事做,没想到少爷他还真的毫不犹豫地答应了! 而且还是做他的贴身侍从呢! 对了,少爷他还说特别想念你呢!""呵,想念,你还没去人家做工呢,就一口一个少爷了! 如果不出意外的话,李鑫今年应该是和我一起参加科举,我俩同学时能力就不分上下,有时他还要胜我一筹,再加上他爹是举人村长,那我能考上举人的概率……不行,我必须得考上举人! 否则我这么多年的寒窗苦读,父亲这么多年的辛苦就都付之东流了,你以前又在外面乱闹,搞得全村人都等着看我们家笑话! 现在这可如何是好,如何是好啊?"刘高举越说越焦躁,面红耳赤,不停地抓耳挠腮。刘孝敬立马慌了,要是哥哥考不上举人,他们家就全完了,以后出门连路边的乞丐都敢跟着旁人鄙夷他,那些被他偷过东西的小贩见他一次打一次,然后要他给路人一个个磕头……光是想想孝敬就吓出一身冷汗!"这这……这可不行啊! 哥哥你要是考不上,我们全家都得垮啊! 有没有什么办法? 你和李少爷不是挚友吗,咱能跟他求求情吗?"

刘高举听罢忽地安静下来,然后冷笑道:"不可能的,谁不想当官发财,何况他还是那李万机的儿子! 你别看李万机平日一副亲民和蔼样,背地里不知道偷偷贪了多少百姓的钱财,玩了多少百姓的女人,杀了多少对他不利的人! 虽然我曾和李鑫有过不浅的交情,可是科举面前哪还有什么朋友? 他想必是收留你当作对我的慰藉吧! 全家的命运都掌握在我手上,我不能失败! 我与他不再联系早已很久了,又哪知道他对我安的什么心。想要赢过他,除非……除非,让他没办法参加科举。"

"你是说……杀了他?"孝敬压低了嗓子,迟疑地问道。

高举不说话,房间里阴风阵阵。过了许久,高举抬起头看向弟弟孝敬,眼神里透着异常快乐的神色,"你说得没错,最好的办法,杀了他,既无前忧又无后患,你又恰好要去服侍他，一切都来得恰到好处，天意啊，哈哈哈哈！"高举开始疯狂的大笑，孝敬开始沉思起来。也就是说，这场谋杀的最终执行者，是他。

高举一眼就看出了孝敬的心思，"孝敬，我们现在就来密谋一下吧。明天你就去李鑫家服侍他，我们的密谋就可以开始实施了！"高举坐下，拍拍身边的座位，示意弟弟坐下商讨。

第二天一早，孝敬就赶去李地主家门口守着。那两个看门的家丁开门发现在外等候多时的他惊得大叫一声，于是整个院子的人都醒了。李万机快步走到门口，"怎么了！一大早的就在门口吵吵嚷嚷！"

"李老爷，我是来服侍少爷的，怕耽误了少爷行程一大早就赶来守着了，没想到把门口两位大哥给吓着了！真的抱歉啊，老爷！"孝敬急忙上前解释。

"看你倒是挺诚心的嘛，你也不容易，以后好好干吧，报酬不会少你的！"李万机面色好看了许多，终于接受了刘孝敬。

接下来的两个月里，孝敬都贴身照料着李鑫少爷的起居饮食，陪他读书写字、骑马射箭……随时满足少爷的所需所求，保护少爷的安全。

一开始往少爷吃的饭菜里加砒霜时，孝敬紧张得感觉心脏都要跳出胸膛了，但发现少爷吃完并没有什么剧烈反应后，就更放心大胆了，"哥哥这方法果真有效，慢性谋杀，我也好乘机脱身！等我逃了谁死谁活也不关我事了！"他想着。

渐渐地，他发现少爷开始越发频繁地出现头晕恶心、四肢无力、困乏不已的症状。老爷以为是考前过度紧张的缘故，就让孝敬好生照料着，让少爷多多休息，不必担心太多。

离考试还有不到半个月，少爷面色越发苍白，孝敬便主动去找老爷请示："老爷，还有不到半个月就要科举考了，家父命我回家帮忙照料母亲和哥哥，恐怕是不能留下服侍少爷了，少爷最近身体状况不太乐观，我想回家路上顺道去替少爷请个郎中来看看，你看成吗，老爷？还请老爷谅解啊！"为表诚意，孝敬磕头不起。

李万机抽着大烟，烟圈在头顶晕了一圈、两圈……直到糊成一团烟雾，终于开了口："起来吧，能体谅你家的情况，你临走还能这么为少爷着想，我替他谢谢你了，那就按你说的办吧。"

刘孝敬当天连夜赶回了家，路上串通好了郎中去给少爷看病。回家后，他便直奔哥哥的书房，"按照服用量和他现在的状况来看，李少爷估计这两天就要一命呜呼了，哥哥你就可以稳中举人了，父亲也能心想事成了！"

"后事处理好了吗？别只顾着抽身，要是李鑫没死成，我们肯定马上就会被发现，那我们就别想见到明天的太阳了！"高举迎上前去。"放心吧，我已经买通了去给少爷看病的郎中了，我们的密谋不会失策的。"

五天后，李鑫因慢性中毒不治身亡了。这个消息霎时传遍了举人村内外，所有的人都在议论李鑫的死到底是谋杀还是意外。高举有些心虚了，躲在书房尽可能避免一切与外界接触的机会，他想唤孝敬来讨论他们的密谋是否会被识破，却发现三天前孝敬就听见风声不知逃到哪里去了。他就这么焦虑不安地在书房待到了科举考的日子。

不出所料，没有李鑫这个强劲的对手，刘高举轻轻松松就考上了举人，金榜题名的喜悦让他忘记了一切烦忧，他风风光光地带着朝廷分配给他的钱财和侍从，回乡拜见父母去了。

高举带着队伍红红火火地正游着街呢,这不,刚到举人村集市中心,就接到了一份急旨——"全体下跪,听旨!新进举人刘高举因涉嫌谋杀举人村地主儿子李鑫,现命一天之内速来朝廷配合调查。"刘高举一行人都呆了,李鑫之死已经过去将近一个月,村里人已经很少有人提起这件晦气事了,没想到竟在这大喜日子查到了自己身上。

"谋杀李鑫的是我弟弟刘孝敬,与我无关!你们快放了我,我可是新进举人!"刘高举被监狱壮汉拖拽着往朝廷上带。"别嚷了,跪下,敢在皇上面前吼,活腻了你!"壮汉很不耐烦刘高举的态度。

"新举人刘高举,朕派人调查了一个多月,发现李鑫之死是因食用砒霜过量造成的,这事你可知道?"皇上开口了。"我只知道弟弟去李鑫家做了侍从,并不清楚他做了什么事。"刘高举淡定地回复。

"哈!哈哈哈哈!你们兄弟俩很厉害嘛,竟然为了打败对手联合起来密谋了这么一场慢性杀人案,你不用再辩解什么了,那位你弟弟请的郎中早就把一切都供出来了!"皇上大笑,断了高举任何的辩解机会。

"把他押回监狱吧,等候明日午时处决!"这一刻,刘高举感觉自己已经死了,灵魂已经出了壳,仿佛脑壳已被砸碎,裂得四分五裂!

距离刘高举被砍头示众已经过去两个多月了,刘响成也估摸有两个多月没出现在县城内了。路过的人谈起他,嬉笑着说或许是去找那贪生怕死的小儿子了,又或许是去陪那刚下葬的举人大儿子了,也有人说最近城外的水沟里发现了一具尸体,血肉模糊,看着体形与刘响成甚是相像……

明天的集市依旧喧嚣,又有谁在为中举而开始了新的密谋呢?

文学院 1501　李　超／**台风之夜**

一　风起

"秦露,你这贱人！我知道你无耻,却不知道你无耻到这般地步！简直不要脸!"

"哟,瑶瑶啊,我又干什么了？惹你生这么大的气。"

"你这贱人,有脸做事,怎么现在没脸承认啊!"

这个叫瑶瑶的女生此刻怒不可遏,紧握的双拳看上去都微微颤抖,双眼更是死死瞪着宿舍床上仿若无事的秦露。

昭雪在一旁,眼见形势剑拔弩张,急忙上去拉住瑶瑶,低声劝道:"瑶瑶,算了,毕竟四年舍友一场。我知道保研的机会对你……"

"四年舍友？这贱人有把咱们当过朋友来看待吗？我辛辛苦苦努力四年,好不容易才拿到这个保研的机会！她倒好,不知道做了什么勾当,硬生生地让赵王八把我的名额换给她!"

这床上躺着的秦露却像个没事人一样,仿佛丝毫没有感受到这直冲自己而来的怒火,撩拨了一下额前的秀发,幽幽一叹:

"张瑶瑶啊,你可不能这么侮辱师长啊,自己没什么本事,怎么着也不能怨起旁人来吧?"

话刚一出口,张瑶瑶更是怒火中烧,吼道:"贱人！赵王八也配师长？这王八好色贪财,仗着手中有保研的权力,平日里干的龌龊事还少啊？你在他手里拿了这个名额,果真好本事!"

细想这话已是极为难听,这秦露却也不在意,示意一旁的昭雪拉住张瑶瑶,免得她一时性急做出什么事情来。

张瑶瑶哪里能忍,无端失去了这大好机会,四年努力几乎付之东流,这惹事的主还摆起了一副高高在上的胜者姿态。再看看昭雪左右为难的窘态,气更是不打一处来。

"小雪,这个时候你还向着她！你忘了你那男人都被她……"

"瑶瑶,你别说了,是我和他没有缘分,怪不得秦露。"昭雪被揭起往日的伤疤,内心自是苦痛难言,脸色也沉重起来。

张瑶瑶看着闺中密友如此遭人欺负,又心疼昭雪这软弱温润的性子,恨恨道:"无缘?你根本是无胸无脑!你那男人也是靠不住,见了她这番风骚,竟然完全架不住,被迷得神魂颠倒。几句不合适就将你打发了,简直畜生!"

局势似乎都到了紧迫异常的时刻,不少外人已在门外围观。可这床上的秦露只是俯瞰着两个人的愤懑与委屈,露出她若有若无的一贯微笑,淡淡说道:

"都歇歇吧,大晚上的。要不要吃块巧克力消消火气?"说完倒是根本不理会二人的反应,自顾自地将一块黑色巧克力送入她那温润的唇齿之中。

昭雪生性怯懦,再多的委屈也只是闷声不发。不过这张瑶瑶哪里肯罢休,刚准备再痛斥这女人的劣迹,却看见秦露忽然露出极为痛苦的神情。双手紧紧掐住自己的咽喉,那双傲视凌人的瞳孔浮现出前所未有的恐惧来,娇艳的红唇开始不住地颤抖,却未能发出声音。

张瑶瑶见状自是不理,心想这贱人这又要玩出什么花样,冷冷地笑道:"装可怜啊,刚才不是很威风的吗?"身旁的昭雪却是轻轻触碰下张瑶瑶的手臂,声音都是那么的飘忽不定,微弱地问了声:

"她……她……该不会……是……是中毒了吧?"

二　雨至

"好啦,陈渊大小姐,不等你这小说写完啊,你这人就要被饿死了!"苏影根本不等陈渊回答,急忙帮她收拾桌上的东西,示意她晚饭时间到了。

"小影,我求你了,我还有一个结局,是讲秦露是怎么死的。你一定猜不到凶手是谁,我写完再走嘛。"拿笔的这个叫陈渊的女孩嘴上虽这么说着,却不好意思让闺蜜这般饿着肚子陪着自己,也顺着苏影的意思收拾下桌面。

苏影实在有些苦等无聊,这时自要打趣好友:

"陈渊啊,你这小推理能难倒我吗?我早就看破那人是怎么死的了。"

陈渊一听,顿时来了兴致,转脸立即问道:

"那你说说这秦露是如何死的?"

苏影笑道:"这不显然的吗?她肯定是被你写死的。而以后我不在你身边,你肯定是被饿死的。我看你这几天几乎不眠不休写这破小说,难道才女都是不用吃饭的吗?写写文章就分分钟满血复活吗?你啊你,一个好端端的大姑娘,整天就构思着什么'密室杀人'、'不可能犯罪'等故事,这日后你要是真杀了谁,估计也不会留下什么破绽吧?"

陈渊被这素来幽默的苏影逗得难忍笑意,可听到"以后不在你身边"这话内心失望又起了几分,还是徐徐问道:

"你真的要搬走吗?复习考研时就你自己一个人住,你可要注意身体啊!"

苏影隐约觉察到刚才的无心之语还是引起了陈渊的小伤怀,忙安慰道:"不碍事啊,我就搬到西街口,离这就相隔两条街。你想来随时都行嘛,快去吃饭,一会儿去看看新家怎么样?"

陈渊一听,想想也是这个道理,自是欢喜地应承下来。却看见苏影又坏笑着向自己身边凑了过来,调笑了一句:

"喏,你那小情郎终于开窍了,知道要给你礼物了。巧克力,还是酒心的哟。酒后嘛,嘿嘿,这小子还不是很笨嘛。"

陈渊面对小影这番调笑,脸蛋开始红起来,心里的开心藏也藏不住,却又担心地转头问苏影一句:

"韦尚? 他送我的? 他哪里有这个闲钱来买这么贵重的东西?"

苏影生怕陈渊不高兴,连忙道:"韦大大说了,这是他这几天快递那里打工的钱,这阵子物件多自然是给加班费的,他让你放心收下。"

陈渊听后,抱紧巧克力盒,便加快脚步径直向宿舍楼走去。刚走几步,身旁那不安分的苏影又开始"哥哥妹妹"、"情情爱爱"地来调侃自己了。于是她便佯怒道:"你这般帮他,是收了他什么好处? 胳膊肘也不知道向着谁?"

苏影却并不否认,吐了吐舌头,抱着陈渊的手臂撒娇道:"当然向着渊渊啦。好处嘛,确实也顺带收了,我看他在快递那打工,就让他帮我拿一个月快递当交换条件啦。可渊渊,我觉得这男的确实不错,脑子挺活,对了,他到底干啥的? 学的什么专业啊?"

陈渊却不愿在此事上再做纠缠了,不然这丫头又要没完没了,便默不作声地向宿舍楼的方向走去。

临近,陈渊才提醒了苏影一句:"小影,等会儿我们尽量避免与蒋思起冲突。你马上就要搬走了,用不着再计较。人各有路,我们只管走好自己的路就可以了。"

听到蒋思这个名字,苏影隐隐不悦,连语调都瞬间低了三分,答道:"嗯,听说她最近也不好过,跟男朋友分了。据说那男的还是化学系大神呢,不过分也就分了,她那样的女人做什么都是咎由自取,怪不得别人。"

苏影说完这话似乎还不够解气,马上又补充道:"渊渊,我是替你不爽。你文笔才情不知道高出那贱人多少,学校却把编辑的位置留给她。说到底,还不是这贱人的人情关系在作祟。我的成绩在那里,蒋思那女人手段再多,过不了硬指标也没有什么可怕的。只是心疼你呀!"

陈渊平静地回答:"好啦,等会儿我们把东西放回去,去你西街口那边吃饭。这顿让你苦等,我请客吧。"二人纷纷加快了脚步,天气也愈加暗冷起来,显现出一种台风将至的模样来。

二人边走边聊,不一会也就到了宿舍门口。

巧了,这边蒋思正要出门,就撞着归来的陈苏二人,微微一笑算是打了声招呼,却不意间瞥见陈渊怀里的巧克力盒,连忙笑着拉起陈渊的右手,问道:

"陈渊,哪家男生又给你送礼物来了? 这巧克力不错啊,你可不能私吞啊,快让大家都来尝尝。"

陈渊顿觉尴尬,心想着韦尚送自己的第一份礼物,哪里舍得分享。看着这皮笑肉不笑的蒋思,更觉恶心。不过又深知蒋思为人好贪一文一角,平时大家的粉底零食,她都要染指一番。自来熟倒也罢了,可偏偏她这人精于城府,心胸极小。若有事招她不满,自是被她暗暗记恨,而且还要找机会寻仇报复一番。

可想起自己路上对小影说的话,怨气自是不好发作,心想:"罢了罢了,相处时日不多了,再忍些日子吧。"顺势打开包装盒,还未等到她递出手去,蒋思那纤纤细手便自觉伸来,挑选片刻,选了一块放入她那温润的唇间了。

一瞬间,陈渊觉得自己似乎见过这个场面。

直到苏影指着全身颤抖躺在地上痛苦万分的蒋思时,陈渊才意识到自己内心的恐惧。

"她……她……该不会……是……是中毒了吧?"

……

夏季的台风将所有潮湿的水汽凝集,一股脑儿地倾泻在宿舍的玻璃窗上,有意无意地冲刷着这个不知道是梦境还是真实的世界。

三 雷鸣

陈警官都要被逼疯了,外面台风正起,树木倾倒,电路故障的电话一个接着一个往局里打。现在,竟还要处理这个甚为棘手的谋杀事件,面对审讯室里这个面容清丽的女孩,他很难想象这么一个花季少女竟然是杀人凶手。

"陈渊女士,我再问你一遍,今日蒋思的死与你是否有关系?"

"陈警官,我已经说了很多次了,我没有用毒杀人。"

"她是吃了你的巧克力之后才当场暴毙的,你还狡辩!"

"这盒中的巧克力,宿舍里的人包括我自己都吃了,可除了她,我们都没事。"

陈警官被这句话一时搞得语塞,情况确实如陈渊所言。已死的蒋思自己选了一块巧克力,若说只有那一块有毒实在是牵强。这个叫陈渊的女生真的有办法让蒋思自己挑中她唯独下毒的那一块吗? 还是……

就在这一瞬间,陈警官似乎想到了些什么,摇了摇手中的书稿,问道:"这个你想怎么解释? 蒋思的死与你小说中秦露的死法几乎一模一样。根据我们的调查,你与蒋思素来不和,虽没有明面上挑开,暗地里对她肯定有不满之心吧? 你不是在写小说,而是在精心谋划一场杀人的局,可是这样?"

陈渊此刻却默然不应,自己小说中的秦露之死,苏影的撒娇打趣,韦尚的巧克力,台风,蒋思那惊惧的瞳孔……发生的这一切都与书中的情节太吻合了,以致到了真假难辨的地步。

陈警官正要深入追问,忽然来了一通电话,两秒之后,脸色骤变。

"出两个警队跟我去西街口,案情有重大变化,快!"

陈渊一疑,莫非……等等,西街口? ——小影!

四 夜息

这肆意吹刮的台风,仿佛要掀起所有人内心的恐惧。在这样凄冷而混乱的夜里,人们竟会开始萌发看不到晨曦的错觉。街上早已四下无人,可唯独两人在这寒风大雨中撑伞静仁。

"苏影,你为什么要杀蒋思?"低沉的男声不急不躁地说道。"韦尚,老实说蒋思这人怎么样大家都心知肚明,想杀她的似乎不止我一个吧。"

苏影眼前的这个男人棱角分明,在这样混乱恐怖的夜里越发显得坚毅可靠。想想这一晚,蒋思突然死亡,陈渊又在局里,事情已经到了不能再糟糕的地步了。因此,她内心开始烦躁起来:

"说话要有证据,无凭无据我懒得跟你浪费时间,快让开!"

韦尚微微一笑,说道:"这么急着啊? 难道是要去处理你的粉底吗?"

见苏影一怔,韦尚继续说道:"你看了渊儿写的故事,很聪明地借用了她故事中相同的杀人手法,目的无疑是转移焦点,即使东窗事发了,你也绝不是首要的犯罪嫌疑人。然后,你只需利用这一段时间把你包里的粉底销毁就好。你为了避人耳目,故意让我帮你拿快递。对我这个学化学的人来说,对于你所买的乙酸铅粉末的用途我是再了解不过了。你熟知蒋思好贪点小便宜,你知道她一定会用你的粉底,待她中毒暴毙,警方大概第一时间只会化验那盒巧克力。至于她脸上的毒素,随着时间开始挥发,以后就算被发现多半也会被当成蒋思用了自己购买的劣质化妆品所致,人们很难怀疑到你的头上。——我说的,可对?"

苏影脸色漠然,眼神里看不到一丝一毫的悲喜,平日欢快的样子只化作一个无比静默的微笑,面无表情地反问道:"你是从什么时候开始怀疑我的?"

韦尚沉沉地叹了口气,缓缓说道:"其实我刚看到你的快递时根本没有多想,只是我相信渊儿,我信她绝不是凶手。细细一想蒋思死状,瞳孔放大,全身抽搐,显然是中毒。巧克力是我买的,却是你代交的。对不起,所以我不得不怀疑你。"

"果真天意,你确实聪明。"

苏影抬起头来看了看远处厚重的云层,笑道:"哈哈,这蒋思该死! 她不是手段多吗? 我也耍个手段让她死! 本来我没有杀她的意思,只想毁了她的脸罢了。她死了,倒好! 好!"

……

警车的灯光将二人团团围住,周遭一下子变得亮如白昼,就像黎明已至。

"好了,苏影女士,关于你杀人的细节,我们回局里再细细审查。至于韦尚先生是吧,作为报案人也烦请你跟我们回局里一趟,协助调查。"陈警官的声音带着黎明将至的决绝,这偌大的夜幕下终于只剩下风雨声了。

五　黎明不至

凌晨5:30。漫长的审讯终于结束了,可是晨光却似慵懒的妇人,不愿这般早起。警局也只是微弱的灯光零星摇摆,韦尚静静地把渊儿抱在怀里,安慰着此刻心凉如冰的她。

苏影这般设计,自己也落得如此下场。陈渊一时真的难以接受,韦尚看着怀里的泪人,轻轻拍着她的背,安慰道:"渊儿,苏影虽然有心害人,终是无意杀人,刑罚方面,一定会有所减免,你也不要太难过了。"

陈渊这时倒像是全然没有听见一般,只是在韦尚的怀里失声痛哭。命运为何残酷?

两人就在寒风中站了许久,陈渊哽咽难停,带着哭腔,声泪俱下地说:"韦尚,你,去,去,自首吧!"

韦尚满脸不解,问道:"渊儿,你说什么?你是不是太累了?"

"好了,"陈渊擦去了眼角的泪,"你骗得过他们,骗不过我。乙酸铅我并不陌生,对脸部皮肤的确有害,但没有理由立刻置她于死地。"

"那……那是因为蒋思吃完东西都会习惯性地舔干净手指,毒素才进入她口中的。"韦尚很耐心地解释道。

陈渊一听,反而露出了更加凄凉的笑容来。"你连她这个习惯都知道?也是,也是,化学系大神,蒋思的前男友,除了你,还会有谁?我竟然没有第一时间想到是你……你利用她这个习惯,利用了我,利用了小影,将她毒杀,自己安然置身法外。"

韦尚满眼爱意地看着这个自己深爱的女人,满脸不解的表情:"渊儿,我还是不懂你的意思?"

"我的小说,除了小影看过,我竟忘了,你也早就知道内容了。这些日子,你帮小影拿快递,定然看到化妆品和乙酸铅粉末。以你的处事经验,不难料出小影的心思。但你知道,以小影中文系那点报复的欲望,绝没有杀死蒋思的可能。所以,所以,你没有第一时间阻止她。"

韦尚:"渊儿,当时我的确没有细想,就算我知道了,难道知情不报也算是杀人吗?"

"当然不止这些,"陈渊眼睛看着韦尚,痛苦地说:"从没有送过我礼物的你,特意让小影转交给我一盒酒心巧克力。这不是很奇怪吗?因为你知道,蒋思一定会吃,吃完一定会下意识地舔干净手指。乙酸铅和巧克力都不至于杀一个人,但巧克力里的酒精与乙酸铅会在胃里发生反应,生成蓖麻毒素。这种毒素 0.1 g 就够杀她几百次了。你还想让我说完吗?"陈渊最后的语气竟是模糊不清,仿佛正在说着的事与自己身边的这个人无关。

韦尚依旧带着他淡淡的笑容,抱紧陈渊的双臂静静放下,长叹道:"唉,有个推理控的女友就是不一样啊!——渊儿,那你说,证据呢?"

陈渊沉思了片刻,说道:"剂量!要发生那个反应需要十分精准剂量的反应物。你借用巧克力里的那点酒精,对寻常人来说,几乎是办不成的,可对于精于化学的你来说,终归是有法子的。我想,你不只是帮小影拿了个快递那么简单吧,一定事先动过手脚。只要比对下她购物清单上剂量和化妆品的实际浓度,剩下的事对你而言,也就无须再去操心了!可你为什么要陷小影于那种地步呢?你去揭穿她,她自知心里有愧,自然认罪,你真的忍心这么害她吗?"陈渊的巴掌终是悬在半空中没有落下,过了许久,她才长叹一口气,放下自己那只举得发酸的手臂。

缄默,黎明未至,只剩下长长久久的一声叹息。

过了许久,韦尚低哑的声音再次响起:

"谢谢你,渊儿,谢谢你不问我为什么要杀蒋思。她知道我太多太多的事,我也知道,就算她不说,我的贫穷也一定是藏不住的,可我最不能容忍的是她夺去了你未来那么好的出路,她不配!

我对不起苏影,我对不起她。我利用她是因为我有那么一丝幻想——幻想不会有人发现是我杀了蒋思，我幻想事后还能安安稳稳地和你在一起！至于苏影，若有来生，我希望能还她人情。

渊儿，你知道吗？我看过你的小说大纲，你设计的那个杀死秦露的手法虽有点新意，可依旧是一些老想法。你要知道，这世上杀人的手法虽多，可再高明的手法也难敌人心啊！

那盒巧克力，你肯定不太喜欢吧，毕竟那是我杀人的工具。可我真的……真的希望你明白我有多爱你。

再见了，渊儿！忘了我，蒋思已死，那个编辑的位子肯定空了出来，把我的故事写进你的小说，希望我这罪恶的双手会给你一个光亮的未来。

就让我用我的一生去帮助你写下一个独一无二的故事吧！"

文学院 1505　朱小诗 / **纪　念**

这天,她起得很早。

她已是年近古稀,睡眠的时间和质量都大不如从前,可前一晚却睡得出奇得好,她的精神也很好,似乎专为了今天而养精蓄锐一般。

今天是个特别的日子。

她在梳洗的时候听见电视频道的播报:"今天是 2015 年 9 月 3 日,今天上午 10 点将在天安门广场隆重举行纪念抗日战争胜利暨世界反法西斯战争胜利 70 周年纪念仪式……"

她穿戴整齐后关了电视,轻轻合上门,拄着拐杖独自出发了。

时间还早,天也不过才蒙蒙亮,街道也很寂静,即使如此她依然感受到了举国欢庆的喜悦。

她在花店买了花束,等到了第一班公车。

"老人家这么早是去哪呀?怎么不在家等着看阅兵式?"公车司机笑着问道。

"去看家里人。"她抱着花在随车电视的面前坐下,"等等就回去看阅兵。"

她换过几辆车,却是越走越冷清,最后只有步行。

她是拄着拐杖,步履蹒跚地走进一个公共墓地。

这番奔波下来,对她这样年纪的老人来说还真是太不容易了。虽然有些疲惫,但她一刻也不愿耽搁,脚步刚停就赶紧将带来的花束散开,一朵一朵地放在这些墓碑前。

她扶着冰凉的墓碑,轻声说道:"父亲,我来看你了。"

她的父亲在很多年前,为了那一场国难义无反顾地捐了躯,留给年幼的她的,只有他那张模糊却满是坚毅的脸庞。

她寻访多年才找到父亲的下落,然而她找寻的最终结果就是眼前这一块冰凉的墓碑……

她走出墓园,已是将近 10 时。

守墓人盛情邀请她一起看阅兵式,她推辞不过便留了下来。

"请问……"守墓人在等待仪式开始的间隙说道,"之前就曾看见你来看望父亲,可这里不是无名烈士的墓地么？你怎么……"

　　"哦，我找了很多年，几年前才确认我父亲的碑可能就在这里。"

　　"是这样……"

　　"即使错了也没关系，"她微笑着，"或者，可以这样说，他们都是我们的父亲。"

　　因为，是他们为我们守住了这片家国。

文学院 1502　王祯钰 / **对不起，我爱你**

允珏目光呆滞地坐在父亲的书桌前，眼泪不停地涌出，回忆起与父亲的种种，允珏再也忍不住了，"哇"的一声，放声痛哭……

允珏是父亲唯一的孩子，但他从来没有听到父亲对他说过"我的宝贝"之类的话，允珏认为父亲并不爱自己，他很羡慕能在父亲怀里撒娇的孩子，因而他事事努力，争取做到最好，希望父亲能够多了解自己，进而多爱自己，却常常事与愿违……

允珏记得在小学时，他写的字得到老师夸奖，老师便奖励他一朵小红花，允珏手里捧着小红花，一路狂奔，跑回家中，气喘吁吁地对父亲说道："爸……爸……您快看看老师奖给我的小红花，这可是我收到的第一朵小红花哦！您看我是不是特别厉害呀！"说完又急急忙忙地从书包里找出那张纸，接着洋洋得意地说："小红花可是全靠这整洁清晰的字得来的呢！"父亲接过纸，仔细瞧瞧，又看见允珏那骄傲的神情，皱了下眉，对允珏说道："我和你玩个游戏，怎么样？"允珏愉快地答应了。父亲接下去说道："规则是把灯关了，你摸黑写字，而我则摸黑烙玉米饼，如果准备好了，那马上就要开始了。"允珏信心满满地走向书房，父亲走进了厨房，准备食材，游戏开始了。十分钟后，游戏结束了，父亲将饼拿到客厅，允珏亦从书房来到客厅，父亲打开灯，允珏满怀期待地看着手中的纸，却只见歪七扭八的字，他转头看看玉米饼，饼的外沿个个整齐光滑，允珏下意识地用手挡住字，惭愧地低下头，父亲又皱起眉头，板着面孔对允珏说："这种程度，还能说是整洁清晰吗？"允珏摇摇头，走进书房又继续练起字来了，允珏边练边落下眼泪，想道："爸爸，您就不能夸奖一下吗？不能再看看我，多了解一下我再多爱我一点吗？"允珏并不知道，在他回书房之后，父亲将那张纸看了一遍又一遍，舍不得放下，嘴角也都一直上扬着……

转眼间，允珏上了中学，成绩也名列前茅，但与父亲的关系似乎并没有改善，可允珏的爱父之情并没有消退。当允珏从老师那听说父亲出了车祸，他便急急忙忙地赶回家，"破门而入"，径直冲向父亲卧室，看见躺在床上的父亲，眼泪"唰"地流了下来。他仔细询问着，但父亲并未回答，而是一脸诧异，问道："你怎么在这？不是应该在上学吗？莫非趁机偷懒？你赶快回校！"允珏听后，回答道："爸，没事的，来之前，我已经请过假了，而且我也带回了学习的书，我在家里既可以学习又可以照顾你，我保证不会耽误学习，您就让我留下吧!"父亲愤怒了,又皱起眉头,随手将旁边的枕头向允珏扔去,大喊:"你给我回学校,我不需要你陪!"允珏被砸中了,哭着离开了家。在家门"砰"的一声关上时,父亲也哭了:"对不起,允珏,不是我不了解你的孝心,学习是你的首要任务……"允珏亦没有离开,坐在家门外,抽噎道:"父亲,为什么您都不了解我对您的担心? 我确实是担心您啊! 我多么希望您能了解我……"

就这样,父子之间的关系没有任何改善,但真正破裂是在允珏工作后的第一年,允珏向父亲借钱购车,因为他离工作单位很远,每天乘坐公车太浪费时间了。谁知允珏刚说完,父亲便从书架上抽出一本书《节俭决定幸福》,将它递给允珏,允珏看后,不听父亲之言,把书摔在地上,"不借就不借,何必拐弯抹角?"随着"砰"的一声门响,他扬长而去,只留下父亲一人,父亲的眼眶湿润了,又将书放回了书架,默默站了许久。

这天之后,允珏再也没有回过家,他似大禹般"三过家门而不入",这种状况一直维持到父亲去世。允珏回家整理父亲的遗物,无意间又发现那本书,允珏将书翻开,竟翻到一个信封,里面是买车的钱,而书的第一页上写下了父亲的寄语:"我亲爱的宝贝儿子,见到你成人成才,作为父亲的我实在很高兴,这是你要购车的钱,但我仍希望你能在今后生活中做到节俭,多想想那些需要帮助的人,我承认一直以来对你很严厉,但是我希望你了解我的苦心,我对你的爱一直都在。"读完后的允珏呆愣了一会儿,"原来父亲是了解我的,他了解我的辛苦,所以将车钱给我;他了解幼时我的骄傲苗头,遂将其扼杀在摇篮中;他了解学生时期我学业的重要,遂含泪将我赶回学校……原来他是爱我的! 可是,我……"允珏最终领悟。

是允珏,在一位老人行将就木之时,将他对人生的希冀折断,让他满怀着遗憾离开人世……一直陪伴在允珏身边的父亲走了,允珏的眼泪惊人地流着,久久不能停息,久久,不能停息……

文学院 1501 罗 颖／车 祸

正值中午，村里像往常一样宁静。此时，老李和李大爷在家吃着午饭。

"今天是周六，上高三的大女儿下午要回家了，不知道去吃酒席的妻子什么时候回来，我得和妻子好好做几道菜给我的女儿加餐，在学校吃的伙食不好。"老李端着碗出神地想着。"吱——兹！"门外一声刺耳的刹车声打断了出神的老李。李大爷被这一巨声给吓得手抖了一下，手中的碗差点给摔了下来。

"妈哟，嘿死我咯！"李大爷随口骂了几句。

突然，隔壁的二大娘系着围裙跑到老李家，对着在吃饭的老李和李大爷眉飞色舞地喊：

"街上出车祸了，我们去看哈吧，街上围着一群人呢，听说被撞的人可惨了。"

话音一毕。老李放下碗筷赶紧出门去看热闹。"必须去看一盘，我一会才有话题和同村的老张头们聊天。"李大爷边想便在碗里夹了几块肉然后端着碗一摇一摆地跑出门，刚好听到隔壁几个年纪大的人正在吹嘘车祸的场景，于是他便边吃饭边慢腾腾地向街上人群中走去。

老李来到人群外，人太多挤不进去，只听到人群中有人说："这人恐怕不能活下来了，唉，真惨呀！"这可真是吊足老李的胃口了。他拼命地往中间挤，很想看到围观人口中的惨象。好容易挤到人群里，眼前的一幕却让老李心里哄的一声巨响，脑袋也是顷刻间变成了一片空白……他惊呆了，愣在那里说不出话来，无法相信地看着眼前的景象：

清透的阳光下，一辆崭新的车窗上贴着"实习"的小轿车停放在那，车牌上还沾有刺眼的红色液体，车轮下，静静地躺着一个纤瘦的身体，身上穿的是一件自己很熟悉的被血液浸染湿透的米色碎花裙子，一头长而乌黑的头发在地上乱而随意地披散着，晃眼一看还有几分美丽。

一旁的李大爷端着碗，扒了一口饭，然后慢腾腾地挤进人群中。"啪——"碗掉在地上发出清脆的破碎声，接着便是他撕心裂肺的哀号声。

"我的孩子啊。天啊！"李大爷脚一软跌倒在地，不停地哀号，周围聊天、看热闹的人赶忙扶着痛苦的李大爷。老李失声地哭起来，脚上早已没力，一下瘫倒在地。堆满皱纹的脸上早已被泪水打湿,老李绝望地慢慢爬到车轮底下,轻轻地抱着车轮底下差点头被压碎的女儿——只见怀中的女儿额头上那一条长长深深的裂口里不停地涌出刺眼的红色液体,那刺眼的液体还带着女儿的体温,在女儿身体上绽放出了一朵如此妖艳的死亡之花,妖艳的红色与女儿直瞪着的惨白的双眼构成如此鲜明的对比,老李撕心裂肺地用帮忙的人给的几卷卫生纸慌乱地堵住怀中女儿的伤口……

与此同时的人群外,好些人不停地拦着马路上过往的车辆,希望能救救这个可怜的孩子,但一辆辆开着车的司机一看见旁边满是车祸现场就迅速地开着车溜走了,有些车辆直接当作没看见迅速驶过。

"他妈的,真他妈的见死不救,你不救我打死你这个狗崽子!"

同村的那个浑身纹有刺青的"痞子"拧着好不容易拦到的正准备逃走的司机怒吼道。司机看着眼前凶神恶煞的"痞子"心里怂了一下,迟疑地答应了,在旁人的帮助下,老李和几个同村的人将女儿送去了医院……

阳光下,人群渐渐散去,刚才热闹十分的车祸现场只剩下处理现场的交警和黑色小轿车的司机,还有那一地还没干的耀眼刺眼的血迹。女孩的幼时玩伴小三妹拾起女孩车祸时掉的书包,不小心从书包中掉下来一本沾有血渍的本子,流着泪好奇地打开看了一下:

某年某月某日,天气,晴。高考的压力压得我快喘不过气来了,生活真的很累,我真希望上帝能可怜我,给我一场车祸,让我死去,让我解脱……

时间静止了,车祸现场只剩下表情复杂的女孩小三妹和一本沾有血渍的笔记本……

诗 心 雅 韵

　　清晨,第一缕阳光普照大地;夜晚,皎洁的月色洒向人间。这世界充满诗意,让人流连忘返。快乐或忧伤,原来都是转瞬即逝的柔软时光。梦幻的缤纷中,我们不必去想,花开的日子里会遇见谁,明日午后又是什么模样。我们,只愿化作庄生的那只梦蝶,在这尘世里浅唱低吟。

文学院 1106 史学来 / **愈 合**

黑夜拎着一只
月亮

忧郁的人
笨拙地
用衣服遮起伤口
让一片快窒息的黑暗
舔舐

黑夜载着一只
月亮

隐藏着我们的足迹
生活在做一件
与雪同样温暖的事

于是
拆掉刚刚建好的过去
又急着去建
还在犹豫的未来
这就像
自然在风里愈合它的颜色
这就像
伤口愈合之后
还在撒落的心事

黑夜不是光明的背面
黑夜即是光明本身
这就像
愈合即是重合

文学院 1308　蒋逸飞 / **有那么一个**

有那么一个地方，
转瞬在云光疏影，
泯然于尘世纷扰。
蓝天飞虹　明月清风，
远离世相百态的残忍，
摒弃海市蜃楼的空虚。
我跑，我奔跑，我狂奔……
我要将这里的一切尽收眼帘，
我要将这里的所有花香吸尽。
累了，
仰望星空，
——啊?！原来真有那么一个地方，
那么远，这么近！

有那么一个情愫，
徜徉在绿水青山，
藏匿于山谷峡沟。
韶华易逝　白驹过隙，
我看到亲人逝去的背影，
我听到朋友曾经的呼号。
我哭，我哭泣，我哭喊……
我欲追回日渐隔阂的那一抹亲情，
我欲握住渐行渐远的那一丝友谊。
倦了，
平视远方，

——啊?！原来真有那么一个情愫，
那么远，这么近！

有那么一个相思，
静默在世外桃源，
存然于爱恨交织。
青葱岁月　倏忽之间，
我站在懵懂童年青梅竹马的身旁，
我牵着青春年华梦中的她的手掌。
我笑，我大笑，我狂笑……
我要完成曾经未敢提笔写下的情书，
我要勇敢说出那热火沸腾般的誓言。
乏了，
静寂怀想，
——啊?！原来真有那么一个相思，
那么远，这么近！

有那么一个熟影，
徘徊在城市之间，
静待在小巷碧园。
光阴荏苒　匪朝伊夕，
我看到了自己熟悉的背影，
我听到了我那稚嫩的语调。
我看，我细看，我目不转睛……
我勉励自己莫拾朝花以梦为马，
我劝诫自己不畏艰险勇往直前。
疲了，
憩下双眼，
——啊?！原来真有那么一个熟影，
那么远，这么近！

有那么一个念想，
原来——就存在眸间，
现在——便藏于心底。

文学院 1308 蒋逸飞 / **我的世界**

我是一只蛙 一只井底之蛙。
苟且于僻陋的井底，
仰望日月   静待年轮。
母亲告诉我，
世界是圆的。

我是一只羊   一只待宰羔羊。
被捆在血腥的屠宰场，
静默祈祷   等待终结。
母亲告诉我，
世界是红的。

我是一只狗   一只家养之犬。
围绕在主人的膝前，
享受阳光   蜷缩脚边。
母亲告诉我，
世界是他/她。

我是一个人   一个平凡的人。
伫立在命运的十字街头，
泯然尘世   归于本真。
母亲告诉我，
世界是我。

文学院 1105　李姗姗／**那朵花开得真低**

那朵花开得真低
低到
你不需要踮脚
便恰恰落在你飘扬的发际

晚风摇曳着花
也拂过夜色下的你
你侧着身
飘起淡蓝色的裙裾

我在你的左侧
想捕捉
这一连串的美丽
却瞥见
花的剪影
婆娑着你浅浅的笑意

朦胧的花
梦幻的你
徐徐的晚风
卷起我悸动的痴迷

花的剪影
你的笑意
晚风拂起

在我柔柔的目光里
像雾一般地
慢慢散成一个让人贪恋的迷

那朵花开得真低
恰映上你甜甜的笑意
我瞥见
一朵花的美丽

文学院 1202　严泽池／**英雄吟**

壮士何慷慨，志欲威八荒。恰逢世道乱，潜学以俟扬。结庐深山里，不与俗人谈。晨学起三更，夜舞当自强。白袖污墨点，新思冗旧行。偶眺鸿鹄去，寤寐难相忘。

风雪寒山夜，负箧访贤良。怪号出深岩，鬼影生奇树。心诚动先达，未试竟得入。敝衣遮贱躯，破履裹陋足。面容无姣好，见笑同期徒。笑我无玉带，嗤我少锦绣。食无松江鲤，镜里空颜瘦。我自无意争，所思何鄙陋！人为万物长，焉可同禽兽？禽兽尚知理，老雀有幼哺。父母生身血，挥霍如粪土。告尔等闲辈，君子不齿顾！

一去十数年，学成还故乡。胸中藏战将，腹内隐寒芒。宝刀今出鞘，且与报帝王。领兵三十万，江东好儿郎。风旗纹赤豹，明甲有精光。围山待擒卒，截水要捉将。"兀那南蛮子，休要发猖狂。人喧马妄动，屡犯我边疆。今日天兵至，还不速伏降！如若一时缓，魂断黄沙场。"嘶马踏风尘，画角震天罡。刀光杂剑影，英杰争战场。忠心昭日月，高义贯阴阳。河山收拾尽，金殿听封赏。锦缎何其多，珠玉何其硕。良田千余亩，美姬空院落。又赐青骊马，一世良所无。奋劲蹄霜雪，踔厉走江湖。一日驰万里，飞鸟莫与逐。乘此龙驹者，逍遥上天途。我视金银玉，块砺不值顾。愿得此骏马，风驰归乡土。

距家仍十里，故邻相扶拜。丁壮扶银鞍，稚子拥华盖。轿停南野际，石狮镇新宅。先祖入祠舍，高功刻碑牌。宾朋尽衣锦，欢宴在高台。雕筹肴上举，乐颜酒中开。娇妻红烛前，对镜理眉黛。媒人一时催，双双父母拜。自此始成家，不复征战再。

次日天使至，开章宣金旨。京城赐宅所，军机参政事。入值十余岁，日夜多劬劳。殿上党羽争，私下金银交。世胄蹑高位，英俊沉下僚。馆阁无贤鹤，府衙多贪豹。君王好土木，十库九潦倒。飞宇浮云阻，紫苑碧溪绕。大肆征民女，蓬户空萧条。终日急民苦，具章欲奏报。宦官截中途，不得达天听。当殿面斥奸，反被遭陷佞。昏王信谗言，贬我为白丁。抄我城中宅，以为阔园庭。可怜忠心死，悸惕不能行。

出得午门去，同僚竞相讥。金盔苍鬒代，玉围棕绳替。旧衣承涕泪，羸马负儿妻。日暮前途远，鸦音何其凄！父母早辞世，荒屋草离离。残垣宿硕鼠，颓檐立野鸡。惆怅入深林，秋松多冷寂。伤雁唳丛间，老蟀哭风里。忆起昔壮志，吁叹不能提。当风一席泪，凄凄沾衣襟。

【后记】谨以此诗为本学期所学作结，所背诗文多而有感，以《羽林郎》最盛，诗笔虽废久矣，但诗心仍在，故从中撷此一念，借乐府形状，选数韵而为之，以助后来学诗者。

文学院 1504　付　倩／**断　樟**

（一）遇见

风声咬着步声，咀嚼几下，咽掉；
空气绞着木香，互相撕扯，浓郁。
叶响把耳朵唤醒，风景把眼睛揪住，
我一边慢行，一边与香樟对望。
草丛变成了灌木，植物变成了动物。
我忽然望见樟树那几欲流泪的瞳仁。
樟树在风中沉默，想着自己的心事；
我在风中凝望，想着樟树的心事。

（二）樟树的心事

樟树只是在秋风中睡得太熟，
就被一把电锯切割得痛醒。
它望着地上的残枝，用沉默与隐忍说话，
天地间汹涌着只有我能听见的
樟树的心事。
隔壁的桃花把凉风笑成春风，
别怪它，人家天生就是佳人。
它那一瓣又一瓣粉红的笑声，
是撒在樟树伤口上的盐巴。

（三）会说话的眼睛

空气中，弥漫着樟树伤口的血腥。
那一截绿色的伤，还未结疤，
就被示众，被撕扯，被照进它灵魂的深处，
照进我会说话的眼睛。
樟树没有那么多的野心，
不能凭天生的微笑就抢走你的目光，
它是浅绿、嫩绿、深绿，
只会躲在春的缝隙里，
站在人的背影里，
它笑或者不笑，只是站在那里，
你看或者不看，它只是站在那里，
它也许是在看风景，也许是在看你，
绿发三千，曾为断樟。
它注定要失去臂膀，
却仍拥抱到了春天。

文学院 1501　赵崧辰 / **城与城**

你住在城市中
我也住在城市里
你身边高楼大厦，市井繁华
我这里砖瓦连片，穷乡僻壤
虽说一样是城
可这城与城
差距怎么这么大

你住在城市中
我也在城市里
你不幸落马带着委屈来到这里
我不负众望满怀期许奔向远方
虽说一样是城
可这城与城
差距怎么这样大

命运驱使
与你相遇
你新奇活泼，冰雪聪明，万众瞩目
我自卑沉默，平淡无奇，无人关注
虽说一样是城
可这城与城
差距怎么这样大

你在这座城中
我也在这座城里
你每天乐观向上，开心无比
我每天悲天悯人，痛苦万分
虽说一样是城
可这城与城
差距怎么这样大

你回到城中
我回到城里
你依旧优秀乐观，实现理想，万人敬仰
我仍然稀松平常，碌碌无为，无人知晓
虽说一样是城
可这城与城
差距怎么这样大

城与城
我与你
虽说一样是城，一样是人
可这城与城，人与人
差距为何这么大
……

文学院 1503　赵　燕／**做最后一片落叶**

做最后一片落叶
看着树下的光影越来越斑驳
等待头上的阳光越来越温暖

做最后一片落叶
聆听暮色时每一片秋叶的叹息或哭泣
倾听清晨时每一滴露珠的挽留或离别

做最后一片落叶
你若留下
我陪你看最美的天涯
你若离开
我会送你最真的情怀

那一天,风来了
说要与我起舞
我不孤独
却难抵风的诱惑

我伸出手
离开了生我养我的枝丫
旋转,旋转
就像说好了的那样
离开

文学院 1503　吴芳慧 / 一只黑色的鸟

那是一只黑色的鸟
一只在树梢扇动翅膀的鸟
一只在雪地里发呆的鸟
一只如旧式飞机飞过我头顶的鸟
一只像子弹直击云霄的鸟
一只没有洗过衣服、没有读过诗的鸟
一只在雾霾天中，呜呜扑腾的鸟
一只羽毛柔软、腹部温暖的鸟
一只渐渐不再鸣叫的鸟
一只在某个黑夜的角落睡着的鸟
一只我无法预知将在何处死去的鸟

艺 海 拾 贝

　　书卷多情,恰似故人来。晨昏忧乐,彼此共相亲。在这个虚构的艺术世界里,我们指点江山,激扬文字。也许,此生,我们注定会平凡,直到烟消云散。但是这一切,并不妨碍用自己年轻的生命,去感悟文字背后的诸种魔力。无情岁月增中减,有味诗书苦亦甜。诚哉斯言!

文学院 1003　何秋霞／**有音乐的一段路**

　　星光点点，晴朗稀疏，料峭微寒的空气让人神经变得敏感而脆弱。空阔的空间里目及所视，一派晚秋寂寞之景，身上不觉哆嗦了一下，霎时，内心最深沉的情愫开始蔓延。下意识地塞上耳机，浸入那一片温暖潮湿的梦中，寻找温暖。

　　缓缓地，音乐响起之际，我已化身为青春童稚的小女孩，无忧无虑地过着我纯真的童年生活了。久石让大师音乐作品的震撼力实在难以用言语言明。那种穿透心灵的感动与力量，似蜜般黏腻地将你点点包裹，又似倾盆大雨般瞬时浇你个透心凉，让你未及准备已缴械投降。音乐中隐隐透出的冰凉清脆又略带悲凉的调子，总有着涤荡心灵的作用，触及人性深度的音乐通透明亮，唯美梦幻，让我们已逐渐俗世化的成人们回味着逝去的感动。特别是在观赏宫崎骏的电影时，久石让音乐的魅力会更加明显，二者相辅相成，使影片的层次感加强了许多。喜欢《幽灵公主》里大气空灵、民族气息浓郁的配乐，让我有身处茂密丛林中的苍茫感以及对话神灵的遥远神秘感；喜欢《龙猫》里天真活泼、灵动稚趣的配乐，让我想到若拥有一个憨态可掬、陪我体验成长乐趣的龙猫，那该令我的生活多么的丰富美丽。其他的如《千与千寻》、《哈尔的移动城堡》、《菊次郎的夏天》一一经典。

　　接着，渐次响起的，是顾嘉辉大师的音乐。我喜爱这位"香港乐坛教父"，虔诚无比地喜欢着。无论是《当年情》还是《京华春梦》，不管是《莱茵河之恋》抑或《上海滩》，都触动神经，难以忘怀！顾嘉辉的音乐多是侠气满怀、大气磅礴的，给人以家国情仇之感。个人特别喜欢《铁血丹心》这首曲子，即 83 版《射雕英雄传》的主题曲，音乐每每响起时，都能令我全身血脉贲张，情绪昂扬，燃起我曾经的武侠梦。谁说只有男儿才爱武侠呢？我同样向往那种倚剑天涯、无拘无束、劫富济贫的生活；渴望红袖添香、生死相伴、至死不渝的爱情。"问世间情为何物，直教人生死相许！"梦中的他，怀长剑短笛，着青衣长衫，用冷眼哀愁而多情的眼，深情望着我，带我绝尘而去，浪迹天涯。顾大师的音乐时而大气豪迈，似泰山压顶；时而低回婉转，似小桥流水，无论哪种风格，都恰到好处，给一部部经典的香港影片增添了诸多色彩。

　　跌宕起伏之后，转入的是素净典雅的中国风音乐，"天青色等烟雨，而我在等你，月色被打捞起，晕开了结局，如传世的青花瓷自顾自美丽，你眼带笑意……"泼墨山水画般徐徐展开于眼前,釉色瓷器般质地细腻而温厚的中国风音乐,激起了我作为女性最为温情与柔软的情感。上瘾般迷上了董贞、心然、河图的音乐。他们唱出了我对爱情最真挚的向往:烟雨断桥中,我用喂嚅了千遍的唱词,用我幽梦千载的相思,浅吟低唱着不尽的眷恋,为着相见的誓言,凝然默等,一盏残灯,映照着三生三世轮回守候的缘分。点滴细腻的情感,在音乐中被缠绕得透不过气,戛然而止后,是潸然泪下的感动与余味。沉淀了哀伤,愁断了希望,韶华红尘尽时,便是红颜逝去时,胭脂泪,相留醉,几时重,自是人生长恨水长东……

猛然抬头,发现没有了刚才空阔无所寄托的建筑群,取而代之的是连呼吸都有泥土清香的空气,原来是走到公园了。理查德·克莱德曼的钢琴曲此时也适时响起。《秋日私语》让我穿越了时空,见证了基督教堂前那对为爱殉情的情侣。《蓝色多瑙河》则让我领略了一番这条欧洲第二长河的美丽。波光粼粼,清澈见底,在雾气未尽、将散未散之际,霞光透射河面,一切都显得那么美好。理查德的音乐不似柴可夫斯基般深沉浓郁,却像油画张狂惊艳,让人深陷其中无法自拔,他的音乐和莫扎特类似,甜蜜舒缓。当然,更多的是浪漫,这或许得益于他旋律提高八度的结果吧。他能简略带我走过一个又一个地方,品尝一篇又一篇短小感人的故事。

当最后一个音符停止,我长舒一口气,内心已然经历了一次百转千回的情感体验。音乐,总能在我无所依靠时,给我强有力的臂膀,让我踏实安心。无法想象,没有它的陪伴,我的生活该多么乏味空洞!我欣慰安然地浅浅一笑,把耳机收起,大步向前走去……

文学院 1202 解兴华 / 生的使命是不能放弃
——有感《活着》

"我知道黄昏正在转瞬即逝,黑夜从天而降……"

一个人能够从最初失去家产、失去社会地位、失去所有属于自己的光环的时候学着努力放弃曾经那个混蛋的自己,试着学会努力改变一切,一点一点同生活作战,妥协。这份重新来过的勇气毫无疑问是难能可贵的,或许这才是对浴火重生的最好的诠释,或许是他生的使命还没有完成他就不能放弃。

想想福贵这一生。中年之后,基本就没有过什么顺心的日子。十二岁的儿子为了给别人输血致死,巧的是女儿生孩子也死在了同样的地方,接着妻子也撒手人寰。这个时候就真的只剩下福贵和二喜、苦根他们三代人相依为命了。也许,老天真的不愿看着苦命的福贵在晚年可以享受到天伦之乐。随之而来的日子里,相继二喜走了,苦根因为一次意外也走了。福贵亲手埋葬了他所有的亲人。我真的不能想象他内心到底要有多强大,强大到可以这样无所畏惧地去面对所有的"寒风冷雨"。

就像作品中这样写道:"可是我再也没遇到一个像福贵这样令我难忘的人了,对自己的经历如此清楚,又能如此精彩地讲述自己。他是那种能够看到自己过去模样的人,他可以准确地看到自己年轻时走路的姿态,甚至可以看到自己是如何衰老的。这样的老人在乡间实在难以遇到,也许是困苦的生活损坏了他们的记忆,面对往事他们通常显得木讷,常常以不知所措的微笑搪塞过去。他们对自己的经历缺乏热情,仿佛是道听途说般地只记得零星几点,即便是这零星几点也都是自身之外的记忆,用一两句话表达了他们所认为的一切。"

你看作者这段话写得多好,我从来没有这样的能力可以如此淋漓尽致地写下这样一段让人看了感动良久的话来。同样的我作为一个生活中的角色,在看这个故事的过程中便时时想到自己一家人这些年来的风风雨雨。只能感觉哪个地方有契合之处,但是到底具体在什么地方却总是说不出所以然来。我想或许是我太敏感了,一直含着泪看完了整个故事。我所感动的是福贵的一生之路,受尽百般磨难,他从未放弃过自己活着的意义。作者以这种看似漫不经心的平实笔调为我们塑造出这样高大的形象来。就像是"腹有诗书气自华"一样,虽然平淡,却表现出了不一样的光芒。

　　福贵的坚强,他的无所畏惧带给我的震撼依旧存在。但我却不想忽略那个一直不离不弃地陪伴他左右的女人。都说夫妻是患难与共,可现实中却实在演绎了太多"大难临头各自飞"的活生生的例子。所以我很钦佩这样的女子的伟大。她对福贵说:"这辈子也过快完了,你对我这么好,我也心满意足了,我为你生了一双儿女,也算是报答你了,下辈子我们还要在一起过。"这个女子自从跟了福贵便死心塌地,一心只为这个男人而活,这个女子的爱情好像成全了所谓的天长地久。而她曾经被这个男人抛弃背叛过的事实早已随风而去了。以我们现代人的眼光来看,一个被背叛、被抛弃的女人怎么可能还能一如既往死心塌地地对他好。我不知道用怎样的一个词语来诠释这个女人身上的光芒,怕会亵渎了那样的神圣。从来没有这样一个人让我觉得世间仍旧存在常说的不离不弃,尤其是看过太多的是是非非。

　　或许,我们总会在一些负隅顽抗之后依旧会相信明天的美好,继续秉承自己的使命和责任走向不可获知的未来,就像活着的人总归会有着各自存在的价值和意义。

　　总而言之,在《活着》里面,诠释了好多的意义。像那些丝丝缕缕的友情、亲情和爱情,像福贵和春生、老全一起在最艰难的岁月里共同扶持,生死与共。这样的友情才是充满魅力和令人神往的。像凤霞对父母的理解,她的乖巧懂事,她被送走的一幕幕在我脑海里萦绕,挥之不去。或许也就是通过那些简单平实的语言才对于血浓于水的意义做出了最好的诠释。就像家珍对福贵的不离不弃才是那种"坐着摇椅慢慢摇"的浪漫。这种生死契阔的爱情总归好过如今用金钱换来的相守。在物欲横流的今天,很多本真的东西都在与我们渐行渐远。多希望通过每个人的努力能让这个世界不再那么让人绝望。

　　我想"余音袅袅,不绝如缕"便是希望,便是一种努力向前的信仰。

文学院 1407　戚雨汇／关于废名《桥》的"寂寞"

"寂寞真是上帝加于人的一个最厉害的刑罚。然而上帝要赦免你也容易，有时只需一个脚步。"这段话的第一句或许不是什么中心句，却很是夺人眼球。废名的《桥》中充满哲思的话不少，而在我看来，此句中"寂寞"这一词，正是整个故事的主色调和悲剧色彩的体现。

诚然，寂寞的悲剧色彩是在文章下篇中才慢慢被感悟出来的。初读文章的时候，我只对几个主人公在小村里由青涩到成熟的蜕变模样津津乐道。男主人公小林哥儿从小生活在女儿国中，因为一头牛与史家庄的琴子牵扯到了一起。琴子温柔贤淑，感情丰富，在奶奶的呵护下长大。也正是这位史家奶奶因琴子父亲辈儿的事，一心琢磨着两个孩子的事，用"送牛"这一风俗给两个孩子牵了红线。文章前半部分一片淳朴祥和的氛围，作者勾画出一个理想主义的世外桃源，还有似乎可以不沾尘俗的孩子们。哥儿程小林心地善良、活泼聪颖，见到史家庄三哑叔以后就立刻想"同姐姐商量瞒着回家留饭吃，偷饭给那个叫化子吃"，还自给自起了各式名字"程小林之水壶"、"城外"之类的，活泼幽默中又包含着聪颖。妹妹史琴子秀而不娇，"她的眼睛是多么清澈，有如桃花潭的水"，读者似乎能听到她脆凌凌的笑声和羞走的模样……

淳朴的风土人情带给读者暖阳沁心的感受，然而这一切天堂般的美好似乎都是乌托邦，过于理想主义的生活与现实形成了鲜明对比，也为下文悲剧的一步步侵袭作铺垫。

小林和琴子以青梅竹马的关系出现在人们面前，似乎就是天生的一对。两人在史家奶奶和三哑叔的关照下两小无猜地相处着，小林教琴子写字时偷偷写下"我爱你"又猛地擦去惹得哥儿羞涩、妹妹惘然的模样，仿佛还清晰地呈现在读者面前……然而同族小妹细竹的出现让文章笔锋一转，变得更加戏剧性。读书回来后的小林对天真烂漫的细竹产生了好感与爱慕之情，但是他自知与琴子有婚姻关系，无法明明白白表达自己的心意，只能深深抑制住内心的想法，在封建礼教的束缚与自我感情的喷薄中无法自拔。细竹也如此，她被小林的睿智幽默吸引却也只能以妹妹的身份陪在他的身旁，用迷惘与无知来掩饰内心涌动的情感。而重感情爱小林的琴子更是痛苦不堪，本是安安静静的生活被一同长大的表妹扰乱，琴子虽然不多言语却也发现了蛛丝马迹，"她想小林一定又是同细竹去玩了，恨不得把'这个丫头'一下就召回来",甚至和小林说,"你以后不要同细竹玩……"而这一切都只是琴子一个人的想法。三个本是同玩的伙伴却陷入了三角恋之中,喷薄的感情全都被封建礼教死死地束缚,给这干净净的小镇生活抹下了一笔浓重的悲剧色彩。

"寂寞"在文末彰显得淋漓尽致,故事在小林与细竹的对话中结束,让人觉得雨骤停曲乍止,仿佛仍然未完待续。可是文章确实就这么戛然而止了,其实细细想来这个结尾也恰到好处。小林想要去林子那头看看,细竹觉得两边都一样并无趣味掉头要走,小林按理应当觉得扫兴,却"也就怅望于那头的树行,很喜欢她的这一句话"。再加上前面琴子觉得酸的桃子在细竹感觉"这桃子不是很酸",我想大概也因为小林陪在细竹身边吧。三个人的关系最终没有明白地写出来,却在这些细节中让读者明了。我们仿佛能看见细竹与林子说笑回家,而琴子又一个人默默哭泣的模样,故事也被这淡悠悠的环境衬得更加悲戚寂寞。

即便生在与世隔绝的佳境,即便田园生活令人闲适,关于生活的无奈还是让人窒息。三个主人公在封建礼教和传统婚姻观念束缚下,在各自的内心里挣扎痛苦,在别人眼中却是幸福,深刻的寂寞无从说起。正如小说以《桥》命名,这桥也正是理想与现实之间无法逾越的鸿沟。带有作者影子的小林说"这个桥我并没有过","我的灵魂还永远是站在这一个地方——看你们过桥"。作者废名用这些虚幻的像梦一样的意象,隔绝了现实和梦想,映托出了他消极避世的人生观。也就是这样,整个故事的悲剧性也就不无原因,给整个乌托邦似的故事里无尽的寂寞一个好的交代。

文学院 1404 胡芷睿 / **黑暗中最美的绽放**

行于并不繁华的街道,陈旧的楼体侧面或是不起眼的门面,看到这样的标牌:盲人推拿。那里有王大夫、沙复明、张宗琪、都红、小孔、金嫣……聚集着经济型"外来移民",跳跃着一颗颗火热的心。因为失明,他们一直以卑微的形态呈现在我们眼前。在众多的残障人士励志故事背景下,《推拿》实为一部别出心裁的作品。

现实与作品的升华:于黑暗中见光明

"黑暗餐厅"是一家别有情趣的餐厅,毕飞宇先生选择在此举行《推拿》新书发布会,此举可谓用心良苦。走进盲人的世界不难,走进他们的心并非易事。接受失明的痛苦是一时的,从此和健全人形成隔阂的痛苦是终生的。盲人的世界虽为黑色,并不意味着他们的生活失去了血色,这个群体小心翼翼地纠结着自己及彼此的情感,些许含蓄,些许内敛。

小说的主题侧重于对人类尊严的关注和思考。《推拿》写出了残疾人的快乐、忧伤、爱情、奋斗、欲望、野心、狂想、颓废……人物的性格构成了情节展开和故事叙述的巨大张力,打破了我们对残疾人认知的情感牢笼。不幸,是一种体验,一种集合,于每个人而言,都是趋利避害的,所以从盲人身上,我们能感受到隐身的共鸣。

面对媒体的采访"在此书中没有看到盲人苦兮兮的特质",毕飞宇先生回答,即便盲人的生活很苦涩,他都不会写出来,因为盲人所表现出的是乐观、快乐和自食其力。

心灵与文字的统一:于无声处听惊雷

与其他茅盾文学奖作品相比,《推拿》没有恢弘的格局,没有震撼人心的史诗情怀,没有涉及广大人类的侃侃之谈。同样,作为江南作家的毕飞宇,他的文风并非刚强,却能表现出盲人心中最激烈的呐喊;他的文字没有矫揉造作之嫌,却传达着盲人最温情柔软的一面。他们的无声无息、殚精竭虑,是对光明世界的隔膜和敬畏。

中国的文学史上一直缺少一部《忏悔录》,进击有之,愤懑有之,遗忘有之,希冀有之,反省亦有之,唯独缺少对人性真正的挖掘。一部《推拿》,看似推拿肉身,实则推拿人心。大时代里的小人物易写,小时代里的大人物也易写,小时代里的小人物却在大众淡忘中遗失了写作的价值。毕飞宇的成功之处就在于他看到了小人物的重要性。在这样一个普遍关注宏大物事人的时代,眼光会放长,但是不会远;视野会扩大,但是不聚焦;笔锋会犀利,但不能一针见血;反响会如潮,但缺少思考。《推拿》是一本救赎心灵的书。我们对弱势人群无意识的怜悯,又何尝不是在蚕食鲸吞着残疾群体的尊严和人格?作者面对平静的外表,尖锐指出社会大众对盲人的同情本身就是一种伤害。在寻求"耶路撒冷"的路上,唱着朝圣之歌,却总感觉背负着深深的罪责。我们不能要求现代文学都能给我们心灵的皈依,但其传达的文学价值、社会反响、精神导向足以提供全新的认知。《推拿》最大的特点即是铺陈叙事,正如广阔的海面风平浪静,然而拥有剧烈喷薄的力量。以笔者浅见,用"蝴蝶效应"来类比可能更凸显一字千钧及力透纸背的影响力。

所见、所思、所写,从心到纸的路程,少了浮夸虚华的包装,多了一眼望穿的通透,也就多了一份明朗之美,彰显本性,势如洪流。

小说与影视的联袂:于无形中暖人心

新世纪以来,新兴媒体淡化着传统的文学传播方式,创作的园地渐生荒草。当启蒙声音不再,当解构兴趣淡漠,当反思声影绝迹,当人性拷问搁置,依然有中坚作家们不断耕耘,如贾平凹、阎连科、莫言、铁凝、苏童、毕飞宇等,丰富的创作数量和思想艺术上的锐意探索,证明这批作家对精英写作传统的坚守。然而,当文学与影视的结合成为新兴力量,文学催生影视的改编和再创造,影视的传播又推动了文学热销。《推拿》被改编为同名电视剧和电影,通过演员的演绎给观众带来更直观的震撼,我们往往会被他们的一颦一笑、一掬一蹙而打动。

"一部好剧总能触及观众的痛点,而痛则不通,此为推拿所需。"在电影《推拿》的结尾,是小蛮与小马的无声对视,氤氲的空气,绵柔的阳光,映在小马的眼中,折射出无限的温情与希望,是一种不能为声音所表达的美好。两个人的幸福依然会给人一种心凉之感,"沙宗琪"的解散,盲人们不得不再一次融入茫茫人海,寻找着渺茫的依靠。导演娄烨将充满感性的镜头对准特殊群体,展现着治愈人心的作品,娴熟稳重的风格在疯狂追求票房的影视界温暖着人们的心。

顾城说:"黑夜给了我黑色的眼睛,我却用它寻找光明。"就算眼前是无边的黑暗,有一颗明亮的心足以照亮生活,只有光明未到达的角落,没有光明刺不进的黑暗。一部《推拿》,便是在滚滚洪流之中不摧的坚石,字字珠玑,直击人心。

文学院 1405　邬金玲 / 观《岁月神偷》有感

在幻变的生命里,岁月,原是最大的小偷。

一条香港老街,一户皮鞋匠,一部《岁月神偷》。影片开场,皮鞋匠家罗小弟就在偷自己喜爱的东西,带着鱼缸、披着国旗,在回家的夕阳中奔跑。一系列的偷窃行为没有引起观众的反感,反而彰显编剧的良苦用心。家庭经历了很多动荡后,小弟把他所有的珍宝都投进苦海中,试图换取希望。影片中很多情节深叩心灵,每句对白都发人深省。在我们的一生中,人生便像是这苦海,而岁月却在不知不觉中将你心爱的东西偷走,亲情、爱情、健康、青春⋯⋯

罗父在片中常说要"保住顶",这种顶的支撑,就是面对变幻莫测、依旧可以笑对生活。回想我们寒窗苦读十二载,很多人为的就是一个信念——上大学。十几年的一个目标达成,一时间自己却没有找到下一个信念来支撑自己,他们变得空虚,迷惘于生活,徘徊于校门,反复询问自己:我都做了什么? 我又该去做些什么呢? 甚至直至毕业,很多人都没有找到答案。在我看来,短暂的迷茫并不可怕,可怕的是你在迷茫中变得盲从、趋于附和,而失掉自己的本真。兼职、参加各类活动、考研考公,各种选择我们没法评定是非对错。但是不断地充实自己,让自己在大学期间变得更加有涵养,不论现在还是以后我们毕业,都是我们每个人的终生必修课。

舍得,即像影片中的罗家小弟一般,面对苦海,依旧能义无反顾地放弃所爱。行于荆棘林,步履蹒跚、遍体鳞伤,我们若仅是凭借信念,恐怕难以赢得黑暗尽头的光明。当兼职、参加各项活动与学习时间冲突,无一不在强制我们进行取舍。何不静下心来,置身一隅,耐心品读几本经典? 我们 90 后青年,在 E 时代下,经常被吐槽文化缺失,码字代替了手写,电子读物代替了纸质读本。科技的迅速进步象征着我们综合国力水平的不断提升,但是作为新生代,亟待反思,在抉择时是否舍弃了那些看似轻薄实则珍贵的宝物。假使一个人的正常寿命是 80 岁,那么大学 4 年的时光仅仅占我们生命的 5%,短暂的大学时光是我们通向社会的转折点,如果我们在大学这种氛围下不去多读书,那么你还妄图什么时候去读书呢? 趁着青春韶华,不如手捧书卷,多去感受墨香缕缕,去不断提高自己的知识境界,去不断提升内在的修养。假使我们面临着毕业后的选择,在大学中碌碌无为,而没有充分的知识储备，当抉择摆在你的面前时，想必你也不能自信满满地确定哪条道路是适合自己的。

猫喜欢吃鱼，但是它却不能下水；鱼喜欢吃蚯蚓，但是它却不能上岸。人生自然不是一帆风顺的，但是我们的步伐却如剧中皮鞋匠家的信条一般在"一步难，一步佳，难一步，佳一步"这种规律下不断循环往复。

文学院 1201　熊文霞 / 人生就是一场战斗
—— 读《西游记》

　　《西游记》不是一部简单荒诞的神魔小说,暂抛开其试图影射现实政治生活、宣扬佛学思想等等,光是以一种接近于"无政府无宗教主义"的自然心态去深入阅读,会发现其中的战斗美学于人生的启发。而从最具战斗精神的悟空身上,我们可以看到其集兽性、人性、神性于一身,三个方面无一不透露着人生的进取与无奈。纵观全书会发现,其实人生就是一场有进取又无奈的战斗。

兽性:"无知"即是庇护

　　"拐子脸,雷公嘴,红眼睛像个痨病魔鬼。"小说中孙悟空相貌丑陋近乎鬼怪,没有圣僧的"面貌清奇"、"凛凛威颜多雅秀"。这是个猴子的模样,还没有进化到标准的人的样子。这一细节暗示着,长相带着兽性的悟空,心智其实也未到达人类的高度。悟空是猴子中的佼佼者,而猴子终究是智力没怎么开化的动物,一开始的大闹天宫只是其本性的流露,是最自然的战斗。因是本性流露,自然使之,所以虽有极强的杀伤力却也容易被蛊惑、利用。这是兽性的弱点,但实则庇护了悟空,智力尚未开化,那么其强大的战斗力还可为天庭所用。倘若其有着超强的战斗力与追求名利、称霸世界的野心,再加上工于心计、处心积虑为翼,那么他对天庭的威胁是巨大的,将会死无葬身之地,永世不得超生。

　　正是兽性的无知拯救了孙悟空,这是吴承恩自觉(或不自觉)教与我们人类的生存哲学,但这生存哲学不是让我们装无知,而是不要太"有知"以至于自恃。人们往往有点才能便是会自恃的,自恃之后便是野心膨胀,然后看不清自身,妄想更大的权利与利益,最终结果便是聪明反被聪明误,引火烧身。

人性:理智方能不竭

　　悟空虽是个兽,却也多多少少有了人性的启蒙,有了些人性的基质。人是有思想的动物,理智不会毁灭。悟空护送唐僧西天取经,虽说是官方任命,但一路降妖除魔也是正义理性之战,人性从中显露而来。取经途中的悟空充分利用了其人脉资源,"天地育成之体,日月孕就其身。"仙石中蹦出的悟空无父无母,却也凭借不打不相识形成了自己的人脉资源,怕是要比现今众多的"二代"们高尚独立多了。取经途中,一路降妖除魔,历经九九八十一难,怎知各路妖魔都有着看家本领,黄风怪会扬沙尘暴、白骨精会来苦情戏、六耳猕猴的如假包换,等等。悟空不得不一次次翻筋斗云搬来救兵。幸好妖怪们都信奉完美主义而集体染了拖延症,每次都说抓齐了再吃,不然唐僧早成了下酒菜。悟空虽然屡次搬救兵略显无能,但是无疑是理智的,关键时候面子是不值钱的,生存才是王道。

初生牛犊不怕虎的悟空敢于挑战上层权威,最后却是魔高一尺道高一丈,被如来佛祖简单粗暴地压在五指山下五百多年,唐僧西天取经给了其一个将功赎罪的机会,曾经那么叛逆自由的猴子,最终却甘于为压了他五百多年的神界服务,并最终成为"斗战胜佛",永远地归顺于体制之中。这是战斗的悲剧,是人生的无奈,但更是理智选择的结果。人类有着先天的驯服的基因,从猿猴开始纵向遗传,横向传染,这是天性使然,也是生存所迫,驯服于某个首领某个集团的控制之中,人生才有保障。如今的我们仇官仇富,可仇视的同时又艳羡无比,挤破脑袋想跻身于其中寻求庇护,深刻的讽刺。人生的无奈,但神的秩序养育着我们,这是我们要理智接受的,不然一切战斗都将走向毁灭。

神性:强大才可披靡

《西游记》赋予了悟空神性,使其有着超强的战斗力。不平凡的出身果然不同凡响,与众猴的差别从石头里蹦出来那一刻就生成了。能者多劳,因为悟空有了"筋斗云、七十二变、火眼金睛"的特长,因此成为众猴之王,因此能担当西天取经的主力。而"筋斗云、七十二变、火眼金睛"显然是我们人类目前无法企及的,一旦企及了世界也将会非常可怕。

除了技术上的神性之外,悟空在取经路上的其他表现也近乎神性,永远自信无畏,从来没有一丝一毫担忧,不得不说这是神的表现了,更甚的是九九八十一难中,几乎次次都要去搬救兵,对比于当年大闹天宫的所向无敌,悟空居然从来没有挫败感,内心无比强大,这是一个正常的人的心理所不能承受的,脸皮需要多么厚实? 所以被困难吓倒的人也难以成功,战斗是个持续的过程,只有内心强大不可撼动,自信执着才能够突破一系列来自外界与自身的困难,最终到达成功的彼岸。

人生是场进取的战斗,但是生活在一定社会秩序之中必然有着我们无能为力的地方,这是人生的无奈。即使是《西游记》中的齐天大圣,即使是个神话人物都无法摆脱秩序的约束,何况我们芸芸众生。但是掌握兽一样的"无知"哲学,伴之以人性的理智,磨炼自己神一样的强大内心,会寻找到并实现自己人生的意义。

文学院 1202　施　云 / 也说《鳗鱼》

我必须承认站在外围评头论足是对电影这门艺术的亵渎。我完全不懂技术，丝毫数不过来一个逼仄的理发店，到底被手法高明的导演拍出了多少个机位。我只能用浅薄苍白的文字和分析文学语言的方法来过度解读一个男人、一条鳗鱼，他们命运之下的隐喻。套用贾樟柯的话来讲，今村昌平（此处原为杨德昌）告诉我们：一部电影可以解释整个世界。并且我以为，导演成功找到了解锁人类命运的钥匙：囚禁或者释放。

先说鳗鱼。鳗鱼，又称鳝，长得像蛇，质感滑腻腻，具有洄游特性，一般产于咸淡水交界海域。在影片中，这种生物只有在向数千公里之外的赤道海的迁徙中，才能完成生命的延续。于是镜头呈现在我们面前的，是两类"环境"，两副"容器"，两种"境遇"——作为历史延续性的、超越民族时代之上的"大环境"：一条河，一片海，一潭深水；与此同时，是作为无限时空里由无数个瞬间组成的"小环境"，也即一只简陋的、缺水或供氧不足的塑料袋，抑或是浑浊丰溢菌群遍布的鱼缸。如果说，前者是艺术的最终归宿，那么后者则更接近于歌德那个"被背叛的遗嘱"，常年缺氧濒于窒息的鳗鱼，无论做出何种挣扎乃至反抗，都始终难逃被人摆布的宿命。

鱼缸。这使我想到 2009 年安德里亚·阿诺德执导的同名电影：叛逆且不美的女孩米娅正如一条粗粝且带有嚼劲的鳗鱼，但"容器"限制了她。她的荡妇老妈，热衷在家中不定期举行不散场的性爱 party，于是出现了一个差点就要成为米娅继父的男人，米娅和她的母亲，同时出于本能地被这个情场高手吸引。阴郁出格的米娅，水到渠成地"抢"走了不属于她母亲也同样不属于任何一个人的"男朋友"。孤零零的米娅，蓄意忽略满口脏话的妹妹，对着一匹郊外被拴住的野马借影自怜，在窒息压抑的舞蹈房练舞，自卑自恋又自悯。因此对于这样一条鳗鱼而言，颇具神秘感的外部世界成了她唯一用以对话的通道。看起来战栗创痛的残酷青春，底色却是暖的——米娅愈合了失禁的尿道口，然后梦醒，潇洒转身，割断一切"小环境"中的"他物"，来到了容器的边缘。她好像只要随意抬抬手，便能够得着未知的美好。但一些类似残局的东西，才是所谓希望、所谓真相的表征。鳗鱼可以离开鱼缸，疏离容器，可倘若找不到大海的方向，它是否也同样会像出走的娜拉那样，要么堕落，要么回来？

　　再说男人。该影片的主角是个叫山下的男人，这个人的出场，是伴随着一个美丽动人的妻子递过的便当，以及一个陌生人的来信定型的。在那封来信上，悉数着山下的妻子和一个开着白色汽车男人偷情的罪行。生性封闭且高度精神洁癖的山下，提前结束了打鱼行动，亲睹奸夫淫妇的勾当全过程并在一怒之下捅死了自己的妻子。但很快山下便来到警司处自首，带着血淋淋的双手和外衣，和一颗不肯原谅的嫉妒心。山下为此坐了八年的牢，终于得以假释出狱。他想安分地过寻常日子，开一间理发店，却因八年来被警司强行扭曲的人格及习惯为人耻笑和诟病：大家都觉得，这个人不正常，有点怪。于是山下的重生展开了，和那条幸存的鳗鱼一样，甩不掉那种孜孜不倦的、对爱的追寻的生殖习性。山下在一次寻觅鱼食的途中偶见了自杀未遂的桂子。而就在前不久，这个叫作桂子的女人刚刚从他的理发店前走过，像一阵风，更像，那个被他捅死的妻子。山下大概也预感到，有关鳗鱼和杀妻的噩梦，又要再次降临了。

　　桂子。这个黑色蜷曲短发的女人，突然闯入山下的视野，尽管她强调自己的到来，是为报恩。但许多时候，缘分和责任，偏偏就是要把两个根本不对路的人强行绑定在一起。桂子自觉承担了理发店帮手的身份，也随即迎来了假意暧昧的流言。作为一个女人，我猜想那一刻桂子的心理是复杂的，带着一丝意料之内的满足，一份运筹帷幄的甜腻，因为山下不得不注视起眼前这个酷似前妻的女人了。男女之间的情感，往往因流言起，由那份甜腻而递进各自的情绪。

　　表面上看来，这一危险关系里占据主动权的是桂子，她像个真正的理发店老板娘，替山下洗衣，做饭，处理垃圾，但实际上主动到了某种程度就变成了被动：先是桂子的手受伤，山下把自行车骑成了一道闪电，两个人的表情里，全然是旁人不解的腥风血雨。而后便是那个好玩的"送饭"场景。桂子先后两次站在桥上等山下，可傲娇的山下就是不领情，他吩咐同行的朋友直接把船开走，桂子尴尬地唱了一出独角戏。这个有意思的桥段很像台湾偶像剧里的袁湘琴，像一张讨人厌的狗皮膏药，死皮赖脸贴上了冷酷无情还面瘫的江直树。也有点类似，当代作家徐则臣的短篇小说《西夏》里面，那个越赶越来劲的哑女西夏。更好玩的是，桂子自打上次"送饭"计划破产，便学乖了，她竟然用一根长长的绳子绑住了裹了报纸的便当盒，只等山下的船慢慢靠近，小心翼翼地"放长线"、"扔饭盒"，不出所料，她的期待又落空了。我在心里替她默哀，"我淋过最大的雨，便是你在烈日炎炎下的不回头"。

　　绳子，线，寓意着什么呢？绳子下降的过程，便是释放。可绳头依旧在人的手里，这难道不是"囚禁"一词的高级反讽？

　　可是爱看戏的人类啊，碰到这种场面，把举一反三触类旁通的本事全拿出来了：这莫不是沈从文那个边城的吊脚楼？梳着麻花辫的翠翠眼睛把看客的眼里都灌进了水。原来在爱情面前，向来愚蠢的袁湘琴也可以这么聪明啊！

　　我们反复被强调，更多时候，我们一见钟情的，是镜中的自己。如此，在桂子得知山下八年牢狱前科的那一刻，在二人先后呼应的可怕梦魇里，两条不曾相识的鳗鱼，在同一口鱼缸里，照见了慌乱但始终没有丧失爱本能的自己。他们一同打碎了囚禁自身的鱼缸，山下终于接过了八年前耿耿于怀的便当盒。他对着鳗鱼剖白："我暂时也会和你一样，养育不知是哪个男人的孩子。你的母亲在赤道海里产卵，雄鱼精子洒在那儿，所以怀孕了。不知道是哪尾鱼的孩子，不知道，却把它带回去，付出极大的牺牲带回日本河流，生下来的孩子要好好珍惜。"

　　我不禁感到，这不仅仅意味着，身为鳗鱼的我们，双手接过源自人类本体的命运；它应当也联结着，世界艺术的集体命运。从囚禁到释放，看似只有一只鱼缸的距离，却是千万条憋着咳嗽、小心喘息的鳗鱼们，假装吞进一口脏水，再浅哀哀地吐出，那上承自歌德的、不肯背叛的遗嘱。

文学院 1201　朱　莹 / **孤独的守望者**
——观电影《穿过忧伤的花季》有感

　　岁月匆匆,从来不会驻足于一处风景。

　　城市的繁华总是吸引着人们涌入它的怀抱。当青壮年都远走他乡,为生活而做出卑微的努力时,村庄就只剩下老者与孩子在静静地守候。

　　村庄与农民不该再与愚昧无知相联系,城市走在时代的前沿,乡村静静地守候在后方,又何尝不是城市对乡村的一种残忍,城市剥夺了乡村的壮劳力,只留下了老弱病残,孤独的人一生无所寄托,只与动物相依为伴,当动物离开或消失的那一刻,他们就好像失去了依托。

　　谁都希望有爱,希望被关心,留守的老人与儿童内心有着说不出的痛苦。老人将一生都奉献给土地。一生的辛苦却没有得到预期的结果,也许土地也赋予了乡村人民含蓄的性格,不会直白地对别人说出自己的关心,老人们对自己的儿女常年不在家只会说出一点点小小的牢骚,却总说不出挽留的话,谁都知道生活的艰辛,对于农村人来说这一切都是无奈之举。而留守的孩子们呢?他们希望可以经常看到自己的父母,得到自己父母的关心与爱护。在外的父母总是满足他们的物质要求,总以为这样就足够了,却不知道留守的孩子们真正需要的并不是这些,而是希望可以经常看到自己的父母,在寒冷的时候有父母的关心。

　　同人不同命的话在留守儿童的身上应验,有的是穷人家的孩子早当家,有的却是用极端的方式来表达自己对父母关心的渴望。这何尝不是时代的一种悲哀,成全一部分人,而牺牲一部分人,用一部分人的一生与未来去成全城市的繁华。这到底是对还是错?同在一片天空之下生活,这个社会却有许多人歧视农村,笑话农村,笑话农村人,王侯将相宁有种乎,难道生在农村就该被歧视吗?"农民工"这个称号让人觉得异常的可笑,说"农民工"是弱势群体,要帮助他们,又何必用这个称号来区别对待呢?一方面说要帮助他们,另一方面却区分对待。社会无形的枷锁给留守的老人、孩子带来了无法享受天伦之乐的痛苦。老人与孩子总是在孤独地守望亲人,守望着渺茫的未来。

　　会不会有那么一天,乡村消失在视线之中。越来越多的人离开乡村,在城市的诱惑之中,乡村变得越来越空寂,生命的踪影越来越少;会不会有那么一天,乡村只剩下一副空壳,颓败地守望着人们再次回到它的怀抱;或者在未来的某一天里,城市将它的魔爪覆盖整个农村。

　　乡村就像是一位老人,在风中瑟瑟颤抖,乡村里的人就像是细胞,支撑着年迈的身躯。留守的老人与孩子得不到亲人之爱,在孤独中饱尝着痛苦,有谁能解决这个痛苦呢? 乡村是他们的依存,他们也是乡村最后的依赖,谁也不知道最后是谁弃谁而去。现在只剩下孤独的守望……

文学院 1105　欧如霞 / **我读张国荣**

关注张国荣，是一个偶然；喜欢张国荣，却是这个偶然所带来的必然。作为一个 90 后，与张国荣所代表的那个年代完全脱离。关注并喜欢张国荣实属罕见，这其中所打动我的，是张国荣那圆润低沉而又宛转悠扬的嗓音，他那无可挑剔的演技，还有他高贵优雅、迷茫忧郁的人格魅力。

张国荣出生于 1956 年，那个年代的香港是什么样子我完全不知道，我所知道的是童年的张国荣一点也不快乐。他是家中最小的孩子，他的父亲有两个妻子，他的继母经常拿尿淋他，他的父母因为工作不与他生活在一起，他从小就缺乏关爱，这注定了他一生忧郁的性格。十三岁时的他独自踏上留学英国的旅程，开始一个人在外打拼的生活。六年后，父亲病危，他回到香港。六年的英式教育为他帅气的外貌镀上了一层儒雅高贵的气质，可这贵公子哥的气质，在他初入娱乐圈时，成了他发展的最大阻力。

1977 年，张国荣参加丽的电视台举办的亚洲地区业余歌手歌唱比赛，取得了香港第二、亚洲第五的名次，他就这样进入了娱乐圈。他英式的前卫风格与当时的流行风格大相径庭，那时他唱的歌曲，欣赏的人几乎没有，倒喝彩的却是一堆。张国荣就这样沉寂了七年，不得不说张国荣是非常自信并自爱的，七年的挣扎没有击垮他，他依旧在坚持。一首《风继续吹》让他初尝成功的滋味，一首 *MONICA* 让他红遍香港，他在香港乐坛的地位就此奠定，他成为香港唯一一个全方位能快能慢的歌手。香港乐坛也因为他而跨入一个新的领域，进入一个新时代。成功的滋味尚未完全享受，谭张两派歌迷间的残酷的斗争又让他为难。张国荣忧郁的同时又是敏感的，这种敏感伴着自尊自爱，让张国荣在 1989 年宣布退出乐坛。这一退就是六年的时间，这其中他专注于拍电影，偶尔在电影里唱唱主题曲，在演艺圈摸爬滚打了一段时间后，张国荣的声音褪去了曾经的稚气，变得更加低沉成熟。1995 年，张国荣加盟滚石唱片，正式复出乐坛。他的音乐也由过去的阳光变得低沉、凝重。他仿佛一个归来的游子，洗尽铅华，只想将自己唱给你听。张国荣回归乐坛后，抛开了退出前的羁绊，我听他这个时期的歌曲，看他复出后的舞台表演，觉得这时的张国荣，不仅仅是在唱歌，他更是在唱艺术，唱他自己的信念。

他不断地变换着自己的舞台形象，跨越 97 演唱会上，他脚着一双红色高跟鞋，以一首妖媚充满诱惑的《红》，正式将他的"演员该雌雄同体，千变万化"的想法铺张在歌迷面前；而在2000年的热情演唱会上，他从"天使"到"魔鬼"一系列的转化，更大限度地展现了他的艺术、他的理念。这些在今天被人们津津乐道的表演，在当时却遭到了香港媒体恶意的曲解、丑化。这些强烈的抨击对张国荣的打击是相当大的，很多人认为，张国荣后来患上忧郁症，很大一部分原因，就是媒体带给他的伤害。

张国荣后期的音乐还展现了他的"水仙子自恋"的形态、异质的"酷儿"理念。"水仙子自恋"源自古希腊神话，纳西瑟斯爱上自己的影子而不可得，最终垂死于溪水边，化作水仙花，是以水仙子自恋。张国荣是自恋的，他的歌曲《梦到内河》《洁身自爱》都能看出歌者苦恋自己的状态。张国荣这样说过，凡是演员，总带有几分自恋，唯其自恋，才可在镜中看到另一个"自我"，然后让这个自我化身无数角色，进入不同人物的内心世界，只有这样，演出才会惊心动魄。他的这种"水仙子自恋"被他从演戏带入唱歌，成就了他后期歌曲的精美。张国荣一同表现的，还有自己的"酷儿"特质，这种特质他在早期歌曲中也有所体现，能说的太多，我了解的却很少，只能借香港著名文化评论人、诗人洛枫所说的观点，张国荣的"酷儿"特质开拓了香港文化的性别空间，他在流行文化上所做的突破，使得他在华人历史上，成就不输给梅兰芳。这种"酷儿"特质在电影上展现得也很多。

张国荣的电影路一样不是一帆风顺的。他的第一部电影是他所不愿承认的屈辱，这部被骗去拍的电影，让他遭受过很多人的鄙视、谩骂。早期他那高贵的气质，导致他在最初的时候，只能接演一些懦弱、自私、叛逆、不讨好的贵公子角色，不是他演不了其他类型的人物，而是那个时候的导演固执地固定了他的形象。事实上，张国荣是中国演艺圈里，百年难得一见的百变演员，后来很多导演都说他是中国电影界的奇才。中国的演员，大多都有着本身的定位。提到周润发，你会想到一个有情有义的江湖老大；提到成龙，你会想到一个身怀绝技的功夫达人；提到周星驰，你会想到一个动作夸张、表情滑稽的喜剧男。这就是演员自身的定位，而张国荣不一样，他本身没有这种定位。提到张国荣，你可以想到一个阳光单纯的青春偶像，可以想到一个风情万种、风华绝代的戏子，可以想到深情款款的痴情公子，可以想到放浪形骸的旭仔阿飞，可以想到正直无私的警官，可以想到单纯执着的文弱书生，可以想到冷酷无情的变态杀手，可以想到一个拥有浪漫情怀的红军……你可以想到的有很多很多，只因他塑造出来的经典形象也太多。他的角色反差之大，让人目眩，这些角色，他拿捏得很有分寸，他对不同人物性格的刻画，更是入木三分。

《霸王别姬》中的程蝶衣一直是被人们评论研究最多的形象，张国荣对其无可替代的演绎真正展现了他的风华绝代。导演陈凯歌说，没有张国荣就没有《霸王别姬》。程蝶衣身上的"不疯魔不成活"、"人戏合一"境界，张国荣演来恰如其分。而《阿飞正传》里的阿飞旭仔，这个暗合了香港一代人无根漂泊的银幕形象，性格叛逆又自恋、绝情又固执，他慵懒、颓废、挥霍、迷失。这个本该遭人唾弃的人物，张国荣演来却使他一样颠倒众生，一样让人无法讨厌。在无法讨厌的同时，你甚至会为他的固执、他的懦弱、他卑微的借口、卑微的追求而心生怜惜。这部电影使导演王家卫一夜成名，同样为张国荣赢得了影帝的称号。我一直认为张国荣与王家卫是两个绝配的搭档，可惜他们只合作了三部电影，每一部都是无可复制的经典。《东邪西毒》里的西毒欧阳锋，自私、狠辣、冷酷、精明，张国荣演绎的时候，更加将他身上暗藏的怯懦可悲之处投射出来，这也使得欧阳锋这样的一个人物令人无法指责。张国荣就是这样,像是有魔力一般,他接演的角色大多都是不讨好的,可是他就是能让这些不讨好的人物变得颠倒众生,这类的经典例子还有《春光乍泄》里的何宝荣,这个恃宠而骄的自私鬼,在犯贱的同时又天真无知得让人无法恨他。

2002 年张国荣最后一部电影《异度空间》问世,这部电影,以深度挖掘人类心理的黑暗面为主旨,其最后的结局与现实生活里张国荣跳楼自杀相吻合,导致这部电影一直受到外界的各种议论,有人认为张国荣就是因为接拍这部电影,入戏太深才跳楼自杀的。我觉得这种说法很荒谬。

2003 年 4 月 1 日,张国荣跳楼身亡。全球多个国家都举行了纪念他的活动。而香港媒体对他的舆论攻击一直追随到他去世后,张国荣一生引起的争议太多,可是他就是能让人们用各种形式追忆纪念他。人们知道张国荣,人们追忆张国荣,都只知道他是一个巨星,可这世界上巨星太多,并不是每一个都可以像张国荣这样的,他在全球各国都享有高度评价,他的蜡像被放进伟人馆,他的名字作为词条收录于《辞海》中。音乐上,他是国际知名传媒 CNN 举办"过去五十年闻名全球的五大指标音乐人"第三名,是唯一上榜的亚洲歌手;电影上,他是美国 CNN 评选的"史上最伟大的二十五位亚洲演员"。他还有其他很多的伟大之处,我们都不了解,我看了他这么长时间,写了这么多,依然只是冰山一角。

编 后 记

　　《诗文趁年华——淮阴师范学院文学院学生佳作选》即将付梓之际，作为编者，我感到由衷的欣慰。自 2012 年 6 月担任文学院院长起，就有一个想法在我脑海中形成，那就是从文学院往届杰出校友的著作和在校学生的习作中挑选一些优秀作品，将之结集出版。此举一则可以彰显文学院人才培养的成效，二则可以激发在校学生的创作热情。很多时候，我的身份都在反复提醒自己，如果连文学院所培养的学生都缺乏创作的热情，那真是世风日下、文学没落的悲哀。幸运的是，我的想法很快得到文学院师生的积极响应，因而将其付诸实践也是水到渠成之事。在大家的共同努力下，征稿、选稿、编辑、校对、联系出版社等工作有条不紊地进行着。这一切也充分证明，我最初的担心完全是杞人忧天。

　　日月不淹，这人世最美妙的瞬间，莫过于看到自己梦想之花的绽放。若就此而论，那么此刻的我，正享受着幸福。在这个生活节奏越来越快、压力越来越大、诱惑越来越多的时代，终究还是有人热爱着文学，还有人能写出如此纯粹的文字，还有人能在文学世界里觅得知音。这是怎样一种难以言说的愉悦啊！我一直认为，文字具有"限速"功能，在唯利是图的现代社会里，它寓示着一种高贵而缓慢的生活气质。米兰·昆德拉说过，"负担越重，我们的生命越贴近大地"。但是如果缺乏生活的激情，没有对抗卑微的勇气，那么盲目贴近大地，只会让人断绝念想，放弃翱翔，直到化作春泥，归于尘埃。

　　本书能得以顺利出版，我首先要感谢文学院勤奋优秀的同事们，孙辉、杨颖、王毅、田祝、赵青、朱立芳、徐向顺、刘青、李兆新、孙高顺、葛志伟等，能和他们携手并肩，共谋文学院发展大计，是我一生中最珍贵的记忆。坦白地说，在文学院的厚重历史与无限未来面前，我们不过都是匆匆过客，但我们渴望以有涯之身在沧海横流中，奉献出全部的激情与智慧。其次，我要感谢这些享受写作、拥抱美好的作者，徐则臣、张馨月、李文静、董玥、周佳伟、蒋逸飞等，无论你们身在何方，从事何种职业，过着怎样的生活，我都要以同道者的身份，请求你们在人生旅途中与文学相伴，做个高贵而幸福的人。没有人可以预测未来，但我有种隐约的自信，因为你们在文学院求学的日子里，已经在心中埋下了梦想的种子，只等待岁月的阳光雨露，便可生根发芽、开花结果。

编　者

2016 年 6 月

图书在版编目(CIP)数据

诗文趁年华:淮阴师范学院文学院学生佳作选 / 李
相银主编.—南京:南京大学出版社,2016.8
(淮师翔宇文丛 / 李相银主编)
ISBN 978 - 7 - 305 - 17494 - 0

Ⅰ. ①诗… Ⅱ. ①李… Ⅲ. ①诗集-中国-当代②散
文集-中国-当代 Ⅳ. ①I217.1

中国版本图书馆 CIP 数据核字(2016)第 207400 号

出版发行　南京大学出版社
社　　　址　南京市汉口路 22 号　　　　邮　编 210093
出 版 人　金鑫荣

丛 书 名　淮师翔宇文丛
总 主 编　李相银
书　　名　诗文趁年华——淮阴师范学院文学院学生佳作选
主　　编　李相银
责任编辑　荣卫红　　　　　　　编辑热线　025 - 83593963

照　　排　南京紫藤制版印务中心
印　　刷　常州市武进第三印刷有限公司
开　　本　787×1092　1/16　印张 19.75　字数 468 千
版　　次　2016 年 8 月第 1 版　2016 年 8 月第 1 次印刷
ISBN　978 - 7 - 305 - 17494 - 0
定　　价　54.00 元

网址:http://www.njupco.com
官方微博:http://weibo.com/njupco
官方微信号:njupress
销售咨询热线:(025)83594756